Virginie Despentes
Das Leben des Vernon Subutex 1

Das Buch

Vernon Subutex hat mit seinem Plattenladen Pleite gemacht, und als einer seiner besten Freunde, der ihn finanziell unterstützt hat, stirbt, steht er plötzlich auf der Straße. Weil er sich und der Welt sein Scheitern nicht eingestehen will, benutzt Vernon eine Notlüge, um sich reihum bei seinen alten Freunden und Weggefährten einzuquartieren, die er zum Teil seit Jahren nicht gesehen hat. Despentes erspart ihren Figuren nichts, lässt kein gesellschaftliches Thema unberührt. Digitalisierung, die Ängste einer verunsicherten Mittelschicht, Islamismus, der Aufstieg der Rechten – alles hat seinen Platz in diesem beeindruckenden literarischen Rundumschlag, in dem jedes Wort sitzt, jeder Satz nachhallt. Ein vielstimmiges Panorama einer Gesellschaft am Abgrund.

Die Autorin

Virginie Despentes, Jahrgang 1969, zunächst bekannt als Autorin der »Skandalbücher« »Baise-moi – Fick mich« und »King Kong Theorie«, hat sich spätestens mit ihren Vernon-Subutex-Romanen in den Olymp der französischen Schriftsteller:innen geschrieben. Sie ist eine der wichtigsten literarischen Stimmen Frankreichs. Ihr Roman »Apocalypse Baby« wurde mit dem Prix Renaudot ausgezeichnet.

Die Übersetzerin

Claudia Steinitz übersetzt seit 30 Jahren französischsprachige Literatur u.a. von Yannick Haenel, Véronique Olmi, Albertine Sarrazin und Lyonel Trouillot.

Virginie Despentes

Das Leben des
Vernon Subutex 1

Roman

Aus dem Französischen
von Claudia Steinitz

Kiepenheuer & Witsch

MIX
Papier | Fördert
gute Waldnutzung
FSC www.fsc.org
FSC® C083411

1. Auflage 2023

Titel der Originalausgabe: Vernon Subutex
© 2017, 2018, 2023, Verlag Kiepenheuer & Witsch, Köln
Alle Rechte vorbehalten
Aus dem Französischen von Claudia Steinitz
Covergestaltung Barbara Thoben, Köln
Covermotiv Eiffelturm © plainpicture/Wilfrid Hoffacker;
U-Bahn © plainpicture/Stephanie Uhlenbrock
Gesetzt aus der Minion
Satz PrintCSS
Druck und Bindung CPI books GmbH, Leck
ISBN 978-3-462-00598-1

Non omnis moriar
...

Für Martine Giordano,
Joséphine Pépa Bolivar,
Yanna Pistruin

Die Fenster im Haus gegenüber sind schon hell. Sieht aus wie eine Werbeagentur. In dem großen *open space* bewegen sich vereinzelte Gestalten. Die Putzfrauen fangen um sechs an. Meistens ist Vernon schon wach, wenn sie kommen. Er hat Appetit auf einen starken Kaffee und eine Filterzigarette, er würde sich gern eine Scheibe Brot toasten und beim Frühstück online die Schlagzeilen des *Parisien* überfliegen.

Kaffee hat er seit Wochen nicht mehr gekauft. Die Zigaretten, die er sich morgens aus den Kippen vom Vortag dreht, sind so dünn, dass er eigentlich nur noch Papier raucht. Er hat nichts zu essen im Haus. Aber das Internetabo hat er behalten. Es wird an dem Tag abgebucht, an dem das Wohngeld überwiesen wird. Das kommt zwar seit Monaten nicht mehr, aber bis jetzt hat es trotzdem irgendwie geklappt. Hoffentlich geht es weiter gut.

Sein Handyabo ist abgelaufen, er macht sich keinen Kopf mehr um Flatrates. Im Angesicht der Katastrophe hält sich Vernon an einen Grundsatz: so tun, als ob nichts wäre. Er hat zugesehen, wie alles den Bach runterging, erst war es wie in Zeitlupe, dann legte der Absturz an Tempo zu. Aber Vernon hat weder die Gleichgültigkeit noch die Eleganz aufgegeben.

Erst haben sie ihm die Stütze gestrichen. Per Post hat er eine Kopie des Berichts bekommen, den seine Beraterin über ihn geschrieben hat. Sie haben sich gut verstanden. Fast drei Jahre lang haben sie sich regelmäßig in ihrer engen Box getroffen, wo sie die Grünpflanzen sterben ließ. Madame Bodard, wie aus dem Ei gepellt, rot gefärbte Haare, mollig, große Brüste. Sie erzählte gern von ihren beiden Söhnen, die ihr Sorgen machten, sie brachte sie häufig zum Kinderarzt und hoffte, dass er Hyperaktivität feststellte, die die Verschreibung von Beruhigungsmitteln rechtfertigen würde. Aber der Arzt fand, sie seien in Hochform, und schickte sie nach Hause. Madame Bodard hatte Vernon erzählt, dass sie als junges Mädchen mit ihren Eltern bei Konzerten von AC/DC und Guns N'Roses gewesen war. Jetzt stand sie mehr auf Camille und Benjamin Biolay, aber er hatte sich jeden abschätzigen Kommentar verkniffen. Sie hatten lange über seinen Fall gesprochen: Vernon war von zwanzig bis fünfundvierzig Plattenverkäufer gewesen. Auf seinem Gebiet waren Stellenangebote noch seltener, als wenn er im Kohlebergbau gearbeitet hätte. Madame Bodard hatte eine Umschulung vorgeschlagen. AFPA, GRETA, CFA, gemeinsam hatten sie sich bei allen Bildungsträgern die Angebote angesehen, die ihm offenstanden, und sich in aller Freundschaft mit der

Verabredung getrennt, sich wiederzusehen und die Lage zu besprechen. Zwei Jahre später war seine Bewerbung für eine Ausbildung zum Verwaltungsangestellten abgelehnt worden. Er fand, er habe getan, was seine Pflicht sei, er war zum Spezialisten für Bewerbungen geworden, die er mit schöner Effizienz vorbereitete. Im Laufe der Zeit bekam er den Eindruck, dass sein Job tatsächlich darin bestand, sich im Internet rumzutreiben, nach Stellen zu suchen, die seinem Profil entsprachen, und dann Lebensläufe hinzuschicken, um im Gegenzug Absagen zum Vorzeigen zu bekommen. Wer wollte schon einen fast Fünfzigjährigen ausbilden? Immerhin hatte er ein Praktikum in einem Konzertsaal in der Banlieue und eins in einem Programmkino ergattert – aber abgesehen davon, dass er ein bisschen rauskam, über die Probleme des RER auf dem Laufenden blieb und Leute traf, verschaffte ihm das alles eigentlich nur ein unangenehmes Gefühl von Verschwendung.

In dem Bericht, den Madame Bodard verfasst hatte, um die Streichung seiner Bezüge zu rechtfertigen, erwähnte sie Dinge, die er nebenbei erzählt hatte: dass er kleinere Beträge ausgab, um die Stooges in Le Mans zu sehen, oder mal hundert Euro beim Poker verlor. Anstatt sich wegen der Streichung seiner Stütze zu sorgen, hatte er sich beim Überfliegen des Berichts entsetzlich für sie geschämt. Die Beraterin war um die dreißig. Wie viel verdiente sie, wie viel verdient

9

so ein Mädel, zweitausend brutto? Allerhöchstens. Aber ihre Generation war im Rhythmus der Soap *Secret Story* aufgewachsen: eine Welt, in der jederzeit das Telefon klingeln kann, um dir die Anweisung zu geben, die Hälfte deiner Kollegen rauszuwerfen. Eliminiere deinen Nächsten, so lautet die goldene Regel der Spiele, die man ihnen mit der Muttermilch eingeflößt hat. Wie soll man heute von ihnen erwarten, dass sie das krank finden?

Als er seinen Bescheid erhielt, hatte sich Vernon gesagt, das werde ihn bestimmt motivieren, »irgendwas« zu finden. Als hätte die Verschärfung seiner Situation einen wohltuenden Einfluss auf seine Fähigkeit, aus der Sackgasse herauszukommen, in die er sich manövriert hatte.

Aber nicht nur mit ihm war es schnell bergab gegangen. Bis zum Beginn des Jahrtausends hatten sich eine Menge Leute irgendwie durchgeschlagen. Da wurden Fahrradboten noch Labelmanager, ergatterten freie Journalisten einen Job als Redakteur der Fernsehseite, endete selbst der größte Versager als Chef der Plattenabteilung in der Fnac … Am Ende des Hauptfelds kamen sogar die am wenigsten Ehrgeizigen noch als Saisonkraft bei einem Festival, mit einem Roadiejob bei einer Tournee oder als Plakatekleber halbwegs über die Runden … Vernon saß zwar an der richtigen Stelle, um das Ausmaß des Napster-Tsunamis zu erfassen, aber er hätte sich nie vorgestellt, dass in Sekunden das ganze Schiff untergeht.

Manche behaupteten, das sei karmisch, die Industrie habe mit der Operation CompactDisk zu viel Aufwind bekommen; sie hatte allen Kunden ihre gesamte Plattensammlung noch einmal verkauft, auf einem Medium, das in der Herstellung billiger war und doppelt so teuer verkauft wurde, und ohne dass ein Musikliebhaber dabei auf seine Kosten kam – niemand hatte sich je über das Vinylformat beklagt. Die Schwachstelle bei der Karmatheorie war, dass man es inzwischen wissen würde, wenn jeder Arschlochauftritt von der Geschichte bestraft würde.

Sein Geschäft hieß *Revolver*. Vernon hatte mit zwanzig als Verkäufer dort angefangen und den Laden auf eigene Rechnung weitergeführt, als sein Chef beschloss, nach Australien auszuwandern und ein Restaurant aufzumachen. Wenn man ihm im ersten Jahr gesagt hätte, dass er den größten Teil seines Lebens in diesem Laden verbringen würde, hätte er geantwortet, ganz sicher nicht, ich habe zu viel vor. Erst wenn man alt wird, begreift man, dass der Ausruf »Kinder, wie die Zeit vergeht!« den Geist alles Handelns am besten zusammenfasst.

2006 musste er zumachen. Das Schwierigste war, jemanden zu finden, der den Vertrag übernahm, und sich von den Träumen vom großen Geld zu verabschieden. Aber das erste Jahr, ohne Arbeitslosengeld, weil er selbstständig gewesen war, lief gut – ein Auftrag für ein Dutzend Einträge einer Rockenzyklopädie, ein paar Tage Schwarzarbeit beim Ticketverkauf für ein Festival in der Banlieue, Plattenrezensionen für Fachzeitschriften … und er hatte angefangen, im Internet alles zu verkaufen, was er aus dem Laden mitgenommen hatte. Der größte Teil der Bestände war weg, aber ihm blieben noch ein paar Vinylplatten, Schuber und eine beachtliche Sammlung von Plakaten und T-Shirts, die er nicht mit dem Rest hatte verschleudern wollen. Über eBay holte er das Dreifache von dem raus, was er erwartet hatte, alles ohne Theater mit irgendwelcher Buchhaltung. Man muss nur seriös sein, gleich zur Post gehen und auf die Verpackung achten. Im ersten Jahr war er euphorisch gewesen. Das Leben ist oft ein Spiel in zwei Sätzen: Im ersten schläfert es dich ein und lässt dich glauben, dass du führst, und im zweiten, wenn du entspannt und wehrlos bist, serviert es dir seine Schmetterbälle und macht dich alle.

Vernon hatte gerade Zeit, sich wieder ans Ausschlafen zu gewöhnen – mehr als zwanzig Jahre lang hatte er, egal ob es stürmte oder er erkältet war, sechs Tage in der Woche jeden Morgen das gottverdammte Eisengitter seines Ladens hochgezogen. In all den Jahren hatte er die Ladenschlüssel nur dreimal einem Kollegen anvertraut: wegen einer Darmgrippe, eines Zahnimplantats und eines Ischiasanfalls. Er hatte ein

Jahr gebraucht, bis er gelernt hatte, morgens wieder im Bett zu bleiben und zu schmökern, wenn er Lust darauf hatte. Der ultimative Kick war für ihn, Radio zu hören und dabei im Netz Pornos zu suchen. Er wusste alles über die Karriere von Sasha Grey, Bobbi Starr oder Nina Roberts. Er machte auch gern Mittagsschlaf, eine halbe Stunde lesen und dann einnicken.

Im zweiten Jahr hatte er sich um das Abbildungsverzeichnis eines Buches über Johnny gekümmert, sich beim Jobcenter angemeldet, das gerade seinen Namen geändert hatte, und angefangen, seine persönliche Sammlung zu verkaufen. Bei eBay kam er auf seine Kosten, er hätte nie gedacht, dass in der Welt 2.0 so ein Fetischrausch herrschte. Alles verkaufte sich: Merchandising, Comics, Plastikfiguren, Plakate, Fanzines, Fotobücher, T-Shirts. Wenn man anfängt zu verkaufen, hält man sich erst mal zurück, aber wenn es läuft, macht es einen Heidenspaß zuzusehen, wie alles verschwindet. Allmählich hatte er seine Wohnung von allen Spuren seines früheren Lebens gereinigt.

Er hörte nicht auf, die Annehmlichkeit eines Morgens zu genießen, an dem einen niemand nervt. Er hatte alle Zeit der Welt, um Musik zu hören. Und die Kills, White Stripes und Strokes konnten so viele Platten rausbringen, wie sie wollten, er musste sich nicht mehr darum kümmern. Er hatte die Nase voll von den ganzen Neuheiten, das hört nie auf; um auf dem Laufenden zu sein, hätte man permanent im Netz hängen und sich ständig neue Töne reinziehen müssen.

Allerdings hatte er nicht vorhergesehen, dass er sich nach der Schließung des Ladens bei den Mädchen derart würde abstrampeln müssen. Man sagt immer, Rock sei Männersache, aber man sagt immer eine Menge Schwachsinn: Er hatte seine Kundinnen, und es gab Nachschub. Er und die Mädchen, das war die große Eintracht. Er war nicht treu, und sie klammerten sich umso fester an seine Rockschöße, weil er nur daran dachte zu verduften. Eine Kleine begleitete ihren Boyfriend auf der Suche nach einer Scheibe, in der Woche drauf kam sie allein wieder. Und dann gab es noch all die, die in der Umgebung arbeiteten. Die Kosmetikerinnen am Ende der Straße, die Mädchen in der Boutique gegenüber, die Mädchen in der Post, die Mädchen im Restaurant, die Mädchen in der Bar, die Mädchen im Schwimmbad. Ein Reservoir, zu dem ihm der Zugang verschlossen war, sobald er die Ladenschlüssel abgegeben hatte.

Er hatte wenig Feste gehabt. Wie viele seiner Bekannten lebte Vernon mit der Erinnerung an das eine Mädchen, das ihn verlassen hatte. Die Einzige, die gezählt hatte. Seine hieß Séverine. Da war er achtundzwanzig. Weil er zu sehr an seinem Ruf als *serial lover* hing, hatte er nicht rechtzeitig begreifen wollen, dass

14

sie die eine war. Er war der coole Straßenwolf, wild und unabhängig, seine Freunde beneideten ihn um die elegante Lässigkeit, mit der er eine Geschichte an die andere hängte. Zumindest war das die Vorstellung, die er von sich selbst hatte. Der *One-Night-Stand,* der Verführer, der sich nicht bindet, den die Mädchen nicht einwickeln. Er machte sich keine Illusionen: Wie viele Männer ohne großes Selbstbewusstsein beruhigte es ihn, dass er die Frauen zum Weinen bringen konnte.

Séverine war groß und aufgedreht, so aufgedreht, dass es anstrengend wurde, ihre Beine waren endlos, sie sah aus wie eine reiche Pariserin, der Typ, der Lammfellwesten tragen kann und darin was hermacht. Sie packte die Dinge entschlossen an, erledigte alle Reparaturen im Haus selbst, und nicht mal ein Reifenwechsel auf dem Nothaltestreifen machte ihr Angst, sie war die Sorte Reichentochter, die daran gewöhnt ist, allein klarzukommen und nie zu jammern. Das hinderte sie nicht daran, sich zu entspannen, sobald sie zu zweit waren. Wenn er an sie denkt, sieht er sie nackt im Bett, sie liebte es, das ganze Wochenende dort zu verbringen. Ihre Anlage stand auf dem Boden neben der Matratze, und sie musste nicht mal aufstehen, um die Platte zu wechseln. Rings um ihr Lager drapierte sie Kippen, Wasserflaschen und das Telefon, dessen Spiralleitung immer verknotet war.

Das war ihr Reich. Für ein paar Monate war er dort willkommen.

Sie war der Typ Mädchen, dem die Mutter beigebracht hat, dass man nicht in Tränen ausbricht, wenn man erfährt, dass man betrogen wird. Séverine biss die Zähne zusammen. Vernon hatte sich aus Blödheit erwischen lassen – und er war überrascht, dass sie ihn nicht sofort verließ. Sie sagte »Ich gehe« und verzieh ihm. Er schloss daraus, dass sie nicht die Kraft hatte, ihn zu verlassen, und empfand beinahe Verachtung für ihre Charakterschwäche. Also konnte er weitermachen. Sie hatten sich schon drei- oder viermal heftig gezofft, und sie hatte gesagt, pass auf, dass du es nicht übertreibst, wenn du mir keine Wahl lässt, hau ich ab, aber Vernon war überzeugt, dass sie es nicht tun würde. Er hatte es nicht kommen sehen. Als er erfuhr, dass sie einen anderen hatte, packte Vernon ihre Sachen in einen Karton und stellte ihn vor dem Haus auf die Straße. Das Bild der Passanten, die in ihrer Kleidung, den Büchern und Fläschchen wühlten und sie vor seiner Haustür verstreuten, sollte ihn noch jahrelang verfolgen. Er hatte nie mehr von ihr gehört. Vernon brauchte eine ganze Weile, bis er begriff, dass er sich davon nicht erholen würde. Er war gut darin, seine Gefühle zu ignorieren. Er denkt oft daran, wie sein Leben aussehen würde, wenn er bei Séverine geblieben wäre. Wenn er den Mut gehabt hätte, auf das zu verzichten, was er vorher gewesen

16

war, wenn er gewusst hätte, dass man sowieso verliert, woran man hängt, und dass es besser ist, sich darauf einzustellen. Natürlich hat sie Kinder gekriegt. Das war der Typ Mädchen. Die solide werden. Ohne etwas von ihrem Charme zu verlieren. Kein Ehedrachen. Eher entspannt. Sicher isst sie bio und interessiert sich für die Klimaerwärmung, aber er ist überzeugt, dass sie weiter Tricky und Janis Joplin hört. Wenn er bei ihr geblieben wäre, hätte er gleich nach der Schließung des Ladens Arbeit gefunden, weil sie Kinder gehabt hätten und er keine Wahl gehabt hätte. Und heute würden sie sich Gedanken machen, wie man mit dem Kiffen des Großen oder der Anorexie der Kleinen umgeht. Auch gut. Da sagt er sich lieber, dass er den Schaden noch begrenzt hat.

Jetzt vögelt Vernon weniger als ein Ehemann. Er hätte es nie für möglich gehalten, dass man so lange ohne Sex klarkommt. Facebook oder Meetic sind super Maschinen, um von zu Hause aus Mädchen anzubaggern, aber wenn man nicht auf Second Life abfährt, muss man irgendwann raus, um das Mädchen zu treffen. Die richtigen Klamotten finden, die nach Vintage aussehen und nicht nach Penner, zusehen, dass man nicht im Café oder im Kino landet, erst recht nicht essen gehen … und sie nicht mit nach Hause nehmen, damit sie nicht die leeren Schränke, den trostlosen Kühlschrank und die abstoßende Unordnung sieht, die nichts mit dem sympathischen

Chaos eines eingefleischten Single zu tun hat. Bei ihm herrscht der Geruch nach zu lange getragenen Socken, dieser typische Junggesellengestank. Er kann die Fenster aufmachen und sich eindieseln. Aber der Geruch markiert sein Territorium. Also macht er die Mädchen im Internet an und versetzt sie, wenn sie sich mit ihm verabreden.

Vernon kennt die Frauen, er hat eine Menge Erfahrung. Die Stadt ist voll von Verlorenen, die bereit sind, bei ihm aufzuräumen und auf die Knie zu fallen, um ihm ausgiebig einen zu blasen und ihn aufzumuntern. Aber er ist über das Alter hinaus, wo man sich vorstellt, dass man irgendwas ohne entsprechende Gegenleistung bekommt. Nur weil eine Frau alt und hässlich ist, ist sie deshalb nicht weniger nervtötend und anspruchsvoll als eine zwanzigjährige Sexbombe. Es ist typisch für die Frauen, dass sie sich monatelang bedeckt halten, ehe sie eine Ansage machen. Er misstraut der Sorte Weiber, die er anlocken könnte.

Mit den Kumpels ist es anders. Jahrelang zusammen Platten hören, zu Konzerte gehen und über die Gruppen diskutieren, das sind heilige Bande. Man hört nicht auf, sich zu treffen, nur weil man das Lokal wechseln muss. Was sich allerdings geändert hatte, war, dass man sich anrufen musste, um etwas auszumachen, während sie früher einfach aufgekreuzt waren, wenn sie in der Nähe zu tun hatten. Er war es nicht gewöhnt, Abendessen, Kinobesuche oder

Joint-Apéros zu planen. Allmählich und ohne dass es ihm auffiel, hatten sich viele Freunde in die Provinz verzogen, weil sie Frau und Kinder hatten und nicht mehr in einer Dreißig-Quadratmeter-Wohnung hausen wollten oder weil Paris zu teuer war und sie sicherheitshalber in ihre Heimatstadt zurückgekehrt waren. Wenn du über vierzig bist, duldet dich Paris in seinen Mauern nur noch als Eigentümerkind, der Rest der Bevölkerung setzt seinen Weg anderswo fort. Vernon war geblieben. Vielleicht war das ein Fehler gewesen.

Dieser Zerfall war ihm erst später bewusst geworden, als ihn die Einsamkeit schon lebendig eingemauert hatte. Und dann kam die schwarze Serie.

Mit Bertrand fing es an. Krebs. Ein Rückfall. Die Krabbe war durch die Kehle zurückgekommen. Schon beim ersten Mal hatte er mächtig gelitten. Danach dachte er, er wäre davongekommen. Seine Freunde feierten seine Genesung jedenfalls wie einen endgültigen Sieg. Aber plötzlich kam der Absturz, es traf sie wie ein Nierenhaken, richtig begriffen hatten sie es erst nach der Beisetzung. In den drei Monaten von der Diagnose bis zu seinem endgültigen Abgang hatte die Krankheit ihn förmlich aufgefressen. Bertrand war immer in schwarzen Hemden mit hochgeschlagenem Kragen rumgelaufen. So trug er sie seit 1988. Irgendwann konnte er sie kaum noch zuknöpfen, weil ihm das Bier eine ordentliche

Wampe verpasst hatte. Jenseits der vierzig hatte er lange weiße Haare, eine dunkle Ray-Ban auf der Nase, schöne Schlangenlederstiefel und eine Gaunerfresse. Kupferrose, aber klasse konserviert, ein Koloss.

Es war ein Schock gewesen, ihn im Opa-Pyjama zu sehen. Dass er die Haare verlor, ging noch. Aber der lächerliche Pyjama presste Vernon das Herz zusammen. Bertrand konnte nicht mehr schlucken, daran änderte auch das beste Gras der Welt nichts mehr. Er hatte die Statur verloren, die sein Markenzeichen gewesen war. Die unter der gelblichen Haut hervorspießenden Knochen wirkten obszön. Er bestand darauf, weiter seine Totenkopfringe zu tragen, obwohl sie ihm von den Fingern rutschten. Tag für Tag sah er sich mit vollem Bewusstsein beim Krepieren zu.

Dann kamen der ständige Schmerz, der völlig kraftlose Körper und die Skelettmaske. Sie hörten nicht auf, über die Morphiumpumpe zu lästern, weil dumme Witze ihre einzige Kommunikationsform waren. Manchmal erwähnte Bertrand den Tod, der auf ihn wartete. Er sagte, dass ihn nachts die Angst aufweckte, und er sagte: »Das Schlimmste ist, dass ich noch ganz klar bin, ich spüre, wie mein Körper sich verpisst, und ich kann nichts machen.« Vernon konnte nicht antworten: »Komm schon Alter, das wird wieder, halt die Ohren steif.« Also hörten sie die Cramps, Gun Club und MC5 und tranken Bier, solange Bertrand es noch vertrug. Die Familie regte sich auf, aber mal ehrlich – was blieb ihnen denn sonst?

Und dann eines Morgens die Mitteilung von seinem Tod, per SMS. Erst mal hatte Vernon sich darauf konzentriert, wie die anderen beim Begräbnis eine ordentliche Figur zu machen. Mit Sonnenbrille, die hatten sie alle zu Hause, und einem schönen schwarzen Anzug. Erst danach packte ihn das Entsetzen. Das Entsetzen und die Sehnsucht. Der Reflex, ihn anzurufen, das Unvermögen, seine letzten Nachrichten auf der Mailbox zu löschen, das Unvermögen zu glauben, dass es passiert war. Ab einem bestimmten Alter trennt man sich nicht mehr von den Toten, man bleibt in ihrer Zeit, in ihrer Gesellschaft. Den Todestag von Joe Strummer hatte Vernon begangen, als wäre Bertrand noch da: Er hatte alle Clash-Platten gehört und Bier getrunken. Clash hatte ihn nie besonders interessiert. Aber auch das vermag die Freundschaft: Man lernt, auf dem Terrain der anderen zu spielen.

An jenem Dezembertag 2002 hatten sie zusammen Schlange gestanden, um Lachs zu kaufen, weil Bertrand mit einer Norwegerin Weihnachten feierte, bei der er mit kulinarischer Raffinesse Eindruck schinden wollte. Er war überzeugt, dass man den Räucherlachs in einem bestimmten Laden im Fünften kaufen musste und nirgends sonst. Sie waren eine ganze Weile Metro gefahren, dann mussten sie sich anstellen. Die Schlange zog sich über den Bürgersteig, und es würde mindestens eine halbe Stunde dauern. Vernon ging sich Kippen kaufen und hörte im Radio des Tabakladens, dass Strummer gestorben war. Er kam zu Bertrand zurück. Nein! Du machst Witze! Glaubst du, dass ich damit Witze mache? Bertrand war ganz blass geworden, er hatte trotzdem seinen Lachs gekauft, außerdem zwei Flaschen Wodka. Während sie durchs Zweite liefen, sangen sie *Lost In The Supermarket* und erinnerten sich daran, dass sie Strummer einmal zusammen bei einem Soloauftritt gesehen hatten. Vernon war nur mitgegangen, um ihn zu begleiten, aber als er einmal dort war, hatte ihn unerwartete Rührung gepackt, er hatte seine Schulter an die des Freundes gedrückt, und ihm waren Tränen in die Augen gestiegen. Darüber hatte er nie gesprochen, aber am Tag des Todes von Joe Strummer hatte er alles erzählt, und Bertrand hatte gesagt, »Ja, ich wusste es, ich habe es gesehen, aber ich hatte keine Lust, dich damit zu nerven. Scheiße, Strummer! Was haben wir danach noch Besseres gehört?«

Drei Monate später war Jean-No an der Reihe. Weder betrunken noch zu schnell. Eine Fernstraße, ein Lastwagen, eine Kurve und Nebel. Er war auf dem Rückweg von einem Wochenendtrip mit seiner Frau, wollte den Radiosender wechseln. Sie war mit einer zermatschten Nase davongekommen. Die, die man ihr danach verpasst hatte, war viel schicker als die alte. Jean-No hatte nichts mehr davon.

An dem Sonntag saß Vernon bei einer Freundin auf einer Matratze, die halb auf dem Boden, halb an der Wand lag, der indische Stoff darauf war von so vielen Brandlöchern übersät, dass es wie ein Muster aussah. Sie machten sich einen *Alien*-Abend, die ganze Serie, mit Beamer. Die Kleine wohnte an der Metrostation Goncourt in einer Dachkammer. In der Nähe gab es einen der letzten DVD-Verleihe. Sie hatten sich schon *City Wolf* und *Mad Max*, *Der Pate* und *A Chinese Ghost Story* reingezogen. Das Mädchen war eine Perle, hasch- und mangasüchtig. Nicht der Typ, der ständig ausgehen will. Das Einzige, was ihm auf die Eier ging, war ihr »Minou, sei ein Schatz, gehst du mir schnell Bonbons kaufen?«. Fünf Etagen, ohne Fahrstuhl. Vernon war nicht scharf drauf, den dienst-eifrigen Minou zu mimen. Sie kam mit Colagläsern voll Eis auf einem riesigen Tablett rein, der Film stand auf Pause, und Vernon ging ran, als sein Telefon klingelte, was am Wochenende nur selten vorkam. Aber so lange, wie Emilie nicht mehr angerufen hatte, da ahnte er, dass es wichtig war. Sie hatte es gerade von Jean-Nos kleiner Schwester erfahren. Vernon war überrascht, dass sie es übernahm, die Freunde zu informieren. Immerhin hatte Jean-No eine Frau. Im Moment zwar im Krankenhaus, zugegeben, aber die Info deshalb durch die Geliebte verbreiten zu lassen!

Er hatte Emilie sehr gut gekannt, dann hatten sie sich aus den Augen verloren, und das war keine gute Gelegenheit, sich zu erkundigen, wie es ihr ging.

Vernon hatte darauf bestanden, den Film weiterzusehen. Er sagte sich, dass es ihm nicht so viel ausmachte. Das überraschte ihn. Er sagte sich, dass er wohl härter wurde. Immerhin hatte er Jean-No jede Woche gesehen, und nach Bertrands Tod waren sie sich noch nähergekommen. Sie hatten zusammen beim Türken an der Gare du Nord gegessen, immer das gleiche Menü für zwölf Euro bestellt und es mit eiskaltem Bier begossen. Jean-No hatte aufgehört zu rauchen, es hatte ihn mächtig angekotzt. Wenn er gewusst hätte, dass es umsonst war, der Arme, er hätte sich nachts den Wecker gestellt, um ein paar mehr durchzuziehen. Jean-No hatte ein ätzendes Weibsbild geheiratet. Es gibt viele Männer, denen strenge Kontrolle Sicherheit gibt.

Erst später, mitten in der Nacht, hatte es ihn gepackt. Kurz vor dem Einschlafen durchbohrte ihn ein eisiger Stich. Er musste sich anziehen und rausgehen – durch die Kälte laufen, allein sein, Lichter sehen, Körpern begegnen, in der Bewegung aufgehen und den Boden unter den Füßen spüren. Lebendig sein. Er hatte Mühe zu atmen.

Er ging oft nachts raus, um zu laufen. Das hatte er sich Ende der Achtziger angewöhnt, als die Rocker anfingen, Hip-Hop zu hören. Public Enemy und Beastie

Boys waren beim selben Label wie Slayer, das hatte einen Bogen geschlagen. Im Laden freundete er sich mit einem Funkadelic-Fan an, ein schweigsamer, verbissener kleiner Weißer, im Rückblick denkt Vernon, dass er auf Heroin war, aber damals hatte er das nicht gecheckt. Der Junge war Sprayer, überall, wo er vorbeikam, hinterließ er sein Tag »Zona«. Ihre Freundschaft hielt nicht lange, Zona hatte die Nase voll von der Straße, »die Metro, das ist der Knaller«, er wollte Züge ramponieren, in die Depots einsteigen, und Vernon hatte keine Lust, ihn da runterzubegleiten. Er hatte sich nicht angesteckt – die Heldengeschichten von 93 MC oder den MKC, Barbarenstil oder Marshmallow-throw-up interessierten ihn einfach nicht. Er begriff zwar, dass es einen Kick gab, ihn aber ließ es kalt. Er riskierte lieber seinen Hals, indem er auf ein Häuserdach stieg und dort zwei Stunden im Schweigen der Spritzpistole verbrachte, ab und zu Pause machte, eine rauchte und die Leute unten vorbeigehen sah, die nicht daran dachten, den Kopf zu heben und die Gestalt des stummen Beobachters zu entdecken.

In der ersten Nacht seines Lebens ohne Jean-No war er gelaufen, bis seine Fußsohlen brannten, und dann weiter. Er dachte an die Kinder von Jean-No, das haute nicht hin. Halbwaisen ohne Vater. Das Wort deckte sich nicht mit dem Bild, das er von den drei debilen Dingern hatte, die ständig nach Aufmerksamkeit, Kuchen oder neuem Spielzeug verlangten.

Jean-No benahm sich vorsätzlich wie ein Vollidiot. Er war arrogant. Er hatte immer schräge Musik gehört, als Teenie liebte er die Einstürzenden Neubauten und Foetus, später verlegte er sich auf meganervendes Zeug, war Fan von Rudimentary Peni und begeisterte sich für Minor Threat, obwohl er soff wie ein Loch. Man musste ihn schon ziemlich mögen, wenn man die Abende mit ihm verbrachte, zumal er absichtlich fies war. Mit vierzig wollte Jean-No bürgerlich werden und verlegte sich auf die Oper. Er zog sich an wie ein Playmobil in Sonntagskleidung und gab schon zehn Jahre, bevor es in Mode kam, rechten Schwachsinn von sich. Damals war das so untypisch, dass es ihm eine besondere Note verlieh.

Fortan lebte Vernon in einer Welt, wo Ian MacKaye sich dem Crack hätte ergeben können, Jean-No war nicht mehr da, um irgendetwas zu verkünden.

Dann war Pedro dran. Kaum acht Monate später. Herzstillstand. Pedro hieß Pierre, aber er nahm so viel Kokain, dass er sich einen südamerikanischen Vornamen verdient hatte.

Vernon wartete vor dem Élysée Montmartre, das noch nicht abgebrannt war und wo die Libertines spielten. Er versuchte, eine ziemlich schräge Praktikantin rumzukriegen, die an einer Sendung über Ardisson arbeitete, sie redete nur von dem Moderator, behauptete, ihn zu hassen, aber er faszinierte sie. Von Weitem sah er einen Kumpel vor dem Eingang und rief ihn, zufrieden, das Mädchen vorzuführen, mit dem er unterwegs war, brünett, Pony, Jeans, Kippe, Pfennigabsätze, wie die Hauptstadt sie Anfang des Jahrtausends in Serie produzierte. Aber der Kumpel fing an zu weinen, als er ihn ankommen sah. Er sagte Pedro, Pedro, Pedro, ohne es aussprechen zu können, und Vernon wurde unendlich müde.

Pedro hatte locker drei Häuser, zwei Ferraris, all seine Affären und Freundschaften, jeden Ansatz einer Karriere, sein Aussehen und sämtliche Zähne durch die Nase gezogen. Er schämte sich nicht dafür und behauptete, er habe kein Problem damit, nein, sein Ding war Großkotzigkeit, hektische Hysterie, lautstarke Leidenschaft. Er rieb es sich ins Zahnfleisch, streute es sich auf die Jacke, er kannte alle Bars von Paris, die er ausschließlich nach der Nutzbarkeit ihrer Toiletten auswählte. Er kam zu Vernon nach Hause und verteilte es überall, zwei Tage später zog er wieder los und ließ ihn als Wrack zurück. Pedros Musik war Marvin Gaye, Bohannon, Diana Ross und die Temptations. Vernon war gern bei ihm zu Besuch, der Sound war Spitze, der Sessel bequem, und Pedro kaufte Whisky, der einen auf Reisen schickte – man hielt sich abwechselnd für einen Gangster, einen Privatdetektiv und einen englischen Dandy.

Vernon hatte ein Foto wiedergefunden, auf dem sie

alle vier zu sehen waren. Er und die drei Toten. Sie umringten ihn, es war sein Fünfunddreißigster. Ein schönes Foto, so eines, das jemand mit einem analogen Apparat aufnahm und für die Freunde abziehen ließ. Vier ziemlich benebelte Jungs, aber schlank, mit vollem Haar, lebhaften Augen und einem Lächeln ohne Bitterkeit. Sie hoben ihre Gläser, Vernon war deprimiert an dem Abend, fünfunddreißig zu werden zog ihn runter. Vier hübsche Kerle, glücklich, bescheuert zu sein, nichts zu wissen, und vor allem keine Ahnung zu haben, wie sehr sie auf der guten Seite dessen standen, was das Leben für sie bereithielt. Sie hatten die halbe Nacht Smokey Robinson gehört.

Nach Pedros Beisetzung hatte Vernon aufgehört auszugehen und Anrufe anzunehmen. Er glaubte, es sei eine Phase, sie werde vorbeigehen. Es kam ihm nicht unpassend vor, dass er sich nach dieser Serie so dicht aufeinanderfolgender Trauerfälle in sich selbst zurückziehen musste.

Außerdem war er inzwischen endgültig pleite, was seinen Hang zur Isolierung verschärfte. Dass er kein Geld hatte, eine Flasche mitzubringen, wenn er zu jemandem zum Essen ging, hielt ihn davon ab, Einladungen anzunehmen. Stress, weil in einer Runde jemand Geld für ein Gramm sammelte. Stress, weil die Metrozugänge unüberwindbar waren. Stress, weil die Sohle von den Turnschuhen abging. Stress wegen

Kleinigkeiten, auf die er nie geachtet hatte und die ihn jetzt bis zur Besessenheit verfolgten.

Er blieb zu Hause. Verfluchte seine Zeit. Verschlang Musik, Serien, Filme. Allmählich hörte er auf, Radio zu hören. Seit er zwanzig war, hatte er morgens als Erstes die Hand nach dem Einschaltknopf ausgestreckt. Jetzt aber ängstigte es ihn, ohne ihn zu interessieren. Er gewöhnte sich ab, Nachrichten zu hören. Beim Fernsehen war es ganz von selbst gekommen. Er hatte zu viel im Internet zu tun. Da warf er noch ab und zu einen Blick auf die Schlagzeilen. Aber er war vor allem auf Pornoseiten. Er wollte nichts mehr von Krise, Islam, Klimakatastrophe, Schiefergas und misshandelten Orang-Utans hören oder von Roma, die man nicht mehr in den Bus steigen ließ.

Er sitzt in einer bequemen Blase. Darin überlebt er wie unter Wasser. Er reduziert jede Tätigkeit auf ein Minimum. Er isst weniger. Zuerst hat er das Abendessen reduziert. Chinesische Trockensuppe mit Nudeln. Er kauft kein Fleisch mehr, Proteine sind was für Sportler. Er isst vor allem Reis. Holt sich die Fünf-Kilo-Packungen bei Tang Frères. Er minimiert die Zigaretten – schiebt die erste hinaus, wartet mit der zweiten, fragt sich nach dem Morgenkaffee, ob er wirklich Lust auf die dritte hat. Die Kippen legte er beiseite, damit nichts verloren geht. Er kennt die Büroeingänge in seiner Umgebung, wo die Leute tagsüber stehen und rauchen; manchmal geht er dort vorbei, wird langsamer, sammelt die längsten Stummel auf. Er kommt sich vor wie ein altes Feuer, dessen Glut manchmal unter einem Windstoß auflebt, aber nie genug, um das Reisig zu entzünden. Ein sterbender Brandherd.

Manchmal packt es ihn, wie eine Nase voll Speed. Er geht auf LinkedIn und stellt eine Liste der Leute zusammen, die er gekannt hat und die noch Arbeit haben, nimmt sich vor, sie anzurufen. Er denkt sich aus, was er erzählen könnte, anfangen würde er mit einer Weibergeschichte. Sein Image als geiler Bock bringt die Männer in die richtige Stimmung für eine nette Plauderei. Also würde er so was erzählen wie – ich war nicht in Paris, ich hab's einer kleinen Ungarin besorgt, die mich mit nach Budapest genommen hat, oder einer schönen Amerikanerin, die ständig herumreist, die Nationalität ist unwichtig, Hauptsache, es klingt so, als hätte er sich gut amüsiert, und jetzt bin ich wieder in der Nähe und suche einen Job, egal was, weißt du zufällig was für mich. Er würde einen auf Rumtreiber machen, ganz cool, nur keinen Stress. Was die Kohle angeht, kann er keine Geschichten erzählen, man sieht ihm an, dass er keinen Cent mehr hat. Aber er ist noch nie im Geld geschwommen. Zu seiner Zeit stärkte das die Glaubwürdigkeit. Das war vor dem neuen Jahrtausend, heute trägt im Konzertpublikum jeder ganz selbstverständlich neue und teure Latschen, die richtigen Marken, die angesagte

Uhr am Handgelenk, feine Jeans, die genau passen und deren Schnitt bezeugt, dass sie in diesem Jahr gekauft sind. Seit Voltaires *Zadig* hat das Elend die poetische Aura verloren – nachdem es den Künstler jahrzehntelang aufgewertet hat, den echten, der seine Seele nicht verkauft hat. Heute heißt es Tod den Besiegten, sogar beim Rock.

Aber er ruft nie jemanden an und bittet um Hilfe. Er könnte nicht sagen, was ihn daran hindert. Er hatte genug Zeit, darüber nachzudenken. Das Rätsel bleibt ungelöst. Er hat im Internet nach Ratschlägen für pathologische Prokrastinierer gesucht. Er hat Listen gemacht, was er zu verlieren hätte, was er riskiert, daneben die Liste, was er zu gewinnen hat. Es ändert nichts. Er ruft niemanden an.

Alexandre Bleach ist tot. Vernon sieht seinen Namen überall auf Facebook, er begreift es nicht gleich. Man hat ihn tot in einem Hotelzimmer gefunden.

Wer bezahlt jetzt seine ausstehende Miete? Das ist die erste Frage, die sich Vernon stellt. Die Mails und SMS, die er in den letzten Wochen geschrieben hat, sind unbeantwortet geblieben. Seine Hilferufe. Er war daran gewöhnt, dass Alex eine lange Leitung hat. Vernon hat sich auf ihn verlassen. Wie jedes Mal, wenn die Situation kritisch wurde. Am Ende half ihm Alexandre immer aus der Bredouille.

Vernon sitzt vor seinem Computer – widersprüchliche oder einander fremde Regungen kämpfen in seiner Brust, wie Katzen, die von einer flinken und erbarmungslosen Hand in denselben Sack gesteckt wurden. Im Internet verbreitet es sich wie ein Virus. Alexandre gehörte allen, schon lange. Vernon dachte, er sei daran gewöhnt. Wenn Alexandre eine Platte rausbrachte oder auf Tournee ging, konnte man es nicht ignorieren. Keine Stunde am Tag, an der nicht gezeigt wurde, wie er irgendwo herumzappelte oder mit seiner schönen tiefen Stimme eines süchtigen Schnulzensängers Schwachsinn von sich gab. Alexandre war vom Erfolg überrollt worden wie von einem Laster: Er machte nicht gerade den Eindruck, als wäre er unbeschadet davongekommen. Sein Problem war nicht Großkotzigkeit gewesen, eher tiefe Verzweiflung, die seiner Umgebung auf die Nerven ging. Es ist schwer mitanzusehen, wie jemand bekommt, was sich jeder wünscht, und ihn dann auch noch dafür trösten zu müssen.

Es gibt noch keine Fotos von der Leiche im Hotelzimmer. Aber das kommt. Alex ist ertrunken. In der Badewanne. Teamwork von Champagner und Pillen, er ist eingeschlafen. Weiß der Geier, was er ganz allein mitten am Nachmittag in einer Hotelbadewanne zu suchen hatte. Weiß der Geier, was den Mann so total verzweifelt machte. Alex hat sogar seinen Tod verpeilt. Das Hotel ist zu billig, um einen zum Träumen zu bringen, aber nicht erbärmlich genug, damit es exotisch wäre. Es kam oft vor, dass er in der Stadt für ein paar Tage ein Zimmer nahm, er musste sich nur einbilden, vor seinem Haus einen Fotografen zu sehen, schon schlief er woanders. Alex lebte gern im Hotel. Er war sechsundvierzig. Wer wartet auf die Andropause, um an einer Überdosis zu krepieren? Michael Jackson, Whitney Houston ... vielleicht so ein Schwarzending.

Bleach traf sich gern mit seinen alten Freunden. Es packte ihn wie der Drang zu pinkeln, immer wieder mal. Ein Jahr lang meldete er sich nicht, manchmal auch zwei, dann rief er plötzlich ständig an wie ein Bekloppter oder bombardierte einen mit Mails, war sogar imstande, plötzlich vor der Tür zu stehen. Einfach in der Kneipe ein Bier mit ihm zu trinken war unmöglich. Jedes Gespräch wurde spätestens nach fünf Minuten von einem Fan unterbrochen, und so ein Fan kann aggressiv sein. Oder total bescheuert. In jedem Fall ist ein Fan, der sich in ein Gespräch reinhängt, lästig. Wenn Alexandre Lust bekam, Vernon zu sehen, rief er an und lud sich bei ihm ein. Sie tranken Bier und taten, als sei alles beim Alten. Ein Witz! Alexandre verdiente mit einem Lied das, was Vernon in mehr als zwanzig Jahren im Laden kassiert hatte. Wie hätte dieses winzige Detail ihre Beziehung nicht verändern sollen?

Alex hatte in seinen VIP-Kreisen viele neue Freunde. Aber er war überzeugt, dass sein »wahres

Leben« mit dem Erfolg aufgehört hatte. Vernon hatte oft versucht, ihm zu beweisen, dass das pure Einbildung sei: Ab dreißig verlieren die Dinge allmählich ihren Glanz, egal ob Hungerleider oder Megastar, besser wird es für niemanden. Der Unterschied besteht darin, dass es für die, die den Zug zum Erfolg verpasst haben, keinen Ausgleich gibt. Dass sie nicht, weil die Jugend sich verabschiedet, eine Weltreise in der Businessclass machen, die schönsten Mädchen vögeln, mit coolen Dealern verkehren oder ihr Geld in Harley-Davidsons stecken können. Aber davon wollte Alex nichts hören. Und er schien sich wirklich so mies zu fühlen, dass man ihm schwer klarmachen konnte, was für ein Glückspilz er war.

Als Alexandre zum ersten Mal die Ladentür aufmachte, war er ein Knirps. Seine großen, von langen, gebogenen Wimpern gesäumten Augen ließen ihn besonders kindlich aussehen. Er hatte ein Bier in der Hand, setzte sich auf den Hocker und wollte Platten hören. Für Alex blieb Vernon derjenige, durch den der Zauber gewirkt hatte: Er hatte ihm zum ersten Mal das Live-Doppelalbum von Stiff Little Fingers, die Redskins, die erste EP der Bad Brains, die Peel Session von Sham 69 und *Fight Or Die* von Code of Honor vorgespielt. Alex war noch minderjährig, er hatte ein rundes Gesicht und markierte nicht den starken Mann. Sein Lächeln hatte ganz sicher einen großen Anteil an seinem kometenhaften Aufstieg – es hatte die gleiche Wirkung wie die Katzenvideos auf Youtube. Man hätte den Panzer eines Psychokillers haben müssen, um ungerührt zu bleiben. Er schrammelte und kreischte wie alle von einer Band zur anderen. Wie so oft schlug der Ruhm da zu, wo niemand ihn erwartete. Es gab Helden in der Szene jener Zeit, Leute, auf die jeder gewettet hätte. Und die sich alle mehr oder weniger in Luft aufgelöst hatten. Alexandres Leidenschaft für Drogen war erst später ausgebrochen und hatte en passant alles mitgenommen. Doch tief in seiner Brust hatte der Junge immer schon einen unsichtbaren Dolch getragen. Auch wenn er bei jedem Anlass lachte, war in seinem Blick etwas explodiert, ein Riss hatte sich aufgetan, den nichts daran hindern würde, sich zu vertiefen.

Eine niederträchtig pragmatische Frage quält Vernon: Wer zahlt jetzt seine Miete? Das hatte kurz nach dem Tod von Jean-No angefangen. Sie hatten sich zufällig an der Metrostation Bonsergent getroffen, und Alexandre war ihm um den Hals gefallen. Sie hatten sich seit dem Tricky-Konzert im Élysée Montmartre nicht mehr gesehen. Nachdem sich die Verlegenheit der ersten Minuten gelegt hatte, die noch durch das Theater verstärkt wurde, das sie spielen mussten, das Stück der alten Kumpels, die sich eine Menge zu erzählen haben, als wären Vernons Geschichten von Verkäufen auf eBay ebenso interessant wie die von nächtlichen Trips auf einer Jacht mit Iggy Pop, war es immer ziemlich cool, mit Alexandre abzuhängen.

Alex war an dem Tag total zugedröhnt. Er war voll wirrer Euphorie und redete, ohne Luft zu holen, wie jemand, der seit Tagen nicht zu Hause gewesen war, aber dringend mal darüber nachdenken sollte. Schnee bedeckte die Straßen, und Vernon musste Alex festhalten, damit er nicht auf die Nase fiel. Aufgedreht wie immer hatte er darauf bestanden, dass Vernon ihn zu seinem Dealer begleitete, der gleich um die Ecke wohnte. Ein Stiefellecker mit der Fresse eines Klassenprimus, der mit GarageBand Musik komponierte. Das holländische Kraut, das er rauchte, war so stark, dass man sofort Kopfschmerzen bekam. Er wollte ihnen unbedingt seine »letzten Sounds« vorspielen. Sie hatten eine ganze Serie von *synth pads* auf gelinde gesagt erbärmlichen Beats ertragen. Alex war schon völlig bekifft, er hörte sich den Dreck mit größtem Interesse an und erklärte dem Dealer, er arbeite an den Hertz, den Tonschwingungen pro Sekunde, und wenn man sie auf bestimmte Weise anordne, könne man das Gehirn beeinflussen. Er verbohrte sich in diese Geschichte der Synchronisierung der Gehirnwellen, und der Dealer hing an seinen Lippen. Alle wussten Bescheid – Alex war seit Jahren nicht mehr imstande, ein Stück zu komponieren. Er begnügte sich mit den »Alpha waves«, da er keine drei Akkorde aneinanderreihen oder einen halbwegs sinnvollen Refrain dichten konnte.

Als sie wieder auf der Straße standen, war es dunkel. Es gab nur wenig Verkehr, die Straßen waren seltsam, so weiß und still. Vernon hatte über eine Schauspielerin gelästert, die sich ganz in Schwarz auf einem vier mal drei Meter großen Plakat ausbreitete und den Arsch auf einem Motorrad verdrehte. Er hatte etwas Unfreundliches gesagt wie »Die sieht so Stulle aus, dass ich mir lieber eine Plastikpuppe hole«, und Alexandre hatte gezwungen gelacht. Offenbar kannte er sie. Vernon fragte sich, ob er sie gefickt hatte. Alex gefiel den Mädchen, dafür musste er keine Platten verkaufen. Viele seiner Freunde waren VIPs, Leute, deren Namen und Visage man kannte, ohne ihnen je begegnet zu sein. Er speicherte ihre Nummer unter Codenamen in seinem Telefon, falls er es verlieren oder sich stehlen lassen sollte. Er war ganz besessen von der Angst, sein Telefonbuch könnte irgendwem in die Hände fallen. Wenn es klingelte, starrte er oft ratlos auf das Display, weil er sich nicht erinnern konnte, zu wem das Kürzel gehörte, das er dort las. Bei »SB« zum Beispiel grübelte er, ob es sich um Sandrine Bonnaire, Stomy Bugsy, Samuel Benchetrit oder einen komplexeren Codenamen wie Schlampenbraut oder Säuischer Bruder handelte. Es fiel ihm nicht ein, bis er die Nachricht hörte und sich erinnerte: »SB« stand für »Stubenbesen«, weil er über einen solchen gestolpert war, nachdem er stundenlang mit Julien Doré geredet hatte. In dem Moment war es ihm sonnenklar vorgekommen. Wie viele dunkle Dinge, die man nach drei Uhr morgens macht.

»Erinnerst du dich an Jean-No?«, hatte Vernon gefragt. Natürlich erinnerte er sich. Sie hatten Anfang der Neunziger kurz zusammen bei den Nazi Whores gespielt. Seit zehn Jahren hatten sie sich nicht mehr gesehen. Jean-No hasste Alex und alles, was er verkörperte – den textlastigen Rock, das Bobo-Gehabe, obwohl Alex weder Bourgeois noch Boheme war, und vor allem den Wahnsinnserfolg, den man nicht einfach seiner Herkunft zuschreiben konnte und der Jean-No krank machte. Sie waren ein Team gewesen, sie hatten dasselbe Feld beackert – dann hatte der eine einen Steilflug absolviert, und der andere war am Boden kleben geblieben. Der Vergleich war ihm unerträglich – über Alex herzuziehen war eine Beschäftigung, die bei Jean-No viel Raum einnahm. »Weißt du, dass er tot ist?«, und Alex war blass geworden, ganz bestürzt. Vernon fühlte sich schlecht bei so viel ungespieltem Gefühl, aber er brachte es nicht fertig, zu sagen »Mach nicht so ein Gesicht, ganz ehrlich, er konnte dich nicht ausstehen«. Alex hatte darauf bestanden, ihn im Taxi nach Hause zu bringen und mit ihm hochzukommen. Ziemlich bald waren sie auf derselben Wellenlänge – zwei rasende Hamster, die sich im selben Rad drehten.

Alex fläzte sich auf seinem Sofa und kam sich vor wie in einer Eierschale. Er liebte die Winzigkeit der Wohnung, er kauerte sich zusammen und fühlte sich bei Vernon geborgen. Sie hörten die Dogs, was sie beide seit zwanzig Jahren nicht mehr getan hatten. Alex blieb drei Tage. Er war besessen von dem, was er seine »Recherche« über die binauralen Beats nannte, und zwang Vernon, bestimmte Wellenarten zu hören, die eine starke Wirkung auf das Unterbewusstsein haben sollten, aber beim praktischen Test nicht mal eine Migräne auslösten. Alex war mit fünf Gramm gekommen. Sie nahmen es, ohne sich zu beeilen, wie alte Hasen. Vernon schnupfte oft – Koks entspannte ihn und half ihm zu schlafen –, und Alex hatte sich in den Kopf gesetzt, sich bei ihm, auf diesem Sofa, selbst zu interviewen. Er hatte eine alte Kamera dabei und stapelte drei kleine Videokassetten von einer Stunde neben dem Fernseher auf, und als Vernon zu sich kam, zog er eine unglaubliche Show ab: »Das ist mein Testament, Junge, checkst du das? Ich überlasse es dir. Ich vertraue dir absolut.« Er war nicht mehr ganz bei Sinnen. Dann hatte er wieder mit seinen Delta- und Gammawellen und dem kreativen Prozess angefangen, mit der Idee, Musik zu machen, die wie eine Droge wirken und die neuronalen Kreisläufe verändern würde. Vernon war erledigt, Alex suchte miese Sounds raus und zwang ihn, sie mit Kopfhörern zu hören.

Dann war Vernon mit der Geldkarte seines Sängerfreundes runtergegangen, um Cola, Kippen, Chips und Whisky zu kaufen. »Gibt es bei dir wirklich nichts zu essen? Wovon lebst du jetzt eigentlich? Soll ich dir ein bisschen Kohle dalassen?« Vernon war mit zwei Mieten im Rückstand, er kämpfte verbissen, dass es keine drei wurden, eine Stadtlegende besagte, bis zu drei Monaten Rückstand würde man nicht rausgeworfen. So hatte es angefangen. Alexandre überwies ihm das Geld für drei Monatsmieten – »Ich schwöre dir, von uns beiden macht es mir die größere Freude«. Und als er ging, bestand er darauf: »Ruf mich an, wenn du Kohle brauchst, ich hab genug, das weißt du … Du meldest dich, versprochen?«

Und Vernon hatte sich gemeldet. Zuerst hatte er gedacht, er würde anders zurechtkommen, aber beim vierten Monat Rückstand hatte er es getan. Alex hatte ausgeholfen. Ohne zu zögern. Und ein paar Monate später hatte Vernon ihn wieder angerufen. Es war peinlich, aber es war auch wie ein Eintauchen in die Vergangenheit. Als seine Eltern noch auf der Welt waren und er sich darauf verlassen konnte, dass sie ihm im Notfall aus der Klemme halfen. In diesem System freundschaftlicher Nothilfe lag auch etwas von behüteter Kindheit. Alex hatte ihn erneut flüssig gemacht. Er hatte Vernons Kontonummer in die Liste seiner Überweisungsvorlagen eingetragen und brachte ihn mit drei Klicks wieder auf die Beine.

Vernon sträubte sich, schob den Moment hinaus, bis er es tat. Er schwankte zwischen Schuld und Aggressivität, Dankbarkeit und Erleichterung. Geld war für Alexandre etwas so Einfaches geworden und so schwierig für die anderen. Vernon schickte dem Vermieter einen Scheck, dann legte er einen kleinen Kippen- und Essensvorrat an und achtete darauf, dass in einer Schachtel genug für das tägliche Bier blieb. So überlebte er.

Es klingelt an der Wohnungstür. Vernon reagiert nicht. Sicher der Briefträger, der ihm ein Einschreiben aushändigen will. Er unterschreibt nichts. Er kümmert sich nicht mehr um irgendwelche amtlichen Schreiben. Das hat sich so ergeben, ganz allmählich, eine geistige Lähmung – immer mehr relativ einfache Aufgaben kann er nicht erledigen. Er dreht die Musik leise und wartet. Der Briefträger gibt nicht auf. Jetzt klopft es. Vernon sitzt auf seinem Bett, die Hände über den Knien verschränkt, er ist es gewöhnt – er wartet, dass der Klingler geht. Da verrät ihm ein ungewohntes Geräusch im Schloss, dass jemand versucht, sich mit Gewalt Zugang zu verschaffen. Auf der Stelle ist ihm klar, was vor sich geht. Er stürzt sich auf seine Jeans und streift einen sauberen Pullover über. Er bindet sich gerade die Schnürsenkel seiner alten Docs zu, als die Tür aufgeht. Vernon ist hektisch, wie auf schlechtem Speed. Vier Männer kommen herein und sehen ihn an. Einer übernimmt das Reden. »Monsieur, Sie hätten uns aufmachen können.« Er mustert Vernon, schätzt ihn ab. Der Mann trägt einen eleganten marineblauen Schal und eine Brille mit rotem Gestell. Sein grauer Anzug ist zu kurz. Er liest in neutralem Ton etwas von seinem Tablet ab – lalali wohnhaft in lalala, Sie sind Monsieur lalala, der Mieter der Wohnung …

Seit zehn Jahren zahlt er diese Scheißmiete. Zehn Jahre. Mehr als neunzigtausend Euro. In die Taschen eines Arschlochs, das fürs Nichtstun bezahlt wird. Sein Vermieter ist sicher der Typ Erbe, der jammert, dass er zu viel Steuern zahlt. In zehn Jahren keine Renovierung – man muss ihm hinterherlaufen, damit er mal den Boiler reparieren lässt. Neunzigtausend. Keine Stunde Arbeit, kein Besuch, keine Investition. Und jetzt wirft er ihn raus.

Sein Blick bleibt an der Hose des Gerichtsvollziehers hängen, da, wo sie seine Schenkel einschnürt. Vernon wartet, dass die Truppe eine Liste seines Besitzes macht und abzieht, ihm Zeit gibt klarzukommen. Wenn sein Konto nicht schon seit Monaten gesperrt wäre, würde er ihnen einen Scheck ausstellen, um das Verfahren wieder in Gang zu bringen. Irgendwie muss sich das doch hinbiegen lassen – der, den er für den Schlosser hält, scheint ganz in Ordnung zu sein. Mit seinem buschigen grauen Schnurrbart sieht er aus wie ein Gewerkschafter. Hoffentlich hat er das Schloss beim Aufbrechen nicht kaputt gemacht, Vernon hat kein Geld, um es reparieren zu lassen. Und es könnte doch sein, dass er mal fünf Minuten wegmuss. Es gibt nichts mehr zu klauen – selbst ein Kosovare auf der Flucht würde sich nicht die Mühe machen, das Ding mitzuschleppen, das ihm als Computer dient. Die Kiste wiegt Tonnen und stammt aus der Steinzeit. Der Gerichtsvollzieher fordert ihn auf, die Sachen einzupacken, die er in den nächsten Tagen braucht, und die Wohnung zu verlassen. Und keiner von ihnen sagt, kommt schon, wir lassen die Sache ruhen, wir kommen wieder, wir lassen ihm zehn Tage, um alles zu klären, dann sehen wir weiter. Die beiden Rausschmeißer, die noch kein Wort gesagt haben, bauen sich mitten im Zimmer auf und sagen ihm ohne jede Feindseligkeit, er solle sich beeilen.

Vernon sieht sich im Zimmer um – lässt sich irgendetwas im Tausch für eine weitere Frist anbieten? Er spürt, wie ihm gegenüber besorgte Gereiztheit entsteht – die Männer fürchten, dass er heftig reagiert. Sie sind an Pathos und Geschrei gewöhnt. Vernon bittet um eine Viertelstunde, der Gerichtsvollzieher seufzt – aber er ist erleichtert: Dieser Kunde ist kein Verrückter.

Vernon steigt auf einen Hocker und holt die stabilste Tasche, die er hat, vom Schrank. Als er sie runterzieht, rieseln graue Staubflusen auf seine Schultern. Er niest. Manche Situationen sind so absurd, dass man es ablehnt, sich vorzustellen, sie würden tatsächlich stattfinden. Er packt seine Tasche. Kopfhörer, iPod, Jeans, die Bukowski-Briefe, zwei Pullover, alle Unterhosen, ein Autogrammfoto von Lydia Lunch, seinen Pass. Das Entsetzen blockiert jedes Nachdenken. Weil er gerade von Alexandres Tod erfahren hat, denkt er daran, aus der Tiefe eines Schrankes hinter den sauberen Stapeln von *Maximum Rock'n'Roll*, *Mad Movies*, *Cinéphage*, *Best* und *Rock & Folk* das kleine Paket mit den drei Kassetten zu holen, die Alex bei seinem letzten Besuch hier aufgenommen hat. Er könnte versuchen, sie zu verkaufen … Dann zieht Vernon die Docs aus und schlüpft in seine Lieblingsstiefel. Er schnappt sich den gelben Plastikwecker, den er vor zehn Jahren in einem Chinabasar gekauft hat und der gut durchhält. Die Tasche ist schwer. Wortlos verlässt er die Wohnung. Der Gerichtsvollzieher hält ihn im Treppenhaus zurück, nein, es gibt kein Möbellager, das er einem anderen vorziehen würde, ja, ein Monat, um seine Sachen zurückzuholen, da unterschreiben, kein Problem. Dann geht er die Treppe runter, eigentlich immer noch überzeugt, dass es nicht ernst ist, dass er wiederkommen wird.

Unterwegs trifft er die Concierge. Bei ihr war er immer gut angeschrieben. Er ist der ideale Mieter, Single, immer eine Bemerkung über den Lärm der neuesten Straßenarbeiten und das Wetter oder ein paar Witze – ein charmantes Umgarnen ohne Tiefgang, das der Sechzigjährigen guttut. Sie fragt, ob alles in Ordnung sei – sie hat nicht verstanden, warum die Schlosser bei ihm waren. Er findet weder die Worte noch den Mut, es ihr zu sagen. Sie wundert sich nicht, dass er mit einer großen Tasche loszieht, sie hat ihn schon Dutzende Male so zur Post gehen sehen. Plötzlich packt ihn die Scham angesichts dieser Situation. Zum letzten Mal haben sie ihn in der Oberschule rausgeschmissen. Er war mit seinem Kumpel Pierrot, der sich später an einem Sonntagmorgen unter einer Brücke aufgehängt hat, auf Acid zum Unterricht gekommen – sie wurden zum Direktor geschickt, der sie von der Schule verwies. Die Erinnerung bringt ihn in die Küche seiner Eltern. Sie sind früh gestorben. Er weiß nicht genau, ob sie ihm geholfen hätten. Sie waren hart. Immer auf den rechten Weg bedacht, nie einverstanden mit seinen ganzen Rock-'n'-Roll-Geschichten. Sie wollten, dass er die Aufnahmeprüfung an einer Verwaltungsschule macht. Plattenhändler – sie haben immer gesagt, dass das ein schlechtes Ende nimmt. Und schließlich haben sie recht behalten.

Auf der Straße tritt die Erinnerung an die Dinge, die er in der Wohnung gelassen hat, in seiner Brust eine Steinlawine los. Mit den Fingerspitzen berührt er das zusammengefaltete offizielle Papier in seiner Hosentasche. Seine Hände zittern, gehorchen ihm nicht mehr. Er muss sich fangen, muss in Ruhe überlegen, einen Weg finden, wie sich alles klären lässt. Tausend Euro. Das ist viel, aber die lassen sich auftreiben. Seine Sachen sind nicht verloren – es gibt mehr, woran er hängt, als er gedacht hätte. Die Uhr, die Jean-Noël ihm geschenkt hat. Die Probepressungen des ersten Albums der Thugs, die er zufällig ergattert hat, als der Labelmanager von Gougnaf Mouvement eine Weile bei ihm untergekrochen ist. Der Motörhead-Flachmann, den ihm Eve von einem Londontrip mitgebracht hat. Der Originalabzug eines Fotos von Jello Biafra, das Carole in New York geschossen hat. Und der Selby mit Widmung.

Die Drohung des Rauswurfs hing schon so lange über ihm, dass er sie irgendwann für die Alarmsirene eines Krieges gehalten hatte, den er immer wieder gewinnen würde. Wenn Alexandre noch da wäre, wüsste Vernon, was er zu tun hätte: Er würde zu ihm gehen, würde Himmel und Hölle in Bewegung setzen, um ihn aufzutreiben. Er würde sich deswegen nicht schämen – sein alter Kumpel wäre froh gewesen, ihm aus der Klemme zu helfen. Eigentlich war Vernon genau dazu da: Alexandres Geld einen realen Wert zu geben.

Wenn er sich nur aufgerafft hätte, Alexandre wirklich zu suchen, anstatt ab und zu eine höfliche Mail zu schicken und zu warten, dass er aufwacht. Wenn Vernon sich an Alex gehängt hätte, wäre alles anders gelaufen. Sie hätten sich zusammen zugedröhnt, in aller Ruhe, zu Hause – und Alex wäre nicht in einem beschissenen Hotel in die Badewanne gestiegen. Stattdessen hätten sie Livealben von Led Zep in Japan gehört.

Die Stadt ohne Geld, das kennt Vernon schon eine ganze Weile. Kinos, Klamottenläden, Kneipen, Museen – es gibt wenig Orte, wo man im Warmen sitzen kann, ohne zu zahlen. Bleiben nur Bahnhöfe, Metro, Bibliotheken und Kirchen, hier und da eine Bank, die meisten wurden schon entfernt, damit sich Leute wie er nicht allzu lange gratis niederlassen. Bahnhöfe und Kirchen sind nicht geheizt, die Vorstellung, sich mit seiner Tasche durch die Sperre am Metrozugang zu schmuggeln, schreckt ihn ab. Er geht die Avenue des Gobelins Richtung Place d'Italie. Er hat Glück, die Sonne strahlt auf die Straßen, nachdem es in den letzten Tagen immer geregnet hat. Er hätte nur einen Monat länger durchhalten müssen, dann ist offiziell Winteranfang und sie hätten ihn nicht mehr rauswerfen können.

Er versucht sich aufzumuntern, indem er sich die Mädchen auf der Straße anguckt. In seiner Jugend holten sie beim kleinsten Sonnenstrahl ihre kürzesten Kleidchen raus, um das Ereignis zu feiern. Heute tragen sie weniger Röcke, mehr Turnschuhe, auch die Schminke ist diskreter. Er sieht viele Frauen jenseits der vierzig, sie tun, was sie können, tragen Klamotten, die sie beim Schlussverkauf erstanden haben und die auf den Schaufensterpuppen so schick aussahen, billige Teile, die ihnen wie anständige Kopien gut geschnittener Kleider vorkamen. Aber sobald sie sie anhaben, sieht man nur noch ihr Alter. Und die jungen Mädchen sind zwar immer noch genauso hübsch, aber sie machen nichts mehr aus sich. Die Rückkehr der Achtziger tut ihnen nicht gut.

Donnerstags machen die Bibliotheken erst um vierzehn Uhr auf. Vernon hat schon genug vom Rumlaufen. In der Avenue de Choisy setzt er sich in ein Bushäuschen. Eigentlich wollte er bis zum Park, aber seine Tasche ist zu schwer. Er setzt sich neben eine Vierzigerin, die entfernt an Jean-Jacques Goldman erinnert. Sie hat einen riesigen Leinenbeutel zwischen den Füßen, der mit Hippiefraß vollgestopft ist. Alles an ihr verströmt Intelligenz, Wohlstand, Ernsthaftigkeit und Arroganz. Die Frau meidet demonstrativ seinen Blick, aber der erste Bus, der vorbeikommt, ist nicht ihrer. Sie holt eine Zigarette aus der Jackentasche, er versucht, ein Gespräch anzufangen, natürlich wird sie ihn für einen Trampel halten, aber er muss mit irgendjemandem ein paar Worte wechseln.

»Ist das nicht ein Widerspruch – ich meine bio essen und rauchen?«

»Wollen Sie mir vielleicht Vorschriften machen?«

»Würden Sie mir vielleicht eine geben?«

Sie wendet sich seufzend ab, als würde er sie schon seit drei Stunden belästigen. Nicht übertreiben, denkt

Vernon, die Alte ist kein Knüller, nicht mehr sehr frisch, sie kann bestimmt ihre Einkäufe erledigen, ohne alle hundert Meter angemacht zu werden. Vernon lässt nicht locker, er lächelt und zeigt auf seine Tasche:

»Ich bin eben aus meiner Wohnung geflogen. Ich hatte fünf Minuten Zeit, mein Zeug zu packen und zu verschwinden. Da habe ich meine Kippen liegen lassen.«

Sie weiß nicht, ob sie ihm glauben soll, dann ändert sich ihre Haltung. Als sie ihren Bus kommen sieht, holt sie ihre Schachtel aus dem Beutel und gibt sie ihm. Sie sieht ihm in die Augen, Vernon sieht, dass sie betroffen ist. Das ist wohl eine ganz Sensible, sie hat fast Tränen in den Augen.

»Viel kann ich nicht für Sie tun, aber …«

»Sie geben mir die ganze Schachtel? Großartig. Ich werde sie hintereinander wegrauchen. Danke.«

Durch die Scheibe ihres Busses macht sie ihm Zeichen, so was wie »Wird schon«. Das Mitleid ohne Verachtung, das er ihr einflößt, deprimiert Vernon noch mehr, als wenn sie ihn angemotzt hätte.

Nach einer Stunde hat er die fünf Zigaretten aus der Schachtel geraucht. Die Zeit vergeht unerträglich langsam. Vernon würde gern irgendwo seine Tasche loswerden. Wenn es wenigstens an den Bahnhöfen noch Schließfächer gäbe.

Endlich macht die Bibliothek auf. Die Räumlichkeiten sind ihm vertraut. Er hat hier viele Comics und DVDs ausgeliehen. Bevor man alle Zeitungen im Internet lesen konnte, kam er oft her, um in der Tagespresse zu blättern. Er setzt sich neben eine Heizung und schlägt *Le Monde* auf, obwohl er nicht die geringste Absicht hat zu lesen. Aber wenn er eine Frau wäre, hätte er Lust, einen Mann anzusprechen, der *Le Monde* liest, vor allem, wenn er ein betroffenes Gesicht macht, das Gesicht eines Typen, der informiert sein will, sich aber nichts vormachen lässt.

Er geht in Gedanken sein Adressbuch durch, macht eine Liste der Leute, die ihm aus der Klemme helfen könnten, vom Buchstaben A bis zum Z. Es muss doch irgendwen geben, bei dem er auftauchen kann, der ihm ein Sofa oder ein Zimmer überlässt. Es wird ihm gleich einfallen.

Am Nebentisch sitzt eine Brünette. Sie hat die Haare hinten zusammengebunden und trägt altmodische Ohrringe, vergoldete Hänger mit kleinen Glitzersteinen. Sie ist gepflegt, aber irgendwas stimmt nicht mit ihrer Eleganz – so was von out! Sieht so aus, als steckte sie in den Fängen der Einsamkeit. Vor sich aufgeschlagene Medizinbücher. Vielleicht leidet sie an einer schweren Krankheit. Sie könnten sich bestimmt arrangieren. Vernon stellt sich vor, dass sie allein in einer großen Wohnung sitzt, die Kinder sind erwachsen, studieren im Ausland und kommen nur zu Weihnachten nach Hause. Dass sie auf Sex und unreife Männer steht und genug gelitten hat, um zu wissen, dass man sich Mühe gibt, wenn man einen guten Kerl erwischt hat, aber auch nicht so sehr, dass sie völlig zerstört wäre. Und dass sie allein ist, zum Beispiel weil sie so von ihrer Arbeit beansprucht wird oder weil sie vor Kurzem von einem Typen verlassen wurde, der noch reicher war als sie und sich plötzlich in eine Junge verknallt hat, deswegen hat er ihr eine Menge Kies dagelassen. Dass sie dankbar sein wird, einen Mann im Haus zu haben, und für Vernon ein Zimmer freiräumt, dass er einen Musiksalon daraus macht, provisorisch eingerichtet, aber in den Sound würde er investieren, und dass sie sich abends manchmal beide dort hinsetzen, dass sie sich freundlich über seine Sammlung mit raubkopierten Platten lustig macht, es aber eigentlich toll findet, dass er so eine edle Leidenschaft hat. Frauen mögen Männer, die Rock mögen, gerade dreckig genug, um sie ein bisschen zu erschrecken, aber immer noch halbwegs passend zum bürgerlichen Komfort.

Die Fantasien beschäftigen und euphorisieren ihn ein paar Minuten, dann verflüchtigen sie sich. Vernon fällt ein, wie oft er in der U-Bahn Leute gesehen hat, die so taten, als gehörten sie zu den Fahrgästen, aber auf dem Bahnsteig stehen blieben, während er im Zug saß und sie beobachtete. Auf dem Bahnsteig Arts et Métiers, Linie 11 Richtung Hôtel de Ville, war dieser junge Schwarze, der immer auf derselben

Bank schlief, eine riesige Zyste entstellte seine Wange. Mehr als zwei Jahre war er da. Und dann gab's die Rumänin, République, sie hat ihr Baby gestillt, dann hat die Kleine laufen gelernt, später saß sie neben ihrer Mutter und trank Cola.

Er weiß noch nicht, wer ihn aufnehmen wird, aber er weiß, dass er nicht die Wahrheit sagen wird. Die ist zu gruselig. Er wird sich eine leichtere Story ausdenken. Die Leute wollen sowieso, dass man sie täuscht. So sind wir halt. »Ich lebe inzwischen in Kanada und bin nur hier, um diverse Behördengänge zu erledigen, ich brauche eine Absteige für drei Nächte – kann ich vielleicht auf eurem Sofa schlafen?« Drei Nächte. Mehr ist übertrieben. Kanada klingt gut – ein Ort, der niemanden interessiert, man wird ihm keine Fragen stellen, die er nicht beantworten könnte. Ich trinke Ahornsirup, die Hells Angels sind noch genauso brutal, Koks ist total billig, die Mädchen sind heiß, nur an den Akzent muss man sich gewöhnen.

Emilie! Er muss wirklich ganz schön von der Rolle sein, dass er daran nicht gleich gedacht hat, zu ihr findet er mit geschlossenen Augen. Die Zweizimmerwohnung ohne Fahrstuhl im Fünften, hinter der Gare du Nord, die ihr ihre Eltern gekauft haben, als sie zwanzig war. Denkwürdige Partys haben darin stattgefunden. Und Dutzende Abende in kleiner Runde, er hat dort getanzt, getrunken, gekotzt, hat oft im Badezimmer gevögelt, er hat dort gegessen, Joints geraucht, hat die Coasters, Alben von Siouxsie und Radio Birdman gehört. Emilie war Bassistin. Sie stand auf L7, Hole, 7 Year Bitch und andere ziemlich fiese Sachen, die nur Mädchen hören können. Steif und verächtlicher Blick ins Publikum, New-York-Style. Ansonsten eine Nette. Vielleicht zu nett. Nicht gerade glücklich in der Liebe. Sie wurde schnell rot, das fand er sexy. Sie trug hohe Stiefel, wie in *Mit Schirm, Charme und Melone*; wenn sie auf der Bühne stand, ließ sie schmachtend und zuckend die Hüften kreisen, hielt den Bass vor den Knien und schlug auf die Saiten, dabei drehte sie den Kopf nach hinten, um die Augen des Schlagzeugers zu erwischen, das erinnerte ihn immer an einen Windhund. Sie spielte gut. Keine Ahnung, warum sie aufgehört hat, als sich die Gruppe auflöste. Als sie ihn weinend angerufen hat, um ihm zu sagen, dass Jean-Noël tot ist, hat sie ihm leidgetan. Dass sie immer noch da feststeckt, mit Männern zu schlafen, die in festen Händen sind. Nach der Beisetzung hatte sie sich immer mit ihm treffen wollen, er hatte keinen Mumm und hat nicht geantwortet. Dann hat Emilie auf seiner Facebook-Seite eine Salve gehässiger Kommentare hinterlassen, auf die er nicht reagiert hat. Sauer ist er deswegen nicht, er weiß, dass man manchmal durchdreht.

Vernon schließt die Badezimmertür. Emilie sitzt steif auf ihrem Stuhl und zerquetscht mit verlorenem Blick ihre Unterlippe zwischen Daumen und Zeigefinger. Als sie es merkt, zieht sie an ihrem zu engen Pullover, der am Rücken hochrutscht. Das mit der Lippe hat sie oft ihre Mutter machen sehen, die dabei auf einen Punkt starrte, als wäre sie weit weg.

Sie gießt sich ein zweites Glas Wein ein, hört Vernon unter der Dusche. Sie werden was Schnelles essen, dann wird sie sich so früh wie möglich mit dem iPad und der Flasche in ihr Zimmer zurückziehen. Vulkanischer Zorn ist in ihren Eingeweiden aufgestiegen, als er vor der Tür stand, aber auch nach zwei Jahren Analyse bringt sie es noch nicht fertig zu sagen, was sie denkt. Die Vorwürfe kommen nicht über ihre Lippen. Das nimmt sie Vernon am meisten übel. Tausendmal hat sie sich so eine Szene vorgestellt: Einer aus der Band bittet sie um Hilfe, und sie spuckt ihm ins Gesicht. Stattdessen hat sie gespürt, wie ihre Mundwinkel nach unten gingen, als er sie gefragt hat, ob er eine Nacht bei ihr unterkommen kann; und als er versucht hat, über Alex zu sprechen, um die

54

Stimmung etwas aufzulockern, ist ihr Gesicht noch finsterer geworden. Sie hat weder Lust, über Alex zu reden, noch, die Vergangenheit heraufzubeschwören. Sie hat Gläser rausgeholt, Bierdeckel hingeworfen und mit schroffen Bewegungen eine Schüssel mit gebrannten Mandeln gefüllt, hat die Rituale der Gastfreundschaft befolgt, aber demonstrativ unwillig, damit es unangenehm bleibt. Sie hat aufgepasst, dass Vernon den schwedischen Couchtisch nicht anrührt, sechshundert Euro im Sonderangebot bei Sentou. Emilie ist pingelig geworden in Sachen Sauberkeit. Früher war ihr das total egal. Heute könnte sie wegen ein paar Krümeln unter dem Tisch oder Kalkspuren am Wasserhahn zur Mörderin werden. Im Gegenzug empfindet sie unbeschreibliches Vergnügen, wenn alles ordentlich und sauber ist.

Vernon hat getan, als bemerkte er die Spannung nicht, er hat gefragt: »Willst du mir nicht die Haare schneiden? Weißt du noch, früher hast du sie allen geschnitten?«, und anstatt ihn geradewegs zum Teufel zu jagen, hat sie geantwortet: »Wirklich heute Abend?« Das zweite Glas hat sie etwas besänftigt. Als er ihr erzählt hat, dass er alle Platten verkauft hat, ist ihr die Wohnung eingefallen, in der er gehaust hat, direkt neben dem Laden. Das hat ihre Anteilnahme geweckt. Ihre Wut ist umgekippt. Das passiert ihr oft, es liegt nicht nur am Wein. Die schlimmste Stimmung schmilzt und wird vom genauen Gegenteil abgelöst.

Vernon hat sich sehr verändert. Alles an ihm verrät seine Verletzlichkeit. Dabei hat er sich körperlich ganz gut gehalten. Männer mit schönen Augen sind immer im Vorteil. Seine Haare sind ergraut, aber nur die Geheimratsecken sind größer geworden. Er hat Glück, er ist schlank geblieben. Das Problem sind die Zähne. Sein gelbes Lächeln ist ziemlich abstoßend.

Es ist ihr egal. Küssen wird sie ihn bestimmt nicht. Nicht nur Vernon hat sich verändert. Emilie hat zugenommen – wie viel genau? Zwanzig Kilo in zehn Jahren? Sie hat den Überblick verloren, weil sie immer lügt, wenn sie ihr Gewicht nennt, als würde das Aussprechen der Zahl etwas an ihrer Figur ändern. Am Anfang hat sie gekämpft – Diät, Sport, Thalasso, Massagen, Creme und Anti-Cellulitis-Behandlung, die ein Vermögen kostete und sich anfühlte, als würde man sie in eine Steinmühle stecken. Es lohnte sich, sie konnte den Schaden begrenzen. Aber irgendwann hat sie aufgegeben. Ihr Stoffwechsel ist unkontrollierbar geworden. Im Spiegel erkennt sie sich selbst nicht wieder. Sie quillt aus allem raus; egal, was sie anzieht, irgendwo guckt immer ein Speckröllchen vor. Wenn sie irgendwo hinkommt, wo niemand sie kennt, spürt sie am deutlichsten, wie sehr sie sich verändert hat. Wenn die Leute die Wahl haben, sprechen sie lieber jemanden neben ihr an, mit einer Dicken meiden alle den Kontakt.

Auch ihre Wohnung hat sich verändert. Sie hat die

Überraschung in Vernons Gesicht beim Reinkommen gelesen. Überraschung und Enttäuschung. Kein einziges Konzertplakat mehr. Früher hat sie sie im Wohn- und im Schlafzimmer direkt an die Wand geklebt, die Küche war Fotos von hübschen Jungs vorbehalten. Fugazi, Joy Division, Die Trottel und Dezerter haben ihren Platz für ein gerahmtes Foto von Frida Kahlo und eine Caravaggio-Reproduktion geräumt. Die Wände sind weiß gestrichen. Wie bei allen Erwachsenen in ihrer Umgebung. Sie ist die geworden, die sie nach dem Wunsch ihrer Eltern werden sollte. Sie hat eine Aufnahmeprüfung bestanden, ist Staatsbeamte, hat ihren Iro gegen einen dezenten Bob getauscht. Sie kleidet sich bei Zara ein, wenn sie dort etwas in ihrer Größe findet. Sie ist Spezialistin für Olivenöl und grünen Tee, hat *Télérama* abonniert und spricht auf der Arbeit mit ihren Kolleginnen über Rezepte. Sie hat alles getan, was sie nach dem Wunsch ihrer Eltern tun sollte. Aber sie hat keine Kinder, und deshalb zählt alles andere nicht. Bei den Familienmahlzeiten ist sie das schwarze Schaf. Ihre Anstrengungen werden nicht gewürdigt.

Das Wasser in der Dusche läuft immer noch. Emilie macht die riesige Tasche auf, mit der Vernon gekommen ist. Kein Kulturbeutel. Er hatte nur den Rasierapparat in der Hand, als er im Bad verschwunden ist, hat behauptet, dass echte Kerle nicht mit Kulturbeutel reisen. Sie ist sicher, dass er nicht aus Kanada kommt. Ist er auf der Straße? Das sieht ihm nicht ähnlich. Er ist der ruhige Typ, der gerade genug macht, um keine Probleme zu kriegen, kein Ausgeflippter, der sich so gehen lässt, dass er auf der Straße landet. Vielleicht eine schlimme Trennung? Aber Vernon ist zu beliebt, um bei einer alten Freundin zu landen, die er ewig nicht gesehen hat. Irgendwas hakt, worüber er offenbar nicht reden will.

Subutex war immer der nette lächelnde Sunnyboy hinter dem Tresen seines Plattenladens. Ein Witzbold – kein Großmaul, aber ziemlich schlagfertig. Er pickte in einem Gespräch das amüsante Detail heraus, war ein guter Wortjongleur. In einer Welt von Kerlen, die immer den Weitpinkelwettbewerb gewinnen wollen, war Vernon der Coole, der nicht übertreiben musste, um zu beweisen, was er draufhat. Er hatte seinen Platz, den des Plattenverkäufers. Weniger angesehen als der des Gitarristen, aber in der Hierarchie immer noch über dem letzten Deppen. Vernon brach die Mädchenherzen. Er baggerte sie mit Komplimenten an, stellte sie auf einen wunderbaren Podest, siebenhundert Meter über dem Erdboden, aber bald wurde seine Aufmerksamkeit abgelenkt, und er ließ sie da oben stehen und auf schöne Worte und bewundernde Blicke warten.

Emilie war ein Kerl wie alle in der Band. Wenn sie in den Laster stiegen, schleppte sie ihren Verstärker selbst. Sie war stolz auf ihre Trinkfestigkeit, sie hatte Humor, eine anständige Plattensammlung und keine Angst davor, sich auf der Bühne zu verausgaben. Sie wurde akzeptiert. Dann löste sich die Gruppe auf. Machte der Plattenladen zu. Ging jeder seiner Wege. Und die Freunde vergaßen, sie anzurufen. Wenn sie vor einem Konzert ein Bier trinken gingen, wenn sie einen Videoabend machten oder ein Essen, wenn sie etwas feierten, dann immer ohne sie. Irgendwann machten sie verlegene Gesichter, wenn sie nach einem Gig mit ihnen backstage gehen wollte. Verlegene Gesichter, die sie gut kannte – die aber bisher nie ihr gegolten hatten. Die sie machten, wenn jemand aufdringlich wurde und sie nicht wussten, wie sie ihn abwimmeln sollten. Und wenn sie es schaffte, sich an denselben Restauranttisch zu drängeln, hatte sie das Gefühl, dass ihre Stimme zu leise war. Sie hörten sie nicht. Das war nicht mal böse gemeint. Sie hätten ihre Anwesenheit zur Kenntnis nehmen müssen, damit es aggressiv gewirkt hätte. Wenn sie mit Jean-No darüber sprach, meinte er, sie sei verrückt, sie müsse immer die gesamte Aufmerksamkeit auf sich ziehen, sie habe die Auflösung der Band nicht verkraftet. Da war was dran. Als ihnen jemand von Virgin einen Vertrag anbot, beschloss Sébastien, der Leadgitarrist, alles sausen zu lassen. Wegen der Reinheit der Kunst. Dabei war Sébastien der Einzige von ihnen, der für ein Major-Label arbeitete. Aber genau das war seine

Logik: Er hatte schließlich keine Band, damit es da genauso lief wie bei der Arbeit. Keine Kompromisse, kein Karriereplan. Nur Rock und Reinheit. Er hatte Lust auf ein Hobby, bei dem er sich radikal fühlen konnte, abends, nach dem Job. Also kein Fernsehen, kein Booker, nichts Professionelles. Ungeschliffen sollte es bleiben, unter Freunden, ein G7-Laster ohne Sitze und Taboulé-Catering. Sébastien stand auf die Reinheit, die brave Spießer schätzen, wenn sie sich einen rebellischen Freiraum gönnen. Er hatte eine schnucklige Einzimmerwohnung in der Rue Galande, die ihm seine Eltern gekauft hatten. Den größten Teil seiner Energie verwendete er darauf, seine Umgebung unter die Lupe zu nehmen, um allen zu beweisen, dass sie irgendwann ihre Seele verkauft hatten, falsche Brüder, unsichere Kantonisten, Hochstapler! Sébastien hat es immer gestört, eine Tussi in seiner Band zu haben. Sie verdarb die Atmo. Punkrock bleibt ein Männersport. Wenn er ihr heute, zwanzig Jahre später, über den Weg läuft, sieht sie einen Mann, der es für einen Reinen und Harten beruflich ganz gut geschafft hat. Er ist Chefredakteur einer Kultursendung im Kabelfernsehen, die Chefs lieben ihn – er verschafft ihnen eine Dosis viriler Radikalität, ohne sie als Besserwisser zu nerven.

Nachdem sich *Chevaucher le Dragon* aufgelöst hatte, hat keine andere Band sie je angerufen, um ihr eine Vertretung anzubieten. Damit hatte Emilie nicht gerechnet. Sie spielte gut, an ihrer Qualität zweifelte sie nicht. Also hatte sie den Bass in den Kasten gelegt, ihn in den Keller getragen und sich anderen Dingen zugewandt. Nicht sie hatte sich von ihren alten Freunden entfernt – sie war abgeschoben worden. Das ist etwas anderes. Nur Jean-No hatte sie weiter besucht. Kein Wunder, er schlief mit ihr, wann immer er Lust hatte. Ganz am Anfang war es eine Geschichte, die nicht aufhört, weil zu viel Leidenschaft drinsteckt. Dann wurde es mehr zu einer Sucht. Wenn man die Droge nicht mehr aus Spaß nimmt, sondern um den Entzug zu mildern. Er bekam sein erstes Kind. Mit einer anderen. Emilie war mit der Offiziellen befreundet, war eine der Ersten, die von der Schwangerschaft erfuhr, musste mit der Glücklichen anstoßen und weiter lächeln. Vom Zweiten hatte sie erst Monate nach der Geburt erfahren. Als sie ein Plüschtier in seiner Tasche fand. Emilie ist das Mädchen geworden, das keinen Freund vorweisen kann, mit dem die Männer auf die sanfte Tour Schluss machen, das immer allein zu den Firmenfesten kommt und eine Menge Freundinnen hat, weil es beruhigend ist, wenn jemand so ein Loser ist. Jetzt ist es vorbei, sie wird ihre Jugend nicht von vorn anfangen, die sie mit dem Warten verbracht hat, dass irgendein Arschloch anruft oder nicht, seine Frau anlügt, um sie zu besuchen, sie zu seiner Heimlichen macht; sie hatte es nicht geschafft, das Laufwerk anzuhalten und sich was anderes zu suchen, sie weiß nicht, wo sie hinsoll mit dem Schmerz, den ihr das zufügt. Warum sind bestimmte Leute ganz scharf darauf, sich selbst zu zerstören, während es bei anderen so einfach aussieht zu tun, was zu tun ist. Die Wahrheit ist, wenn nicht er sie hätte leiden lassen, wäre es ein anderer gewesen.

Als Jean-No gestorben ist, hat sie versucht, mit jemandem darüber zu reden. Dass sie nur seine Geliebte war, ändert nichts daran – er war der Mann, mit dem sie seit mehr als zehn Jahren schlief. Sie hat sich auch an Vernon gewandt. Aber er hat nie geantwortet. Als würden sie sich nicht kennen, als würde sie ihn nerven, ihn nach dem Tod von Jean-No mit Anrufen verfolgen. Von ihr aus kann er heute vor ihrer Haustür krepieren, das ist geklärt, sie will nichts mehr von ihm wissen. Jeder ist mal dran.

Er kommt aus der Dusche, sie zieht einen Stuhl ran, breitet ein Frotteehandtuch auf dem Boden aus, um die Haare aufzufangen, und beißt sich beim ersten Strich mit dem Kamm auf die Lippen, um nicht loszuheulen. Auf einmal ist die Gereiztheit verschwunden und wird von einer brennenden Wehmut ersetzt, mit der sie nicht gerechnet hat. Als kleines Mädchen hat sie ihrem Großvater jeden Sonntag während der Satiresendung *Le Petit Rapporteur* die Haare geschnitten, ihre Mutter verdrehte die Augen, »Sie macht mit ihm, was sie will«. Sie stand hinter dem Stuhl und reckte die Ärmchen nach oben, um die drei überstehenden

Haare im Nacken zu erwischen. Die Haut eines reifen Mannes, das sehr feine weiß melierte Haar und ein bestimmter Geruch. Mit den Fingerspitzen berührt sie Vernons Schädel, damit er den Kopf nach vorn beugt. Sie zieht an den Strähnen und schneidet die Spitzen ab, will dem Haar Volumen geben, nicht mehr viel da, um damit zu arbeiten, will ihn von den dünnen Zotteln befreien, die wie Rattenschwänze runterhängen. Plötzlich packt sie eine Zärtlichkeit, die nichts mit Verlangen zu tun hat, auch nicht mit der, die man Kindern entgegenbringt. Die Zärtlichkeit einer erwachsenen Frau, die vor der Zerbrechlichkeit des anderen schmilzt. Sie unterdrückt die Tränen. Das schafft sie erst seit Kurzem. In den ersten beiden Jahren der Depression heulte sie wegen jeder Kleinigkeit, war ihr der Wille abhandengekommen, der die Tränen zurückhält: Wie bei anderen die Beine einknicken, wie bei einer Inkontinenz flossen bei ihr die Tränen. Nach dem Sommer war es vorbei. Eines Morgens war sie aufgestanden und hatte beschlossen, nicht zu weinen. Das änderte nichts am Schmerz, aber sie musste sich nicht mehr unter irgendeinem Vorwand im Fahrstuhl neu schminken, weil sie auf dem Weg zur Arbeit während der ganzen Metrofahrt grundlos geweint hatte. Durch die ganze Heulerei hatte das Salz der Tränen die Haut unter ihren Augen zerstört. Das war irreversibel.

Vernon hat die Haut eines alten Mannes. Die Haut

eines Mannes seines Alters. Das hatte sie schon bei Jean-Noël gespürt. Man sagt, Männer altern besser als Frauen, aber das stimmt nicht. Ihre Haut verliert schneller die Elastizität, vor allem, wenn sie rauchen und trinken. Sie wird schlaff, man hat das Gefühl, sie werde unter den Fingerkuppen zerbröseln. Sie hat nie verstanden, was junge Mädchen daran finden, mit älteren Männern zu schlafen. Die zarte, straffe Haut junger Männer ist so viel angenehmer. Männer ihres Alters stoßen sie ab, ihre Eier hängen runter wie sklerotische Schildkrötenköpfe. Sie könnte kotzen, wenn sie sie anfassen muss. Sie hasst Männer, die beim Vögeln kurzatmig sind oder sich nach fünf Minuten auf den Rücken legen müssen, weil sie nicht mehr können, und die Partnerin den Rest allein machen lassen. Sie hasst ihren dicken Wanst und die kleinen grauen Schenkel.

Frauen entwickeln sich mit dem Alter. Sie versuchen zu begreifen, was mit ihnen geschieht. Die Männer stagnieren heroisch, dann geht es mit einem Schlag bergab. Je älter sie werden, desto mehr verbinden sich Liebe und Sex mit der Kindheit. Sie haben Lust, Kinderworte zu Frauen zu sagen, die wie kleine Mädchen aussehen, Schweinereien zu machen, wie man sie auf dem Schulhof macht. Niemand ist scharf darauf, etwas über das Verlangen eines Greises zu hören, das ist zu peinlich.

Je mehr sie trinkt, desto mehr findet sie, dass

Vernon gut gealtert ist. Er war immer leicht zu haben. Sie müsste nur eine Flasche Whisky aufmachen, dann würde irgendwas passieren. Wenn sie voll ist, vergisst sie ihren Körper und wie wenig begehrenswert er geworden ist, das kennt sie schon. Der Gedanke an Sex lockt sie zwar noch, aber die Umsetzung schreckt sie ab. Seit ein paar Jahren ist ihr jede Libido abhandengekommen, und die Wahrheit ist, dass sie sehr gut ohne leben kann. Sie hören *Trans-Europe Express*. Emilie wusste nicht, was sie aus ihrer Plattensammlung auswählen sollte. Beim Wühlen hat sie enttäuscht festgestellt, dass sie seit einer Ewigkeit nichts Neues oder Spannendes mehr hört. Es interessiert sie nicht mehr.

»Weißt du noch, dass du mal ununterbrochen Edith Nylon gehört hast?«

»Keine Ahnung, was aus ihr geworden ist. Ich habe ihre Platten im Internet nicht mehr gefunden.«

»Kennst du Snapz Pro? Ich installiere dir das, sobald du mit meinen Haaren fertig bist.«

»Hast du deine Platten mit nach Québec genommen?«

»Ich habe alles auf eBay vertickt. Als der Laden dicht war, habe ich davon gelebt. Jetzt gibt's ja alles im Netz.«

»Ich habe noch kastanienbraune Haarfarbe. Soll ich dir die weißen Haare wegmachen?«

»Ja, gern. Ich find's toll, wenn du meine Haare berührst.«

Sie essen nebeneinander vor dem Fernseher. Mit dem Haarschnitt und der Färbung sieht er besser aus. So ein Arschloch! Seine Augen sind immer noch genauso blau, genauso anziehend. Sie wartet nicht, bis er aufgegessen hat, um sich ein Glas einzugießen, ihm die Couch aufzuklappen und unter dem Vorwand, sie sei erledigt, in ihrem Zimmer zu verschwinden. Mit zwanzig hätte sie sich schuldig gefühlt, dass Vernon auf der Straße ist und sie es in ihrer Bude schön warm hat. Sie hätte sich verpflichtet gefühlt, ihn ein paar Tage dazubehalten. Sie hat genug Freunden als Hotel gedient, die sich ungeniert von ihr abgewandt haben, sobald sie sie nicht mehr brauchten. Von all den bescheuerten Poeten hat sie die Nase gestrichen voll. Zu zart zum Arbeiten. Aber um ihre, Emilies, Verletzlichkeit hat sich keiner je geschert. Sie dankt der Therapie, die sie gelehrt hat, ab und zu ihre Tür zu verschließen, nur deswegen ist sie noch im Rennen. Es löst nichts, wenn sie ihn aufnimmt, sie muss sich nicht rechtfertigen und sich erst recht nicht schuldig fühlen.

In Barbès herrscht schon am frühen Morgen mächtiges Gedrängel. Mit der Tasche über der Schulter bahnt er sich einen Weg. Die Körper lauern, alles giert nach Geld. Zigarettenstangen, Parfüm und gefälschte Markentaschen, sie packen ihn am Arm, halten ihm Sachen vor die Nase, er spielt den Eiligen, der ein Ziel hat, um nie den Blick von der oder dem zu treffen, der ihn festhält. Hinter Pigalle wird es ruhiger. Die Busse mit Japanern, Chinesen und Deutschen sind noch nicht angekommen. Das Moulin-Rouge sieht aus wie eine Pappmascheedeko. Das Élysée Montmartre ist immer noch verrußt. Die Straßen von Paris sind ein Erinnerungsautomat. Den Lärm und die Autos auf der Place de Clichy hat er immer schon gehasst.

Die Sonne von gestern hat sich verzogen, es ist kalt und er hat Hunger. Vertrautes Gefühl, dass der Magen halb leer ist. Solange er zu Hause bleiben konnte, hat ihn das nicht gestört. Emilie frühstückt Weibermüsli, Zeug, das den Stuhlgang fördert und nach Heu schmeckt, er hat brav ein paar Löffel davon gegessen, aber dann hatte er Angst, dass er davon gleich kacken muss. Gestern war er bei McDo auf dem

Klo. Aber die meisten sind mit Code, damit Leute in seiner Lage nicht dadrinnen chillen.

Emilies Frust hat ihm eine Metallplatte in die Brust geschoben. Bis zum letzten Moment hat er gedacht, sie lässt ihm die Wohnungsschlüssel da. Wenigstens für den Tag. Sie hat natürlich begriffen, dass er in der Scheiße steckt. Auf der Straße hat sie ihm zwei Zwanzigeuroscheine in die Hand gedrückt, ist seinem Blick ausgewichen und zur Metro gerannt. Emilie. Was aus ihr geworden ist, ist das Traurigste, was er je erlebt hat. Irgendwas Ranziges hängt in der Luft, die sie atmet, irgendwas ist sauer geworden, verseucht alles und zerstört die Energie. Dabei wird sie mit dem Alter verführerischer. Sie ist weniger frisch und etwas rundlicher, aber das steht ihr. Die Sicherheit gibt ihr Charme, früher war sie trampeliger.

Er hat wie ein Wahnsinniger verhandelt, damit sie ihm ihr MacBook borgt. Er hat sich selbst geschämt, als er sie beim Frühstück so bedrängt hat – aber er hatte keine Wahl. Er muss online gehen können. Er hat gebettelt. Hat die Interviewkassetten von Alex aus der Tasche geholt und geschwenkt, als wären es die Gesetzestafeln: »Das ist sein Testament, Emilie, verstehst du? Ich wollte dir nichts davon erzählen, aber ich bin auch deswegen nach Paris zurückgekommen. Ich lasse sie dir als Pfand hier – du borgst mir deinen Rechner, höchstens acht Tage, und wenn ich ihn dir zurückbringe, nehme ich die Kassetten

wieder mit. Sie sind das Kostbarste, was ich besitze.«
Das MacBook braucht sie überhaupt nicht – sie hat
ein iPad, ein iPhone und ein Riesenteil, mit dem sie
fernsieht. Sie hat sich gesträubt, er hat sie bedrängt.
Schließlich hat sie nachgegeben, angewidert, dass er
sich so erniedrigt. Er kennt den Blick, den sie ihm
zugeworfen hat – so hat er früher süchtige Kumpels
angesehen, die in den Laden kamen und ihm das
Ohr abkauten, weil sie einen Schein wollten, »Du
kriegst ihn morgen wieder, versprochen«, den Vernon irgendwann rausrückte, weil er genug hatte und
wollte, dass sie verschwanden.

Als sie die beiden Zwanziger rausgeholt hat, hätte
er gern gesagt »Was soll der Quatsch?«, aber er hat
sie eingesteckt und die Augen abgewandt.

Sie war sauer, und wie, weil er nach Jean-Nos Tod
nicht angerufen hatte. Ehrlich gesagt war er gar nicht
auf die Idee gekommen, dass es für sie ein großes Ding
sein könnte. Jean-No hat nie von ihr gesprochen. Nie.

Als er an einem Starbucks vorbeikommt, fragt er
sich wieder mal, was an dieser Kette so besonders
ist, dass in Paris an jeder Ecke ein Laden aufmacht.
Er geht rein, es ist wie ein McDo in gemütlich, statt
Frittengestank der Duft nach frischem Kuchen. Alles
überrascht ihn, vom Einheitsdress der Verkäufer bis
zum Bestellsystem. Und ihm wird klar, dass er das
Paradies der Jointraucher betreten hat: Süßkram, tiefe
Sessel, seichte Musik und gedämpftes Licht – wenn es

erlaubt wäre, würden sie sich auf der Stelle in einen Coffeeshop verwandeln, dann könnte man gleich ganz dort einziehen. Er fragt die junge Frau am Tresen aus, hinter ihm wartet niemand, sie ist vielleicht zwanzig, eine hübsche Schwarze mit hohen Wangenknochen, zu dünn gezupften Brauen und warmer Stimme. Vernon möchte alles über die Kaffees auf der Karte wissen. Sie antwortet ihm ruhig, überhaupt nicht in der Rolle des Mädchens, das sich anmachen lässt. Sie behandelt ihn wie einen Schwachkopf, der aus dem Altenheim abgehauen ist und das dritte Jahrtausend entdeckt. Er möchte sie für sich interessieren, sie aus dem Gleichgewicht bringen, er würde gern bei ihr einziehen und den Winter in ihrem Bett verbringen. Aber nichts in ihrer Haltung lädt ihn ein, es länger zu versuchen. Er zieht mit einem Kaffee für 2,60 Euro ab.

Dann versinkt er in einem Sofa, macht den Computer an und sieht auf dem Monitor sein Spiegelbild. Wenigstens hat ihm Emilie ordentlich die Haare geschnitten. Er schaut sich um. Der grundlegende Unterschied zwischen einer richtigen Bar und diesem Ort ist der fehlende Tresen. Der Tresen macht die Bar. Sonst ist man im Café. Bei einer Bar weiß man dank Tresen, dass man allein reingehen kann und seinen Platz findet. In seinem Laden gab es einen Tresen. Dort konnte man stundenlang stehen und ins Halbleere reden. Sozusagen das Gegenteil der

Psychocouch: im Stehen, mit dem Gesicht zum Gesprächspartner, ohne jede Zeitbegrenzung. Gott weiß, was er in mehr als zwanzig Jahren hinterm Tresen für Schwachsinn gehört hat.

Er ruft seine Facebook-Seite auf, postet ein Stück von den Cramps, live aus einer Irrenanstalt, eine alte Aufnahme von unwiderlegbarem Charme, genau das Richtige, um möglichst viel Sympathie zu wecken. Im Laufe der Nacht sind die Kommentare zu Alexandres Tod aufgeblüht. Er möge in Frieden ruhen, er soll sich zum Teufel scheren mit seinen Bobo-Schnulzen, er möge zur anderen Seite des Regenbogens gelangen, und jeder postet sein persönliches Foto, seine Anekdote – ich habe ihn in einer Bar getroffen, er hat Novalis gelesen, ich habe mit ihm geschlafen, ich habe ihn zu dem und dem Lied inspiriert, er hat mir einen Kaugummi geschenkt, ich habe Toilettenpapier gekauft und er Schinken, ich habe ihn einmal hackedicht erlebt und ihm ein Bier spendiert, ich habe ihn am Boden in seiner Scheiße liegen sehen, und er hat mir leidgetan, er war ein großer Dichter, mein Herz blutet.

Es ist eine ziemliche Herausforderung, jemanden aus der Liste seiner Freunde zu wählen. Er hat viele. Plattenverkäufer, das schafft Bindungen. Auf der Startseite sieht er ein geniales Foto von Harley Flanagan jr., die Diskussion läuft seit drei Monaten – Harley Flanagan jr. hat den Sänger, der ihn bei den Cro-Mags ersetzt hat, mit dem Jagdmesser aufgespießt. Er likt wie ein Besessener. Der Kaffee ist nicht schlecht, er trinkt einen halben Liter, das zerfetzt ihm den Magen.

Nach fünf Minuten im Supermarkt könnte Xavier den ganzen Laden in die Luft jagen. Im Monoprix seines Viertels haben Idioten das Sagen. Der Wahnsinn hat Methode: Sie warten, bis der Laden richtig voll ist, dann lassen sie die Mitarbeiter Ware auffüllen. Sehen zu, dass der Durchgang für die Einkaufswagen maximal behindert wird. Genauso gut könnten sie es morgens, vor Ladenöffnung, machen oder wenn nichts los ist. Nein, es müssen die Spitzenzeiten sein: Los, stell drei Paletten zwischen die Regale, wenn die bescheuerten Konsumenten einkaufen wollen, sie sollen leiden.

Die ätzenden Retroverpackungen machen ihn aggressiv. Wenn er sich vorstellt, dass da Leute in Büros sitzen, die wochenlang darüber nachgedacht haben, welche Farbe ein Gurkenglas haben soll ... so viel fehlgeleitete Intelligenz! Marie-Ange hat ihn genervt, er soll gefälligst einkaufen – und dass er ihr nie hilft und dass sie die ganze Arbeit am Hals hat und warum eigentlich immer sie und so weiter. Immer das gleiche Gelaber, Scheiße! Die Einkaufsliste, die sie ihm aufs Telefon geschickt hat, ist so ausführlich, dass sie bestimmt mehr Zeit damit verbracht hat, als wenn sie den Einkauf selbst gemacht hätte. Es kann doch wohl nicht wahr sein, dass ihr die Marke des Toastbrots so wichtig ist! Jetzt steht er hier wie ein Idiot und sucht 0-%-Joghurt, aber ohne Aspartam, weil Madame auf ihre Linie achtet, aber von Aspartam furzt wie ein Gaswerk.

Der fetten verschleierten Araberin, die sich vor ihm durch den Gang wälzt, würde Xavier am liebsten in den Arsch treten. Kann man überhaupt noch zweihundert Meter die Straße langgehen, ohne dass man ihre Schleier, die Hand der Fatima an jedem Rückspiegel und die Aggressivität ihrer Bälger ertragen muss? Widerliche Rasse, kein Wunder, dass niemand sie ausstehen kann! Er steht hier und kauft ein, anstatt zu arbeiten, weil Madame nicht will, dass man sie für ein Dienstmädchen hält, aber die dreckigen Faulenzer von Kanaken hängen draußen rum, ohne einen Finger krumm zu machen; haben die ein Schwein! Zusammen mit den Arbeitslosen, denen die Stütze in den Arsch geschoben wird, sitzen sie den ganzen Tag im Café, während ihre Weiber schuften. Die machen nicht nur alles im Haus, ohne zu jammern, und gehen arbeiten, um ihre Kerle durchzufüttern, sie müssen sich auch noch einen Schleier umhängen, um ihre Unterwerfung zu demonstrieren. Das ist doch Psychoterror! Alles nur, damit der französische Mann merkt, dass er nichts mehr wert ist.

Das ist umso deprimierender, weil die Kanaken-weiber ja die Wahl haben. In den Achtzigern und Neunzigern haben sie sich auf alle Jobs gestürzt und Karriere gemacht – auch wenn man genau gesehen hat, dass sie sich vor allem einen reichen Mann angeln wollten, blöd sind sie nicht. Aber sie haben sich ins Zeug gelegt und es weiter gebracht als manche andere. Und dann haben sie den Rückwärtsgang eingelegt. Haben sich vom Arbeitsmarkt zurückgezogen und das Kopftuch umgehängt, damit sie bloß nicht ihre Brüder demütigen. Seine Alte würde bestimmt nicht aufhören zu arbeiten, um ihn seiner Männlichkeit zu versichern. Scheiße. Am Geld würde es ihnen jedenfalls nicht fehlen, wenn Marie-Ange auf so eine Idee käme.

Er ist völlig hinüber. Der Abend gestern hat ihn fertiggemacht. Über Nacht haben sich die giftigen kleinen Stiche entzündet. Er war mit Serge Wergman essen, der ihm angeboten hat, ein Seriendrehbuch zu überarbeiten. Sie wissen beide, dass die Sache stinkt – seit Jahren wird an dem Ding geschrieben, der Sender kann sich nicht durchringen, mit den Drehar-beiten anzufangen, das wird nie was. Das Thema war von Anfang an verkorkst – eine Chirurgin verliebt sich in den Schmuggler, den sie gerade am offenen Herzen operiert hat. Wergman ist ein anständiger Kerl, Xavier weiß, dass er seine Kohle kriegt. Er wird ein bisschen dran rumschrauben und zwei Dialoge umschreiben, danach besteht sein Job vor allem darin, die ständigen, endlosen, sinnlosen und nervenden Sitzungen mit den Armleuchtern vom Sender zu ertragen, vierundzwanzigjährige Papasöhnchen, halbe Analphabeten, deren dicke Finger mit abgenagten Nägeln an den gehighlighteten Zeilen langfahren, »Da, sehen Sie, das funktioniert nicht«. Als hätten die Ärmsten auch nur die geringste Ahnung, was die Zuschauer sehen wollen. Die Grünschnäbel sitzen doch nur in den Chefsesseln, weil ihre Eltern die richtigen Leute angerufen haben.

Es ist ein Job. Und er ist froh, dass er was hat. Er war auch froh, dass Serge ihn zum Essen bei dem guten Italiener am Canal Saint-Martin eingeladen hat. Sie haben über den neuen Tarifvertrag geredet, der bald unterschrieben wird, und darüber, dass die Gewerkschaften den Autorenfilm kaputt machen. Weil Xavier weiß, dass Serge auch Beziehungs- und Sozialdramen produziert, hat er es sich verkniffen zu sagen, was er vom Autorenfilm hält. Es war kein schlechter Abend. Bis Elsa gekommen ist. Am Arm von Jeff. Xavier hat nicht gewusst, dass sie zusammen sind. Er hat sich nichts anmerken lassen, aber gleich fing seine Speiseröhre an zu brennen und er bekam nichts mehr runter.

Jeff war auch mal Drehbuchautor. Vor zwei Jahren ist er zur Regie gewechselt. Hundertzwanzig Minuten Traktoren vor grauem Himmel, Fabriken voll schweigsamer Proleten mit fettiger Haut und niedriger Stirn. Keine Musik, zu teuer, kein Drehbuch, ein kantiger Film, wie die Kritiker ihn liebten – wenn sie sich zu Tode langweilen und wenn es hässlich ist, sind sie überzeugt, dass man ihnen ein echtes Bild der Arbeiterwelt präsentiert. Als der Film ins Kino kam, konnte Xavier keine Zeitung aufschlagen, ohne einen Haufen Schwachsinn zu lesen, und ein dickes Geschwür hatte seine Eingeweide zerfressen. Er hatte nicht damit gerechnet, dass dieser Loser Jeff ihn locker überholt. Er, Xavier, hat seit fünfzehn Jahren für kein einziges selbst geschriebenes Drehbuch eine Finanzierung gekriegt.

Jeff bereitet seinen zweiten Film vor. Er hat Elsa eine Rolle angeboten. Sie sind zusammen gekommen, im Schlepptau eine Brünette mit fettigen Haaren, die sich als Regieassistentin vorgestellt hat. Alle haben vor Begeisterung losgekreischt, so ein Zufall!, obwohl keiner den anderen riechen kann. Jeff war der Einzige, dessen Glück nicht gespielt war. Es muss sich genial anfühlen, einen Kumpel wiederzusehen, mit dem man oft zusammengearbeitet hat, und ihn mit seinem versifften kleinen Erfolg zerquetschen zu können. Ein Triumph. O nein, man kann nicht behaupten, dass er sein Glück nicht genossen hätte! Er wälzte sich darin wie ein Schwein.

Xavier hat nie mit Elsa geschlafen. Er betrügt seine Frau nicht. Er ist nicht der Typ, der das Maul aufreißt,

77

»Ich bin wirklich ein guter Christ, Monsieur«, und dann sein Ding in eine andere Möse steckt als die seiner Legitimen. Er hat seine Prinzipien. Er war jung und hat es genossen. Jetzt ist er verheiratet und Vater, er hält sich zurück. Aber bei Elsa fällt es ihm schwerer als bei anderen. Er wird nicht nur geil, wenn er sie sieht, sie berührt seine Seele. Er hat Lust, sie zu beschützen, an sie geschmiegt einzuschlafen, sie zu fragen, was sie am Tag gemacht hat, er hat Lust, ihren Rücken bis zu den Lenden mit Küssen zu bedecken, sie *Sympathy for the Devil* lesen und Blues hören zu lassen, er hat Lust, sich mit ihr in den Zug zu setzen und in einem Zimmer mit Meerblick anzukommen, er hat Lust, ihren Morgengeruch zu spüren, er hat Lust, sie zu den Castings zu begleiten und sie wieder aufzubauen, wenn sie nicht genommen wird, er hat Lust, gute Nachrichten zu feiern, indem er sie an sich drückt. Mit Elsa hat er auf alles Lust. Und es hört nicht auf. Es gibt Aufwallungen, die diese Intensität haben, aber dann gibt es sich, eines Tages sieht man die Frau wieder und spürt nichts. Schlimmer noch, man stellt fest, dass sie aus dem Mund riecht, Pickel hat, ihre Stimme schrill ist oder dass einem nicht gefällt, wie sie sich hält. Aber Elsa und ihn führt das Schicksal immer wieder zusammen, und es hört nie auf. Er weiß, dass es gegenseitig ist. Sie wartet nur auf ein Zeichen von ihm. Sie fühlt, was er fühlt, und sie weiß, warum er sich zurückhält. Sie respektiert das. Weil sie obendrein ein anständiges Mädchen ist – keine dieser Billigschlampen, die unter dem Vorwand, befreit zu sein, jede Ehe kaputt machen. Sie ist supersüß, hat viel zu viel Klasse für eine Schauspielerin, mit ihrer Karriere geht es auch nicht so richtig voran, obwohl sie viel hübscher ist und mehr Präsenz hat als die ganzen magersüchtigen Schwanzlutscherinnen am Set. Und als dieser Arsch von Jeff vorgeschlagen hat: »Gehen wir doch zu mir – ich hab mir gerade eine Wohnung gekauft –«, gehen wir zu mir, hier ist kein Platz, wir lassen uns was liefern«, ist Xavier wegen Elsa mitgegangen. Die Wohnung, die Jeff gekauft hat, ist ja so was von scheiße. Da stimmt was nicht, der Arsch lügt, das stinkt doch meilenweit nach Erbschaft. Er spielt den Unabhängigen, der nichts seiner Familie verdankt, aber das sieht ja ein Blinder, dass die Wohnung eine Vermögensübertragung ist. Nicht mal ein Idiot wie Jeff würde sich so eine lächerliche Bude kaufen. Trotzdem hat er mehrmals wiederholt, dass sie vierhunderttausend Euro kostet, um zu betonen, dass er genug Geld hat, um rumzukriegen, wen er will. Es war ein ätzender Abend. Sie sind über Delarue hergezogen, als würden sie alle jetzt erst merken, dass er ein Drecksstück ist, umgeben von Speichelleckern, die für einen Kommentar von ihm, der am nächsten Tag der Hype wäre, Vater und Mutter umlegen würden. Xavier hat die Schnauze gehalten – er hatte keine Lust, sich vor Serge unmöglich zu machen, wenn es mit ihm durchgeht. Auch nicht, Elsa zu zeigen, wie angewidert er war. Er hätte sie gern beiseitegenommen und ihr gesagt, was er auf dem Herzen hat – wie sehr sie ihm gefällt, dass er sogar an sie denkt, wenn sie sich ein halbes Jahr nicht sehen. Nur, wenn man erst mal »Du gefällst mir« sagt, ist es so, als würde man fragen »Darf ich dich küssen?«. Es gibt nur eine Art, treu zu bleiben, das ist körperlicher Abstand. Solange man sich drei Meter vom begehrten Körper entfernt hält, sinkt die Gefahr beträchtlich, dass es entgleist.

Jeff hat ihn den ganzen Abend lang auf seine nette Tour vorgeführt. Xavier hat es weggesteckt. Er hat zugehört, wie sich die Intellektuellen des französischen Films selbst zur Qualität ihrer Werke beglückwünscht und auf das Wiedersehen in Cannes gefreut haben. Cannes, dachte Xavier, ist wie Bierzelt mit Nutten in Louboutin. Erst zeichnen sie einen rumänischen Film aus, dann kotzen sie ihren Kaviar aus und stopfen sich die Nase mit Koks voll. Die linken Intellektuellen stehen auf Roma, weil man sie schrecklich leiden sieht, ohne sie je reden zu hören. Entzückende Opfer. Aber an dem Tag, wo einer von ihnen den Mund aufmacht, suchen sich dieselben linken Intellektuellen andere stumme Opfer. Die Schisser, hat Xavier gedacht, ihr großer Held ist Godard, der nur Kohle im Kopf hat und Kalauer von sich gibt. Irgendwann haben sie dann doch wieder Bodenhaftung gekriegt. Das muss man erst mal schaffen.

Xavier ist besoffen genug nach Hause gekommen, um sich nicht allzu mies zu fühlen. Er hat sich auf dem Klo einen runtergeholt und dabei an Elsa gedacht, dann hat er sich die Hände gewaschen und ist neben seiner Frau ins Bett gefallen. Er hasst sich dafür, aber ohne wäre er nicht eingeschlafen. Erst heute Morgen ist ihm aufgegangen, wie schlecht er den Abend verdauen wird. Dabei hat er schon einiges an gottverdammten demütigenden Abenden geschluckt, sein Bedarf ist gedeckt. Den ganzen Vormittag konnte er sich nicht auf das konzentrieren, was er zu schreiben hatte, hat immer neue Monologe abgespult, um sich zu überzeugen, dass er nicht, wirklich nicht die Spur, eifersüchtig auf Jeff ist. Wer wäre schon gern an der Stelle dieses Hampelmanns? Er konnte einfach nicht anders, als sich immer wieder das Gespräch auszumalen, in dem er Elsa erklärt, wie lächerlich es ist, seinen ersten Spielfilm zu machen, der drei lobende Artikel einfährt. Im Nachhinein leidet er bei der Vorstellung, Elsa könnte auf die Idee kommen, der Vergleich falle zu seinem Nachteil aus. Er hat immer neue Varianten erfunden, um ihr alles Schlechte zu sagen, was er von Jeff denkt, und dass er so gar nicht sauer ist, wenn der jetzt seinen neuen Film vorbereitet. Überhaupt nicht sauer!

Jetzt im Monoprix hätte er gern eine Bazooka dabei.

Die dicke Blonde da mit ihren fetten Schenkeln in Minishorts, die sich rausputzt, als wäre sie ein Klasseweib, dabei ist sie einfach eine Kuh: eine Kugel in den Kopf. Das Pärchen dort im Kooples-Stil, katholisch und ultrarechts, sie mit Retrobrille und straff nach hinten gekämmten Haaren, er mit Schönlingsfresse und Ohrhörer, der zwischen den Regalen telefoniert, während sie nur superteures Zeug einpacken, beide in cremefarbenem Regenmantel, damit man auch ja sieht, dass sie Rechte sind: eine Kugel in die Fresse. Der dicke Geldsack, der auf den Arsch der Mädchen starrt, während er sein Halalfleisch kauft: eine Kugel in die Schläfe. Die Judenmammi mit ihrer Perücke und den widerlichen Titten, die ihr gleich überm Nabel gewachsen sind, er hasst Weiber, die ihre Titten mitten auf dem Bauch haben: eine Kugel ins Knie. Einfach draufhalten, zusehen, wenn die Überlebenden wie Ratten davonrasen und sich unter den Regalen verkriechen, die ganze Scheißbande, die hier versammelt ist, um sich den Wanst vollzuschlagen, mit ihrem erbärmlichen Hang zum Lügen, Schummeln, Tricksen, Vordrängeln, Angeben. Alles in die Luft jagen. Aber er ist Vater, er ist ein verheirateter Mann, er ist ein erwachsener Mann, also hält er das Maul, füllt seinen Wagen und schäumt vor Wut, zu Hause muss er das alles auch noch einräumen, sonst ist Marie-Ange sauer, und wieder ein Tag ohne

Schreiben. Ihm tut der Kiefer weh, so fest beißt er die Zähne zusammen.

An den Kassen lange Schlangen, bei Monoprix machen sie noch nicht genug Kohle auf dem Rücken der Verbraucher, deswegen sparen sie an Kassiererinnen. Er geht zu der Inderin, weil er sie kennt: Sie ist fix. Wenigstens eine, die anständig ihre Arbeit macht. Die verschwendet keine Zeit mit Lächeln, als wäre sie da, um allen einen zu blasen, aber sie wird auch nicht langsamer, sie muss nicht jede Ware fünf Minuten inspizieren, bevor sie sie vor das Lesegerät hält. Sie macht Tempo. Dem kleinen Wichser vor ihm mit seinem Ziegenbärtchen und der dünnschissfarbenen Jacke, den fettigen Haaren und dem Mäusegesicht würde er gern die Fresse einschlagen, er hasst junge Leute mit Bart. Das sind dieselben, die vor ein paar Jahren mit peruanischen Mützen und Dreadlocks rumgerannt sind. Jeder hält sich für den Klassenprimus und glaubt, er könnte auf alle anderen runtersehen. Kleiner weißer Bartträger, ganz sicher riecht dieser Scheißhaufen schlecht, wenn man näher rangeht, man sieht doch, dass er dreckig ist. Widerliche Fransen, ganz sicher stinkt das und hängt voller Essensreste, schon beim Anblick möchte man kotzen, eine Kugel in den Nacken, Dreckskerl, das wird dich lehren, dich morgens zu rasieren, damit du sauber bist. Xavier raucht eine Schachtel am Tag. Als er das letzte Mal versucht hat aufzuhören, wäre er fast verrückt geworden, weil er plötzlich den Geruch der Leute wiederentdeckte. Sobald sie den Arm heben, hat man den Gestank in der Nase, man muss sich nicht mal umdrehen, sondern riecht, wenn sie kommen. Deswegen musste er wieder anfangen.

Xavier holt sein Telefon raus und checkt seine Facebook-App. Er wünscht sich, dass ihm Elsa eine Nachricht hinterlassen hat, gleichzeitig will er, dass sie es nicht tut – was sollte er ihr antworten? Dass es nett war, sie zu sehen? Solche Nachrichten schicken sie sich. Sehen nach nichts aus, aber aufgeladen mit unausgesprochener Geilheit. Elsa hat keine Nachricht hinterlassen, aber er freut sich, dass Vernon ihm ein paar Worte geschrieben hat. Subutex. Das ist ein Guter. Mann, waren sie jung ... Vernon ist mit einer Tussi nach Kanada gegangen und ist kurz in Paris, er sucht was zum Pennen. Xavier antwortet sofort, besser kannst du's nicht treffen, alter Halunke, wir haben eine fürstliche Klappcouch, die uns ein Vermögen gekostet hat und nie benutzt wird, und wir suchen jemanden, der sich ab morgen um unsere Hündin kümmert. Hoffentlich bist du nicht allergisch gegen Tierhaare!

Ihm ist nicht ganz wohl dabei, so ein Angebot zu machen, ohne Marie-Ange gefragt zu haben. Sie hat nicht gerne Leute in der Wohnung, wenn sie nicht da sind. Aber Vernon ist ein alter Kumpel, das ist etwas anderes. Das ist fast Familie. Außerdem brauchen sie jemanden wegen der Hündin. Sonst müssen sie ihr Wochenende in Rom streichen, und Marie-Ange ist wieder stinkig, dass sie nie etwas Lustiges zusammen machen. Er schickt ihr eine begeisterte SMS, von wegen er hat eine Lösung gefunden, und fragt, was sie davon hält. Sie antwortet nicht sofort, und Xavier entspannt sich – er wird ihr sagen, er musste sich beeilen, deshalb hat er die Initiative ergriffen, ohne ihre Antwort abzuwarten.

Er freut sich über die Aussicht, Vernon wiederzusehen. Vernon ist ein Musiknarr. Leute wie Xavier verdanken ihm viel, durch ihn haben sie eine Menge entdeckt. Und er gehört zu den wenigen Menschen, die man besser gelaunt verlässt, als man sie getroffen hat. Sie haben einen ganzen Sack kostbarer Erinnerungen gemeinsam, allmählich sind sie die Letzten, die sie teilen. Feten, Konzerte, Festivals, auch Scherereien. Die ganze Zeit, als man sich viel weniger Gedanken machte: Probleme wurden mit ein paar Ohrfeigen gelöst. Zu diesem Leben hat Vernon gehört, er ist Zeuge, dass Xavier in seiner Jugend nicht lange fackelte: Der Erste, der sich traute, ihn schräg anzusehen, verlor zwei Zähne. Dann reichte ein Bier am Tresen, um den Zähler wieder auf null zu setzen, und alle waren zufrieden. Das war eine andere Zeit, eine andere Welt. Aber das alles liegt hinter ihm.

Kraftvoll und überschwänglich drückt Xavier Vernon an die Brust. Dann tritt er zur Seite, um ihn reinzulassen, und schlägt sich auf den Bauch:

»Hast du gesehen, wie fett ich geworden bin?«

»Du bist groß, da steht dir das, du bist ein richtiger Hüne.«

Im Wohnzimmer strampelt ein Mädchen mit Rattenschwänzen wie eine Wilde auf ihrem Dreirad um den Tisch. Sie hat kein sehr hübsches, aber ein lustiges Frätzchen. Man kann sich schwer vorstellen, dass sie eines Tages womöglich die Nase ihres Vaters hat. Vernon lächelt und zwinkert ihr zu. Die Kinder der anderen lassen ihn kalt, aber er weiß, dass man so tun muss, als würde man sich für sie interessieren. Dann bückt er sich und hält der Hündin, die ihn begrüßen kommt, die Hand zum Beschnuppern hin. Die Hunde der anderen interessieren ihn genauso wenig, aber ihr verdankt er es, dass er hier fürs Wochenende unterkommt. Und in diesem Wohnzimmer riecht alles nach Luxus, Ruhe und Genuss. Er hat es gut getroffen, da kann man nichts sagen.

»Papa, darf ich mit meiner Konsole spielen?«

Xavier hockt sich hin, um ihr zu zeigen, wo der große Zeiger steht, wenn sie das Gerät ausschalten und sich aufs Baden vorbereiten muss. Sie nickt ernsthaft und konzentriert zu seiner Erklärung mit der Uhr, dann rennt sie in ihr Zimmer, um keine Sekunde Spielzeit zu verpassen.

»Macht sie schon Videospiele?«

»Ja, die Zeit der Märchenquartette ist vorbei. Aber allein ins Internet darf sie nicht.«

»Wegen Pornos?«

»Nein, wegen der Spiele. Du müsstest mal sehen, was sie sich ausdenken, extra für Mädchen – dieses Zeug ist echt krank! Wenn ich sie zur Schule schicke, habe ich weniger Angst, was sie ihr in den Kopf setzen. Internet ist für Eltern so, als würde man dir dein Kind rauben, noch bevor es lesen kann. Hast du keine?«

»Noch nicht. Hab ja noch Zeit …«

»Das ist das Schönste, was mir je passiert ist.«

»Ich hab nicht die passende Mutter getroffen.«

Leute, die Kinder haben, gehen denen, die keine haben, immer damit auf die Nerven. Aber sie ertragen es nicht, dass man ihnen die Wahrheit sagt – ganz ehrlich, wenn ich dein Leben sehe, will ich alles andere lieber als das. Eigentlich hat Vernon nichts gegen Kinder. Aber das ganze Drumherum widert ihn an. Weihnachtsgeschenke, Kindergarten, zehnmal dieselbe DVD gucken, Spielzeug, Pausenbrote, Masern, Gemüse, Familienferien … und Eltern werden. Die

Leute um ihn herum haben sich mit ziemlicher Begeisterung in diesen Erwachsenenstress gestürzt. Vernon weiß gar nicht mehr, wie viele Bekannte er schon getroffen hat, die mit ihrem Blumenrucksack voller Windeln, dem Schnuller zwischen den Zähnen und dem Kinderwagen für tausend Euro angehetzt kommen und dir von einem Tag auf den anderen erklären wollen, dass selbst die härtesten Kerle Pony reiten. Nichts da! Ein Kumpel mit Baby ist ein verlorener Kumpel. Wenn man sie wenigstens noch ohne die lästigen Mütter großziehen könnte, gäbe es vielleicht eine Chance, Vater zu werden und ein Kerl zu bleiben. Man würde die Kleinen in einer Hütte mitten im Wald aufwachsen lassen, würde ihnen beibringen, Feuer zu machen und die Zugvögel zu beobachten. Man würde sie in eisige Bäche werfen und ihnen befehlen, mit bloßer Hand Fische zu fangen. Niemals würde man mit ihnen rumschmusen. Nur ein Blick, der sagt »Beim nächsten Mal passt du besser auf, mein Junge«.

Aber so, wie es läuft, heißt die einzige vernünftige Strategie Flucht. Entweder hast du dich geirrt, als du mit zwanzig Slayer gehört hast. Oder du irrst dich heute mit deinem Leben. Man soll ihm bloß nicht mit solchem Schwachsinn kommen wie »Wir sind alle voller Widersprüche«. Man muss sich auch entscheiden können. Wobei ihm ein Gör heute ganz nützlich wäre. Vor allem ein großes Gör, das eine Wohnung und einen Job hätte und ihn mein Lieblingspapa nennen würde, während es das Gästezimmer fertig macht.

Sie gehen auf den Balkon, um eine zu rauchen – der große Asphaltwolf raucht nicht in der Wohnung, und Vernon könnte wetten, dass er Pantoffeln trägt, wenn kein Besuch da ist, um das Parkett nicht schmutzig zu machen.

Die Wohnungstür fällt zu, und Marie-Ange wirft ihre Tasche auf das Wohnzimmersofa, streichelt die Hündin, die sich halb tot freut, nickt Vernon kurz von Weitem zu, kalt genug, damit er sich unbehaglich fühlt, und verschwindet im Zimmer ihrer Tochter. Sie ist nicht hübsch. Sie ist spröde, ihr Gesicht ist hart, die Lippen sind zu dünn. Sie zieht sich schlecht an. Sie rennt rum wie eine Depressive, die aus der Mülltonne einer alten Frau drei abgetragene Pullis gezogen hat, die sie übereinander zu einer Bundfaltenhose trägt, die über den Knöcheln aufhört. Vernon weiß, dass es ein Reichenlook ist. Er hatte mal so eine Freundin, zart, aber reizvoll. Sie trug Kakikleider, die aussahen, als hätte man sie mit dem Cutter aus einem Sack geschnitten – oder lange braune Westen mit riesigen Knopflöchern. Er, der sie oft nackt sah, wusste, dass sie gut gebaut war. Aber darauf wäre man bestimmt nicht gekommen, wenn man sie angezogen sah. Sie war eine Tochter aus gutem Hause, klassische Tänzerin, sehnig und muskulös, mit brutal deformierten Füßen.

Irgendwann hatte Vernon in einem Gespräch mitbekommen, dass sie ein Vermögen für ihre Klamotten ausgab. Sie steckte keineswegs in einer Depression, wie er vermutet hatte, oder war Opfer einer so schlimmen sexuellen Traumatisierung, dass sie beschlossen hätte, ihren Körper zu verstecken, sie schnitt auch keine Fetzen mit der Schere aus einem Vorhang nur für den Spaß, superhässlich auszusehen. Im Gegenteil, das waren teure Klamotten, die sie sorgfältig auswählte, auf die sie stolz war und die sie mit dem Bewusstsein trug, damit echte Lebenskunst zu verteidigen. Das ist das Problem! Wenn die Weiber mit anderen Weibern ganz unter sich schwatzen, kommen sie zu Ergebnissen ohne Sinn und Verstand, und ihm soll bloß keiner erzählen, darin liege nicht im Grunde eine tiefe Feindschaft gegen die männliche Libido.

Xavier macht eine Nachrichtensendung an, er spricht mit der Journalistin Elisabeth Lévy, als wäre sie im Zimmer, legt los, ohne ein Wort von dem zu hören, was sie sagt:

»Wenn du Frankreich nicht magst, pack deine Koffer und geh nach Hause, du Schlampe. Diese Zionisten machen mich fertig, man hört sie überall. Wir sind immer noch ein christliches Land, oder? Ich war nie Antisemit, aber wenn mich jemand fragt, ich würde das ganze Gebiet mit Napalm zukippen, Palästina, Libanon, Israel, Iran, Irak, alles dasselbe:

Napalm. Und dann baust du da ein paar Golfplätze und Formel-1-Rennstrecken. Ich würde das Problem ganz schnell lösen. Mir tut der Arsch weh, wenn ich eine Kanakenjüdin über Frankreich reden höre, als wäre sie hier zu Hause.«

Xavier war schon immer ein rechter Sack. Er hat sich nicht geändert, aber die Welt hat sich seinen Obsessionen angepasst. Vernon verkneift sich eine Entgegnung. Er persönlich mag Elisabeth Lévy gern. Man sieht, dass die Kleine auf Sex steht. Und auf Koks – was ihr aber nicht schadet. Er wechselt lieber das Thema:

»Hast du das mit Alex gesehen? So eine Scheiße, er war schließlich noch jung.«

»Ja. Aber er war schon immer bescheuert, es ist eine Erleichterung zu wissen, dass man diese Bobo-Schnulzenfresse nicht mehr sehen muss, oder? Hattest du noch mit ihm zu tun?«

»Manchmal.«

»Mir wird er nicht fehlen … wobei, immerhin hat er keinen Hip-Hop gemacht.«

Marie-Ange kommt rein, ein Glas mit Hochprozentigem in der Hand, entspannter. Xavier zieht inzwischen über den Rap her, diese von jüdischen Lobbys manipulierte Anti-Musik, die den Afrikanern das Gehirn rauspusten soll. Marie-Ange hört ihm lächelnd zu, von wegen ich mag es, wenn du Schwachsinn erzählst, das bringt mich zum Lachen, und Vernon begreift, was einen bei ihr anmachen kann. Ihre Augen, ein undefinierbares Smaragdgrün, geben dem Gesicht einen Ausdruck machtvoller Ruhe – das Privileg des Reichtums. Ihre Eleganz liegt in den Handgelenken und der Kopfhaltung, eine Kraft, von der er ahnt, dass sie messerscharf werden kann. Männer wie Xavier und er können nicht anders, sie wollen solche Weiber flachlegen.

Sie empfängt Vernon höflich, »Sie sind also Monsieur Revolver«, als hätte er bis vierzig mit der Modelleisenbahn gespielt. Dann gießt sie sich einen zweiten Whisky ein und zeigt ihnen auf ihrem perlmuttglänzenden Mobiltelefon ein Foto, das sie von einem Obdachlosen mit seinem Hündchen gemacht hat. Marie-Ange sorgt sich um das Schicksal der Welpen, fragt sich, was *sie* mit ihnen machen, wenn sie groß werden. Essen *sie* sie? *Sie* meint die Roma, die für ihre seltsamen Spezialitäten berüchtigt sind. Das Foto zeigt einen Mann im Marais, der vor einem Klamottenladen sitzt, er lehnt an einem riesigen Plakat mit einem retuschierten Frauengesicht, eine sehr schöne, mit allen Wassern gewaschene Brünette. Jemand hat ihr einen violetten Davidstern aufs Auge geklebt. Nicht einfach, in drei Metern Höhe. Entweder war der Kerl auf Stelzen unterwegs, oder ein

Kumpel hat Räuberleiter gemacht, damit er seinen Blödsinn anpinnen kann.

Unmöglich, das Alter des auf dem Boden Sitzenden zu schätzen, der trotz der Kälte zu schlafen scheint. Irgendwas zwischen dreißig und siebzig. Marie-Ange interessiert sich nicht für den Mann, sie konzentriert sich auf das Hündchen, das sie auf ihrem Monitor vergrößert. Sieht aus wie ein kleiner Fuchs, mit langen Ohren, wirklich niedlich. Vernon sucht krampfhaft nach einem emphatischen Kommentar zu dem Welpen, der sie so rührt.

Marie-Ange sieht auf die Uhr und verkündet, es sei Zeit für Claras Bad, sie beendet das Gespräch und legt Xavier die Hand auf die Schulter, »Ihr habt sicher Lust, was trinken zu gehen. Ich kann Clara ins Bett bringen, danach bin ich zum Skypen mit L. A. verabredet, ich bleibe sowieso nicht lange bei euch. Ihr fühlt euch sicher wohler unter Männern, oder?«.

Xavier verliert keine Sekunde, er ist wie ein Kind, das Ausgang bekommt, sucht seine Schlüssel und die Geldkarte. Während er im Fahrstuhl seine superteure Lammfelljacke zuknöpft, redet er, ohne Luft zu holen:

»Die Bar gegenüber war ein versifftes Loch, als wir eingezogen sind, alles Stammgäste, da hatte ich echt Spaß. Marie-Ange kam mich abholen, wenn sie die Nase voll hatte, weil ich nicht nach Hause kam, ich habe jeden Tag dort abgehangen. Jetzt gehört sie zwei

Schwulen, ist so ein Bobo-Ding geworden, aber man muss sich halt anpassen, was?«

»Ihr seid ein gutes Paar, ihr beiden, scheint euch gut zu verstehen.«

»Eine Langzeitbeziehung ist nicht immer nur einfach. Man muss sich ständig anstrengen, damit es läuft. Ich will, dass es mit Marie-Ange läuft. Und umgekehrt. Schließlich haben wir keine Tochter bekommen, um uns dann zu trennen. Ein Kind bedeutet Verantwortung. Aber man muss immer nachjustieren, zum Beispiel ändert sich deine Alte, wenn sie zur Mutter befördert ist. Sobald die hormonelle Euphorie der Schwangerschaft vorbei ist, stehst du vor einer Fremden. Ich hab schon begriffen, warum sich so viele Männer rausschmeißen lassen, wenn das erste Balg aufkreuzt: Die Weiber haben kein Mitleid! Bis dahin wollten sie dir immer nur gefallen, aber sobald sie das Gör haben, brauchen sie dich für gar nichts mehr. Sie machen dich zum Statisten. Damit kannst du nicht umgehen, das ist nicht dein Ding? Dann zieh Leine. In Sachen Kohle haben sie dich eh an der Angel, denk nicht, dass sie das nicht wissen – sonst gehen sie uns ständig mit ihrem Feminismus auf die Eier, aber wenn das Kind einmal in der Wiege liegt, wissen sie, dass sie das Sorgerecht genauso kriegen wie den Unterhalt. Und du wirst blechen, mein Lieber. Als Marie-Ange angefangen hat, ihr Territorium abzustecken, und den Zugang zum Zimmer der Kleinen reglementieren wollte, habe ich mir das nicht bieten lassen. Mal ehrlich, ich hatte schon begriffen, wie man eine Windel wechselt und welche Temperatur das Fläschchen haben muss. Da spielt sich nämlich der Kampf der Geschlechter ab, und wenn du nicht aufpasst, landest du ganz schnell in den Seilen. Die Kinder! Das ist der eigentliche Ring. Clara. Von der ersten Sekunde an habe ich gespürt, dass ich ein guter Vater sein werde. Du nimmst das Dingelchen in den Arm, und seine Zerbrechlichkeit macht dich fertig, du wirst ein anderer Mensch. Ich habe mich durchgesetzt. Jeden Tag stehe ich vor dem Schultor. Und wenn sie ihr Abi macht, bin ich immer noch da. Marie-Ange will noch eins. Sie will einen Jungen. Wir haben es nicht eilig. Schließlich bin ich ein Mensch, Scheiße noch mal, keine Samenbank. Am Anfang war Sex bei uns – ich erspare dir Einzelheiten, aber das war ... das war wirklich was. Und ich war halt wie jeder bescheuerte Kerl: Ich habe sie zum Orgasmus gebracht, also war ich überzeugt, dass ich sie sicher hab. Dass mir ein Fräulein mit blauem Blut den Schwanz leckt – ich war im siebten Himmel, Alter. Wenn du ihre Familie sehn würdest – bis die Kleine kam, mochten sie mich nicht, aber jetzt, wo sie sehen, dass sich alle scheiden lassen, außer uns, habe ich ein paar Punkte an Respekt gutgemacht. Ich hab sie weichgeklopft. Ihre Alten haben nie gearbeitet. Glaubst du das? Privatier, so was gibt's noch. Nie gearbeitet! Papa verwaltet das

Familienvermögen, und Mama hilft ihm. Knausrig wie alle Reichen, jeder Cent wird dreimal umgedreht. Du musst sie mal von Minijobbern reden hören … Dabei bin ich liberal und pragmatisch, du kennst mich, in mir ist wenig Platz für bolschewistische Fantasterei. Aber das musst du hören, um es zu glauben. Was für ein Glück die Angestellten haben! Schließlich haben sie weniger Verantwortung. Mein Schwiegervater hat nie im Leben gearbeitet, aber alle Arbeitslosen sind Nichtstuer, die sich bloß nicht die Finger schmutzig machen wollen. Das ist ernst gemeint – sie sind überzeugt, dass jeder hat, was er verdient. Wer weniger hat, verdient halt weniger. Sie sind überzeugt, dass sie mit ihrer adretten Frisur und ihrem guten Willen sofort einen Job finden würden, wenn sie morgen arbeitslos wären, und weil sie sich Mühe gäben und es wirklich verdienen würden, würden sie die Karriereleiter hochsausen. Mit dem Verdienst haben sie's, die Reichen. Das ist großartig. Ganz unter uns, ich gebe zu, dass es manchmal eng wird – als Drehbuchautor verdiene ich nicht ganz so viel, wie ich gedacht hatte … alles zusammengerechnet komme ich übers Jahr kaum auf den Mindestlohn. Deswegen haben wir die hässlichste Wohnung aus dem Immobilienpark der Alten abgekriegt: Sie finden, Marie-Ange hätte sich Mühe geben und sich besser verheiraten können. Ihr Alter sagt immer ›Für eine Frau gibt es nichts Schlimmeres, als sich unter ihrem

Niveau zu paaren‹, und dann wundert er sich, dass ich mich darüber aufrege. Drehbuchautor ist hart, weißt du? Am Anfang hatte ich Glück, und weil es der Anfang war, dachte ich, es geht immer so weiter. Ich wusste nicht, dass meine Stunde des Ruhms mit fünfundzwanzig vorbei sein würde. Aber meine Tochter gibt mir Struktur, ich kämpfe, ich mach weiter.«

Xavier stößt die Tür zur Bar auf und setzt sich an den Tresen. Er grüßt niemanden und hört nicht auf zu reden. Vernon hat Dutzende Kunden mit diesem Sprechdurchfall erlebt, typisch, wenn jemand sich verpflichtet fühlt, das Gespräch ohne Atempause am Laufen zu halten, weil er sonst womöglich mit erschreckenden Gedanken konfrontiert wird, die ihn total aus der Bahn werfen würden. Der unartige Junge von einst ist heute ein großer Schwätzer, wie ein Kind, das sein Holzschwert durch die Luft wirbeln lässt, damit sich keine bösen Gedanken herantrauen. Und weil er Angst hat, redet er ohne Punkt und Komma. Vernon hat gar nichts dagegen, passiver Zuhörer zu sein.

Er hat seit Monaten keinen Abend mehr in einer Bar verbracht. Er hatte vergessen, wie toll es sich anfühlt, die Arme auf den Tresen zu legen. Wenn man ganz allein zu Hause säuft, kann man sich nur schwer einreden, dass man aus Spaß trinkt und ein Bonvivant ist, ist man zwangsläufig mit der tristeren

Kehrseite dessen konfrontiert, was man eigentlich sucht. Sie leeren Glas um Glas, und Vernon ist in seinem Element. Er mag den Lärm, die Körper, die sich von Tisch zu Tisch bewegen, das Lachen hier und da, die Flamencomusik, die er zu Hause nie gehört hätte, den Geruch nach kaltem Alkohol, Parfüm und Spülmittel, ganz hinten im Raum ist eine kleine Braunhaarige, die ihn von Weitem ansieht, es ist wie ein Tanz – Anmache mit einem Wimpernschlag, während man was anderes tut, ein schwebendes, aber beständiges Interesse. Sie hat hübsche helle Augen, ein schmales Gesicht und weiße Haut. Ein Tattoo aus blühenden Zweigen rankt sich an ihrem Hals hinauf und betont seine Zartheit. Er beobachtet die Kleine und hofft, dass sie aufsteht und rausgeht, um zu rauchen … Xavier als Hintergrundgeräusch verstummt nur, wenn er sein Glas leert.

»Die Schwanzlutscher gehen mir so was von auf die Eier. Siehst du die beiden hinterm Tresen? Die große schwarze Tunte und die kleine Kanakenschwuchtel? Wenn sie in Belleville so rumrennen, von mir aus. Da kann man nichts gegen sagen. Manchmal laufen sie Hand in Hand. Das ist wie die Russin von Femen, die ständig nackt rumrennt – bei den Russen wundert einen gar nichts; wenn sie keine Nutten sind, machen sie Pornos, aber solange sie die Titten zeigen, beschwere ich mich nicht. Brüllen mitten in Goutte d'or rum, die Verschleierten sollen nackt rumrennen! Alle Achtung, Alte, du hast es drauf. Respekt. Nein, wen ich zu Kleinholz machen könnte, sind Kerle, die auf Kerl machen, obwohl sie voll die Tussen sind – die den Macho spielen, zum Beispiel in den Fluren von Canal Plus oder in Cannes. Die Salonkläffer. Wenn du dir beim Produzenten den Arsch aufreißt, versuch bloß nicht, einen auf harter Junge zu machen. Wenn du wüsstest, was ich zu leiden habe, weil ich mich weigere, den Kriecher zu mimen … In Frankreich ist es ein Fehler, Drehbuchautor zu sein. Die Regisseure hoffen alle, dass ihr Filmchen ins Fernsehen kommt, und haben keine Lust, die Tantiemen zu teilen … Autorenfilm – am Arsch, Blutsaugerfilm, so sieht's aus. Können keine Zeile schreiben, haben seit dem Französisch-Abi kein Buch mehr aufgeschlagen, aber das Geld fürs Drehbuch müssen sie selbst einsacken. Wenn du sehen würdest, wie sie hunderttausend Kröten einsacken, um einen Film zu machen, und danach gleich wieder Stütze kassieren, und bild dir bloß nicht ein, sie rufen irgendwen an, um das Geld zurückzuzahlen, wenn es noch mal hunderttausend gibt, weil das Ding im Fernsehen läuft. Aber natürlich sind sie alle links … das wird ihnen schon vergehen. Jeder streckt sich nach der Wurst, so einfach ist das. Jetzt, wo sie mitkriegen, dass die Subventionen bald von den Ultrarechten kommen, ich wette, was du willst, dass sie ratzfatz den Ton ändern – dieses Pack hängt doch immer das Mäntelchen nach dem Wind. Gib ihnen vier, fünf Jahre, dann präsentieren dir dieselben, die heute das Lied der armen Flüchtlinge singen, Meisterwerke über jüdische Banker, diebische Roma und gierige Russen. Sie passen sich an, da mache ich mir keine Sorgen … Marie-Ange hasst es, wenn ich besoffen nach Hause komme. Zugegeben, besoffen bin ich ätzend, dann geh ich mir selbst auf den Docht. Ab einem bestimmten Alter hat man genug davon, sich in der Kneipe zu prügeln … Betrogen habe ich Marie-Ange nie. Kein einziges Mal! Die Sachen haben den Wert, den man ihnen gibt, die Mutter meiner Tochter betrüge ich nicht, auch nicht die Frau, die ich geheiratet habe. Sie ist eine gute Mutter. Geradlinig, zuverlässig, verantwortungsvoll. Wenn ich morgen krepiere, ist die Kleine in guten Händen. Merk dir eins: Das Wichtigste ist die Mutter. Du darfst kein Kind mit einer Tussi machen, nur weil sie dich aufgeilt. Deinem Kleinen hilft es nichts, wenn seine Mutter schöne Titten hat. Wie ist deine Kanadierin? Will sie Kinder? Wenn es eine Anständige ist, dann los, trau dich. Ich habe noch nie so was Zartes erlebt wie den Kopf meiner Kleinen, wenn sie an meiner Schulter einschläft. Wir sind keine zwanzig mehr, wir müssen was aufbauen. Heute liegt meine Zukunft hinter mir, wie Tai-Luc sagen würde. Apropos, hast du nicht gesagt, du hast dich mit Alex getroffen? Sogar sein Tod war grotesk.«

»Mich hat es schockiert. Ja, wir haben uns noch getroffen.«

»In Québec?«

»Er hat ein paarmal da gespielt. In Kanada ist er sehr populär.«

»Sei nicht sauer, aber die Kanadier haben einen beschissenen Geschmack ... Mal ehrlich, dass von uns allen ausgerechnet Alex es geschafft hat, sich mit seiner ›Kunst‹ durchzusetzen ... Er war am wenigsten begabt, am wenigsten aufrichtig ...«

»Aber ein hübscher Junge.«

»Ein dicker Neger, das ja. Sag, was du willst, ein weißes Weibchen wird immer noch heiß bei der Vorstellung, mit den unzähmbaren Löwen aus Kamerun zu gangbangen.«

»Alex war doch kein Kameruner, oder?«

»Er war schwarz. Und ein Arsch. Was für ein Arsch!«

»Apropos, ich habe mich gefragt, ob du nicht unter deinen Regisseurkumpels einen kennst, der Lust hat, einen Film über ihn zu machen. Ich habe vier Stunden Filmmaterial, ein Selbstinterview, das er bei mir gelassen hat. Ich weiß nicht, was ich damit anfangen soll. Ich dachte, vielleicht kann ich noch was rausholen ...«

»Ein Film über diesen bescheuerten Bobo-Sänger? Ich glaube nicht, dass ich so was in meinem Adressbuch habe. Willst du es verkaufen?«

»Wenn es jemanden interessiert ...«

»In der Hölle schmoren soll er, der Arsch!«

Mit diesen Worten beißt Xavier – betrunkener, als sein Redestrom vermuten lässt – in sein Glas. Er spuckt in einem dünnen Blutfaden weiße Splitter aus und starrt wütend ins Leere, seine Augen sind unfähig, einen bestimmten Punkt zu fixieren. Dann ist es ein Riesentheater, ihm bei der Suche nach seiner Karte zu helfen, die beiden Barkeeper gucken ungerührt, man könnte glauben, sie hätten ihn schon öfter so erlebt und wüssten, dass es nicht schlimmer wird. Vernon ist sauer, er wäre gern noch geblieben, hätte gern mit der Kleinen geredet, die nicht aufgehört hat, ihn anzusehen, er hätte gern mit dem Typen mit neonoranger Mütze geschwatzt, der allein am anderen Ende des Tresens sitzt, er hätte den Abend gern genossen. Aber Xavier klammert sich an ihn, ohne sich im Geringsten um die Leute ringsum zu kümmern. Er muss ihn fast über die Straße tragen. So war er immer, der Dicke. Sensibel und reizbar. Sobald er sein Innenleben nach außen kehrt, wird er unkontrollierbar. Der Sack wiegt locker hundert Kilo, Vernon ramponiert sich den Rücken, weil er ihm als Krücke dient, bis er ihn in den Fahrstuhl bugsiert hat.

Die Familie bricht im Morgengrauen auf, das Flugzeug startet früh. Vernon muss aufstehen und in Unterhose und ausgewaschenem T-Shirt gute Miene machen – als würden nicht unter seiner Schädeldecke alle Glocken der Apokalypse dröhnen, während Marie-Ange ihm Zeile für Zeile die endlose Liste erklärt, die sie mit sorgfältiger und enger Schrift für ihn vorbereitet hat, alles, was er mit der Hündin zu machen hat. Das ist weit komplexer, als man meinen sollte: Das Tier isst zu festen Zeiten eine ausgewogene Mischung aus frischem Gemüse, Kroketten, Hühnerfleisch und Biopastete, viermal am Tag muss er mit ihr rausgehen, nach einem exakten Plan, der Abendspaziergang hat eine andere Route als der am Morgen und so weiter. Die Hündin heißt Colette. Vernon verkneift sich das Lachen, als er das hört. Sie sitzt neben den Koffern und verfolgt mit traurigem Blick die Vorbereitungen für die Abreise. Xavier drückt seine schlafende Tochter an sich, er erträgt den Kater heroisch und stumm. Endlich fällt die Tür zu, und Vernon wartet noch ein paar Minuten, um sich zu vergewissern, dass sie auch nichts vergessen haben, dann stürzt er in die Küche. Er ist ausgehungert. Als Erstes gibt er der Versuchung des frischen Orangensafts nach und bedauert es sogleich – das war eine kontraintuitive Wahl, die sein Magen missbilligt. Er macht sich an den Käse und schneidet ein großes Stück Comté ab, das er im Stehen verschlingt, während er die Vorräte inspiziert. Ein im Freien aufgezogenes und mit Biogetreide gefüttertes Huhn – Marie-Ange hat ihn gewarnt, dass es kurz vor dem Verfallsdatum ist, und hat ihm geraten, es bald zuzubereiten, aber er darf Colette keine Knochen geben, bloß nicht, nur Fleisch und Haut, das liebt sie. Natürlich wird er das Hühnchen für neunzehn Euro an die Töle verfüttern! Das steht drauf. Neunzehn Euro. So ein Schwachsinn! Und Sveltesse-Joghurt mit Schokolade, von dem man kein Gramm zunimmt. Und die kleinen Kiri. Alles Markenprodukte hier, sogar der Kastanienhonig. Er sieht den Preis auf einer Glasflasche mit Cranberrysaft – 12,80! Vernon isst den Comté auf.

Die Hündin sitzt geduldig und aufmerksam zu seinen Füßen. »Du bist eine Klette.« Sie neigt den Kopf und hört ihm zu. Schließlich begreift er, dass sie auch Käse will. Er gibt ihr die ganze Rinde und hofft, dass sie das nicht krank macht. Er freut sich, dass er begriffen hat, was sie wollte, und streichelt sie zum ersten Mal. Dann legt er sich wieder hin, die Hündin springt auf das Sofa und ist nach zwei Sekunden schnarchend eingeschlafen.

Normalerweise hat Vernon seine Gedanken ziemlich streng unter Kontrolle. Die Seele ist ein gewaltiges Schiff, das man mit Vorsicht manövrieren muss. Meistens schafft er es ganz gut, er ist nicht der Typ, der sich in letzter Minute von einer Klippe überraschen lässt. Aber heute macht ihn irgendwas dünnhäutig, die Stille oder die Bequemlichkeit. Er muss sich anstrengen, um nicht der masochistischen Versuchung des Selbstmitleids zu erliegen. Er sagt sich immer wieder, dass er noch Glück in seinem Debakel hat. Er hat viele Freunde. Das Ding mit dem Dogsitting kam unverhofft. Die Wohnung ist groß und angenehm, er wird das ganze Wochenende Filme sehen und sich dabei den Bauch vollstopfen. Aber er spürt deutlich, wie sich etwas Schweres andeutet, das in seiner Brust drückt. Wenn er zu Hause wäre, würde er jetzt aufräumen. Er war immer der König des Sortierens. Auf jeden Fall muss er alle Gedanken verbannen, die mit »Wenn ich zu Hause wäre« anfangen, aber die Worte sind schneller als seine Vorsätze. Ein kurzer Donnerschlag im Brustkorb, ein Riss, gefolgt von einem bitteren Aschegeschmack, der nichts mit dem Kater von gestern zu tun hat.

Er holt sich ein Bier und macht einen Wohnungsrundgang. Eine Elternwohnung, voll mit unnützem Zeug, Sachen, die zu kaufen er sich nie vorstellen könnte. Xavier hat das Leben begriffen: Man muss sich eine Braut suchen, die Geld hat. Früher waren sie jung, da wollten sie Kriegerinnen, wilde Bestien, Mädchen mit Traumfigur, sie wollten Rock'n'Roll und geile Schlampen, die nur an das Eine denken, sie wollten Sexbomben, erfahrene Sünderinnen und Amazonen, die man im Bett unterwerfen kann. Wenn man älter wird, ist einem das alles schnurz. Das Entscheidende, und er hat lange gebraucht, um es zu begreifen, ist eine Braut, die mit einer Wohnung wie dieser, verlängerten Wochenenden in der Sonne und einem großen, gut gefüllten Kühlschrank geliefert wird.

Dann döst Vernon vor dem Fernseher. *Paris, Texas,* synchronisiert, Fußballkomödie, Krimi, Fettleibige auf Diät, Spießerpärchen mit widerlichem Kerl und Masobraut. Die Hündin kuschelt sich an ihn und schnarcht. Vernon hat gedacht, er würde sie in einem Zimmer einsperren müssen, damit sie ihm nicht auf die Nerven geht, aber sie denkt nur ans Schlafen. Er krault sie wieder, nimmt sich vor, mit ihr rauszugehen, weiß aber nicht, ob er es tun wird.

Er versucht zu begreifen, wie er seinen iPod am Verstärker anschließen muss, und macht das Radio an. Alex' Stimme erfüllt das Zimmer. »*... et si je dors entre tes bras c'est qu'une autre que toi n'a pas voulu de moi.*« Er hat gern sadistischen Schwachsinn gesungen, machte einen auf Gainsbourg für Teenies. Aus den Boxen ergießt sich ein geschmeidiger aquatischer Basssound ins Zimmer – geslappte Noten, die sich zu Blasen runden, ein bisschen funky, aber von fuzzy Riffs verdunkelt. Alex' Stimme ist auf dieser ersten Platte verächtlich, höhnisch, aggressiv. Sexy, auch für Männer. Alex wusste noch nicht, dass er sich an Millionen Hörer wandte, er sang in seiner Küche, um die Kumpels in Stimmung zu bringen. Die erste Platte war ein Geniestreich. Ein Knirschen, das die Mädchen feucht werden ließ und den Jungen

Lust machte, ihm zu gleichen. Ein durchtriebener Gentleman, lässig und verletzt. Lieder, die ganz harmlos daherkamen und voll grundloser Bosheit waren. Auch das sollte er unterwegs verlieren, im Laufe der Zeit wurde er ein echt Harter im Leben und ein großer Softie in seinen Kompositionen. Wie kann man nur unglücklich sein über so viel Aufmerksamkeit, Reisen, tolle Überraschungen und Gelegenheiten? Für die Umgebung war das unbegreiflich. Aber Alex war schließlich nicht der erste Rockstar, der systematisch sein Traumschloss zerlegt. Am Ende war der Typ wirklich durch. Mehr als zwei Jahre unfähig, das kleinste Stück zu komponieren. Vernon hatte keine große Lust, das Ausmaß der Katastrophe zu erfassen. War er ein guter Freund? Eindeutig nein. Aber es kam ihm total unmöglich vor, in seiner Situation einem Sänger zu Hilfe zu kommen, der wahrscheinlich Millionär war. Plötzlich fällt ihm Alex' Wahn von der Synchronisierung der Gehirnwellen wieder ein. Er hatte ihm eine lange Predigt über die Hertzwellen gehalten – Gamma-, Alpha-, Beta-, eine gigantische Kosmogonie von Schwachsinn über binaurale Beats und Neurodynamik … Weil er keine neue Platte zustande brachte, hatte Alex sich in den Kopf gesetzt, die Menschen zu programmieren. Am Anfang des Gesprächs sagte sich Vernon, warum macht er keine Hippiemusik?, das ist sein Ding; doch als der Sänger bei den Pyramiden in Ägypten ankam, deren Granitblöcke von der Macht der Klänge bewegt worden seien – das hatte ihn schon aufgeschreckt. Aber er hatte nichts unternommen, um Alex am Untergehen zu hindern.

Tot. Noch einer. Vernons Körper verkrampft sich, irgendwas grollt in ihm, versetzt ihn in Panik. Die Hündin legt den Kopf auf seine Hand, so zart, dass er einen Moment fassungslos ist und keine Regung wagt. Jede Erinnerung ist vermint. Eine Decke, die er sorgfältig über der Angst ausgebreitet hatte, rutscht weg – sie berührt die Haut. Seine Blase war wasserdicht, beruhigend und gut ausgestattet. Er lebte in Formalin, in einer Welt, die jetzt auseinandergebrochen ist – er hatte sich an Menschen geklammert, die nicht mehr da sind. Er könnte den Planeten durchqueren, seltene Pflanzen rauchen, Schamanen lauschen, Rätsel lösen, Sterne beobachten – die Toten sind nicht mehr da. Und auch sonst nichts von dem, was verschwunden ist.

Vernon stöhnt. Er wird selbst von dem Ton überrascht, den er hervorbringt. Die Hündin setzt sich auf die Hinterpfoten und fängt an, ihm mit besorgter Inbrunst die Augen zu lecken. Er versucht, sie wegzuschieben, aber sie lässt sich nicht abhalten. Das einzige lebendige Geschöpf, das sich um seine Verzweiflung sorgt, ist ein Hund, er versucht, sich mit diesem Gedanken noch etwas mehr runterzuziehen, aber ihr komischer Kopf entlockt ihm ein Lächeln. Colette sieht einfach aus wie ein Clown. Sie springt vom Sofa und rennt zur Tür, tänzelt vor ihrer Leine und sieht ihn dabei an, als hätte sie einen verrückten Vorschlag: »Komm schon, geh mit mir raus, du wirst sehen, wir werden uns super amüsieren.«

Kaum sind sie auf der Straße, zerrt sie wie eine Wilde an der Leine, und er lässt sich führen. Sie kennt den Weg zum Park.

Am Eingang der Buttes-Chaumont sitzt ein Mann auf der ersten Bank, isst einen Joghurt und redet mit sich selbst. Er lacht über irgendwas, trägt kaputte Schuhe, die mit einer Schnur am Knöchel festgebunden sind. Die Hündin inspiziert schnüffelnd die ganze Ecke des Parks, ehe sie sich zum Kacken hinsetzt. Er denkt gar nicht dran, hier irgendwas einzusammeln, und sieht sich mit entspanntem Ausdruck um, von wegen wir kennen uns eigentlich gar nicht. Überhaupt hält er es für extrem schädlich für seine Männlichkeit, sich mit einer kleinen Hündin wie ihr zu zeigen. Er würde gern mit seiner Haltung kundtun, dass er nicht ihr Herrchen ist – so nett sie auch sein mag, so richtig kann er nicht zu ihr stehen.

Ein Mann um die dreißig steht am Tor, er sieht wütend aus. Eine Frau mit zwei kleinen Mädchen kommt auf ihn zu. Das größere trägt Schuhe mit Rädern in der Sohle, das kleine drückt eine Noddypuppe an sich. Sie beeilen sich, sind zu spät. Die Frau streckt dem Mann eine dicke grüne Leinentasche hin, in der wahrscheinlich Sachen für die Kinder sind. Der Mann nimmt die Mädchen an den Händen und geht wortlos davon. Die Kleinen folgen ihm, drehen kurz den Kopf und winken zum Abschied.

Vernon setzt seinen Weg fort. Er hat keine Ahnung von Hunden, er wäre nie darauf gekommen, dass diese Rasse den Mädchen so gefällt. Ob sie joggen, schwatzen, auf der Wiese liegen oder rauchen – man könnte meinen, die Frauen sind harmonisch an seinem Weg drapiert, um ins Schwärmen zu geraten, »Süüüß!«, »Guck mal, eine Französische Bulldogge«, »Ich liebe diese Hunde«, »Guck mal, wie schön sie ist«. Vernon lächelt, strahlt, wird langsamer, nickt, geht glücklich weiter. Die schwarzen Gedanken lösen sich auf. Colette ist aphrodisisch. Er begreift, warum Xavier sie hütet wie seinen Augapfel. Vernon hatte nie lange genug nachgedacht, um richtig deprimiert zu sein. Das hat ihn immer gerettet. Der Ernst seiner Lage kann ihn nicht mehr umhauen.

Hübsche Beine. Er erkennt die Brünette von gestern. An der Mähne und am Tattoo. Das ist die Kleine, die ihn in der Bar angestarrt hat und mit der er nicht mehr reden konnte, weil Xavier zu besoffen war und sie gehen mussten. Sie ist größer und viel jünger, als er gestern geschätzt hat. Sie telefoniert, ihr Blick kreuzt seinen, ohne dass sie reagiert, er geht langsamer. Als guter Kumpel wählt die Hündin diesen Moment, um sich im Gras zu rollen, sich auf dem Rücken in alle Richtungen zu reiben. Das Mädchen sieht ihr zu und lächelt. Er bückt sich und krault Colette hinter den Ohren, spielt den Sonnyboy, der das Leben genießt, ohne etwas Besonderes zu erwarten. Das Mädchen klebt an seinem Telefon, schwierig, sie anzumachen, ohne wie ein Stalker dazustehen. Er müsste stehen bleiben und sie mit den Augen verschlingen, bis sie ihr Gespräch beendet, aber er kann verstehen, wenn so eine Anmache sie abtörnt. Unzufrieden geht er an ihr vorbei. Toll hingekriegt, so ist es kein Zufall mehr: Man guckt sich in der Bar an, trifft sich am nächsten Tag im Park, zu blöd, sich wieder aus den Augen zu verlieren. Aber das Mädchen holt ihn ein, das Telefon immer noch am Ohr, lächelt ihm zu und hockt sich neben Colette. Ihre Schenkel spannen sich, als sie sie beugt, ihre Haut ist appetitlich, wie ein Kuchen. Sie hört immer noch jemandem am anderen Ende der Leitung zu, verdreht die Augen, um ihm zu sagen, dass es dauert, aber er soll sich zwei Minuten gedulden, sie hat ihm was zu sagen. Sie soll sich ruhig Zeit lassen, kein Problem. Er legt zwei Finger an die Lippen: Hat sie vielleicht eine Kippe? Sie streckt ihm die geöffnete Hand hin, bedauert, sie raucht nicht oder hat keine dabei. Er sieht zu den Bäumen in der Ferne. Das dauert! Er betrachtet die Bäume so konzentriert, dass sie denken muss, das gehöre zu seinem Beruf.

Schließlich sagt sie »Hör mal, kann ich dich zurückrufen? Ich stehe vor der Metrostation, ich muss jetzt runter – ich ruf dich nachher an, okay?«. Am Ton erkennt man, dass sie mit einem Jungen spricht, einem Jungen, mit dem sie was hat. Ein gutes Zeichen, dass sie ihn schon anlügt.

»Wir haben uns doch gestern gesehen, oder?«

»Ich habe Sie gleich wiedererkannt. Ich liebe Hunde, so einen hätte ich gern. Ist es ein Weibchen? Wie alt ist sie?«

»Drei Jahre. Aber es ist nicht meine. Ich betreue sie für einen Kumpel. Sie heißt Colette. – Und Sie meinen, wir haben uns früher schon mal gesehen? Sind Sie sicher?«

»Ja! Sie hatten doch den Plattenladen, oberhalb von République …«

Kleiner Absturz, Enttäuschung. Sie hat ihn nicht angestarrt, weil sie von seinem Jäger-Charisma fasziniert war. Zugleich ein Hoffnungsschimmer – sie erinnert sich an den Laden, sie sieht ihn nicht als alten Loser, sondern als Mann mit der Aura des machtvollen Rock. Mit dem nächsten Satz kastriert sie ihn mit verführerischer Treuherzigkeit, die nicht ganz unschuldig sein kann:

»Ich war x-mal mit meinem Vater da. Der Sonnabend, mein Papatag, war so exakt unterteilt wie

Notenpapier: erst zum Flohmarkt Clignancourt Vinyls gucken, Moules-Frites essen und dann zu Ihnen. Mein Vater hat Sie vergöttert. Sie erinnern sich nicht an mich, kein Wunder, ich war so.« Sie hält die Hand in Taillenhöhe, um ihm zu zeigen, wie groß sie war. Vernon massiert seine Nasenwurzel mit Daumen und Zeigefinger – das macht er häufig, wenn die Situation ihm komplex, aber nicht völlig hoffnungslos vorkommt. Die Information erlaubt ihm, sie unverhohlen anzusehen, als suchte er in seinem Gedächtnis nach einer Erinnerung. Das Mädchen neigt den Kopf, amüsiert über seine Verblüffung. Vernon kommt es so vor, als hätte sie nichts dagegen, sich anmachen zu lassen.

»Wer war Ihr Vater?«

»Bartholemy Jagard. Polizist. Metalfan.«

Das ist nicht schwer. Schnurrbärtig, jovial und Scientologe. Total gestört. Vernon musste ihm finnische Metalplatten bestellen, da kannte er sich bestens aus. Auch so ein Schwätzer. Nach einer Weile wurde es anstrengend, ihm zuzuhören, er hatte immer Geschichten von Grabplünderung, romantischer Nekrophilie und Ritualmorden auf Lager, die er mit strahlendem Lächeln ausbreitete. Bartho kam in den Laden, wie er auch in den Sexshop hätte gehen können: Er hätte sich lieber für etwas anderes interessiert, sein Geld für Bücher ausgegeben, die ihm die geopolitischen Probleme der Welt erklären.

Aber er schaffte es nicht. Er kam oft mit seiner Tochter, die Lieder aus *König der Löwen* sang und unter den Plattenkästen spielte. Sie konnte nicht mal über den Ladentisch gucken, während ihr Vater sich in detaillierten Beschreibungen von Tieren erging, denen strahlende Wikinger auf der Bühne die Kehle durchschnitten. Vernon sieht ihr tief in die Augen:

»Ja, jetzt erinnere ich mich an Sie. Wie geht es Ihrem Vater. Immer noch Metal?«

»Nein. Seine Neue steht nicht auf Gitarre. Sie labert ständig was von ihrer Liebe für Theater und Mittelalterliteratur, aber in Wirklichkeit verbringt sie ihr Leben mit Soaps und Chips.«

Es ist nicht schwer, sich zu verlieben. Erst ihr hartnäckiger Blick gestern, ihre Jugend und eine gewisse Unverschämtheit, nicht vulgär, gerade genug, um die Neugier zu kitzeln. Ihre aufrechte Haltung weckt den Wunsch, ihren Rücken zu berühren, die Lippen überallhin auf die Innenseiten ihrer Schenkel zu legen, dazu das Timbre ihrer Stimme, das amüsierte Funkeln, wenn sie mit ihm spricht, und diese kaum merkliche Hast in ihren Sätzen – da knirscht gar nichts. Und obendrein die unbewusste Leichtigkeit, die daher kommt, dass sie so jung ist – dass sie noch nichts von den Schlägen weiß, die sie irgendwann zerbrechen werden. Wenn man über vierzig ist, gleicht die ganze Welt einer bombardierten Stadt. Er verliebt sich, wenn sie lacht, zum Verlangen gesellt sich eine Glücksverheißung, eine Utopie ineinander verstrickter Sorglosigkeit, sie muss ihm nur den Kopf zuwenden und sich küssen lassen, dann gelangt er in eine neue Welt. Vernon macht einen Unterschied: erregt, dann prickelt's im Unterleib; verliebt, dann werden die Knie schwach. Ein Stück seiner Seele hat sich selbstständig gemacht – dieses Schweben ist wunderbar und zugleich beunruhigend: Wenn der andere sich weigert, den Körper aufzufangen, der ihm entgegensinkt, wird der Sturz umso schmerzhafter, wenn man nicht mehr jung ist. Man leidet mehr, könnte fast glauben, dass die Gefühlshaut dünner, empfindlicher wird und nicht mehr den geringsten Schock erträgt.

Sie heißt Céleste. Er strampelt sich ab. Sie benutzt die Wörter der jungen Leute, sie spricht sie und weiß noch nicht, dass es lächerlich ist. Sie sagt »total abgefahren«, sie sagt »megacool«, sie sagt »krass«, und er erkennt den euphorischen Schwachsinn, mit dem man versucht, immer dieselben Ausdrücke in einem Satz unterzubringen. Sie will mit ihm zu McDo gehen, damit er ihr ein Iced Frappée Coffee Choc spendiert. Er kann es nicht deuten – bittet sie ihn darum, wie es das kleine Mädchen machen würde, das seinen Vater in den Plattenladen begleitete, »Kaufst du mir ein Eis?«? Bittet sie ihn als junge, begehrenswerte Frau darum, die es normal findet, dass man sie verwöhnt? Vernon antwortet, dass er keine Kohle hat, nein, nicht mal für ein Eis, und wenn er was hätte, Erbarmen, dann nicht, um sie zu McDo einzuladen. Wie jetzt, er hat nicht mal genug, um einen Kaffee zu bezahlen? Er spürt, dass er sie verliert. Er lässt nicht locker: Kasse hat nichts mit Klasse zu tun, wenn sie sich ihren Umgang nach der Kaufkraft aussucht, wird sie das Wesentliche im Leben verpassen. Sie zweifelt: In deinem Alter, entschuldige, aber sich nicht mal einen Kaffee leisten zu können, du begreifst, dass mich das schockt. Sie ist eine kleine miese Schlampe. Sie gefällt ihm sehr. So demonstrativ, wie sie das Geld respektiert, könnte man annehmen, sie sage es nur, um ihn zu provozieren. Aber aus ihren Sätzen klingt eine so brutale Unbefangenheit, dass er eher glaubt, dass es ehrlich gemeint ist. Vernon ist im letzten Jahrhundert stecken geblieben, als man sich noch Mühe gab, so zu tun, als wäre Sein wichtiger als Haben. Und das war nicht immer geheuchelt. Er hat sein Leben lang mit Frauen zu tun gehabt, die sich nicht darum scherten, ob sein Konto gesperrt war oder nicht. Während sie sich unterhalten, hat sich Colette von einem dickfelligen Riesenköter von ungefähr achtzig Kilo anmachen lassen, der hartnäckig an ihrem Hintern schnüffelt – Vernon erstarrt, er malt sich schon aus, wie das Monster die arme Hündin verschlingt, und weiß nicht recht, wie er eingreifen sollte. Colette lässt es zehn Sekunden unbewegt geschehen, dann zeigt sie die Zähne und lässt den Rottweiler drei Meter zurückweichen, als sie ihn wie ein vulgärer Pudel ankläfft. Der riesige Hund hält respektvoll Abstand, dann greift er mit begeistertem Schwanzwedeln erneut an. Colette verweist ihn mit gefletschten Zähnen auf seinen Platz. Céleste jubelt, steckt die Hände in die Taschen, schmeichelt der Hündin, »So was von dominant!«. Vernon spielt den Entspannten, den das nur amüsiert. Er kann sich nicht vorstellen, wie ein Hündchen, das so nach Plüschtier aussieht, irgendwen dominieren soll, aber allem Anschein nach ist es auch bei den Hunden vor allem eine mentale Frage.

Céleste sagt, dass sie Arbeit hat, dass sie losmuss. Sie fragt ihn nach seiner Nummer, und Vernon ahnt, dass sie es eher tut, um ihn loszuwerden als um ihm heiße SMS zu schicken. »Ich habe keine französische Nummer, ich wohne nicht hier. Aber schick mir auf Facebook eine Freundschaftsanfrage, dann bleiben wir in Kontakt.« »Na ja, ich steh nicht so auf Facebook.« »Bist du drauf? Mein Name ist Vernon Subutex.« »Was ist das denn für ein albernes Pseudonym? Haben Sie das aus *Harry Potter*?« »Du hast keine Ahnung, wirklich nicht. Und was ist dein Facebook-Name?« »Céleste. Ich schick dir eine Freundschaftsanfrage, weißt du dann noch, dass ich das bin?«

Er zwinkert ihr zu und dreht sich um, dabei fragt

er sich, ob er männlich und entschlossen wirkt oder eher wie ein Bekloppter.

Er verlässt den Park, den Kopf voll von scharfen Bildern, wie er sie bei Xavier auf den Esstisch im Wohnzimmer packt, wie er ihr mit einer sicheren und schnellen Bewegung die Unterhose runterzieht, um sie ohne Umstände von hinten zu ficken, und wie er ihren Pullover hochschiebt, um ihre auf den Tisch gepresste Mädchenbrust zu berühren, und die niedlichen Seufzer, die sie ausstößt, sobald er droht, sich zurückzuziehen, ihr Flehen weiterzumachen.

Ein hartnäckiges Gefühl, unangenehm und präzise, hindert ihn am Atmen. Ein Aufruhr zwischen Kehle und Brust. Dopalet gibt dem Mädchen an der Garderobe seinen Mantel, verlangt einen Tisch, an dem es nicht zieht, sieht sein Bild in dem großen Spiegel, der die hintere Saalwand einnimmt. Er ist dünn. In sechs Monaten hat er fast zehn Kilo abgenommen. Er ist überrascht von seinem Bild – stolz und erleichtert, dass sein Körper so dynamisch wirkt. Er kann sich noch nicht mit dieser Figur identifizieren; wenn er sich im Raum spürt, spürt er sich noch mit seinem Körper der letzten zehn Jahre. Er muss seine Muskeln trainieren. Er hatte immer einen Frauenkörper. Wenn er zunimmt, sieht man es gewissermaßen weniger – sein Bauch ist grotesk, aber männlich. Aber sobald er wieder schlank ist, werden seine Schultern enger, wirkt sein Po runder, ist seine ganze Haltung irgendwie weiblich. Er denkt an Daniel Craig, den er vor Kurzem im letzten *James Bond* gesehen hat. Er würde dem Teufel seine Seele verkaufen, um im Smoking so auszusehen.

Mit galanter Geste bietet er Audrey die Bank an.

Sie hätte sich ruhig etwas Mühe geben können. Ist nicht mal geschminkt. Weiter Pullover mit rundem Ausschnitt, flache Turnschuhe, drei Zentimeter Haaransatz von zweifelhaftem Weiß, sie war seit Monaten nicht mehr beim Friseur. Wie schwer sich die Frau mit einem Lächeln tut! Sie schläft mit Bertrand Durot, und niemand in Paris hat Lust, den Bonzen von France Télévisions zu ärgern. Dopalet konnte ihr das Treffen natürlich nicht abschlagen. Er wird ihren Film nicht produzieren. Das gäbe nur Ärger. Was würde ihm der Schwachsinn bringen? So was gucken sich doch keine dreißig Leute an. Das ist der neue Tick der Filmemacherinnen – Geschichten von Frauen nach der Menopause, die ständig rauchen und mit Schwachköpfen diskutieren. Er würde offen reden, ihr sagen, weißt du, ich mach diesen Job nicht, um beim Dreh von säuerlichen Hysterikerinnen umringt zu sein, die mich kein bisschen heißmachen. Und bis zum Beweis des Gegenteils folgt ihm das Publikum in diesem Punkt: Jeder möchte ein bisschen träumen.

Audrey greift prompt mit dem Thema Filmemacherinnen an, die in Frankreich bekanntermaßen diskriminiert werden. Und im Ausland noch mehr. Pflichtübung! Er erinnert sie nicht daran, dass sie sich kein bisschen über die unzähligen Vorteile der Weiblichkeit aufregt, wenn sie beim Aufstieg helfen. Sie hat die Karte noch nicht aufgeklappt, er möchte gern bestellen – und so schnell wie möglich fertig werden. Er könnte für sie bestellen: Sie wird das Teuerste auswählen.

Aber es liegt nicht an der Filmemacherin, dass er sich mies fühlt. Er muss die Ereignisse vom Tag und vom Vortag zurückverfolgen, um genau den Moment zu entdecken, der alles ausgelöst hat. Er erkennt das Gefühl, aber er muss sich konzentrieren und sich erinnern, was gesagt wurde und in welchem Moment, wer ihm die Stimmung verdorben hat. Er sieht so viele Leute, es passiert so viel an einem einzigen Tag. Diese Methode hat er bei der NLP gelernt – bei den ersten Anzeichen von Beklemmung aus der Realität zurücktreten, sich neu zentrieren. Den neuralgischen Punkt finden. Die Premierenparty des letzten Podalydès. Ein Möchtegern-Filmautor, dessen Namen er vergessen hat, schwafelte, an sein Champagnerglas geklammert – Fred von Wild Bunch sprach über den Tod von Alex Bleach, und der andere sagte: »Ich habe einen Freund, der das exklusive Rohmaterial seines letzten Interviews hat, das muss der Hammer sein. Er würde gern was daraus machen, hat aber noch keinen Produzenten gefunden.« Genau. Da hat es angefangen. Laurent hat sich dem Autor zugewandt, hat gefragt, ob er Alex gekannt habe, hat ihm erzählt, dass sie mal zusammengearbeitet haben, ein Projekt, aus dem dann nichts geworden ist, ein ganz besonderer Mensch, so eine Ungerechtigkeit, so ein Schmerz, ein Unfall, die Indiskretion der Medien, die Schönheit des Abschieds von seinem wahren Publikum. Er ging wie auf Eiern. Der Drehbuchautor war ein dicklicher Trampel mit rasiertem Schädel und Idiotenfresse. Er sagte, er habe die Bänder nicht gesehen, habe aber Alex sehr gut gekannt, und als er Laurents Interesse spürte, benutzte er das Wort Lebensbeichte. »Mein Kumpel meint, das Interview ist harter Stoff, Alex war total bekifft, aber er hatte so viel zu sagen, vielleicht ahnte er, dass das Ende bevorsteht, das ist sein Testament …« Laurents Gehirn war vom Alkohol benebelt, er hatte sich überlegt, dass ein zu deutliches Interesse sich gegen ihn wenden kann, er hat versucht, den Autor zum Reden zu bringen, ohne ihm jedoch etwas vorzuschlagen. – »Sagen Sie Ihrem Freund, er soll sich so schnell wie möglich bei mir melden.« Wenn er ihm seine Visitenkarte gäbe, würde es der Hungerleider als Einladung zur Belästigung auffassen. Er kennt solche Leute. Sie haben fünfzehn Projekte auf der Festplatte. Überzeugt, dass es ausnahmslos Meisterwerke an Intelligenz und Originalität sind. Begeistert von der eigenen Kühnheit, aber mehr noch von ihrem Humor. Sie denken, dass die ablehnenden Reaktionen auf ihre Drehbücher kranken Hirnen böswilliger Hochstapler entstammen. So einem kann man fünfzig Mal das Gleiche sagen, fünfzig Mal wird er sein Ego neu aufblasen und wieder anfangen, denselben Schwachsinn hinzuschludern. Meistens wird die Talentlosigkeit solcher Kerle von einer beeindruckenden Allergie gegen Anstrengung begleitet. Wenn ihm Laurent seine Nummer gegeben hätte, damit sein Kumpel sich meldet, hätte der Schwachkopf keine Skrupel, ihn zwanzigmal am Tag im Büro anzurufen, um ihm ein Projekt vorzuschlagen. Der Hungerleider ist ehrlich, darin liegt seine Gefährlichkeit: Er begreift den Unterschied zwischen seinem debilen Gekritzel und dem letzten Kassenschlager nicht. Jeden Mittwoch rennt er zu seiner wöchentlichen Geißelung in die Elf-Uhr-Vorstellung zu dem Film, von dem alle reden, und ist überzeugt, dass er zehn Jahre früher das Gleiche geschrieben hat, nur besser, man hat eindeutig seine Idee geklaut. Aber Laurent hat noch nie von einem vierzigjährigen Drehbuchautor gehört, dessen Talent völlig unbemerkt geblieben wäre. Es gibt Unlenkbare, Drogensüchtige, Verhaltensgestörte – aber ein verkanntes Talent, das ist selten. Diese Typen schicken ihr Glanzstück als Massensendung, kein Produzent, kein angesagter Regisseur bleibt verschont. Wenn sie etwas auf Lager hätten, was es wert ist, auch nur einen Euro darauf zu verwenden, wüsste man es. Laurent hat sich einen großen Teil des Abends damit versaut, er hat versucht, das Gespräch wieder auf diesen Freund und das Selbstinterview von Alex Bleach zu lenken, aber der Typ war durchtrieben, er beharrte darauf, ihm von seinen eigenen Projekten zu erzählen, zwang ihm eine private Filmvorlesung auf, bitte, das ist umsonst, der Opa hatte eine Meinung zu allen französischen Filmen, die er in letzter Zeit im Kino gesehen hatte, und er hatte weiß Gott Zeit, in dunklen Sälen rumzusitzen.

Laurent hörte ihm großmütig zu und dachte dabei, überleg doch mal, du Hohlkopf, wenn es zwischen der Scheiße, die du auskackst, und dem Gold, mit dem ich hantiere, wirklich keinen Unterschied gäbe, würdest du hier nicht seit einer halben Stunde so einen Bauchtanz aufführen. Dann stündest du auf meiner Liste, wir würden uns kennen und hätten schon zusammengearbeitet. Aber er hatte keine Zeit, weiter über die Geschichte mit dem Interview-Testament nachzudenken. Im Taxi, auf dem Heimweg, machte ihm Amélie eine eiskalte Szene: »Ich sag nicht, dass du mit ihr schläfst, ich frage mich nur, warum du dich so benimmst. Ich habe dich noch nie in diesem Zustand gesehen.« Es ging um eine Pseudoschauspielerin, die er für das Projekt im Auge hat, das er gerade produziert, und die ihm den ganzen Abend ihre riesigen Titten in die Nase gesteckt hat, ohne ihm mehr als ein endloses Gähnen zu entlocken, aber Amélie hat ihre Fixierungen. Wenn sie ihm eine Eifersuchtsszene macht, trifft es immer die Falsche. Um sie zu beruhigen, hatte Laurent die Schauspielerin so auseinandergenommen, dass er gleich heute Morgen, als er um sieben Uhr aufgestanden ist, den

Regisseur angerufen hat, um ihm zu sagen, dass diese Schauspielerin zu mies sei und er beim Casting nichts mehr von ihr hören wolle.

Seitdem ist er das Gefühl nicht mehr losgeworden, dass ihm eine lange rostige Nadel in der Kehle steckt. An Angstzustände ist er gewöhnt. Manchmal sind die Krisen so schlimm, dass er sich abschotten muss. Er ist gesund. Das ist nur der Druck. Er hat gelernt, tief in den Bauch zu atmen. Sein Therapeut macht manchmal Hypnosesitzungen mit ihm, Notbehandlung per Skype. Laurent schließt sich in seinem Büro ein, kippt den verstellbaren Sessel zurück und setzt die Kopfhörer auf; er schafft es zwar nicht immer, sich zu entspannen, aber meistens funktioniert es, sein Herzschlag normalisiert sich.

Die Regisseurin erzählt gerade, dass sie es ablehnt, in Luxemburg zu drehen, dass sie solche Koproduktionen nicht mehr will, sie meint, dass sie ihrem letzten Film geschadet hat. Ihre Kreativität hat entsetzlich unter den absurden Zwängen gelitten, die man ihr auferlegt hat. Bildet sie sich ein, wir sind noch in den Neunzigern? Ihre Kreativität! Damals haben sie noch von Kreativität geredet, stimmt. Als Laurent den Beruf erlernt hat, musste man sich anhören, wie die Regisseure davon schwafelten, Einstellungen zu erfinden, und jeder hielt es für normal, dass so was eine Stange Geld kostet. Man fand es plausibel, ein Vermögen für einen Film zu verschwenden, der nichts einspielte, nur für das Prestige. Heute fragt man nur, wer bei den Blockbustern auf Platz eins steht, niemand sieht noch Prestige, wo es keinen Gewinn gibt. Und sogar gute Filme fallen durch. Das Publikum will nur Schund sehen. Aber Audrey hat nicht gemerkt, dass sich die Zeiten geändert haben. Wenn sie sich einbildet, dass sie ihn mit geschraubten Sätzen beeindrucken kann, hat sie sich geschnitten.

Laurent hat sehr an sich gearbeitet. Er weiß, warum er diesen Job macht. Er ist fünfzig. Er ist mit sich im Reinen. Er liebt die Macht. Er ist über das Alter hinaus, wo man sich selbst etwas vormacht. Er hat ein Näschen, er setzt auf die richtigen Projekte und kann eine schöne Finanzierung auf die Beine stellen, er ist vernetzt, er ist stur, er ist ein harter Verhandler. Er sucht den Erfolg. Er liebt den Wirbel, der ihn begleitet. Er liebt die Atmosphäre gestresster Euphorie beim Team, wenn die Telefone nicht aufhören zu klingeln, liebt die explodierenden Umsatzzahlen, diese unglaubliche Hochspannung, die Vorstellung, dass alles passieren kann und alles passiert, angefangen beim Außergewöhnlichen. Er liebt es zu spüren, dass man sich um ihn streitet. Er liebt es, über die geheuchelten Komplimente der Kollegen zu lächeln und sie dafür zu verachten, dass sie ihn damit überhäufen. Spätabends nach Hause zu kommen, der Einzige zu sein, der noch wach ist, sich einen letzten

Whisky einzugießen, aus seinem Fenster auf Paris zu schauen und sich sagen zu können »Ich hab's geschafft«, dabei zu versuchen, den Rhythmus des Erfolgs in seinem Körper und in den Adern der Stadt zu spüren. Er will das Gefühl der Macht mit der gleichen Intensität wahrnehmen, wie er den Stich der Niederlage spürt, wenn er ihr begegnet. Aber er liebt es auch zu verlieren, in den Staub zu beißen und zu erleben, wie ihn die Wut packt, eine unumstößliche Entschlossenheit, sich zu rächen.

Wer selbst keine Macht ausübt, hat keine Ahnung, was das ist. Der denkt, das heißt, an seinem Schreibtisch zu sitzen, Anweisungen zu geben, sich nie zu ärgern. Man stellt sich das total einfach vor. Aber es ist das Gegenteil, je näher du dem Gipfel kommst, desto härter wird der Kampf. Je höher du steigst, desto teurer werden die Zugeständnisse. Und desto mehr musst du dich ins Zeug legen. Macht haben heißt weiterlächeln, wenn dir ein noch Mächtigerer die Rippen bricht. Ganz oben sind die Demütigungen unerträglich, und niemand ist da, um dir zuzuhören, wenn du dich irgendwo ausheulen willst. Das ist der Schulhof der Großen, nicht der Sandkasten für die Rotznasen. Nur ganz kleine Chefs genießen ihre Macht, darüber gibt es nur die Angst, ein Messer in den Rücken zu kriegen, die Wut über den Verrat und das Gift der falschen Versprechen.

Das Schlimmste für Laurent ist der Erfolg der

anderen. Die aufeinanderfolgenden Kassenschlager *Ziemlich beste Freunde* und *The Artist* haben sein Jahr ruiniert. Alles, was in seinem Stall gut gelaufen ist, kam ihm belanglos vor. Er hat sich auf den Sport gestürzt – fünfmal in der Woche eine Stunde mit seinem *Personal Trainer,* einem lakonischen Schwarzen, der nur lächelt, wenn er ihn richtig leiden sieht. Das Entscheidende ist, nicht zu vergessen, dass die anderen denselben Regeln unterworfen sind wie er: Sie sind die Könige der Welt, bis sich das Rad weiterdreht.

Er weiß, es sollte ihn nicht so aus dem Konzept bringen, dass ihm gestern Abend jemand von einem Interview mit Alex erzählt hat. Das ist magisches Denken, es verlässt sich auf Intuitionen, die auf Sand gebaut sind. Er hat keinen ernsthaften Grund, sich Gedanken zu machen. Er muss in sich selbst eine Verankerung finden, um das alles zu überwinden. Er hält sich zurück, den Brotkorb leer zu essen, während sie auf die Austern warten. Aber er langweilt sich zu Tode.

Alex Bleach war ein Arschloch, arrogant und verletzlich, der Prototyp eines bescheuerten Dichters – ein Kotzbrocken, der nur ans Geld dachte, aber auf den Coverfotos den Engagierten spielte. Der Künstler in all seinem Glanz, der meint, er könne sich alles leisten, und die verachtet, die sich die richtige Arbeit aufhalsen. Das Problem des Publikums ist oft, dass es den lächerlichsten Führern folgt. Die Leute wollen, dass man sie betrügt. Das hatte Alex genau verstanden. Er log bei jedem Interview, und das Volk liebte ihn. Laurent hatte mehrmals mit ihm zu tun. Alex reichte es nicht, sich lächerlich zu machen, indem er ihn öffentlich beleidigte, er hatte sich seine Mobilnummer besorgt, und als er einmal total zugedröhnt war, hatte er ihn mitten in der Nacht angerufen, um ihn zu beschimpfen. Der Kerl war krank, er begriff rein gar nichts. Als Laurent von seinem Tod erfahren hat, war er erleichtert. Man weiß nie, wie weit so ein Wahnsinniger geht, es interessierte ihn auch nicht, so einen zum Feind zu haben. Zu schwach für sein Kaliber. Aber er hätte gern Klarheit.

»Hören Sie mir noch zu?«

»Ja, ja, es tut mir leid … ich bin etwas durcheinander in letzter Zeit, seit dem Tod von Alex Bleach.«

»Standen Sie sich nah?«

»Früher mal. Wir hatten uns lange nicht mehr gesehen, und sein Tod berührt mich sehr … Aber ich höre Ihnen zu. Fahren Sie fort, ich bitte Sie.«

Er zerreibt mit den Fingerspitzen die Luft. Die Regisseurin macht sich nicht mal die Mühe, betroffen auszusehen. Sie funktioniert wie ein Bulldozer – eingeschlossen im Lärm, den sie macht, besessen von ihrem Ziel. Zuerst denkt er, die jungen Filmemacher seien schlecht erzogen – hat ihr niemand beigebracht, dass man Anteilnahme simuliert, wenn der Gesprächspartner Betroffenheit simuliert? Dann begreift er, dass es keine Frage der Erziehung ist. In seiner Jugend erwartete man von den Kindern, dass sie soziale Wesen werden, fähig zur Anteilnahme. Dass sie zum Beispiel mit Empathie auf die Äußerung von Trauer beim Gesprächspartner reagieren. Wenn jemand intelligent war, begriff er sehr früh, dass sich die Bekundung von Anteilnahme bezahlt machte, vor allem, wenn man etwas von jemandem wollte. Aber inzwischen gibt es Facebook, und die Generation der Dreißigjährigen besteht aus egozentrischen Psychopathen an der Grenze zur Demenz. Brutaler Ehrgeiz, frei von jedem Gedanken an Legitimität. Sie macht da weiter, wo sie stehen geblieben war. Sie will einen Film über eine Fünfzigjährige machen, die in einer Parfümerie arbeitet. Sie verliert ihre Mutter, der sie sehr nahestand, und erträgt es nicht, dass ihr Vater kaum drei Monate nach der Beisetzung ein neues Leben anfängt. Der arme Tropf findet seinen Deckel, und die Tochter zieht in den Krieg gegen ihre neue Stiefmutter. Atemberaubend. Audrey ist überzeugt, eine Komödie geschrieben zu haben. Sie kann sich nicht vorstellen, mit einem Budget unter drei Millionen zu drehen. Mal langsam! Eine durchgedrehte Fünfzigjährige, die es nicht erträgt, dass ihr Vater wieder heiratet? Toller Komödienstoff. Wenn die Leute an der Kasse zwischen der nackten Scarlett Johansson und einer durchgedrehten ranzigen Alten wählen können, werden sie sicher lange zögern, ehe sie ihre Karte kaufen.

Er träufelt Schalottenessig auf seine Austern. Er mag dieses Restaurant – das ist seine Kantine, man kennt ihn, die Kellner sind zuvorkommend. Das hilft ihm auszuspannen. Er ist nicht materialistisch. Geld interessiert ihn nicht als Selbstzweck. Er wäre auch damit zufrieden, in der Pizzeria zu essen und Campingurlaub zu machen. Aber es liegt nun mal neben seinem Büro, das ist halt praktisch.

Er glaubt nicht, dass er Alex Bleach so wichtig war, dass er versucht hätte, ihm mit jedem Interview zu schaden. Er ruft sich zur Vernunft. Sie hatten Streit, na gut, aber seither ist eine Menge Wasser die Seine hinabgeflossen, sogar für so einen Gehirnamputierten. Und wer würde schon auf das paranoide Delirium dieses Idioten hören.

Audrey studiert die Dessertkarte, er kürzt das Essen ab: »Ich habe keine Zeit mehr, tut mir leid, nehmen Sie einen Kaffee?« Sie bestellt einen Café gourmand, ohne ihre Enttäuschung zu verbergen. Was für eine Plage! Er schaut sie eindringlich an, kneift die Augen zusammen, als fühlte er sich berührt von ihrer Geschichte der Parfümverkäuferin, die es nicht erträgt, ihren Vater glücklich zu sehen, weil es ihr zu schnell geht – sie weiß noch nicht, dass die Männer nicht allein leben können, wie kann man ihnen das vorwerfen? Laurent erinnert sie daran, wie kompliziert derzeit alles ist, selbst für ihn. Er tätschelt das Drehbuch, als brenne er vor Ungeduld, in sein Büro zu rennen, um diese Geschichte der desorientierten Fünfzigjährigen zu lesen. »Es ist so schwierig geworden, Qualität zu produzieren, ich muss extrem wählerisch sein. Und am meisten hasse ich es, falsche Hoffnungen zu machen. Wenn ich Ihnen sage, wir machen es, dann machen wir es. Aber wenn ich an meinen Möglichkeiten zweifle, den Film zu produzieren, sage ich es Ihnen genauso klar. Ich habe vielleicht nicht ganz die passende Struktur, um kostengünstige Filme zu produzieren – Sie wissen ja, wie das ist, die Techniker begreifen nichts, sie sind nicht bereit, sich bei mir genauso viel Mühe zu geben wie bei anderen Produzenten, die mehr … auf Autorenfilme orientiert sind. Aber ich werde Ihnen sehr bald antworten.«

Er schaut auf die Uhr, verzieht entsetzt das Gesicht, steht hastig auf, schiebt dem Garderobenmädchen einen Zehneuroschein zu und stürzt erleichtert hinaus an die frische Luft. Als er im Büro ankommt, fällt ihm ein, dass er mit der Castafiore verabredet ist. Das ist nicht sein Tag, kein Wunder, Merkur ist rückläufig. Er drückt die feuchte, weiche Hand des jungen Filmverleihers. Nicht alle Schwulen sehen gut aus. Die Castafiore, von Kopf bis Fuß mit Prada rausgeputzt, sieht immer aus wie frisch aus der Mülltonne. Wie abstoßend manche Leute sind! Kein Wunder, dass er so boshaft ist. Laurent fragt sich, ob der Mann begriffen hat, dass er ihn neppen will. Er hat ihm Canet versprochen, wenn er Bayona übernimmt, bei dem Laurent Koproduzent war, dabei hat er den Canet schon Mars rübergeschoben – nicht, dass sie besser wären, nur um die Castafiore zu ärgern. Wenn er dazu beitragen kann, dass er schneller eingeht als erwartet, tut er das gern. Er hat schon ganz andere über die Klinge springen lassen. Er setzt ihn in sein Arbeitszimmer, fragt, ob er einen Kaffee will, und überlässt ihn Justine, dazu ist sie da. Er entschuldigt sich. Er habe etwas Dringendes zu erledigen, sei gleich wieder da.

Er klopft an Anaïs' Tür. Sie sieht sich gerade einen Film an – versifftes Videobild, schiefe Kamera, darauf stehen die Jungen, wie's scheint. Er hat sie gebeten, sich einen Überblick zu verschaffen, vielleicht lohnt es sich, solche Filme mit vier Leuten *staff* zu finanzieren, die unter hunderttausend kosten und um die sich die Kids im Internet prügeln, wenn sie gut gemacht sind. Man muss immer einen Schritt voraus sein. Er kann sich nicht auf Amüsement für die ganze Familie und Kuschelkino ausruhen. Man muss innovativ sein, da sein, wo es niemand erwartet, und zwar vor den anderen. Dafür ist Anaïs genial. Sie hat das Auge und den Verstand der Jugend. In zehn Tagen präsentiert sie ihm ein Dossier über die drei oder vier besten Filmemacher der neuen Generation – und er weiß, dass er sich auf sie verlassen kann, sie wird die richtige Wahl treffen. Laurent Dopalet hat sie eingestellt, als sich seine eigene Tochter in den Kopf setzte, »Beauty-Youtuberin« zu werden. Er wollte wissen, was sie macht, weil er Angst hatte, dass sie Sexfilmchen mit sich selbst in voller Aktion mit minderjährigen Jungen postet, wie es Kollegen mit ihren Kindern erlebt haben. Dabei ist er auf ein absolut verblüffendes Universum kleiner Mädchen gestoßen, die sich perfekt in Szene setzen, sich selbst aufnehmen und gekonnt ihre Bilder zusammenschneiden, die »Make-up-Tutorials« posten und sechsundfünfzig Millionen Mal gesehen werden, wenn sie ihr Zimmer filmen. Er hatte sich gesagt, dass er da was verpasst und dass er in seinem Laden jemanden braucht, der das Web nach neuen Tendenzen durchforstet. Sechsundfünfzig Millionen kleine Mädchen können nicht irren.

Er setzt sich auf die Armlehne ihres Sessels. Zwischen ihnen läuft nichts, aber er mag diese Nähe. Er mag ihre Entspanntheit, ihr Lächeln, ihre Fähigkeit, ihn zu beruhigen. Anaïs hat etwas Leuchtendes. Sie ist nicht hübscher als andere, aber strahlender. Er seufzt:

»Ich komme grad von einem Essen mit der Königin der Nervensägen … Und ich habe die Casta in meinem Büro, du kannst dir nicht vorstellen, wie mich das nervt. Vielleicht schneide ich mir die Pulsadern auf, um den Tag nicht bis zum Ende durchstehen zu müssen.«

»Soll ich Sie in zwanzig Minuten rausholen?«

»Dreißig. Ich muss schon ein, zwei Sachen wegen des Starts von Bayona mit ihm klären.«

»Das wird eh nichts. Der Film ist zu hart. Im Moment haben die Leute keine Lust auf so was.«

»Hör mal … Gestern Abend habe ich einen jungen Drehbuchautor getroffen … wobei, jung, nein … aber irgendwas bei ihm hat mich angesprochen … ich möchte, dass du mir ein kleines Dossier über ihn machst. Erst mal musst du ihn finden. Er heißt Xavier. Nachnamen habe ich vergessen.«

»Sagen Sie nicht, ich soll rauskriegen, welcher Drehbuchautor, der Xavier heißt, gestern bei der Party war!«

»Doch, bitte! Jeff hat mir gesagt, er habe vor zehn Jahren ein Drehbuch geschrieben und der Film sei gut gelaufen, aber ich habe den Titel vergessen.«

»Okay. Das hilft mir vielleicht.«

»Nur damit ich weiß, wer das eigentlich ist, ganz kurz, und wenn du was über irgendein Projekt von ihm rauskriegst, das irgendwo rumliegt … damit ich mir eine Vorstellung machen kann. Ich möchte wissen, wo er wohnt, mit wem er verkehrt, ob er arbeitet … ein kleines Dossier halt.«

»Da waren gestern ungefähr dreihundert Leute.«

»Ja. Das ist nicht einfach. Aber du schaffst das schon. Und deshalb liebe ich dich.«

»Und warum genau wollen Sie ihn treffen?«

»Ich weiß nicht, ob ich ihn treffen will. Ich möchte ihn nur … beschnuppern.«

Die Hyäne setzt sich in den hintersten Raum und guckt erst mal, ob sie eine Nachricht hat. Nachmittags ist das Globe meistens leer. Es ist eine normale Eckkneipe, tagsüber treffen sich hier junge Bartträger in Djellaba und neonfarbenen Turnschuhen, alte, gut gelaunte Suffköpfe und ein paar Händler aus der Nachbarschaft. Zur Happy Hour verwandelt sich das Lokal in einen angesagten Treffpunkt junger Säufer, die unbedingt durchhalten wollen, bis der Laden zumacht, und dafür sorgen, dass kein Nachbar schläft, während sie draußen stehen und rauchen.

Die Hyäne sieht auf die Uhr im Handy und ärgert sich über die Verspätung ihres Auftraggebers. Laurent Dopalet mag es, wenn sie ihn in Bars bestellt, die er exotisch findet, weit weg von den Arrondissements, in denen er sonst verkehrt. Er nimmt seinen Motorroller, fährt die Rue Sainte-Marthe hoch und muss nur drei kleinen Gaunern begegnen, um sich wie auf dem Weg in die Bronx zu fühlen. Sie haben oft Gelegenheit, sich an ungewöhnlichen Orten zu treffen. Er ist nicht scharf darauf, dass man sie zusammen sieht.

Die Hyäne ist auf soziale Netze umgestiegen. Davon lebt sie schon seit einer ganzen Weile. Das hat sich ganz von selbst ergeben. Sie hat einen alten Freund getroffen, Tarek, der in Abesses allein in einer Pizzeria aß, und sich auf einen Kaffee zu ihm gesetzt. Vor Urzeiten hatte sie ihn als Journalisten für ein Pornomagazin kennengelernt, Anfang der Neunziger, da war das in. Tarek wurde nach Cannes und zu den großen Partys von Canal Plus eingeladen, die Schauspieler prügelten sich um ihn. Alle wollten ihn an ihrem Tisch haben, Porno war in. Dann stellte die Internetexplosion den Wirtschaftszweig auf den Kopf, und Tarek verdiente nicht mehr genug; er griff nach seinem Adressbuch und machte sich zum Pressevertreter für traditionelle Filme, auf die keiner einen Cent gesetzt hätte, aber das war das Jahrzehnt der Undergroundkultur, und sie hatten eine Menge Zuschauer. So hat sie ihn wiedergetroffen, in Hochform, immer noch in Cannes, aber viel gestresster als früher, als er lange Artikel über einen Dreh von John B. Root verfasst hatte.

Als er begriff, dass die Hyäne nicht viel zu tun hatte – sozusagen zwischen zwei Jobs –, bot er an, ihr aus der Patsche zu helfen. Für einen Film, den er vertrat, suchte er jemanden für das Internet. Da gebe es was zu verdienen. Sie sollte das Netz mit positiven Kritiken überschwemmen, indem sie sich für spontan begeisterte Zuschauer ausgab. Damals war es noch etwas umständlich, aber man konnte sich zigmal hintereinander mit neuer Identität beim selben Server einloggen, wenn man genug Mailadressen hatte. Die Hyäne hatte den Job ziemlich hingepfuscht, aber Tarek zeigte sich begeistert von ihrer Arbeit. Er war nicht dumm – der Film hatte euphorische Reaktionen ausgelöst, »echte Menschen« hatten aufrichtig positive Kommentare gepostet –, aber es machte ihm Spaß, mit ihr zu arbeiten, deshalb hatte er beschlossen, ihr diesen Hype zuzuschreiben. Sie nahmen sich einen zweiten Film vor. Und die Hyäne begriff schnell, dass da Geld zu holen war. Aber positive Aussagen waren nicht die lukrativsten.

Ein früherer Kollege, der genug davon hatte, bescheuerte Kommentare zu bescheuerten Themen zu hinterlassen, verkaufte ihr eine Liste falscher Identitäten. Auf diese Weise kam sie zu fünfzig Pseudonymen – um glaubwürdig zu wirken, müssen die Kommentare von Usern unterschrieben sein, die schon lange bei einem Server angemeldet sind und Facebook- und Twitter-Accounts haben und zu existieren scheinen, wenn man sich die Mühe macht, sie zu googeln. Ansonsten muss man nur die IP-Adresse wechseln und sich von Kommentar zu Kommentar merken, wer was in welchem Ton sagt. Sie greift nicht in die kindische Trickkiste der Rechtschreibfehler – ich schreibe überall »k« statt »c« oder nehme immer den falschen Fall –, das ist ihr persönlicher Ehrgeiz. Ansonsten macht sie, was man von ihr verlangt. Und was man sehr schnell von ihr verlangt hat, indem man ihr zwei, drei Hunderter zuschob, wie früher für Koks, nur dass die Bullen sie heute nach Belieben filzen könnten; sie hat nichts dabei, was Probleme bereiten könnte, was man also verlangt hat, war, Gift zu verspritzen. Auf Wunsch macht sie einen Künstler, einen Gesetzesentwurf, einen Film oder eine Elektroband zur Schnecke. Ganz allein zieht sie in vier Tagen wie eine ganze Armee gegen den Feind zu Felde. Sie hat ihr Repertoire falscher Identitäten deutlich erweitert, und sie will ja nicht angeben, aber ihr Schwachsinn ist viral. In achtundvierzig Stunden verpestet sie das Netz. Soweit sie weiß, hat in Paris kein anderer diese Effizienz. Danach läuft es von selbst – die Journalisten lesen Twitter und die Kommentare und fühlen sich verpflichtet, auf den Schwachsinn einzugehen, den sie dort finden. Also egal, was sie schreibt, es setzt sich fest. Für die wenigen Bestellungen positiver Kampagnen, die sie noch bekommt, holt sie sich Hilfe bei früheren Kollegen, die künstlich die Klickzähler explodieren lassen, und in der heutigen Kultur der »Likes« ist ihre Strategie extrem einträglich – es ist wie ein Goldrausch, niemand kapiert irgendwas, aber jeder will sein Nugget. Das ist der bescheuertste Job, den sie je gemacht hat. Aber er ist gut bezahlt, wenn man sich überlegt, wie gering der Aufwand ist. Sie hat ihre Auftraggeber bei den Eiern – wer genug Kohle hat, zahlt jeden Preis, um der Konkurrenz zu schaden.

Jemanden im Netz zu lynchen ist einfacher, als einen positiven Hype auszulösen – sie behauptet zwar, dass sie beides kann, aber die Zeichen stehen auf Brutalität. Nur wer zuschlägt, findet Gehör – und man braucht immer ein männliches Pseudonym, um jemanden zu dissen. Der einzige Klang, der die Schwachköpfe in den Hinterhöfen des Webs beruhigt, ist der des Knüppels, der die Knochen eines Mithäftlings bricht. Drei überschwängliche Kommentare zu einer Pilotsendung, und die User werden misstrauisch, riechen Manipulation, dreißig Posts mit kübelweise Dreck, und niemand wundert sich. Die Schaulustigen schlagen sich noch auf die Schulter, »Mich legst du nicht rein«, da haben sie schon geschluckt, was du ihnen eintrichtern willst. Verachtung verbreitet sich so leicht wie die Krätze.

Weil Paris ein Dorf ist, hat sich das Serviceangebot der Hyäne schnell rumgesprochen. Man lädt sie diskret zum Kaffee ein, in Lokale, die man sonst nicht besucht und wo man kein Risiko eingeht, gesehen zu werden. Dann bittet man sie, einen Konkurrenten, Freund oder Gegner auseinanderzunehmen. Für zweihundert Euro bricht sie ihm virtuell ein Bein, für das Doppelte zerstört sie seine Webreputation, und wenn man genug Kohle einsetzt, kann sie ihrem Nächsten das Leben buchstäblich zur Hölle machen. Internet ist das Medium für anonyme Denunziation, Rauch ohne Feuer und Gerüchte, die sich verbreiten, ohne dass man versteht, woher sie kommen. Der nervige Laurent Dopalet zum Beispiel, der sie gestern und heute schon dreimal angerufen hat, gibt Unsummen aus, damit sie eine Schauspielerin fertigmacht, die nicht auf seine Wünsche eingegangen ist, Kollegen, die Erfolg haben oder haben könnten, frühere Partner, die zur Konkurrenz gegangen sind … Er setzt viele Namen auf seine schwarze Liste, und sie ist seine Voodoozauberin. Er kommt nicht mehr ohne sie aus. Sie treffen sich jeden Monat.

Dopalet hat sich ganz und gar seiner eigenen Person verschrieben. Egal ob bitter, scharfsinnig, gelegentlich lustig, von der Rolle oder schwachsinnig – er redet nur von sich. Dabei ist sein Ego ziemlich wacklig – die geringste Kritik verletzt ihn, eine Schramme an seiner Reputation, und er rastet aus. Wenn er im Radio hört, dass ein Kollege gelobt wird, ist das für ihn sofort ein heimtückischer Versuch, ihn zur Sau zu machen. Dopalet liest Zeitung, sieht fern, geht ins Internet, und Dopalet leidet. Die Schauspieler werden besser bezahlt. Die Regisseure genießen mehr Anerkennung. Die Verleiher ruinieren ihn. Das Publikum will ihm an den Kragen. Alle kriegen Subventionen, nur er nicht. Alle amüsieren sich, alle haben Spaß, nur er nicht, der arme Kerl, der sich halb tot ackert und dem man mit Stiefeltritten dankt. Sein Leben spielt sich in einer Zweihundert-Quadratmeter-Wohnung mit Blick auf die Seine ab, denn er hat eine superreiche

Frau geheiratet, aber das tröstet ihn nicht. Er leidet. Er ist ein großartiger Kunde. Die Hyäne ist unverzichtbar für sein seelisches Gleichgewicht, in das er Unsummen steckt … Trainer, Psychologe, Hypnotherapeut, Meditationslehrer, Masseuse, Akupunkteur, Heilpraktikerin und Osteopath streiten sich um ein ansehnliches Monatseinkommen, und man fragt sich, wann Dopalet neben seinen Familienwochenenden und seinen Geliebten noch Zeit zum Arbeiten findet. Sie stellt ihm horrende Rechnungen. Eins hat sie nämlich seit ihren Jahren als Dealerin nicht vergessen: Der Süchtige will, dass der Verkäufer nicht mit sich handeln lässt. Und das macht ihn zum Halbgott.

Sie hat sich aufs Kino spezialisiert. So muss sie sich keine politischen Verträge aufhalsen, die nicht besser bezahlt, aber viel aufwendiger sind. 2014 sind Profis die Einzigen, die sich für das Kino interessieren. Niemand ist mehr bereit, auch nur zehn Minuten darauf zu verschwenden, über eine Kamerafahrt zu diskutieren, einen Thriller zu verteidigen oder ein Psychodrama zur Schnecke zu machen. Sie arbeitet oft für Schauspielerinnen. Nicht alle sind kleinlich und eigennützig. Viele leben unsicher, aber haben eine Menge Kohle. Gute Kombination. Sie sind bereit, dafür zu zahlen, dass man im Internet Liebesbotschaften, Fotos, begeisterte Kommentare und Berichte darüber verbreitet, wie offen und aufgeschlossen sie sind, wenn man sie im Café an der Ecke trifft.

Meistens besteht der Job aber darin, die Konkurrentinnen für eine Rolle, auf die sie selbst scharf sind, fertigzumachen. Oder eine Neue daran zu hindern, zu schnell aufzusteigen. Nur so aus Spaß. Manchmal gibt es Interessenkonflikte: Kann sie eine Kundin annehmen, auf der sie gerade für eine andere Kundin herumtrampelt? Natürlich kann sie das. Wir sind im dritten Jahrtausend, alles ist erlaubt.

Sie hat ihr Adressbuch. Ein kleines schwarzes Heft, das sie wegen des Formats und des weichen Kunstleders ausgewählt hat, ein Gegenstand, den man gern in der Hand hält. Ihre Eintragungen sind ziemlich kryptisch, damit sie bei einer Leibesvisitation keinen Ärger bekommt. Um sie zu decodieren, müsste man einen Aufwand betreiben, der in keinem Verhältnis zum Interesse an der Sache steht. Die Nummern neben den Pseudonymen existieren nicht, 06 heißt, dass sie die Kommentare von ihrem eigenen Rechner schicken kann, 01 aus dem Internetcafé neben ihrem Haus, 04 in einem anderen Arrondissement. Eine Nummer, die mit 3 endet, verweist auf die üblichen Kommentare in den Onlineausgaben der Zeitungen, alle mit 7 gehören zu Kommentaren über den Film. Die zweite Zahl entspricht dem Jahr der Erfindung dieser Identität und so weiter. Sie kann variieren, aber die Decodierung der falschen Nummern sagt ihr, welche sie verwenden kann. Der Trick ist zwar nicht ausgefeilt genug, um einer ernsthaften Untersuchung standzuhalten, aber wenn jemand einen Blick darauf wirft, reicht es aus, um unauffällig zu bleiben.

Dopalet hat seine regulären dreißig Minuten Verspätung, bei ihm ist Unhöflichkeit Prinzip. Seine Klamotten sehen aus, als sei Sonntag und er müsse am Nachmittag irgendwo in der Wildnis mit seinen Kindern Fußball spielen. Speckige Jacke, zu weite Jeans, aber die Hände wie immer perfekt maniküriert. Bevor er einen Anruf annimmt und ihr mit Zeichen erklärt, sie solle zwei Minuten warten, verkündet er noch schnell: »Diesmal ist es etwas speziell.« Meistens kommt er allein. Das Mädchen, das ihn heute begleitet, ist das interessanteste Element seiner Ankunft. Die Kleine ist ein Hit, wie wenn im Radio ein Lied läuft, das man noch nie gehört hat, aber sofort wiedererkennt, es war schon immer da, man hat es den ganzen Tag im Kopf, und alles, was man sich wünscht, ist, es in Endlosschleife zu hören. O, là, là, diesmal hat es sich wirklich gelohnt, Mütze und Handschuhe anzuziehen, sich den grauen Himmel anzutun und seinen Arsch hierherzuschleppen. Die kleine Bombe stellt sich vor: Anaïs. Die Hyäne lässt sich nicht anmerken, dass sie verwirrt ist.

Dopalet kommt mit vergnatzter Miene zurück. Die Ringe um seine Augen sind nicht tief genug, um bedrohlich zu wirken, die Himmelfahrtsnase mit den riesigen, haarigen Nasenlöchern und die schmalen Lippen lassen ihn eher schlaff aussehen. Er ist ein

Pummelchen. Selbst wenn er abnimmt, bewegt er sich wie eine Kugel, spreizt die Arme vom Körper ab. Anaïs übernimmt das Reden. Während er ihr zuhört, verrenkt Dopalet seinen Kiefer nach links und rechts und starrt ins Leere. In gewissen Abständen verzieht er das Gesicht zu einer Grimasse, um zu bestätigen, dass er zuhört und zustimmt.

Aus dem, was seine Assistentin erzählt, geht hervor, dass Dopalet in Paris einen »Typen« finden will, von dem er weder Namen noch Adresse kennt. Aber dieser »Typ« soll einem anderen »Typen« – »Xavier«, den sie als »Drehbuchautor« vorstellen – gesagt haben, er habe Filmmaterial. Der Chef will dieses Material sehen. Diesen Xavier müssen sie finden. Er wiegt an die hundert Kilo und hat einen rasierten Schädel. Deshalb haben sie die Hyäne angerufen. Sie sieht die beiden an und fragt sich, ob sie einen Witz machen.

»Und wie soll ich das anstellen?«

»Das habe ich auch gefragt«, antwortet die wunderbare Assistentin und hebt ratlos die Hände. Dopalet wird wütend, rutscht auf seinem Stuhl hin und her. Die Hyäne reibt sich das Auge, ohne ihre Ratlosigkeit zu verbergen.

»Und was ist das für Material?«

Sie rechnet damit, dass die Frage Dopalet beruhigt, er wird die passenden Worte suchen, um ihr zu erklären, dass er gelegentlich mit sehr jungen Männern über Geopolitik diskutiert, aber nicht will, dass das bekannt wird. Man kennt ja das gemeine Volk: Es hat keine Ahnung von den subtilen Wünschen seiner Führung. Die Assistentin antwortet für ihn.

»Ein Interview. Ich weiß nicht, ob Sie mal von dem Sänger Alex Bleach gehört haben, es könnte sich um Aufnahmen handelt, die möglicherweise manipuliert wurden …«

Die Hyäne unterbricht Anaïs und wendet sich an den Boss, zwingt ihn, sie anzusehen.

»Was hat das mit dem zu tun, was ich sonst für Sie mache?«

»Es ist doch bekannt, was du früher gemacht hast.«

»Ich habe die Fachrichtung gewechselt … und wenn es noch mein Job wäre, müsste ich Ihnen leider mitteilen, dass das ein Mega-Ballaballa-Auftrag ist. Ich such doch nicht irgendwo in Paris einen Kerl, der Xavier heißt …«

»Und Drehbuchautor ist.«

»Wenn er wirklich Drehbuchautor ist und Sie ihn bei einer Party getroffen haben, können Sie mir nicht erzählen, dass Sie jemanden bezahlen müssen, um seinen Namen rauszukriegen … Weiß denn niemand, wer das ist?«

Anaïs ergreift wieder das Wort, sie sitzt da wie ein Schulmädchen, sehr gerade und die Handflächen auf dem Tisch.

»Ich habe ein paar Leute angerufen, die bei der

Party waren … da ist nichts rausgekommen. Ich glaube, er verkehrt nicht in unseren Kreisen.«

»Ihr seid doch nur eine Handvoll in diesem Business. Also ist er genauso Drehbuchautor, wie ich Spitzenklöpplerin bin. Ergo erzählt ihr mir, dass ihr in Paris einen Mann sucht, der Xavier heißt und dick und kahlköpfig ist. Super! Ich habe direkt eine Idee, wo ich anfange.«

Anaïs zieht die Brauen hoch, man kann doch nicht in diesem Ton mit Dopalet sprechen. Aber ihr Gesicht zeigt auch, dass sie das Problem erkennt: Das ist wirklich etwas mager als Ausgangspunkt. Dopalet steckt sein iPhone in die Jackentasche – was ihn angeht, ist das Gespräch beendet.

»Du weißt vielleicht nicht, wo du anfangen sollst, aber ich kann dir sagen, warum du sehr motiviert bist: Ich zahle jeden Preis. Außerdem suchst du nicht ›einen Xavier‹ in der Stadt, du suchst einen Mann, der mit Alex Bleach zu tun hatte.«

»Davon haben Sie bisher nichts gesagt.«

»Vom Preis oder von Alex Bleach?«

»Von beidem.«

»Sie haben sich gekannt. Und der Mann, der das Material hat, hatte bis zu seinem Tod mit ihm zu tun.«

»Alex Bleach …«

»Er hat mich gehasst. War besessen davon. Lächerlich besessen. Und ich weiß nicht, warum.

Ich habe ihm wahrscheinlich zu oft geholfen ... Ich möchte jedem Ärger zuvorkommen und den Inhalt dieses Interviews kennen, bevor es Gemeingut wird ... und ich habe hervorragende Gründe zu glauben, dass du die beste Person bist, um mir zu helfen.«

Er weiß nicht, warum Bleach sauer auf ihn war? Die Hyäne sieht ihn aufmerksam an: Wie oft hat er sie engagiert, damit sie sich um den Fall Bleach kümmert? Wenn Alex' Feindschaft eine fixe Idee war, kann man wohl sagen, dass sie erwidert wurde. Niemand kennt seinen Ruf so gut wie sie – Vergewaltiger, Gewalttäter, Antisemit, Beziehung zu Islamisten und Unterschlagung öffentlicher Gelder. Hinter alldem steckt sie. Stufe für Stufe hat sie sich gesteigert. Wenn er am Leben geblieben wäre, hätten sie ihm nur noch Pädophilie anhängen können. Sie kennt seinen Fall, kennt ihn genau. Wenn Bleach erraten hat, wer der Auftraggeber dieser Wellen von Feindseligkeit war, die sich über ihn ergossen, hatte er gute Gründe, das kleine Dopalet-Imperium in Schutt und Asche zu legen.

Alex war eine ideale Zielscheibe – durch seine Bekanntheit präsent genug, damit jeder Schwachsinn über ihn für Gerede sorgt, aber nicht so gut geschützt, dass man irgendwas riskierte, wenn man ihn abschoss. Die Journalisten stürzten sich begeistert auf ihn. In ihren Augen verkörperte der Mann all das, was man vom letzten Jahrhundert zerstören musste, das sogenannte Einheitsdenken, das den Anspruch erhob, sich der Brutalität in den Weg zu stellen, ihr ethische Argumente oder demonstrative Großzügigkeit entgegenzusetzen … dieses Einheitsdenken, das niemand im Showbusiness mehr vertreten will, höchstens drei, vier ausgeflippte Beatniks vom Typ Alex Bleach. Man kann sie an einer Hand abzählen, sie machen alle fünf Jahre eine Platte, das nennt man Diktatur. Die Medien stürzten sich auf alles, was sein Image ankratzen konnte. Es regte sie auf, dass dieser große Schwarze eine ruhige Kugel schob. Sicher hatte er mit seinem Engelsgesicht und der Schnulzenstimme mehr Mädchen gevögelt als alle Chefredakteure in Paris zusammen. Vorwürfe wegen Vergewaltigung oder Gewalttätigkeit schreckten die Frauen nicht ab, man weiß doch, dass die Heten das lieben. Nach seinem Tod haben sie einhellig sein Talent bejubelt, aber die Erleichterung sprang eine aus jedem Nachruf an. Einer weniger. Alex Bleach gehörte zu der winzigen Minderheit von Künstlern, die in ihrem Job von niemandem protegiert worden waren.

Dopalet lügt schamlos, ohne den Blick zu senken und vor Zeugen, als hätten sie vorher nie über Bleach geredet.

»Bleach hat mich oft angerufen und beschimpft, hat Hassmails geschickt … Ich habe überlegt, Anzeige zu erstatten, aber wegen seiner Bekanntheit war es zu unangenehm. Stell dir die Journaille vor, wenn sie gehört hätten, dass er total austickt?«

»Man kann also sagen, dass Sie ihn trotz allem nie haben fallen lassen.«

Frechheit geht ihm auf die Nerven, selbst in homöopathischen Dosen. Sie liest in seinen Augen »Du kannst was erleben!«, aber vorerst geht er davon aus, dass er sie braucht. Er steht auf und verkündet, ohne sie anzusehen: »Ich will, dass es schnell geht.«

Dann verlässt er die Bar, ohne zu bezahlen oder Auf Wiedersehen zu sagen, das Smartphone klebt schon wieder an seinem kleinen Ohr. So ein Arschloch! Die Hyäne würde gern mit der Assistentin darüber reden, aber in deren Augen liest sie nur die Freude, einen so selbstsicheren Chef zu haben.

Sylvie sitzt im Schneidersitz in ihrem großen Sessel und liest die Horoskope von Rob Brezsny, Village Voice, Huffington Post, Figaro Madame und schließlich das von Susan Miller. Das macht sie seit Jahren. Ihr Leben verläuft so exakt wie ein Uhrwerk. Jetzt wird sie alles ändern müssen. Sie ist immer um sechs Uhr aufgestanden, hat sich einen schwarzen Tee gekocht, ihren Computer angemacht und ihre drei Facebook-Profile geöffnet. Die beiden Fakes hat sie, um Kommentare zu hinterlassen, die sie nicht unter ihrem Namen abgeben will, die Treue ihrer Liebhaber zu überprüfen oder Bekannte in die Falle zu locken. Ihr erstes falsches Profil hatte sie angelegt, um sich an ein paar Jungs in der Schule zu rächen, die ihren Sohn quälten. Als die Aufgabe erledigt war, hatte sie Geschmack an mobilen Identitäten gefunden. Um sieben Uhr dreißig hat sie den Ricoré und einen getoasteten Bagel mit Philadelphia für Lancelot vorbereitet und ist in sein Zimmer gegangen, um ihn zu wecken. Sie hat die Vorhänge aufgezogen, und der Tag hat richtig angefangen.

Lancelot ist zur Uni gefahren, sie hat sich ihren

Computerspielen zugewandt. Candy Crush, Ruzzle, Criminal Case – der Rest des Vormittags war schnell vorbei. Die Nachmittage waren für die Termine bestimmt – Pilates, Maniküre, Aquafit, Friseur … Sie sah zu, dass sie zu Hause war, wenn Lancelot heimkam, die Vorstellung, dass ihr Sohn das Haus leer fände, war ihr unangenehm.

Seit zwei Wochen ist er weg. Hat begeistert seine Kisten gepackt. Wo man ihn sonst zehnmal bitten musste, ehe er endlich stöhnend die kleinste Arbeit erledigte. Er hat seine Anziehsachen sortiert, seine Bücher gestapelt, Papierkram weggeworfen, der seit Jahren herumlag. Sie brauchte ihm nicht zu helfen, sein Eifer hat ihr das Herz zerrissen. Das Schlimmste war seine Freude. Gerechtfertigt, verständlich, vorherzusehen. Aber so schwer zu ertragen.

Als er klein war, konnte nichts sie so schnell trösten wie die Küsse ihres Sohnes. Die Erinnerungen an seine Kindheit sind so deutlich, sie wäre überhaupt nicht erstaunt, wenn sie hinter der Küchentür Lancelot auf einem Hocker erwischen würde, der auf der Suche nach einem Stück Schokolade in den Schränken wühlt. Man musste die Süßigkeiten ganz oben verstecken, sonst stopfte er sich voll, bis ihm schlecht wurde. Das alles ist vorbei. Der winzige Körper, den sie vor Zärtlichkeit verschlang. Seine winzigen Füßchen, die »Dragon Ball Z«-Bettwäsche. Als er sechzehn war, wurde es schwieriger. Sie hat nie aufgehört, ihn zu lieben, aber sie hätte ihn umbringen können, weil sein Leben aus Fußball und schwachsinnigen reaktionären Machosprüchen bestand. Sie fühlte sich verletzt und verraten, schließlich hatten sie sich immer so gut verstanden. Drei Jahre Spannungen, dann war es vorbei. Ihr Sohn ist rechts. Zuerst dachte sie, das sei nur, um sie zu ärgern, aber dann musste sie sich damit abfinden: Intelligente junge Leute sind nicht mehr grundsätzlich links.

Er ist verliebt. In eine dumme Gans, die sich als Dame aufspielt, aber nicht mal eine Pizza aus dem Ofen holen kann. Auch noch praktizierende Christin. Hoffentlich dreht sie ihm nicht gleich ein Balg an! Sie haben eine Zweizimmerwohnung im 19. Arrondissement gefunden. Ein entsetzlich trostloses Viertel, wo niemand wohnen möchte. Die beiden Turteltäubchen sind ziemlich empfindlich, was Islam oder Judentum angeht, da wird es ihnen an der Metrostation Crimée bestimmt gefallen. Lancelot hat ihr die Wohnung mit dieser idiotischen Freude gezeigt, die ihm aus allen Poren quillt, seitdem er sich verliebt hat. Sie weiß, dass er sich von ihr lösen muss. Dass man die Mutter nicht tötet, sondern verlässt. Nie war sie so großzügig, zu keinem anderen Mann, weil kein anderer sie so glücklich gemacht hat. Und nie war sie so schutzlos, als er ging.

Vernon ist genau zum richtigen Zeitpunkt aufgetaucht. Seit er da ist, kommen so viele Erinnerungen hoch. Wenn sie in den Laden kam, machte er ihr hinten sein Büro auf, damit sie heimlich einen Joint rauchen konnte. Oder sie schloss die Tür und legte sich ein paar *Lines* Heroin, das sie sich damals noch nicht spritzte. Sie sprach nicht über ihren Konsum, in der Welt des Rocks durfte man sich alles leisten bis auf die beste aller Drogen. Während der Schwangerschaft war sie clean, hat aber beim ersten Fläschchen wieder angefangen und erst wirklich in einer Schweizer Klinik aufgehört, als Lancelot lesen lernte. Es ist schwierig, eine gute Abhängige zu sein, das schaffen nicht viele. Die guten Abhängigen, wie die guten Säufer, sind die, die ihren Konsum im Griff haben. Das ist ein schwer zu findendes Gleichgewicht – die Substanz zu kontrollieren, die man nimmt, damit man den Verstand verliert. Sie gehörte zu dieser Elite. Aber mit dreißig hat sie begriffen, dass ein guter Umgang mit dem Stoff nicht ausreichen würde: Sie alterte schneller als die anderen. Damals hat sie aufgehört. Noch fünfzehn Jahre später träumt sie von kleinen Löffeln, Dealern, die sich verspäten, und Geldscheinbündeln. Mal sehen, wie die Menopause wird. Wenn es so schwierig ist, wie alle sagen, wird sie vielleicht wieder zu den harten Drogen greifen; jetzt, wo Lancelot aus dem Haus ist und ihre Schönheit sowieso den Bach runtergeht – warum soll sie es sich da nicht gut gehen lassen? Sie hat immer von Altenheimen geträumt, in denen man sich seine Medikamente selbst auswählen kann – MDMA, Kokain, Hasch, Morphium oder Crack. Warum sollte man sich nicht die Birne vollknallen, wenn es eh vorbei ist?

Die Vernon-Zeit, *Revolver,* in roten Lettern auf der schwarzen Fassade des Ladens. Das war in einem früheren Leben. Sie war noch nicht Mutter. Wenn man ihr damals gesagt hätte, dass sie eines Tages ganz verrückt nach Vernon Subutex sein wird, hätte sie mit den Schultern gezuckt. Sie war entzückend, sie war lustig, alle waren hinter ihr her. Sie mochte den Plattenhändler gern, aber sie hatte andere Prioritäten. Sie zog die Musiker vor. Groupies haben nur deshalb eine schlechte Presse, weil sie das machen können, wovon die Jungs träumen, ohne es sich zu erlauben: der ganzen Band im Tourbus den Schwanz lutschen.

Wenn nicht Alex ein paar Tage zuvor gestorben wäre, hätte Vernon wahrscheinlich keine Chance gehabt. Sein Name sagte ihr nicht mehr viel. Aber sie hatte an seiner Pinnwand den Link zu dem Film *La Brune et moi* gesehen und hatte ihn gelikt, er hatte ihr eine PN geschickt, das fand sie süß. Als sie erfuhr, dass er für ein paar Nächte eine Bleibe suchte, hatte sie sich zuerst rausgeredet – mein Sohn ist gerade ausgezogen, ich habe Handwerker … Aber Vernon hatte bis zum Schluss mit Alex zu tun gehabt, vielleicht würde er ihr helfen zu begreifen, was passiert war.

Alex Bleach war ein prägender Unglücksfall in ihrem Leben. Danach war sie nicht mehr dieselbe. Im

Laufe der Zeit dachte sie weniger oft daran. Aber sie war überzeugt, dass sie sich eines Tages wiedersehen würden, er würde sie um Verzeihung bitten, und sie könnten sich aussprechen. Man kann sich nicht so nah gewesen sein und dann zerstritten bleiben. Aber Alex war tot, es würde keine glückliche Auflösung mehr geben. Sie würde ihm nie ins Gesicht sagen können, weißt du, ich habe dich so geliebt, ich bin dir nicht mehr böse, aber diese ermordete Liebe, das war entsetzlich. Er würde nicht mehr antworten, ich habe immer bedauert, dass es so gemein geendet hat. Ich war mit keiner anderen Frau so glücklich wie mit dir. Sie wird es nie wissen. Wann er angefangen hat, sie zu belügen. Sylvie ist überzeugt, dass er sie nicht wegen einer anderen Frau verlassen hat. Er hat sie wegen einer *Line* Heroin oder einer Pfeife Crack verlassen. Er ist gegangen, weil sie nicht zugelassen hätte, dass er sich so zerstört, wie er es getan hat. Seine Geliebte hatte keinen Körper, keine Telefonnummer und keine Libido, seine Geliebte war die Droge. Sylvie kennt diese Leidenschaft. Nichts befreit so gut von der Angst wie diese Substanzen, keine Frau ist so zuverlässig und zärtlich wie das Pulver.

Alex war der Typ, dem man mitteilte, er habe hunderttausend erste Singles verkauft, und der deswegen in den Abgründen der Depression versank. Er war ein echter Proletensohn und hatte panische Angst vor dem Erfolg. Er war ein Mann, der sich schämte. Anstand nannte er das. Alles, was gekünstelt war, verletzte ihn. Ihn auf ein Glas in die Bar eines Nobelhotels einzuladen, konnte gefährlich sein – er heulte vor Wut. Alles machte ihn krank. Sylvie hatte ihm beigebracht, was sie von der Welt wusste. Überall zu Hause sein, sich nicht beeindrucken lassen, niemals seine Schüchternheit zeigen.

Sylvie hatte Alex ohne jede Zurückhaltung geliebt. Sie hatte sich ihm geschenkt, ohne sich vorzustellen, er könne sie je verraten. Dabei brachte es nicht nur Vorteile, als Alex' Freundin bekannt zu sein. Es gab amüsante Seiten – an der langen Schlange vorbeizugehen, überall, wo sie auftauchten, zu erleben, wie sich die Gesichter verwandelten, nur seinen Namen aussprechen zu müssen, damit die besten Zimmer frei gemacht wurden … aber der Moment des größten Ruhms kam, wenn er die Bühne verließ und sie mit den Augen suchte, um ihren Eindruck wahrzunehmen. War es gut? Es war genial. Solange sie nicht ihre Meinung kundgetan hatte, war die der anderen – das Toben der ganzen Zénith-Arena – nicht gültig. Ihm unverzichtbar zu sein, war eine harte Droge. Sie liebte die Mauer der Blitzlichter, die Eifersucht der hübschen Mädchen, das Gebrüll der Journalisten, die Atmosphäre von Ausnahmezustand und Gefahr. Sie hat sich nie über ihre Stellung beklagt – sie hat immer getan, als hörte sie nichts von den widerwärtigen Kritiken, die man sich über diejenige erlaubte, die sich zur Favoritin des Helden des Tages befördert hatte. Nie hätte sie sich vorgestellt, dass einem der Status der »Offiziellen« so viel Feindseligkeit verschafft – die Entourage eines Stars zerfetzt sich wegen allem und ist sich nur in einem einig: Seine Freundin ist für ihn das schlimmste Gift. Sie hat die Zähne zusammengebissen und gelächelt, hat Gerüchte und Vorwürfe, die man dem Prinzen einflüsterte, an sich abprallen lassen. Sie war da, um ihn zu unterstützen. Er schluchzte schon am Morgen, wenn er aufstand, sie raffte all ihre Energie zusammen, um ihn aufzurichten, wie ein Boxtrainer, der um seinen Kämpfer herumspringt. Nie hat es ein so brüchiges Monster gegeben. Niemand konnte ahnen, dass sich der arrogante Kerl, der alle Bühnen Frankreichs zerlegte, in einen sterbenden Welpen verwandelte, sobald die *Sunlights* ausgeschaltet waren.

Er war von einem Tag auf den anderen verschwunden. Hatte auf dem Anrufbeantworter mit ihr Schluss gemacht. Das Gesicht der Neuen hatte sie in der Klatschpresse entdeckt. Sie hatten sich nie wiedergesehen. Bis heute hat sie nicht begriffen, was passiert war. Sie musste sich ganz allein eine glaubwürdige Geschichte zurechtbasteln, die ihr einen Neuanfang möglich machte. Eher schlecht als recht – wenn man jung ist, glaubt man, dass die Wunde vernarben wird. Später hat sie begriffen, dass man amputieren muss, um zu überleben.

Sie hatte immer weniger daran gedacht. Bis zu Alex'
Tod. Und dem Auftauchen von Vernon Subutex. Das
ging ganz von selbst. Sie wusste, was passieren würde,
als sie ihm die Tür aufmachte. Aber sie hat nicht
gedacht, dass es so schnell geht zwischen ihnen. Er
kam schon am ersten Abend in ihr Schlafzimmer, das
war vor vierzehn Tagen. Seither haben sie sich nicht
mehr getrennt.

Sylvie hat heute Freundinnen zum Abendessen
eingeladen, das war lange geplant. Vernon ist abge-
dampft, sobald sie ihm davon erzählt hat. Er will sich
nicht festsetzen, sagt er. Er hat sich seinen Koffer
geschnappt, will einen Kumpel besuchen und erst
morgen zurückkommen. Er hat sie ausgelacht, als sie
darauf drängte, dass er zum Schlafen zurückkommt,
hat gefragt, um wie viel Uhr er wiederkommen darf.
Er hat sie lange geküsst, bevor er gegangen ist. Sie
schmilzt bei seiner Berührung. Das hat sie schon so
lange nicht mehr erlebt. Der Geschmack nach Leder
und Blasphemie, nach wildem und gefährlichem
Mann. Vernon ist zärtlich, Vernon vögelt sie göttlich,
Vernon ist etwas beunruhigend. Vernon hat wirklich
alles, um zu gefallen.

Sie geht los und sucht bei Iéna ein Taxi. Die soma-
lische Botschaft wird belagert, jeden Tag dasselbe, die
Schlange geht bis auf die Straße. Der Eiffelturm sieht
so nah aus, dass man ihn berühren könnte, wenn man
die Hand ausstreckt. Als sie ins Auto einsteigt, wird

ihr übel. Es riecht nach ungewaschenem Mann. Sie tippt auf ihrem Samsung kleine süße Nachrichten an Vernon. Er antwortet nicht sofort. Sie wird unruhig. Sie hatte vergessen, wie albern man wird, wenn man verliebt ist. Wintersonne, am späten Vormittag ist das Madeleine-Viertel menschenleer, die Straßen sind riesig, und Sylvie ergötzt sich immer wieder an der Schönheit ihrer Stadt. Sie hat nie lange woanders gelebt – ein paar Monate in New York, ein paar Wochen in Los Angeles, sie stand auf die USA, wie jeder in den Achtzigern. Aber jetzt fliegt sie nicht mehr mit derselben Begeisterung hin – seit dem 11. September ist Schluss mit lustig. Sie ist hingerissen von Rom, sie liebt London, es gefällt ihr in Andalusien. Aber nichts reicht an Paris heran. Durch das Taxifenster beobachtet Sylvie von Weitem drei Mädchen, die nebeneinanderher laufen. Kleine Rumäninnen. Sie sieht, wie eine die Hand in den Rucksack einer Japanerin schiebt, das Ganze spielt sich zu weit entfernt ab, als dass sie versuchen könnte einzugreifen. Sie fährt an Marcolini vorbei, eine Gruppe Russen filmt die Schokolade im Schaufenster. Vor Printemps gießen Touristenbusse einen Pulk von Chinesen aus. Sie selbst flaniert nicht mehr durch die Luxusabteilungen der Kaufhäuser.

Bei Lafayette Gourmet kauft sie eine Riesenschachtel Patisserie von Sadaharu. Heute Abend werden die Mädels halb amüsierte, halb entsetzte Blicke wechseln, wenn Laure sich nicht beherrschen kann und alles in sich reinschlingt. Als wäre ihr Hintern nicht schon breit genug! Wenn Laure bei ihr ist, lenkt Sylvie sie unauffällig zum Sofa, damit ihr riesiger Po nicht den hübschen Sessel verunstaltet. Wenn sie über Männer sprechen, beteiligt sich Laure am Gespräch, als gehörte sie dazu. Aber mit der unmöglichen Visage und den Fernfahrermanieren ist der mondäne Alkoholismus die einzige Chance für sie, ab und zu mal flachgelegt zu werden. Es muss furchtbar sein, so auszusehen, dass keine Diät, kein Fitnessprogramm und kein chirurgischer Eingriff noch etwas retten kann.

Marie-Suzanne wird wahrscheinlich einen Großteil des Abends mit Beschlag belegen, um ihnen alle SMS vorzulesen, die ihr Bernard schickt. Sie hat seit Jahren eine ehebrecherische Beziehung mit diesem alten Beau und speichert jede Mail oder Nachricht in ihrem Telefon, damit sich die Freundinnen bei der Interpretation der Botschaften an Einfallsreichtum überbieten können. Aber niemand sagt ihr, was sie alle wissen: Du lässt dich ganz schön an der Nase rumführen, du Ärmste, es springt doch ins Auge, dass er es mit allem treibt, was nicht bei drei auf den Bäumen ist.

Als Sylvie Vernon ihre Freundinnen beschrieben hat, hat er ihr die flache Hand entgegengestreckt und »*Stop! In the name of love*« gesungen, dann hat er gefragt »Gibt es überhaupt eine in der Truppe, die du magst?«. Sie ist *bitchy*. Sie ist Pariserin. Am meisten mag sie an ihren Freundinnen, dass sie über sie herziehen kann, sobald sie ihr den Rücken zudrehen. Wenn sie nicht lästern könnte, wäre das Leben todlangweilig. Eigentlich ist es ihr ganz recht, dass Vernon nicht dableibt. Sie freut sich darauf, zu erzählen, dass sie einen neuen Liebsten hat, der halb bei ihr eingezogen ist, weil er im Moment in Québec wohnt – gegenüber den Freundinnen wird sie es so erzählen, aber sie merkt, dass er lügt. Er weiß nichts über Kanada. Wahrscheinlich ist er bei seiner letzten Freundin rausgeflogen und hat eine Geschichte erfunden, um irgendwo unterzukriechen … Er wird ihr die Wahrheit sagen, wenn er genug Vertrauen entwickelt hat. Das ist nicht so schlimm – alle Männer lügen.

Sie könnte wetten, dass die Mädels, wenn sie kommen, alle »Du siehst fantastisch aus!« kreischen werden. Denn das sieht man – einmal ordentlich vögeln ist besser für den Teint als eine Thalassobehandlung, nach zwei Wochen wildem Sex fühlt sie sich zehn Jahre jünger. Das hat ihre Chakras wieder auf Kurs gebracht. Sie wird ihnen sagen, dass er fast so alt ist wie sie – charmanterweise hat man ihr zugetragen, dass diese Schlampen behaupten, sie angle sich aus Angst vor reifen Männern junge Kerle. Das Prinzip ist klar: Wenn sich eine von ihnen Brad Pitt angeln sollte, würden die anderen das Gesicht verziehen und verkünden, er sei nur noch ein Schatten seiner selbst. Aber sie wird die Mädels mit ihrem unzähmbaren und sentimentalen Rocker-Liebsten auf der Glut des gelben Neids tanzen lassen.

Sie wird warten, bis alle da sind, wird die gerösteten Mandeln direkt vor Laure stellen, und wenn sie ungeduldig werden, »Erzähl schon, was ist los, dass du so strahlst?«, wird sie ihnen erzählen, dass er in sie verliebt ist, seit er zwanzig ist, und die ganze Zeit gewartet hat, ehe er sich getraut hat, es ihr zu sagen. Sie findet, dass er wunderbar gealtert ist, und sie hat Lust, ihr Singleleben zu genießen, jetzt, wo Lancelot weg ist, Herrgott, Mädels, was soll ich euch sagen, mich hat noch niemand so gut gevögelt, wie soll ich mich da nicht Hals über Kopf verlieben?

Ganz falsch ist das nicht. Im Bett ist er ziemlich gut. Er hat eine Menge Erfahrung, aber auch die Macken der Typen, die zu viele Mädchen hatten; wer wie am Fließband bumst, verliert an Feeling. Was sie an Technik zulegen, geht ihnen an Intensität verloren. Diese kleinen Wermutstropfen wird sie nicht erwähnen. Stattdessen wird sie ihnen ihre Theorie über die biologische Uhr darlegen: Irgendwann kommt der Moment, wo der Körper begreift, dass er nur noch ein paar glanzvolle Jahre hat, dann macht er sich bereit für das letzte große Feuerwerk – sie hat Orgasmen wie nie zuvor. Zumindest wird sie das behaupten.

Sie ist zufrieden, dass er nicht bleiben wollte, allein

schon, um zu spüren, wie sehr er ihr schon nach ein paar Stunden fehlt. Und sie ist entspannter, wenn sie ihn für eine gründliche Zahnsteinentfernung zum Zahnarzt schicken kann, bevor sie ihn irgendjemandem vorstellt. Ansonsten geht's. Körperlich ist er echt zum Vorzeigen, und er kann charmant plaudern. Mit dem größten Vergnügen wird sie das Raubtier beim nächsten Mädchenabend vorführen.

Aber sie muss sich vorsehen. Sie hat mit den meisten festen Liebhabern ihrer Freundinnen geschlafen. Die Männer müssen wirklich abstoßend sein oder ernste Hygieneprobleme haben, damit sie nicht versucht, sie sich zu schnappen. Es gibt doch nichts Aufregenderes als den Lover einer Frau, mit der man sich gut versteht! Vor allem, wenn sie offenbar miteinander glücklich sind. Ein Quickie im Fahrstuhl heilt von jeder Eifersucht, die das Glück der anderen weckt.

Sylvie betrachtet das Schaufenster von Eres, ihr Blick bleibt an der gelben Satinwäsche mit Stickerei hängen. Das war zwar nicht geplant, aber wenn sie darüber nachdenkt, findet sie es angebracht, sich ein paar Dessous zu kaufen, die sie noch für keinen anderen getragen hat. Ständig jemanden im Kopf zu haben. Seine Bewegungen beim Sex. Die Vorstellung, die sie davon bewahrt, ist fast noch erschreckender als die Sache selbst. Eine ständige Hitze im Hintergrund, ungehörige Bilder, umso erregender, wenn sie sie auf der Straße begleiten. Wie lange hatte sie keine Geschichte mehr mit einem Mann, der sie anzieht und verfügbar ist? Wie lange hat sie keine Urlaubspläne mehr mit einem Mann gemacht, der nicht ihr Sohn ist? Sie wird ihm vorschlagen, eine Woche am Swimmingpool des Chateau Marmont zu verbringen, Vernon wird wenigstens wissen, wovon sie spricht. Ein Auto mieten, mit ihm im Amoeba Store rumhängen. Männer behaupten immer, sie würden sich nicht gern aushalten lassen, aber Sylvies Erfahrungen beweisen das Gegenteil. Sie mögen es sogar sehr, von der Frau, mit der sie schlafen, verhätschelt zu werden. Zuhälterfantasien, mag sein, auf jeden Fall lieben sie es, wenn man sie verwöhnt.

Sie sucht sich mehrere Sets aus und verschwindet in der Kabine. Noch vor einem Monat hat sie Anproben so schnell wie möglich hinter sich gebracht, aber Vernons Verlangen hat sie mit ihrem Äußeren versöhnt. Heute betrachtet sie sich in der Satinwäsche und sieht eine sehr hübsche Frau. Ihr Bemühen hat sich gelohnt. Trizeps und Brustmuskeln sind straffer, der Busen fester. Der Bauch ist tadellos, die großen Pobacken beeindruckend und die Waden ausgeprägt genug, um die Knöchel feiner zu machen. Sylvie dreht sich, schaut sich an – ein schönes Geschöpf. Sie ist noch nicht bereit, allzu lange beim Gesicht zu verharren. Die ersten Botoxspritzen haben Wunder vollbracht, aber es hat nicht angehalten. Die Haarverlängerung hilft, das Erschlaffen des Ovals vergessen zu lassen. Sie hat noch keinen größeren Eingriff gemacht. Damit wartet sie noch zehn Jahre.

Solange man noch jung ist, ahnt man nichts von der Grausamkeit dessen, was unweigerlich auf einen zukommt. Irgendwo weiß man es. Aber man begreift es nicht. Wie alle Mädchen hat Sylvie immer gedacht, dass ihre Schönheit eine Eigenschaft ist, die zu ihr gehört. Sie würde älter werden, aber schön bleiben. In ihrer Haut eingeschlossen zu sein, ist zur Tragödie geworden, eine schreckliche Ungerechtigkeit, über die sie sich bei niemandem beklagen kann. Sehr lange hat sie gedacht, wenn sie sich pflegt, würde alles gut bleiben.

Eines Sommers war es plötzlich vorbei. Sie stand unter der Dusche, um den Sonnenbrand zu kühlen und das Salz abzuspülen. Beim Abtrocknen spürte sie erstaunt etwas Sand unter den Brüsten. Dann traf sie die Einsicht wie eine Ohrfeige. Sie war fassungslos, durchbohrt von einem unsichtbaren Pfeil. Mitten ins Herz. Sie hatte begriffen: Wenn sie hängen, muss man sie hochheben, um sie abzuspülen. Ihr war der Bleistifttest eingefallen – als sie klein war, sprachen die Frauen davon: Wenn der Bleistift, den man unter die Brust schiebt, nicht runterfällt, ist es aus. Sie hatte zu ihrem Bild im beschlagenen Spiegel geschaut – schon eine ganze Weile hatte sie sich nicht mehr nackt angesehen. Immer in Unterwäsche oder in

Badesachen. So hatte es angefangen. Und das war nicht erst im vergangenen Sommer.

Aber heute wird sie diesen Körper genießen: Sie werden mit anderer Inbrunst vögeln als in ihrer Jugend, als sie noch nicht wusste, wie dringend man sie genießen muss.

Sie hat Lust, immerzu mit ihm zusammen zu sein. Eigentlich tut es ihr doch leid, den Mädelsabend nicht abgesagt zu haben – wenn man Single ist, behauptet man, man wolle nie mehr rund um die Uhr an jemandem kleben, diese Verschmelzung sei Blödsinn und man verachte sie, aber das gilt nur für die anderen. Sie macht mehrere Fotos von sich in verschiedenen Sets, in einem vorteilhaften Winkel, die Beleuchtung ist ausnahmsweise gnädig. Bevor sie zur Kasse geht, schickt sie ihm die besten Aufnahmen als Privatnachricht auf Facebook. Dazu schreibt sie: »Ehrlich gesagt hätte ich es wirklich lieber, wenn du heute Nacht in meinem Bett wärst, ich hätte dir die Schlüssel geben sollen. Willst du wirklich nicht nach Hause kommen?« Sie will seinen Schwanz, seine Hände, seine Witze, will mit ihm fernsehen, will seinen Geruch, will seine Posen … Sie wusste nicht, dass sie bereit ist für so eine große Geschichte.

Ruhe! Herr im Himmel, sie soll ihn in Ruhe lassen!
Er hört Johnny Cash und trinkt Bier. Atmet durch.
Zehn Tage hatte er sie am Hals, rund um die Uhr.
Die Frau redet, sobald sie die Augen aufmacht! Sie
saugt alle Luft ein. Am ersten Abend fand er das süß,
aber er hat schnell gemerkt, dass sie nur rumkräht,
an ihm klebt und jede Bewegung überwacht. Keine
Chance, sie labern zu lassen und an etwas anderes
zu denken! Sie erträgt es nicht, wenn er träumt. Sie
erträgt überhaupt nicht viel. Er raucht zu viel, er
ernährt sich schlecht, sein Humor ist schlüpfrig, er
kriegt einen Bauch, er verbringt zu viel Zeit im Bad,
er hat nicht genug gelesen … wie viel Bier hast
du gekippt, sag mal, du rauchst ja ununterbrochen,
machst du vielleicht mal das Fenster auf, aber hopp!,
mach wieder zu, es ist zu kalt, du bist zu laut, ich
kann nicht schlafen, stell gefälligst dein Geschirr in
die Spüle, wenn du aufgegessen hast … Was, diese
Scheiße hörst du dir an? Findest du Stromae wirklich
gut? Ich muss dich meinem Sohn vorstellen, dann
könnt ihr zusammen Scheiße hören. Hilfst du mir
vielleicht mal, ich mach was zu essen, also ab in

die Küche, das muss geschält werden, und bring den Mülleimer runter, und kannst du einen Schrank reparieren? Nein? Ihr spöttisches Grinsen, jaja, die Männer, immer dasselbe: zu nichts nutze. Und ihre Kleinmädchenmimik, wenn sie ihn küssen kommt – Erbarmen, Weibsstück, du bist hundertsieben Jahre alt, hör auf, das Kind zu spielen, wenn du mich küsst, und hör überhaupt auf, mich ständig zu küssen, ich bin kein Kuscheltier …

Am Anfang hat er alles ganz freundlich weggesteckt. Er wollte so gern glauben, dass es läuft. Als er bei ihr ankam, hatte ihn fast die Panik gepackt: Sylvie war entzückend, der Look einer Hitchcock-Heldin, klassisches schwarzes Kleid bis unter die Knie, hohe Absätze, die Haare zum Zopf geflochten. Er hatte begriffen, dass sie vögeln würden, und hatte Angst, nicht fit genug zu sein. Sylvie war eine seiner heißen Jugendfantasien gewesen. Ihre Wohnung war ziemlicher Horror: dicker Teppich, altmodische Goldleisten, Landschaftsgemälde – man kam sich vor wie bei einer bürgerlichen Tante in den Achtzigerjahren. Aber das Sofa war bequem und der Fernseher riesig. Geld steht den Frauen gut, und dass die Zeit ein bisschen an ihr gekratzt hatte, machte sie noch erregender, ein Hauch Verletzlichkeit. Sie schlug die Beine zur einen und zur anderen Seite übereinander, sah ihn von unten an, kicherte bei jeder Bemerkung, beugte sich anteilnehmend vor, um ihm zuzuhören. Er hatte vergessen, wie lebendig man sich in genau diesem Moment fühlt: wenn man weiß, dass es sich in Bewegung gesetzt hat und dass jede Regung diesen Eindruck verstärkt. Er hatte gespürt, wie seine Adern in eigenartiger und typischer Euphorie anschwollen: der herrliche Rausch vor dem ersten Sex.

Sylvie hat ein erstaunliches Gedächtnis. Vernon war geschmeichelt, dass sie sich an die Partys und Konzerte erinnerte, bei denen sie sich getroffen hatten. Sylvie tröstete ihn für einen Kummer, dessen Größe ihm nicht bewusst gewesen war. Er hatte nicht begriffen, wie allein er sich in letzter Zeit gefühlt hatte. Sie hörten John Lee Hooker und Cassandra Wilson. Sie sprachen über Alex, sein Tod hatte sie berührt, Vernon spürte, dass es für Silvie noch eine schmerzhafte Geschichte war, und vermied es höflicherweise, ihr zu sagen, dass Alex nur selten von ihr gesprochen hatte, dass sie nicht zu den Frauen gehörte, die ihn geprägt hatten. Dann sagte sie: »Es ist spät, du hast bestimmt Hunger, ich seh mal nach, was ich dahabe.« Vernon war aufgestanden, um Thee Oh Sees in seinem iPod zu suchen – sie standen sich gegenüber, sie machte einen Schritt vorwärts, er beugte sich vor, und dann war bis vier Uhr früh keine Rede mehr von Abendessen gewesen.

Die erste Nacht war blanke Ekstase. Zwischen zwei Umarmungen hatte er sie langsam ausgezogen. Ihre Bewegungen waren sinnlich, wie in Zeitlupe. Er entdeckte, dass sie zwischen Nabel und Schamhaar ein kleines schwarzes Panthertattoo hatte. In der Dunkelheit synchronisierte sich ihre Haut, und Sylvies Stimme wurde dunkler. Vernon hatte seit Jahren mit keiner Frau geschlafen – als er aufstand, um seine Kippen zu holen, begegnete er im Flurspiegel seinem Bild: Er grinste einfältig, ohne sich dessen bewusst zu sein. Und das Lustigste war, dass er dieses Grinsen nicht abschalten konnte. Er spürte alte Kräfte in sich aufsteigen.

Sie verstanden sich gut. Es gab einen Platz für ihn in diesem Haus. Sie kochte gern für ihn, er liebte ihr riesiges Bett und die kleine herzförmige Metalldose voller Gras, ihr gefiel es, wenn er die Musik aussuchte oder nach der Fernbedienung griff und entschied, was sie im Fernsehen sahen, sie mochten dieselben Serien und verbrachten ein paar Tage eng umschlungen bei geschlossenen Vorhängen. Er hatte den Eindruck, als würde sie seine Wunden lecken, als könne er ihre heilen. Er misshandelte sie sanft, bearbeitete ihren Körper, hatte das Gefühl, dass sie immer weniger simulierte und immer mehr Spaß hatte. Er wusste allerdings aus Erfahrung, dass man Frauen misstrauen muss, die zehnmal am Tag wiederholen, dass sie die Männer lieben. Meistens verbirgt sich dahinter etwas Hässliches.

Und sehr schnell machte ihn das ununterbrochene Bombardement negativer Äußerungen fertig. Ihr kritischer Geist, über den er am Anfang gelacht hatte, killte seine gute Laune. Höchstens ein paar sehr alte Sachen – Filme von Billy Wilder, Musik von Coltrane oder die Romane von Flaubert – ließen nicht ihre Abscheu hervorschießen. Und bestimmte Luxusmarken. Ansonsten präsentierte sie ihm, egal worum es ging und ohne je innezuhalten, Listen von Hochstaplern, Heuchlern, Schwachköpfen, Blendern, echten Arschlöchern und falschen Talenten … Vernon fing an, sich auf der Toilette einzuschließen. Er ging alle dreißig Minuten, suchte etwas Ruhe – aber sie presste sich an die Tür und nervte ihn weiter. Er wagte keine Bewegung mehr – der Horror davor, angeschrien zu werden, ließ ihn verkrampfen. Vernon stand morgens um sechs auf, damit er Zeit hatte, in Ruhe einen Kaffee zu trinken, bevor sie auftauchte.

Sylvie ist nicht nur quälend wie ein Nieselregen, der dich den ganzen Tag lang vor Kälte erstarren lässt, sie droht auch offen, wenn man ihr widerspricht. Einmal schluchzte sie, nachdem sie ihren Sohn in seiner neuen Wohnung besucht hatte, weil es ihr so wehtat, dass er sie fast wie eine Fremde behandelte, und Vernon wollte sie trösten: »Weißt du nicht mehr, wie gern wir unsere Eltern gesehen haben, als wir in seinem Alter waren?« Sie wandte ihm ein von Hass entstelltes Gesicht zu und machte ihn zur Schnecke – was er von Mutterschaft verstehe, wer ihm erlaubt habe, seinen Senf dazuzugeben –, bevor sie ihn mit ein paar saftigen Fußtritten aus dem Zimmer trieb. Er hatte sie zur Ruhe kommen lassen und inzwischen den Apothekenschrank im Badezimmer besucht, in dem er Beruhigungsmittel gefunden hatte. Seit diesem Erlebnis nahm er jeden Morgen eine Tablette, wenn er den Tag begann. Er kam sich vor wie das junge Mädchen, dessen Blog er gelesen hatte, das vor jedem Analverkehr eine halbe Bromazepam nahm. Er sagte zu nichts mehr seine Meinung. Sylvie hatte ihren Rhythmus gefunden: Sätze verliebter Euphorie wechselten mit Krisen schwachsinniger Aggression, dann verlangte sie wieder Zärtlichkeit und Sex, als wäre nichts gewesen. Vernon beugte sich ihren Forderungen mit dem wachsenden Gefühl, sich in sich selbst zu verkriechen und die Freundlichkeit nur noch zu spielen, um den Stress zu vermeiden. Er zählte die Stöße und dachte daran, seine Lendenwirbel zu schonen – Ficken war zur Pflichtübung geworden, die einzige Möglichkeit, sie fünf Minuten zum Schweigen zu bringen.

Nun, in seinem Hotelzimmer, vierzig Euro pro Nacht, atmet Vernon durch. Er tut, als hätte er ein Zuhause. Er geht auf die Websites der Zeitungen und notiert die Namen aller besprochenen Platten, dann hört er sie und zischt dabei ein Bier nach dem anderen. Niemand, der ihm sagt, wie viel Bier hast du heute getrunken, nimm deine Socken vom Bett, sie stinken.

Er hat nur noch wenig Zeit, seine Sachen abzuholen. Er hat es nicht geschafft, mit Sylvie darüber zu reden. Erst hat er auf den passenden Moment gewartet, dann hat er begriffen, dass es wäre, als würde sie sich ein Hündchen kaufen, wenn sie ihm mit so einem Betrag aushelfen würde: Sie würde ihm das Halsband nicht mehr abnehmen. Er fragt sich, ob die Gerichtsvollzieher seine Sachen in Kartons gepackt oder alles in Mülltüten geworfen haben … Sein ganzes materielles Leben, die wenigen Sachen, die er besitzt – die Laguiole-Messer, die ihm seine Mutter geschenkt hat, die Töpfe von Ikea, als ihn jemand im Auto mitgenommen hat, seine Bettdecke aus echten Gänsefedern, die er mit sich rumschleppt, seit er dreißig ist. Die Sachen, die er geputzt, bewahrt, benutzt hat. Und die Papiere, es hat ewig gedauert, sie zu sortieren! Ein Paar Fotos. Seine Stimmkarte. Die nie zum Einsatz gekommen ist. Die Briefe, an denen er hing. Das alles in fremden Händen, weder böswilligen noch wohlmeinenden, in Händen, deren Job es ist, das Leben der Verschuldeten einzukassieren. Wenn die Vergangenheit beschlagnahmt wird, ist man lebendig tot. Er ist so dünnhäutig, er hat das Gefühl, eine unsichtbare Schnur verbinde ihn mit diesen Sachen und wenn sie verstreut werden, werde er sich im Raum auflösen.

Wenn er Sylvie ehrlich seine Situation geschildert hätte, hätte sie ihm die tausend Euro geben können, wie er einen Milchkaffee bezahlt. Tausend Euro in ihrer Welt, das ist ein Paar Schuhe. Eine Handtasche ist schon teurer. Sie sagt oft »Ich scheiß aufs Geld«, als wäre das eine herausragende Eigenschaft. Aber es hat ihr nie gefehlt – sie hat nach der Scheidung die Wohnung behalten, Unterhalt bekommen, der dem doppelten Mindestlohn entspricht, und dabei weiter die Einnahmen aus dem von ihren Eltern verwalteten Grundbesitz ausgegeben. Wer würde unter solchen Bedingungen nicht aufs Geld scheißen? Auch Vernon wäre ein überzeugter Dichter, wenn er sich nicht ständig darum hätte kümmern müssen, seine Miete zu bezahlen.

Er könnte auf diese Facebook-Nachricht antworten »Schatz, ich denke an dich, ich kann es nicht erwarten, dich wiederzusehen«, sie dann schmoren lassen, am nächsten Tag mit zwei Croissants aufkreuzen, eine reuige Miene aufsetzen und ihr gestehen, ich habe dich angelogen, ich habe keine Wohnung mehr, ich habe mich nicht getraut, es dir zu sagen. Dann müsste er sie nur machen lassen. Sie würde sich um alles kümmern. Er müsste die Pléiade-Bände, die er sich geborgt hat, und die goldene Uhr, die wahrscheinlich ihrem Sohn gehört, diskret an ihren Platz zurücklegen. Er hat genommen, was er konnte, bevor er gegangen ist, während sie im Bad war. Um sich zu beruhigen, erzählt er sich selbst Schwachsinn, nimmt sich vor, alles zurückzukaufen, sobald er kann. Er rechtfertigt sich: Das war nicht vorsätzlich. Sie hat von dem Abendessen erzählt, er wusste, dass er abhauen würde, er hat sich vorgestellt, wie er ohne einen Cent in der Tasche auf der Straße steht, und hat sich zwei, drei Sachen gegriffen. Das ist eine kleinliche Rache. Aber pragmatisch. Er hat die fünf Bände bei Gibert Jeune verkauft, zwei Stendhal und drei Karl Marx: hundert Euro. Cash. Die Erbärmlichkeit seiner Tat hat ihm nichts von dem Vergnügen geraubt, das ihn erfüllte, als er auf der Suche nach einem kleinen Hotel für eine ruhige Nacht den Boulevard Saint-Michel entlanggegangen ist. Er schlägt sich durch.

Das billigste Hotelzimmer mit WLAN liegt hinter der Bastille. Er kennt die Straße. Céline hat dort gewohnt. Das war der Sommer von *Groove Is In The Hearth*. Céline war verrückt, sie vertrug keinen Alkohol und trank jeden Tag, aber bevor sie ihn rauswarf und beschimpfte, weil sie dachte, er habe vor ihrer Nase eine andere verführt, zu Recht, aber das hatte er nie zugegeben, hatten sie einen wirklich coolen Sommer miteinander verbracht. Damals war das Viertel noch ziemlich verfallen. Sie gingen jeden Tag ins Kino. Céline war Filmvorführerin, sie hatte einen Ausweis, mit dem sie und eine Begleitperson gratis in jedes Kino kamen. Es war sehr warm, sie suchten sich klimatisierte Kinos. Besonders mochten sie den großen Saal an der Place d'Italie, aber dort liefen nicht die besten Filme. Sie mochte Carax und

Téchiné, er eher Scorsese und De Palma. Vernon hatte nie mehr an Céline gedacht. Sie hatte einen unglaublichen Busen.

Er hat drei PN von einer Journalistin, Lydia Bazooka, die es nicht mal für nötig hält, die Anstandsfrist von vierzig Tagen einzuhalten, bevor sie sich an Alex' Biografie macht. Die Geier sammeln sich schon um den noch warmen Leichnam, sie sichern sich die besten Plätze vor dem großen Gerangel. Die Tussi kontaktiert über Internet alle, die Bleach gekannt haben, und Vernon staunt, dass sie schon bis zu ihm gelangt ist. Er war nie auf den offiziellen Porträts. Wie viele andere seiner Generation war Alex vom Kometen Cobain geprägt. Er hatte oft gesagt, für die Plattenindustrie sei es das Ideal, mit einem toten Sänger zu arbeiten. Deshalb treibe man sie mit Begeisterung ins Grab. Lydia Bazooka schreibt, dass Alex in seinen Interviews manchmal von *Revolver* sprach. Als es den Laden noch gab, war das eine willkommene Werbung, obwohl die Wirkung schnell verpuffte. Es ist schon merkwürdig, erst im Nachhinein zu begreifen, dass Alex auf diese Weise versucht hat, ihn zu unterstützen, und dass er das nie als Freundlichkeit wahrgenommen hat, sondern eher als eine Art, seine Macht zu bekräftigen. Die Journalistin ist hartnäckig. Es reizt ihn, sie zum Teufel zu schicken. Der Tote erfüllt ihn mit einer Zuneigung, wie er sie lange nicht mehr empfunden hat. Vernon beschließt, nicht zu antworten, dann überlegt er es sich anders und schreibt: »Ich wette, du verdienst einen Fliegenschiss damit, auf sein Grab zu pinkeln.« Sie tut es nur für das Vergnügen, ihren armseligen Namen auf einem Buch zu sehen, und findet es völlig legitim, alles auszusaugen, was ihr unter die Finger kommt.

Vernon rechnet damit, dass sie ausrastet oder sich rechtfertigt. Sie antwortet sofort: »Ich bin's gewöhnt, einen Hungerlohn zu kassieren, keine Sorge. Komm vorbei, dann können wir reden, ich spendiere dir einen Kaffee für die Mühe.« Und weil er nicht gleich reagiert, fügt sie hinzu: »Ich mag deine Augen auf den Fotos, würde sie gern live sehen.« Sie ist lustig. Er googelt Fotos von Lydia Bazooka, findet nur zwei. Dackelbeine, runde, zu dicke Nase, dünnes Haar und weiße Haut. Dafür weiß sie, wie man sich präsentiert – tiefer Ausschnitt, lange Nägel, sehr kurzer Rock. Eifriges Pin-up-Girl, macht das Beste aus sich. Perfekt. Bei ihr wird Hässlichkeit zum Vorzug, ihr Bemühen ist rührend. Er fragt, wo sie wohnt.

Im Internet findet er mehrere Artikel, die sie über Alex geschrieben hat. Ihre Aktion ist zwar ziemlich überstürzt, aber nicht so unangemessen, wie er gedacht hat. Ein echter Fan der ersten Stunde. Bei seiner Suche stößt er auf diverse Texte zum Ruhm des toten Sängers. Das Thema ist schon durch, in den sozialen Netzen ist nicht mehr die Rede von ihm. Aber in den ersten drei Tagen nach seinem Tod hat jeder sein

Posting abgesetzt. Willkommener Fraß für all die leer malmenden Kiefer, aus denen Wörter hervorquellen, die von niemandem gelesen werden.

Dann wendet sich Vernon den freundlichen Nachrichten zu, die ihm Louis, ein früherer Kunde, schickt, ihm war nicht bewusst, dass sie sich so nahestanden. Louis schreibt ihm mit dubioser Begeisterung – Vernon erinnert sich an einen ebenso fröhlichen wie gehässigen Burschen, das eine schloss das andere nicht aus. Irgendwie schräg, dass der Typ auf seiner Seite Clips und Fotos von GBH, Exploited und Kortatu sammelt … Wie alt wird er jetzt sein? Vierzig? Als er mitbekommt, dass Louis inzwischen in Cergy-Pontoise wohnt, belässt er es dabei, das Gespräch freundlich fortzusetzen, ohne ihm zu sagen, dass er keine Bleibe hat. Louis ist Buchhändler geworden, er steht auf harte Krimis und will der Menschheit seine Ansichten über den Zustand der Welt kundtun. Syrien beschäftigt ihn, er ist überzeugt, dass Bachar al-Assad im Westen das Opfer einer infamen Propaganda ist, die von Israel und Washington ausgeheckt wird. Die berühmte jüdisch-freimaurerische Front. Ein bissiger Linksradikaler, allem Anschein nach im Begriff, auf die dunkle Seite der Macht zu kippen. An Xavier, Louis und Sylvie, die nicht viel gemeinsam haben, fasziniert Vernon, dass sie an nichts zweifeln. Dabei sehen sie doch auch, dass sich alle überall uneins sind, sie könnten darüber nachdenken und sich fragen, wie sie mit dieser Explosion gegensätzlicher Gewissheiten umgehen wollen. Stattdessen scheint sie die Gegnerschaft in der Überzeugung zu bestärken, dass sie immer recht haben.

Facebook hat nichts mehr mit dem fröhlichen Chaos zu tun, bei dem er vor zehn Jahren gern mitgemischt hat. Niemand wusste genau, ob es ein gigantisches Vögelnest, eine Nachtbar oder die Zusammenlegung aller Liebeserinnerungen des Landes war. Das Internet erfindet eine parallele Raum-Zeit, in der sich die Geschichte hypnotisch fortschreibt – viel zu schnell, als dass das Herz eine nostalgische Dimension hinzufügen könnte. Man hat keine Zeit, Wurzeln zu schlagen, da ist man schon in einer anderen Landschaft. Vernon behandelt sein Facebook-Account so, als irrte er über einen Friedhof, die letzten Bewohner sind wütende Zombies und schreien wie Versuchskaninchen, die man in ihren Käfigen bei lebendigem Leib häutet und mit grobem Salz bestreut.

Die einzige halbwegs Lustige in diesem Horrorkabinett ist noch diese Lydia Bazooka. Vernon reißt eine Chipstüte auf, nimmt sich ein neues Bier und zappt durch die Fernsehkanäle. Er weiß, dass er sie auf kleiner Flamme kochen muss. Wenn er ihr sofort antwortet, ist die angenehme erotische Spannung, die zwischen ihnen wächst, sofort weg, wie bei einem ausgeleierten Gummi. Er blockiert Sylvie, die ihn mit immer hektischeren Nachrichten bestürmt. Er krümelt beim Essen alles voll, dabei denkt er intensiv an Sylvie und ihr Gebrüll; wenn sie ihn so sehen würde, würde sie ihn mit Beschimpfungen und Drohungen zuschütten und sich dann an ihn schmiegen wie ein kleines Mädchen und verlangen, dass er ihr sagt, wie sehr er sie liebt. Er fühlt sich wohl, so allein. Er hat genug Geld, um sich eine zweite Nacht zu leisten, ganz abgesehen davon, dass er mit der Uhr, die er noch nicht verkauft hat, noch ein paar Tage mehr im Warmen sein kann. Die kleine Lydia Bazooka muss noch warten.

I fink u freeky and I like you a lot – der Sound von
Die Antwoord zuckt irgendwo im Hintergrund. Die
Bar ist voll. Auf dem Smartphonedisplay – mit Spider-
App, weil es runtergefallen ist, als sie es gerade neu
hatte – checkt Lydia permanent ihre Instagram-, Face-
book- und Twitter-Aktualisierungen. Das ist zwanghaft. Newssucht. Heute Abend wartet sie besonders
auf eine PN von Vernon Subutex. Es geht um den
Job. Er hat halb zugesagt, sie zu treffen. Aber es liegt
nicht an dem Job, dass sie so heiß ist. Sie ist scharf auf
ihn, einfach scharf, und sie bildet es sich nicht ein:
Er macht sie an. Seit achtundvierzig Stunden klebt sie
an seiner Seite – jedes Like ist wie ein Quickie, jeder
Kommentar ein Orgasmus, und jede PN steigert ihre
Erregung. In ihrem Austausch war nichts Eindeutiges,
trotzdem könnte sie schwören, dass er auf derselben
Wellenlänge ist: Sex, Sex, Sex. Aber seit gestern, Samstag, war er höchstens kurz auf Facebook, um ein
schnelles Like zu hinterlassen. Sie geht ständig auf
seine Seite und fragt sich, was er treibt. Hauptsache, er
überlegt es sich nicht anders! Abgesehen davon, dass

er sie anmacht, braucht sie ihn für ihr Buch. Denn mit dem Job kommt sie nicht besonders gut voran.

Neben ihr reden die Leute über den Service der Telefonanbieter, jeder hat seine Horrorgeschichte – mit den üblichen Witzen über den Akzent der Callcentermitarbeiter. Dieser Tisch ist nicht die ideale Besetzung. Lydia zeigt sich nicht gern mit Leuten, die sie nicht beeindrucken. An nette Beziehungen glaubt sie genauso wenig wie an den Vorteil von Nikes gegenüber Pumps. Turnschuhe mögen bequemer und besser für den Rücken sein, aber auf Stilettos hat man eine ganz andere Haltung. Mit ihrem Umfeld ist es dasselbe: Wenn ein Außenstehender nicht neidisch wird, sitzt sie nicht am richtigen Tisch. Jetzt zum Beispiel ist sie Madame Nobody an einem Tisch schlecht gekleideter anonymer Gestalten. Nichts, was einen aufwertet.

SMS von Cassandre – sie sind im Mécano. Weil sie weiß, dass die Info nicht reicht, damit Lydia den Arsch hochkriegt, und weil Cassandre will, dass sie kommt, denn Lydia hat meistens, wenn schon kein Koks, zumindest die Nummer eines Dealers bei sich, schickt sie eine zweite Nachricht: »Gerade ist Paul gekommen. Allein.«

Überredet. Lydia sperrt ihr iPhone und steckt es in die Seitentasche ihrer Balenciaga, die sie immer auf den Knien behält; ihre einzige Markentasche hat sie ein Vermögen gekostet, wenn sie das gute Stück schmutzig macht oder man es ihr klaut, bringt sie sich um.

Sie hat kein Koks. Ihr Dealer ist noch im Urlaub. Wenn er nicht in der Normandie bei einer Hochzeit ist, ist er im Süden bei seiner Mutter, in Amsterdam zum Einkaufen, in Berlin bei einer Freundin oder in Toulouse bei einem Konzert. Ganz abgesehen davon, dass er über Weihnachten und Ostern Pause macht und im Sommer sechs Wochen wegfährt. 110 Euro pro Gramm beim letzten Mal. Kein Wunder, dass die Dealer nie für die Legalisierung demonstrieren. Dann wäre es schwieriger, den Tarif in sechs Monaten zu verdreifachen. 110 Euro pro Gramm – sie hat gedacht, die Freunde, für die sie den Stoff besorgt hat, würden sie rauswerfen. Tatsächlich verkaufte er das Gramm für 100 Euro, aber Lydia fand, dafür, dass sie bis nach Saint-Ouen rausgefahren und dann auch noch mit zehn Gramm durch die Gegend gelaufen war, konnten die anderen ruhig einen Beitrag leisten und ihr Gramm mitbezahlen. 110 Euro, sie sind ausgerastet. Zumal das Zeug nicht besonders gut war. Koks nannten sie es sowieso mehr, um sich eine Freude zu machen, in Wirklichkeit war es Speed. Um drei Uhr morgens mussten die großen Taschentuchschachteln rausgeholt werden, alle standen am Rand des nasalen Zusammenbruchs. Weiß der Geier, was dadrin war. Auf jeden Fall hat sie heute Abend keinen Dealer parat.

Lydia verlässt die Bar, als würde sie eine rauchen gehen, ohne jemandem Tschüss zu sagen. Morgen wird sich keiner daran erinnern, dass sie wie ein Dieb die Kurve gekratzt hat. Aber wenn sie ankündigt, wo sie hingeht, schleppt sie womöglich eine ganze Horde ins Mécano.

Man braucht schon eine ziemliche Ladung Arroganz, um nach elf Uhr abends mit Stilettos und kurzem Rock allein von Bastille nach Oberkampf zu laufen. Alle Wichser sind am Start. Die Soldaten gehorchen nur dem einen Befehl, unbegleiteten Mädchen auf der Straße das Leben zu versauen. Jeden Blickkontakt vermeiden. Schnell gehen. Gerade halten und sich vorstellen, sie hätte einen Säbel in der Balenciaga, wie Beatrix Kiddo. Nicht reagieren, weiterdüsen. Sie schnalzen und schmatzen, um ihre Aufmerksamkeit zu wecken. Die Beschimpfungen – Schlampe, Hure, fette Nutte, Drecksstück, komm her, wo willst du hin?, komm her, Rassistin, Scheißbobo, wir machen dich alle, zeig uns deinen dicken Arsch, sieh dich vor, du Fotze, du hast den richtigen Mund, um mir einen zu blasen. Nicht langsamer werden. Sie mag die Männer, sie mag sie mit Pragmatismus, mit Energie, sie mag sie mit der Haut und dem Inneren ihres Bauchs. Aber manchmal würde sie gern ein paar kaltmachen. Lizenz zum Töten – Notwehr. Ihr seid eine Bande, ihr verfolgt mich, bedroht mich – ich ziehe meinen Säbel und lasse die Köpfe rollen. Sie ist dran gewöhnt. Man braucht Charakter, um eine heiße Nummer zu sein. Niemand hilft dir auf dieser Erde. Weder die Kerle, mit denen du rumhängst, noch die Tussis, die deine Freundinnen sind, auch nicht die Jungs, denen du keinen runterholen wirst. Einmal, bei Sébastopol, hat ein dicker Kerl sie beim Handgelenk gepackt und wollte sie mit sich zerren, sie hat versucht, die Hand wegzuziehen, und gesagt »Leck mich«, der Kerl ist knallrot geworden, sie hat gesehen, dass er gleich durchdreht und ihr eine runterhaut. Er hat sie gezwungen, sich zu entschuldigen. Sie hat es gemacht, dann ist sie abgezischt. Während der ganzen Zeit, in der er sie festgehalten und bedroht hat, ist niemand langsamer geworden oder hat zu ihnen hingesehen. Er hätte sie auf der Straße tottreten können, die Leute hätten weggeschaut.

Sie betritt die Bar. Aus den Boxen kommt Ty Segall. Lydia entdeckt Cassandres Tisch, Paul lächelt, als er sie sieht. Es gibt keinen freien Stuhl mehr, er drückt sich an seinen Nachbarn auf der Bank, um ihr Platz zu machen. Sie schiebt sich neben ihn, ohne ihr Vergnügen zu zeigen. Eigentlich ist er gar nicht so süß. Aber sexy. Man weiß nie, woran das liegt, es gibt einfach Männer, mit denen möchte man ins Bett. Es gefällt ihr, wie unverschämt er sie anmacht. Nicht aggressiv, ohne zu überstürzen. Aber er geht geradewegs drauflos. Lydias Oberkörper kümmert sich nicht um ihn, sie ist Cassandre zugewandt, der sie vom Konzert der Chacals erzählt, ätzender Sound, witzige Kids, die eine Art Post-Pogo tanzten, albern, aber niedlich, Stücke, die alle gleich klingen, das erste trifft dich voll ins Gesicht, weil es groovt, und die Band lässt es krachen, aber beim sechsten Lied haut's dich nicht mehr vom Hocker, und du gehst dir ein Bier holen. Unter dem Tisch hat ihr Bein seinen Platz an dem von Paul gefunden. Die Schenkel pressen sich aneinander, ohne dass ihre Gesichter die geringste Regung zeigen. Sie sieht sich um, lächelt entspannt. In ihrem Bauch herrscht Aufruhr, sie hat Lust, ihn in den Mund zu nehmen, eine Mischung aus Erregung und Dankbarkeit – dass er auf dasselbe Lust hat wie sie, findet sie super. Trotzdem wirft sie einen Blick auf ihr iPhone, immer noch nichts von Vernon. Das nervt. Paul merkt es:

»Wartest du auf jemanden?«

»Nein. Ich guck nur kurz. Ich schreibe doch die Bio von Alexandre Bleach, jetzt warte ich auf die Antwort eines Freundes von ihm, wir wollen uns zum Interview treffen, aber er lässt mich zappeln …«

Sie haben ihre Knöchel übereinandergelegt, die Hände auf dem Tisch bleiben unbeteiligt. Wie sie seinen Blick mag – seine Art, mit den Augen zu lachen. Seit Monaten schleichen sie schon umeinander und haben nie eine Gelegenheit gefunden. Sie spürt, wie sie feucht wird, das erregt sie noch mehr. Dass er so direkt ist, hat sie nicht erwartet. Sie kann zwar gut mit Schüchternen umgehen und ihnen helfen, den ersten Schritt zu machen, aber wenn einer weiß, was er will, ist es genial. Cassandre beobachtet sie, aber nichts in ihrer Haltung verrät, was sich außerhalb des Blickfelds abspielt. Sie sagt immer, sie finde es ätzend, dass Lydia ihren Freund Olivier so oft betrügt. Cassandre ist halt zu schön, um mit dem Erstbesten zu schlafen. Sie ist wählerisch, das passt zu ihrem Äußeren. Aber irgendwie hat sie immer das Gefühl, dass man sie gelinkt hat. Dass sie sich was entgehen lässt. Recht hat sie. Wenn du dich verpflichtet fühlst, einen auf unerreichbare Ikone zu machen und abends ganz allein im Bett Däumchen zu drehen, weil du so tugendhaft bist und dein Spitzentyp von Spitzenmanager ständig auf Achse ist, kannst du genauso gut eine Nullachtfünfzehn-Tussi sein, die sich amüsiert und mit jedem verfügbaren und vögelbaren Kerl in die Kiste springt. Sie bleiben nicht lange jung, und sie sind gerade noch in dem Alter, in dem man heiß sein kann, ohne sich lächerlich zu machen.

Paul flüstert ihr mit unbeteiligter Miene ins Ohr:

»Tut mir leid, dass ich mich so lange nicht auf Facebook gemeldet habe, aber meine Kleine passt auf, dass ich nicht mit anderen Mädchen spreche.«

»Eifersüchtig?«

»Hölle!«

»Sie hat recht. Mein Mann ist auch eifersüchtig.«

Unter dem Tisch drücken und reiben sich ihre Beine genüsslich, jeder Quadratmillimeter Haut lässt sie wissen, dass es heute noch voll abgehen wird. Der Countdown ist eine Folter. Noch nie hat Lydia so deutlich ihr eigenes Knie gespürt. Cassandre beugt sich über den Tisch und fragt leise:

»Und, hast du … Farlopa?«

Seitdem sie sechs Tage Urlaub in Barcelona gemacht hat, kann sie nicht mehr Muntermacher oder Charlie oder einfach Kokain sagen – Farlopa. Lydia beugt sich auch vor, schüttelt den Kopf.

»Nichts. Brauchst du was? Ich habe vielleicht einen Kumpel in der Nähe, er hängt in einer Bar zwei Straßen weiter rum. Soll ich mal vorbeigehen?«

Und wie Cassandre was braucht! Sie hat Mühe, einen Abend durchzustehen, ohne sich eine *Line* reinzuziehen. Zwar behauptet sie, nur Gelegenheitskokserin zu sein. Aber wenn nichts da ist, würde sie die ganze Welt anrufen, um das zu ändern. Der Vorwand ist genial, Paul nimmt seine Jacke.

»Wenn du was im Auge hast, bin ich gern dabei. Soll ich dich begleiten?«

Cassandre ist so scharf drauf, sich die Nase zu pudern, dass sie den Braten nicht riecht. Sonst ist sie sensibler. Und pervers. Aber sie ist zu heiß auf ihre *Line,* um zu erfassen, was los ist.

Draußen gehen sie ein paar Schritte und unterhalten sich weiter über das letzte Konzert von Gossip, sie gehen um eine Ecke, Paul sieht ein Paar in ein Haus gehen und denkt daran, die Tür aufzuhalten, während er weiter mit ihr plaudert, als würde einer von ihnen dort wohnen und das Gespräch beenden, bevor er den Fahrstuhl holt. Das Paar ignoriert sie und geht die Treppe hoch, ohne sich umzudrehen. Paul zieht Lydia hinein, hinter dem Fahrstuhl ist eine dunkle Ecke. Sie küssen sich zum ersten Mal und haben gerade genug Alk intus, dass es ihre Bewegungen geschmeidiger macht, aber nicht so viel, dass sie albernes Zeug anstellen. Morgen wird sie sich an jedes Detail dieses Moments erinnern. Weil es das Einzige im Leben ist, was sie interessiert; das aber interessiert sie total: wie sie sich zum ersten Mal küssen, wie er zum ersten Mal ihren Pullover hochschiebt und eine Hand auf ihren BH legt, dann die Fingerspitzen darunter bohrt, um ihn wegzuschieben, sich seiner zu entledigen, wie sie zum ersten Mal die flache Hand auf seinen Schwanz legt, noch in seiner Hose, und er so hart ist, dass ihr die Sinne schwinden, wie er zum ersten Mal sein Handgelenk verbiegt, um die offene Handfläche über ihre Möse zu schieben, und zwei Finger direkt in sie gleiten, wie er sie fingert, wie sie noch keiner gefingert hat, und sie sofort kommt, im Stehen, das Becken zu ihm erhoben, die Augen in seinen, damit er sehen kann, wie sie abgeht. Sie will ihm im Hauseingang einen blasen, aber er flüstert »Geht es nicht bei dir?«, und sie antwortet

»Doch, du kannst mitkommen, mein Freund ist nicht da«. Sie gehen raus und rufen ein Taxi. Verrücktheit und Alltag gehen wieder durcheinander. Während der Fahrt macht ihr Paul Komplimente, wie gut sie schreibt. Sie hätte ihn für cleverer gehalten. Nicht für einen, der nette Sachen erzählt, wenn du ihn in dein Bett einlädst. Er ist supersüß. Das bestätigt sich noch, als sie bei ihr sind und sich ausziehen können, um endlich richtig loszulegen. Er ist zärtlich, geduldig und aufmerksam. Trotzdem ist sie enttäuscht. Zu viel Vorspiel. Keine totale Pleite, sie mag seine Bewegungen und seinen Geruch, ihren Körpern ist es recht, sich aneinander zu reiben. Aber wenn sie nur nette Sachen machen wollten, hätten sie auch kurz vor der Bar herumknutschen und dann jeder nach Hause gehen können. Beim Sex mit Männern, die nicht ihr Verlobter sind, braucht sie das Gefühl von Gefahr, die Ahnung, dass irgendwas sie überwältigt und packt. Sie bleibt immer höflich zu den Typen, mit denen sie schläft, ist nicht so ein Luder, das seufzt, um ihnen zu zeigen, dass es sie anödet. Sie simuliert geduldig, manchmal kann man sich damit am Ende sogar selbst überzeugen, aber manchmal auch nicht.

Glücklicherweise verpfeift er sich ziemlich früh. Wahrscheinlich hat er sich auch gelangweilt. Sie hatte es sich mit ihm interessanter vorgestellt. Dann tauscht sie ihr kratzendes Flatterhemdchen gegen ein altes T-Shirt mit den Ramones drauf und zieht dicke Socken an. Sie setzt sich vor den Computer. Keine Nachricht von Subutex. Ziellos surft sie im Netz herum.

Gérard Dépardieu ist Russe. Das hat gerade noch gefehlt. Super! Frankreich ist ja vielleicht ein Scheißland, aber den Pass gegen einen russischen zu tauschen … im Interview kommt ihr Gérard gar nicht mal so empört vor, er behauptet, er sei Franzose, Russe und demnächst auch Belgier. Geht's noch, Junge, alles in Ordnung? Er denkt wahrscheinlich, es reicht noch nicht, dass er seine ganze Familie in der Filmindustrie recycelt, um allen auf den Keks zu gehen. Hast ja recht, Schnuckel, um deinen Junkiesohn hätten sie sich in einer Diktatur besser gekümmert. Die Extraklasse der französischen Apparatschiks ist für seinen Geschmack noch nicht extra genug. Ihr würde es schon gefallen, die Tochter von einem aus diesen Kreisen zu sein. Man sieht doch nichts anderes – überall die Bedos' und die Higelins und die Sardous und die Audiards und die Lennons und die Coppolas –, was anderes als ihre Eltern, die sich ewig beklagen, dass sie sich nicht genug Mühe gibt. Sie muss was anderes anklicken, sonst fängt sie noch an zu heulen. Zugegeben, Putin ist sexy. Putin ist besonders sexy, weil er ein verdammter Hurensohn mit einer Menge Macht ist, aber ehrlich gesagt wäre er auch ohne das sexy. Halb nackt auf einem Pferd, echt abgefahren. Die Schenkel an das Tier gepresst. Das bringt sie auf eine Menge Sachen. Lydia ist wie alle

Frauen empfänglich für unehrliche Argumente. Sie hat noch nie mit einem Russen geschlafen. Sie hat noch so viel zu erledigen.

Sie spricht halblaut vor sich hin, wie üblich, wenn sie vor dem Bildschirm sitzt. Paul hat ihr schon drei SMS geschickt. Das hätte sie nie von ihm erwartet. Eine Klette.

Sie macht einen Abstecher in die Speisekammer. Milchschokolade, Chips, gesalzene Erdnüsse, Dreikönigskuchen für sechs Personen, Nutella-Imitat. Die Hälfte ihres Geldes geht dafür drauf. Der Mensch braucht Fett. Selbst in süßen Sachen muss Fett sein. Sie fängt mit der Schokolade an. Eine Tafel vor dem Monitor. Sie isst, ohne sich zu beeilen, aber auch ohne Pause. Auf Crack zu sein wäre billiger als die ganzen Bulimiekrisen. Bis vor einem Monat sah sie in ihren Anfällen nur krankhafte Naschhaftigkeit. Sich mehrmals pro Nacht zum Erbrechen zu bringen schien ihr die einzige Methode, alles zu essen und schlank zu bleiben. Sie ist schlank. Sie hat keine Wahl: Sie ist nicht besonders hübsch. Also muss sie wenigstens eine Figur haben.

Sophie, eine Frau ihres Alters, die für *Grazia* schreibt, hat zum ersten Mal das Wort Bulimie ausgesprochen. Sie waren zusammen auf einer Pressereise in Seattle, in einem super Hotel: Beim Frühstück trafen sie sich vor dem Büfett. Als Sophie sah, wie sie mehrmals ihren Teller vollud, lächelte sie verständnisvoll: »Kotzt du danach? Ich auch.« Lydia hatte keine Zeit, es abzustreiten, so überrascht war sie von der Frage. Sophie hatte gelacht: »Zwei Bulimikerinnen am Selbstbedienungsbüfett, wir werden uns prima amüsieren.« Dann hatten sie einen regelrechten Angriff organisiert, Croissants, Muffins, Käse und Wurst – zwischen zwei Tellern gingen sie aufs Klo kotzen. Man musste sie fast an den Haaren aus dem Speisesaal zerren. Bulimie. Nie hatte Lydia daran gedacht, das, was sie insgeheim tat, mit diesem Wort zusammenzubringen. Bulimie. Scheiße! Das hatte ihr gerade noch gefehlt …

Alle dreißig Sekunden klickt sie auf Rosaliethatslife, wirft einen Blick auf Facebook. Alles, was sie interessiert, ist, wann Vernon Subutex zurückkommt und sie mit Likes anmacht oder mit ein paar Kommentaren auf ihrer Seite zu einem virtuellen Höhepunkt bringt. Seit vier Tagen macht sie nichts anderes, als im Netz Sachen zu suchen, die ihm eine Reaktion entlocken könnten. Funkstille. Sie ist völlig durch.

Aus Frust öffnet sie schließlich Word. Sie müsste mit dem Buch anfangen. Dann schaut sie nach ihrem Kontostand, überprüft jede einzelne Abbuchung, unterbricht, um eine Platte von God Is My Co-Pilot zu suchen, dann verfolgt sie einen Schlagabtausch auf Twitter, von dem sie nichts begreift, legt sich auf tarot.com die Karten; ihr fällt ein, dass sie ihren Mietscheck noch abschicken muss, sie füllt ihn aus und steckt ihn in einen Umschlag, den sie offen lässt, weil sie zu faul ist, die Adresse ihrer Verwaltung zu suchen. Die Konzentrationsfähigkeit einer Springbohne. Sie kehrt zu ihrem leeren Worddokument zurück.

Seit sie das Buch begonnen hat, ist der Großteil ihrer Zeit mit der Vorbereitung eines Arbeitsplans draufgegangen. Der Verleger, der sich an sie gewandt hat, hatte nicht die geringste Ahnung, wer Alex war. Sie begriff nicht, wie er auf die Idee gekommen war. Sie hatte den Verlag gegoogelt, ehe sie ihn traf, nicht gerade Rock the Casbah. Er hat eine fünfzehnjährige Tochter, die ihm damit in den Ohren liegt, und möchte zur Abwechslung mal ein Buch machen, das sie lesen wird.

Beim Mittagessen war sie von den Socken. Der Typ trug einen Anzug aus dem vorletzten Jahrhundert, nur die Krawatte fehlte, und auch seine Manieren waren Vorkriegsware. Er hatte sich über sie informiert, bevor er sie kontaktiert hatte, das heißt, er hatte Fotos im Internet gesucht. Und sie gefiel ihm. Lydia ist bestimmt nicht zurückhaltend, aber sie hat sich gefragt, ob er Witze macht, als sie begriffen hat, dass er sie auf seine verkorkste Art anmacht. Schläft man mit solchen Männern? Sie will nicht mal daran denken, was für Socken er trägt!

Der Verleger ist lustig. Er sieht nicht fern, geht

nicht ins Internet. Aber er hat sie über die digitalen Rechte gebrieft: »Wollen Sie uns nicht die digitalen Rechte zu denselben Konditionen übertragen wie die klassischen? Die Autoren bilden sich ein, weil es dabei keine Lagerhaltung und keinen Lieferservice für die Buchhandlungen, also auch keine Buchhändler mehr gibt, bekommen sie mehr … Aber wissen Sie, was es kostet, diese Spitzentechnologien zu entwickeln? Wir sind an der Forschung beteiligt.« Sie war erleichtert zu hören, dass Apple und Amazon auf die Solidarität des Verlegers und seiner Autoren zählen können. Sich vorzustellen, dass sich diese kleinen Firmen ganz allein durchboxen müssen, hätte sie voll runtergezogen. Genial! Der Junge hat wahrscheinlich noch nie von der Plattenindustrie gehört. Sonst würde er sich vielleicht fragen, ob er wirklich bei dem Massaker mitmischen will.

Der Mann hört also weder Pop noch Rock noch Funk, aber er will ein Buch über Alex Bleach. Aus dieser absurden Konstellation hat sie dreitausend Euro Vorschuss bei Vertragsunterzeichnung rausgeschlagen. Am nächsten Tag war der Vertrag da. Sie hat auf der Stelle unterschrieben. Dieser Umschlag lag keine zwei Wochen auf dem Tisch. Noch mal dreitausend gibt es, wenn sie ihr Manuskript abliefert. Sie muss sich ranhalten.

Kemar hatte sie gecoacht. Ohne ihn hätte sie sich nie getraut, so viel zu verlangen. Er war am Tag vor dem Treffen vorbeigekommen, um sie fit zu machen. Eigentlich hat er keine Ahnung, er arbeitet als Techniker bei Numéricable. Er ist so ein Süßer! Bei den heimlichen Top Ten ihrer Liebhaber kommt er mühelos auf Platz drei. Es ist selten, dass sie über lange Zeit heimlich denselben Mann treffen mag. Entweder, ihr werdet ein Paar, oder du gönnst ihn dir drei-, viermal, dann ist Schluss – alles dazwischen ist schwer zu beherrschen. Und nicht sehr angenehm. Außer mit Kemar. Er ist geistreich und haut zwei Witze pro Sekunde raus, richtige, zum Totlachen. Er ist gebaut wie ein Gorilla, sein Ding ist so winzig wie ein Frühlingsröllchen, er ist hässlich wie ein alter Gnom, aber er ist die Nummer des Jahrhunderts. Er vögelt so gut, dass man vergisst, was man je mit anderen gemacht hat. Sie ist nicht die Einzige, die das findet. Die anderen Männer fragen sich, was er mit den Frauen anstellt. Zu Recht. Die Frauen fragen es sich auch. Wenn er bei ihr war, fühlt sie sich besser als nach zwei Stunden Bikram Yoga: Alle Energien fließen. Sie schwebt bis zum nächsten Tag. Er kommt nicht oft vorbei, vergisst sie aber auch nie ganz und gar. Abgesehen von seiner sexuellen Begabung ist er ein guter Ratgeber. Zum Beispiel hat er vor dem Treffen mit ihr geübt: Zehntausend Euro! Für Alex Bleach ist sie die Spezialistin, sie weiß Sachen, von denen die anderen keine Ahnung haben, der Mann war ein echter Star, seine Fans sind motiviert, sie werden das Buch kaufen. Zehntausend, das ist das Minimum. Sie soll fünfzehn verlangen. Sie lag nackt auf der Decke, das Kinn in den verschränkten Händen, und lauschte ihm skeptisch und erstaunt. Er wanderte um das Bett herum, drängte sie, fünfzehn zu verlangen, um ja nicht unter zehn zu landen. Sie hat zehn verlangt. Und sechs bekommen. Ohne seine wertvollen Ratschläge hätte sie sich mit tausend zufriedengegeben.

Sie sitzt an Pierres Schreibtisch. In den dreißig Quadratmetern, die sie bewohnen, haben sie es geschafft, zwei Arbeitsplätze einzurichten. Alles andere passiert im Bett. Sie setzen sich auf das Fußende, um vor dem Fernseher zu essen. Dann schieben sie sich zwei Meter nach hinten, schlüpfen unter die Decke, lehnen sich an die Wand und gucken weiter. Wenn sie Besuch haben, drehen sie die beiden Schreibtischstühle zum kleinen Tisch am Fußende und setzen sich selbst an ihren gewohnten Platz. Nur selten empfangen sie mehr als zwei Leute, aber wenn, quetscht man sich zwischen den Schreibtischen dahin, wo Platz ist.

Sie sitzt so gern an seinem Schreibtisch. Seine Unordnung inspiriert sie. Der komische gedrungene Kobold mit der roten Zipfelmütze. Die große Ice-bleue-Uhr, deren Armband kaputt ist. Das AC/DC-Zippo.

Er ist für zwei Wochen weg. Bei einem Tanzfestival

in Dijon, wo er den Ton macht. Das ist sein Job. Sie ist oft allein. Besser gesagt ohne ihn. Sie erzählt ihm nicht, was sie macht, wenn er nicht da ist. Vielleicht ahnt er etwas; wenn nicht, auch gut. Es läuft perfekt so. Vorher gab es immer Probleme, wenn sie mit jemandem zusammen war, sobald sie mal eine Nacht ohne Vorankündigung nicht nach Hause kam. Pierre ist oft drei Monate unterwegs, da kann sie in Ruhe fremdgehen. Wenn er da ist, hat sie so ein Verlangen, ihn zu sehen, dass sie bestimmt nicht woanders rummachen wird.

Sie hat's nicht leicht in ihrem Job als Musikjournalistin. Die Presse liegt im Sterben, die Plattenindustrie erst recht. Ihre Artikel zeichnet sie mit Lydia Bazooka. Als sie den ersten veröffentlicht hat, war sie vor Euphorie monatelang wie bekifft. Das ist ihr inzwischen vergangen. Eine Frau und Rock! Egal, was sie macht oder schreibt, sie wird immer als bescheuert und inkompetent beschimpft.

Mit Alex Bleach hat sie nie was gehabt. Trotzdem hat sein Tod sie umgehauen. Seine Stimme. Seine Akkorde. Ein Gott. Sie hat nie daran gedacht, mit Alex Bleach zu schlafen. Das wäre Blasphemie gewesen. Er erfüllt sie mit unendlicher Dankbarkeit. Bevor sie seine Platten hörte, hatte sie nicht gewusst, dass sie imstande war, so tiefe Gefühle zu empfinden, Alex hat sie geweckt. Er beschwor ein anderes Ich herauf, eine Verbindung zu unbekannten spirituellen Kräften, die sie genoss, auch wenn die Intensität manchmal fast wehtat. Eine Tür zum Unvorstellbaren. Sie hat ihn mehrmals interviewt, für verschiedene Zeitungen. Er mochte sie. Bis zu dem Tag, als sie auf einer Musikwebsite einen besonders verrückten Artikel veröffentlicht hat – angesichts der allgemeinen Empörung hat sie zugegeben, dass er verrückt war, dabei hatte sie nur ganz nüchtern die Faszination dargestellt, die der Sänger in ihr weckte. Alex Bleach hatte ihn gelesen – und verlangt, sie nie mehr zu treffen.

Jahre guter und treuer Dienste, schlaflose Nächte, damit die Artikel tadellos sind, stundenlanges Warten in Hotelbars, Flugzeuge, um sein Konzert am anderen Ende der Welt oder auch in Quimper zu hören.

Eines Tages beauftragte *Match* sie, mit ihm über die Arbeit an seinem neuen Album zu sprechen. Lydia jubelte – bei der Presse war *Match* das Eldorado für Musikjournalisten. Aber dann kam der Todesstoß: Einen Tag vor dem Termin rief die Abteilungsleiterin sie zurück. Das Management hatte gesagt: »Nie mehr Lydia Bazooka.« Der Anruf kam, während sie bei Body Minute darauf wartete, dranzukommen. Die Welt brach zusammen. Niemand kann sich die Verzweiflung des Musikkritikers vorstellen, der von seinem Idol verstoßen wird.

Zwei Jahre hatte es gedauert. Zwei Jahre musste sie sich damit begnügen, die Interviews der anderen zu lesen, ihre Konzertkarte selbst bezahlen und sich beherrschen, um nicht wie eine verlorene Seele um die Künstlergarderobe herumzuschleichen. Zwei Jahre Dunkelheit, aber eines schönen Tages schlug die Pressefrau ihren Namen für das offizielle Webcaminterview vor – das Interview auf der Website des Künstlers. Zwar blieb sie im Off, aber es war ihre Stimme, die die Fragen stellte, also wurde die ganze Welt zum Zeugen, dass sie zurück war im Kreis der Auserwählten. Endlich nahmen sie ihr Gespräch wieder auf.

Es sollte sein letztes Album sein. Das wusste Lydia nicht.

Bei den Leuten, mit denen sie abhängt, kann sie kaum damit angeben, dass sie die Biografie von Alex Bleach schreibt. Viel zu Bobo für die Fascho-Babys ihrer Generation. Alex ist out. Drauf geschissen. Sie steht dazu.

Im Interview mit einer Journalistin der *Vogue* hatte er zwei Jahre vor seinem Tod gesagt: »Es macht mir keinen Spaß, mir vorzustellen, wie Boote voll kleiner Weißer auf einem aufgewühlten Meer versuchen, nach Ägypten zu gelangen, weil es in den Arabischen Emiraten Arbeit geben soll, es zieht mich echt runter, mir auszumalen, wie sie von der Miliz abgeknallt werden, wenn sie das Ufer erreichen, oder von Muslimen gesteinigt werden, die meinen, dass blonde Männer stinken und Blondinen Nutten sind – das macht mir wirklich keinen Spaß. Aber so wird es kommen. Europa ist am Ende, und morgen seid ihr die Emigranten. Ich würde mir lieber vorstellen, dass man etwas anderes versucht. Aber daran glaube ich auch nicht. Das ist der einzige Vorteil, den das verseuchte Wasser hat – ein Tumor scheißt drauf, wie du betest oder ob du ein dickes Bankkonto hast. Ein Tumor frisst dein Gehirn und basta.«

Auf der Website *Français de souche* hatte das Interview großen Erfolg.

Lydia nimmt all seine Interviews bis ins Kleinste auseinander. Wegen der Schreibblockade taucht sie erst mal ganz ins Thema ein. Sie hört Alex' Stimme über Kopfhörer. Sie verbringt gern Zeit mit ihm. Jeden Tag überarbeitet sie die Liste der Leute, die sie treffen will. Alle, die sie gefragt hat, lehnen es ab, mit ihr zu sprechen. Zu früh, sagen sie. Dabei liegt es nur daran, dass sie als Journalistin nicht bekannt genug ist. Sie beherrscht ihren Stoff, deshalb weiß sie auch, dass Vernon für Alex sehr wichtig war, er war nur drei Jahre älter, aber bei *Revolver* hat Alex den Rock entdeckt und nie wieder vergessen.

Welcher Schwachkopf hat eigentlich beschlossen, dass alle Artikelüberschriften auf der Startseite von Yahoo! Rätsel sein müssen? »Unglaubliche Entdeckung am Flughafen von Chicago« – ein Psychopath, der die denkbar nervigste Form eingeführt hat, die

Surfer zum Klicken zu verleiten, indem man ihnen nie sagt, was in dem Artikel steht.

Sie macht noch mal Facebook auf. Ja! Vernon hat ihr eine Nachricht hinterlassen. Wenn sie will, könnte er auf einen Kaffee vorbeikommen, damit sie ihm erklärt, was sie vorhat. O ja, sie will. Sie will sogar unbedingt.

Pamela ist extra durch die Rue de Marseille gegangen, um das Brot zu kaufen, das Daniel so gut schmeckt. Ganz plötzlich ist es kalt geworden, sie dreht die Heizung voll auf, die Einzimmerwohnung ist wie ein warmer Bauch. Er kocht grünen Tee, das ist ein Ritual, bevor er den Jägermeister aufmacht und die ersten Joints dreht – sie machen sich einen schönen Ich-achte-auf-meinen-Körper-Abend. Pamela erzählt von ihrem neuesten genialen Projekt: Sie will ein Buch für Kinder schreiben, ein Lehrbuch zum Thema Pornografie. Schon die Kleinsten sehen das massenhaft im Internet, bevor sie lesen können, deswegen ist es sinnvoll, ihnen zu erklären, was das ist.

»Mal ehrlich, du kannst keine Serie streamen, ohne dass du ein Luder siehst, das Schwänze lutscht! Darüber muss man doch mit ihnen reden, findest du nicht? Für die Illustrationen braucht man was Niedliches …«

»Was genau willst du ihnen erklären?«

»Ich fange mit einem kleinen historischen Überblick an, Siebzigerjahre staatliche Zensur, Achtziger

Videorekorder, Neunziger Minikameras … bis zum Internet. Da könnte man ihnen zum Beispiel ein paar Klassiker nennen, damit sie mit halbwegs soften Filmen anfangen … Dann würde ich ihnen erklären, wie man eine Szene dreht, wie man sich schminkt, wie man sich beim Dreh benimmt … einfach entdramatisieren.«

Daniel leert die Reste des grünen Tees sorgfältig in den Mülleimer, bevor er den Filter spült. Er war schon immer zwanghaft. Aber wenn er so Zeit verschwendet, weiß sie, dass er einer ehrlichen Antwort ausweichen will. Seit Jahren sucht Pamela das Buch, das sie schreiben will. Alle Pornostars, die etwas auf sich halten, haben mindestens ein Buch veröffentlicht. Sie will nicht die einzige Porneuse in ganz Frankreich sein, die nicht in den Buchhandlungen sitzt, um Bücher zu signieren. Lange hat sie mit einer Biografie von Gypsy Rose Lee geliebäugelt, dann hat sie es aufgegeben, weil ihr Projekt auf wenig Begeisterung stieß. Daniel antwortet endlich:

»Das ist eine gute Idee. Aber ich weiß nicht genau, ob die Leute schon reif dafür sind. Wenn sich ein Mädchen, das Pornos gedreht hat, an ihre Kinder wendet, könnte sie das etwas irritieren … du weißt ja, wie sie sind.«

»Ja. Ebendrum. Die Eltern sind ihnen bestimmt keine Hilfe. Bei den Leuten ist es immer dasselbe;

sobald von Porno die Rede ist, geht das Licht aus, verdunkelt sich der Geist, nimmt der Verstand Jahresurlaub. Bist du manchmal auf Youporn?«

»Nie.«

»Das wundert mich nicht. Du bist doch nur scharf drauf, so zu tun, als hättest du nie Pornos gemacht.«

Sie hat Lust, aggressiv zu sein, weil sie nicht mal mit Daniel richtig reden kann. Sie geht oft auf Youporn und fühlt sich wie Schneewittchens böse Stiefmutter: Sie geht auf die Websites, wo man Pornos runterladen kann, um zu sehen, ob die Filme, in denen sie mitspielt, noch auf der Bestsellerliste stehen. *Internet, Internet, bin ich noch die Geilste im Bett* ... Vor zehn Jahren hat sie aufgehört zu drehen, und sie ist länger als jede andere in Erinnerung geblieben. Aber jetzt geht's bergab. Sie hat sich an den Gedanken gewöhnt. Die Ära der echten Pornoqueens ist vorbei. Heute nennen sich die Mädchen auf Facebook schon Pornostar, wenn sie zwei Amateurfilmchen gedreht haben ... Als sie sich das letzte Mal im Internet umgesehen hat, ist sie auf so einen Film gestoßen. Das Mädchen war wohl Ungarin. Sie war an ein Bett gefesselt. Ein Junge zwang sie, klaren Schnaps zu trinken. Sie wollte nicht. Sie hat gebettelt, man brauchte keine Untertitel, um zu verstehen, was sie sagt. Es war ein Gangbang, die Jungs, die sie vergewaltigten, hatten eine Papiertüte über dem Kopf, um anonym zu bleiben. Das Mädchen hat geweint. Sie hat nicht nur so getan, damit es die Kerle aufgeilt. Es war nicht, weil es zu weit ging und sie die Sache nicht mehr im Griff hatte. Sie wollte von Anfang an nicht. Pamela würde gern mit Daniel darüber sprechen. Wenn irgendjemand verstehen kann, was sie empfunden hat, ohne sie demütigen zu wollen, dann er. Aber sie hat sich so schmutzig gefühlt, als sie das gesehen hat. Sie kann nicht darüber sprechen. Das ist so mit der Scham. Sie raubt einem die Worte.

Sie denkt an die verfickten Feministinnen, die sich die Hände reiben: Na bitte, wir haben es euch doch gesagt, Sex ist immer schlecht für die Frauen. Diese alten Schachteln, die braven Muttis, die ihre Möse nur spüren, wenn sie entbinden, sie würden sich dusslig freuen. Schließlich haben sie sich immer geweigert, zwischen dem Leben eines Pornostars und einer Vergewaltigung zu unterscheiden. Aber Pamela weiß, dass es nicht dasselbe ist. So was sieht sie zum ersten Mal, und es hat nichts mit dem zu tun, was sie gemacht hat.

Anfang der Zweitausenderjahre hat sie mit Porno angefangen. Sie hatte Glück. Damals hat sie die letzten großen Jahre auf dem Gebiet mitbekommen. Und sie hat gut verdient – besser, als sie es sich je erträumt hätte. Es gab Arschlöcher, die gibt es überall – aber es war eine angenehme Atmosphäre. Man sprach noch von den Stars. Es gab Konkurrenz zwischen den Mädchen, sie verstanden sich zwar gut, aber jede war angetreten, um die Beste zu sein. Pam wollte sich einen Namen machen. Es war nicht jedem gegeben, aber es war auch nicht allzu kompliziert. Die Konkurrenz ausschalten, Marktanteile an sich reißen, seine Wettbewerbsvorteile herausstellen – der Ökonomielehrer am Lycée hatte sie geprägt, sie besaß eine sehr klare Vorstellung von dem, was sie unternehmen musste, um die Beste zu sein. Und es hatte ganz gut funktioniert.

Aufhören war das Schwierigste gewesen, für sie wie für die anderen Mädchen in der Branche. Noch heute erkennen die Leute sie auf der Straße, aber die Atmosphäre beim Dreh, die Fotosessions, der Rausch, im Zentrum der Aufmerksamkeit zu stehen und geben zu können, was man von dir erwartet – das hat ihr entsetzlich gefehlt. Es war so wunderbar, als besonderes Geschöpf behandelt zu werden. Als Filmstar.

Der schlimmste Moment kommt erst, wenn du begreifst, dass du nie aufhörst. Du bist aus deinen Kreisen ausgeschlossen, verlierst deine Freunde, das leicht verdiente Geld – aber du bist fürs Leben gezeichnet. Während sie Pornos machte, hatte Pamela nur mit Leuten zu tun, die die gleiche Arbeit machten, von Missbilligung war da nicht viel zu spüren. Aber jeden Tag und unter normalen Leuten den Porno-Stempel zu tragen, ist ganz was anderes. Sie würde lieber krepieren, als es zuzugeben, aber am Ende gewinnen immer die anständigen Leute: Sie machen einem das Leben so schwer, dass sogar ein Mädchen wie sie es früher oder später einsieht – sie hätte besser daran getan, die Finger davon zu lassen. Zehn Jahre später kann sie immer noch nicht im Supermarkt einkaufen, ohne dass irgendeine Gans sie erkennt und strafend anstarrt – die Frauen sind die härtesten Richter. Frauen, die sich mit dem begnügen, was erlaubt ist, hassen die Amazonen. Wenn sie könnten, würden sie die Idole ihrer Ehemänner verbrennen. Sie wissen, dass ihre Kerle bei Pamela Kant geil werden, das macht sie krank. Porno ist zu der zwielichtigen Industrie geworden, die ihren kranken Träumen entspricht.

Vor zwei Monaten hat sie das Angebot angenommen, bei einem Film als Maskenbildnerin und Friseurin mitzumachen. Sie dachte, sie könnte die Gelegenheit nutzen, um die Mädchen zu fotografieren. Der Dreh begann um acht Uhr morgens, ab sechs musste sie die Schauspielerinnen vorbereiten. Um drei Uhr früh waren sie immer noch am Set. Von den fünf Mädchen stopften sich zwei mit Abführmitteln voll, um schlank zu bleiben, sie hatten den ganzen Tag Bauchschmerzen, und ihre Haut war im Arsch. Eine wurde von ihrem Freund mit SMS bombardiert, sie solle ihm Nacktfotos von sich beim Dreh schicken. Was sie auch tat. Bei einer anderen hatte der Freund am Telefon die totale Krise, weil er eifersüchtig war, dass die Jungs am Set größere Schwänze hätten, aber schließlich hatte er sie auf Porno gebracht und ihren ersten Dreh organisiert – und er war dreißig Jahre älter als sie. Bei der Dritten ging's, aber sie dreht seit fünf Jahren, war bei allen Regisseuren, allen Produzenten, sie ist durch, sie muss Schluss machen. In dem Job muss man einen guten Ausstieg schaffen. Pamela hat es von Coralie, Ovidie, Nina Roberts, Elodie und anderen gelernt: Man muss aufhören können, ehe man Angebote annimmt, die man nicht annehmen darf. Am meisten hat sie schockiert, dass alle so ein Problem mit Analverkehr haben. Man kann den Job nicht machen, wenn man nicht in den Arsch gefickt werden will. Das ist, als würdest du mir erzählen, ich bin allergisch gegen Mehl, aber ich will Bäckerin werden. Hör zu, Kleine, dann such dir gefälligst einen anderen Job.

Daniel macht sich über die Maronen her. Er frisst wie ein Schwein und nimmt kein Gramm zu. Sie kann nicht auf ihn verzichten, sie hängen die ganze Zeit aneinander, aber er geht ihr total auf die Nerven. Das weiß er auch. Daniel ist Transgender. *F to M.* Pamela hatte keine Ahnung von diesem Vokabular, bis ihre beste Freundin Déborah beschloss, Daniel zu werden. Schon die Wahl des Vornamens – was für ein Durcheinander. Es hat sie gepackt, wie andere aufs Klo rennen. Déborah hatte zur selben Zeit wie Pam mit Porno angefangen und auch aufgehört. Sie waren gute Freundinnen, hatten eine Menge miteinander erlebt, Lustiges und Schwieriges. Und eines Tages – bum! »Ich nehme Testosteron.« Scheiße, am Anfang begriff Pamela nicht mal, was das ist. Sie hatte gedacht, das nimmt man, um die Regelschmerzen zu bekämpfen oder abzunehmen – damals neigte Déborah zu einem Bäuchlein. Nichts kündigte diese Entscheidung an, nichts rechtfertigte sie. Es ging – nur – darum, sich in einen Jungen zu verwandeln. Pamela hat sich informiert, wenn Leute das machen, beschäftigt es sie normalerweise schon eine ganze Weile – von wegen »Ich habe immer gespürt, dass ich ein Junge bin, der in einem Mädchenkörper gefangen ist«. Wenn es so ist, okay – dann begreift man es. Aber Déborah ... ganz ehrlich, das war doch nur, um anzugeben. »Warum machst du das?« – »Ich habe Lust, es auszuprobieren. Ich habe eine Menge Tattoos. Ich habe viel Pornos gedreht. Ich habe tonnenweise Crack genommen. Warum soll ich nicht mal ein Junge werden?« Weil das was anderes ist, du Pflaume ... Man verpasst sich nicht jeden Tag Testosteronspritzen, nur um es auszuprobieren. Pamela hatte ihr damals schon die Hölle auf Erden vorhergesagt – Krankheit, Depression, Gewissensbisse, das Gefühl, anders zu sein ... ganz zu schweigen von ethischen Aspekten – Scheiße noch mal, Mädchen, weißt du, wie bescheuert die Kerle sind? Und du willst wirklich, dass man dich für einen von ihnen hält?

Am meisten kotzt es sie an, wie zufrieden Daniel ist, Daniel zu sein. Krankheit, Depression, Gewissensbisse und das ganze Zeug, das kommt vielleicht noch, irgendwann, aber im Moment ist es vor allem kleine Fliege, kurze Jeans, auffällige Socken, beeindruckende Muskeln, dünner Hipsterschnurrbart … Daniel simuliert sein Wohlbehagen so gut, dass es schwer ist, nicht zu zweifeln. Er hat sich die Brust wegoperieren lassen, ohne nachzudenken, und hat es mit der gleichen absurden Logik gerechtfertigt. »Ich hab mir die Brüste aufblasen lassen, warum soll ich sie mir nicht wegmachen lassen?« Wenn man anfängt, alles zu machen, was möglich ist, wird man nie fertig, aber gut. Heute trägt er ein enges Fred-Perry-Poloshirt unter einer schwarzen Dior-Homme-Jacke. Mit seinen Tattoos, den zarten Gesichtszügen, den großen grünen Augen und dem schwarzen gegelten Haar hat er schon was zu bieten. Und Geld. Er hat in einem der ersten E-Zigaretten-Läden in Paris angefangen. Auch auf das Business mit den falschen Kippen hätte Pamela keinen Cent gesetzt, wer hat schon Lust, seinen Füllhalter zu rauchen? Aber das ist abgegangen wie eine Rakete. Anstatt Verkäufer zu bleiben und den Mindestlohn zu kassieren, war Daniel bald zuständig für die Gründung von Verkaufsstellen in ganz Paris. Der ultimative Goldeseljob! Das macht Pamela verrückt: Ohne die Umwandlung wäre es nie so gelaufen. Erst mal hätte Déborah als Ex-Pornostar nie Verkäuferin werden können. Oder man hätte sie gefeuert, sobald man es mitbekommen hätte, und geh dann mal zum Arbeitsgericht und beklag dich, dass dein Arbeitgeber dich diskriminiert, weil man im Internet sehen kann, wie du drei Kerlen hintereinander einen bläst! Und selbst wenn Déborah ihr Aussehen verändert, sich die Nase operiert, die Haare abgeschnitten, zwanzig Kilo zugenommen hätte, damit man sie nicht erkennt – einer Frau vertraut man nicht den Job an, Verkaufsstellen für ein blühendes Business zu gründen. Bis ins kleinste Detail hatte ihr Daniel von seiner rasanten Beförderung erzählt, fassungslos von dem, was er entdeckte, das läuft mit einem Klaps auf den Rücken, Männerwitzen, der Zufriedenheit, unter Männern zu sein, und Zigarrenabenden.

Daniels Pragmatismus macht sie wahnsinnig. Aber er ist ihr bester Freund geblieben. Sie kommt nicht ohne ihn aus. Und die Krönung ist, dass Daniel Frauen liebt. Das ist die Höhe! Déborah war wie eine Biene im Kleefeld, sie liebte alle Männer, einen nach dem anderen, sie war sogar imstande, sich in ihre Filmpartner zu verknallen … aber Daniel hat sich angepasst: Man muss nämlich dazusagen, dass er totalen Erfolg bei den Mädchen hat. Als ihm eine kleine, niedliche Brünette angeboten hat, seine Hemden zu bügeln und für ihn einzukaufen, hat er sich gesagt – na gut, ich habe mich wie eine läufige Hündin von den stärksten Hengsten meiner Zeit rammeln lassen, ich habe gute Grundlagen, ich weiß, was man machen muss, um ein Mädchen zu befriedigen, die so was mag. Von sich überzeugt wie ein gottverdammter Macho! Pamela fühlt sich in ihrem Stolz als Edelkurtisane verletzt: Sie hat nie einen Dildogürtel benutzt, das gehörte nicht zu ihrem Repertoire. Und jetzt kommt es ihr so vor, als wüsste Daniel Sachen über Sex, von denen sie keine Ahnung hat. Das ist ihr unerträglich.

Für ihn steht die Welt kopf. Er stolziert durch die Metro, zieht auf den Caféterrassen seine Show ab, tanzt bei Partys – und niemandem fällt ein, woran ihn das Gesicht erinnert. Zugegeben, wenn eine Porneuse, sogar eine bekannte, keine Titten mehr hat und ein Bärtchen trägt, das ist schon verwirrend. Monsieur spreizt sich in der Stadt, während Pamela ganz früh am Morgen zur Post geht, wenn noch niemand da ist, ihren Einkauf im Internet macht und Filme per Streaming zu Hause guckt.

Pamela ist nicht heimlich neidisch auf das, was er in ein paar Monaten erreicht hat, und alles, was er unternimmt: Sie ist sehr offen neidisch. Und das amüsiert Daniel, weshalb er sie sogar erträgt, wenn ihre Aggression kaum noch zu bändigen ist. Weil es eine Sache gibt, an der die Umwandlung nichts geändert hat: Sie brauchen einander. Pamela haut sich aufs Sofa, während er den Abwasch macht. Sie hatte es nie groß mit Haushalt, während er es nicht einen ganzen Abend lang in einer chaotischen Bude aushält.

»Der Hammer! Rat mal, wer mir auf Facebook eine Nachricht geschrieben hat.«

»Liest du neuerdings deine Facebook-Nachrichten?«

»Ich lese sie nicht, aber ich gucke manchmal rein – stell dir vor, Booba versucht mich zu erreichen, und ich kriege es nicht mit.«

»Booba hat dir geschrieben?«

»Ich habe gesagt, der Hammer, aber nicht, dass sich mein Leben ändern wird und ich heirate.«

»Wer dann?«

»Es ist unglaublich. Ich guck in meine Nachrichten und sehe ein Mädchen mit Kopftuch, das mir fünfundvierzig Mal geschrieben hat … Zuerst hab ich gedacht, das ist eine kleine bescheuerte Kanakin, die Halalporno machen will, und ich soll ihr Adressen geben! Ich hätt sie fast gelöscht, aber es hat mich genervt, dass sie mich mit Nachrichten bombardiert, und ich wollte sie anmotzen. Rate, wer es ist?«

»Pam … Wie soll ich das erraten?«

»Die Tochter von Satana. Aïcha.«

»Satana hatte eine Tochter? Wie alt denn?«

»Gerade achtzehn geworden. Satana hat doch pausenlos von ihrer Tochter erzählt … sie lebte nicht bei ihr, die Kleine war beim Vater geblieben.«

»Stimmt. Ich erinnere mich dunkel.«

Vodka Satana und Pamela Kant auf dem Höhepunkt ihres Ruhms, das war wie Oasis oder Blur,

Beatles oder Stones. Zwei Megastars, die ständig miteinander konkurrierten. Am Montag ging die eine zu Cauet in die Show, um ihre Brüste zu zeigen und über ihre Konkurrentin herzuziehen, am nächsten Tag war die andere auf dem Podium des »Grand Journal«, Ausschnitt bis zum Nabel, um die Kollegin runterzumachen. Sie haben nie zusammen gedreht – wenn Satana wusste, das Pam bei einem Film dabei war, verdoppelte sie ihre Honorarforderung so lange, bis das Projekt ins Wasser fiel. Sie hassten sich von ganzem Herzen, bis sie sich in einem Sommer in Los Angeles trafen, wo sie eine Wohnung teilen mussten ... da waren sie für kurze Zeit unzertrennlich geworden. Satana hatte eine auffällig kurze Karriere hingelegt. Sie war berühmt für ihre Beine, die sie zu hundertzwanzig wohlgeformten, perfekten Zentimetern streckte. Sie behauptete, Libanesin zu sein, in Wirklichkeit stammte ihre Familie aus Oran. Satana war die einzige Schauspielerin, die am Set noch arroganter auftrat als Pamela. Die Männer drehten nicht gern mit ihr, Satana war so gemein zu ihnen, dass selbst die Härtesten Mühe hatten, die Erektion zu halten. Sie war kastrierend, aber auch anschmiegsam, wenn es sie packte. Sie hatte ihre Lieblinge.

Satana hatte eine Affäre mit dem Sänger Alex Bleach. Sie war auf dem Cover von *Voici*. Pamela dachte, sie werde sich nie davon erholen. Das war das Ende der Konkurrenz – Satana hob in andere

Sphären ab. Bleach sah damals umwerfend gut aus. Wenn er ein Zimmer betrat, ging es allen Mädchen gleich – sie streckten die Waffen. Hohe Stirn, die Wangen von einem eckig geschnittenen, gepflegten Dreitagebart bedeckt. Auf der Bühne entblößte er bald seinen Oberkörper, Sixpack und hervortretende Rückenmuskeln, ein Körper zum Sterben. Es kommt selten vor, dass es Pamela vom Hocker reißt, ihr gegenüber benehmen sich die Männer so, dass man sie nur verachten kann. Aber Bleach hatte die Schönheit einer Frau – zu sehr der Wirkung bewusst, die er hervorrief, um sich verführen zu lassen.

Satana hörte mit dem Drehen auf, es hieß, sie arbeite jetzt in privaten Salons. Sie nutzte also ihre Berühmtheit, um sich einen Fick superteuer bezahlen zu lassen. Egal, was sich Amateure vorstellen, Prostituierte ist etwas völlig anderes als Porneuse. Als Schauspielerin kümmerst du dich um die Kamera, das Licht und deine Stellung, der Partner ist völlig unwichtig. Als Prostituierte bist du Dompteurin. Du musst das Raubtier kennen, seine Reaktionen vorausahnen und es dahin bringen können, wo du es haben willst. Wenn du aufhörst, es zu beherrschen, reißt es dir beim kleinsten Fehler einen Arm ab. Satana liebte die Bestien, sie machten ihr keine Angst. Pamela dagegen kann sich einfach nicht für die Männer interessieren. Sie lassen sich zu leicht erniedrigen. Sie kennt keinen, der unbestechlich wäre. Sie verachtet sie, nicht aus Bosheit, sondern weil sie sich benehmen wie Kälber. Sie hat nie begriffen, dass eine schöne Frau wie Satana immer noch auf diese Spezies stand. Irgendwann hat sie dann wohl etwas falsch gemacht – jedenfalls hat sie sich sehr jung umgebracht.

Daniel putzt die Kaffeekanne, als wollte er sie für neu verkaufen – Pamela verzieht das Gesicht, sagt aber nichts, der Kaffee wird nach Chemie schmecken. Er fragt:

»Und warum will das Mädchen mit dir sprechen?«

»Sie sagt, dass eine Frau bei ihrem Vater war. Aïcha hat das Gespräch belauscht. Die Frau machte eine Recherche, irgendwas wegen Alex Bleach, und ich weiß nicht, warum, aber irgendwann ist mein Name gefallen …«

»Vielleicht, weil ihr befreundet wart, Satana und du?«

»Jedenfalls hat die Kleine meinen Namen gegoogelt und gesehen, wer ich bin. Und jetzt schreibt sie mir – ich möchte wissen, in welcher Beziehung Sie zu meiner Mutter standen. Kannst du dir vorstellen, wie ich dastehe?«

»Was hast du geantwortet?«

»Hast du begriffen, was ich dir gerade erzähle? Sie weiß nicht mal, wer ihre Mutter war! Ihr Vater hat es ihr nie erzählt.«

»Ehrlich? Ich würde es genauso machen.«

»Ich war stinksauer. Das Mädchen ist volljährig. Scheiße noch mal, sie hat ein Recht, es zu wissen. Ihre Mutter war schließlich nicht bei der Waffen-SS.«

»Siehst du, da sind wir wieder bei deinem Pornohandbuch für die Kleinsten. Wenn du es geschrieben hättest, hätte der Vater es ganz zufällig herumliegen lassen können, zum Beispiel auf dem Küchentisch, und wenn die Tochter gefragt hätte ›Papa, wie ist so ein Gangbang?‹, hätte er antworten können: ›Das war das Meisterstück deiner Mutter.‹«

»Du bist heute Abend echt schräg drauf!«

»Das meine ich ernst. Es ist heikel, der eigenen Tochter zu erklären, dass die Mutter Pornos gemacht hat. Schon einem Mädchen zu sagen, deine Mutter hat sich umgebracht, ist hart. Und dann ins Detail gehen … Ich sehe schon ein, dass er es nicht eilig hat.«

»Wir kennen vierzig Porneusen, die Kinder haben, und denen geht es supergut.«

»Ja, aber die leben noch … Du hast ihr hoffentlich nicht über Facebook verraten, dass ihre Mutter ein Pseudonym hatte?«

»Nein. Ich habe mir die Fotos der Kleinen angeguckt und begriffen, was mich am meisten runterzieht … Sie sieht so aus, als würde sie bis spät in der Nacht Hausaufgaben machen, sie trägt ein Kopftuch und macht ein Gesicht, als wäre sie permanent eingeschnappt … Es ist nicht mein Job, mit ihr zu reden.«

»Sie trägt ein Kopftuch? Das würde Satana gefallen. Sie hatte nämlich Humor.«

»Die Welt hat sich geändert. Als wir jung waren, hat man Pornos gemacht, wenn man der Welt auf die Nerven gehen wollte, heute reicht's, wenn man ein Kopftuch umbindet.«

»Es wird nur anders bezahlt. Du bist also ausgewichen?«

»Ja, ich habe geschrieben, dass ich ihre Mutter kannte, weil wir beide gern getanzt haben, dass wir uns bei Partys getroffen haben und so. Sie schien es schon schlimm zu finden, dass ihre Mutter getanzt hat. Ehrlich, sie ist noch nicht reif. Diese Generation ist echt zum Kotzen. Hoffentlich krepieren sie alle an ihrer Prüderie.«

Die jungen Frauen mit ihrem Mormonenlook und dem bescheuerten Kopftuch deprimieren Pamela total. Wenn es nicht die Religion ist, ist es die Familie oder wie man es schafft, bis zur Hochzeit Jungfrau zu bleiben. Tiefpunkt der Romantik. Anscheinend wollen sie ihr Leben damit verbringen, Ragouts und Apfelkuchen zu machen.

221

Daniel wird sich nie an das Durcheinander gewöhnen, das in Pams Wohnung herrscht. Jedes Mal, wenn er bei ihr ist, räumt er auf, aber beim nächsten Besuch hat sich das Chaos wieder durchgesetzt.

Pam spricht mit ihm, während sie fernsieht, in der Hand die Konsole, auf der sie online mit irgendwelchen Koreanern Tetris spielt. Solange er sie kennt, macht sie das, und zwar in schwindelerregendem Tempo.

Sie tun beide so, als hätte sich ihre Beziehung in letzter Zeit nicht verändert. Es gibt nur den beachtlichen Unterschied, dass sie jetzt ein Paar sein könnten. Nun, wo er mit Frauen schläft, ändert sich sein Blick auf sie. Er vermeidet es, ihr zu sagen, dass er sie nicht mehr so wahrnimmt wie früher. Sie würde es als Verrat auffassen. Er kann ihr nicht erklären, was das Testosteron macht; er könnte ständig vögeln. Und sie verbringen die Hälfte ihrer Abende miteinander. Sie werden zusammen alt werden. Egal, ob er ein Kerl, eine Frau oder ein zweiköpfiges Känguru ist – er ist der einzige Mensch, den sie länger als drei Tage am Stück erträgt. Er muss Pam nur Zeit lassen, damit sie begreift, dass sie seit Jahren Single ist und dass Daniel niemandem seinen Platz überlassen wird. Pam braucht Zeit, um seine Entscheidung zu verdauen.

Es war eine ganz plötzliche Eingebung. Ein Abend im 104, bei einem Konzert von Lydia Lunch. Der Sound war zum Kotzen, es war kalt, und Deb war auf den Hof gegangen, um eine zu rauchen. Draußen standen Whirlpools mit heißem Wasser, die in der Dunkelheit dampften. An den Hausmauern liefen Filme. Sie entdeckte eine Gruppe, in der ein Joint die Runde machte, ging hin, als wollte sie sich unterhalten, und stellte sich direkt neben den Mann, der den Joint hatte. Sie sprach den Nachbarn zur anderen Seite an, einen schnuckligen Typen mit Tattoos. Sie hatte den Begriff Trans schon gehört für ein Mädchen, das zum Mann wird, aber sie wusste nicht, was der Unterschied zwischen Transvestit und Transsexuellem ist, es war ihr egal, deshalb war das für sie ein Mädchen, das sich als Junge verkleidete. Überhaupt nicht ihr Thema. Später an dem Abend, locker fünf Joints und drei Bier danach, sprach sie immer noch mit ihm, begeistert, aber ohne ihn anzumachen, da seine Freundin ihn nicht aus den Augen ließ. Als er reinging, um das Ende des Konzerts zu hören, fragte eine Bekannte: »Kennst du sie nicht von früher? Ich habe sie kennengelernt, als sie noch Rattenschwänze hatte und Corinne hieß.«

Deb hatte es sofort begriffen: Das würde sie machen! Am selben Abend fing sie an, im Internet zu recherchieren. Es war kurz vor ihrem siebenundzwanzigsten Geburtstag. Sie hatte schon mehrere Körper gehabt. Bis sie zehn war, war sie ein ganz normales kleines Mädchen ohne besondere Erinnerungen. Dann legte sie zu. Zuerst wurde sie pummlig, konnte aber noch ins Schwimmbad gehen, ohne dass jemand eine dumme Bemerkung machte. Sie fühlte sich dick, wie es manchen jungen Mädchen geht: entsetzt über ihren Monsterkörper; aber wie die Einzige, der es auffiel. Dann kippte es, und in der Pubertät wurde sie richtig fett. Das dauerte vier Jahre, in denen jeder Tag schwierig war. Mit den Dicken kann man sich alles erlauben. Sie in der Kantine anmotzen, sie beschimpfen, wenn sie auf der Straße essen, ihnen gemeine Spitznamen geben, sie auslachen, wenn sie Fahrrad fahren, sie ausgrenzen, ihnen Diätempfehlungen geben, ihnen sagen, sie sollen still sein, sobald sie den Mund aufmachen, sie auslachen, wenn sie gestehen, dass sie gern jemandem gefallen würden, das Gesicht verziehen, wenn sie irgendwo aufkreuzen. Man kann sie schubsen, in den Wanst kneifen oder mit Füßen treten: Niemand wird sie verteidigen. Vielleicht hat sie in dieser Periode gelernt, auf ihr Geschlecht zu verzichten: männlich oder weiblich, alle Dicken sind derselben Ausgrenzung unterworfen. Jeder hat das Recht, sie zu verachten. Und wenn sie sich darüber beklagen, wie man sie behandelt, denken eigentlich alle dasselbe: Friss weniger, Fettsau, dann kannst du dich auch integrieren. Deb war auf Zucker, wie sie ein paar Jahre später auf Koks sein würde: süchtig. Sie dachte an nichts anderes. Die süßen Lebensmittel riefen sie mitten in der Nacht. Es mag lustig klingen, aber es war so: Aus den Küchenschränken erhoben sich Sirenengesänge, sie musste aufstehen und sich vollstopfen. Das war ein unwiderstehlicher Drang, keine Entscheidung. Sie ging, so schnell sie konnte, nach Hause, wo niemand war, ihre Eltern arbeiteten, und sie dachte, dass sie ein dicker, niedlicher Panda war, der im Sofa versank und mampfte. Sie sah ständig fern, ließ sich Serienboxen schenken und schloss sich darin ein. *Ally McBeal, Sex and the City* oder *Buffy* waren für sie realer als die Schule. Sobald sie vor der Glotze saß, war sie eine superschlanke elegante Amerikanerin.

Mit siebzehn stieß eine höchst diktatorische Ernährungsberaterin sie auf das Gleis einer drakonischen Diät. Sie war wie jemand, der fünf Jahre immer auf dem Bahnsteig stehen geblieben ist – diesmal funktionierte es, warum auch immer: Diesen Zug nahm sie mit, und nach sechs Monaten war sie ein anderer Mensch. In dem Alter schmilzt man, wie man explodiert ist, in einem halben Jahr. Wieder ein neuer Körper. Das Übergewicht hatte begonnen, als sie noch ein Kind war, aus dem Fettblock trat eine ziemlich hübsche junge Frau hervor. Deb sah sich die Fotos in den Magazinen an, verglich sich damit und begriff, dass sie ein schönes Gewächs war. Sie hatte schöne Schultern, hohe, wohlgeformte Brüste, eine schlanke Taille, lange Beine und feine Knöchel. Vier Jahre lang hatte sie Spiegel gemieden, jetzt stand sie stundenlang davor, um sich zu entdecken. Allerdings ohne sich wiederzuerkennen. Das Mädchen im Spiegel stimmte nie mit Deb überein. Eigentlich hatte ihr Leben lang kein Abbild sie richtig wiedergegeben. Im Spiegel stand ihr ein Körper gegenüber, und ob er fett, schnurrbärtig oder eine Sexbombe war, er blieb ihr fremd.

In sechs Monaten hatte sie achtzehn Kilo abgenommen. Es machte sie wütend, wie anders sich die Leute ihr gegenüber verhielten, je nachdem, wie viele Kilo ihr Skelett umgaben. Als Dicke hatte sie stets den Platz des armen Mädchens eingenommen, war Sündenbock, Prügelknabe, diejenige, die man demütigt, um die anderen zum Lachen zu bringen, nach der man sich umdreht, wenn es in der Metro plötzlich komisch riecht. Okay, das war sie – die Dicke. Sie war damit einverstanden, die Rolle derjenigen einzunehmen, die immer gute Laune haben und sich für die Geschichten der anderen interessieren muss. Sie hatte sich daran gewöhnt. Aber dass sich so was zu hundert Prozent ändern kann und in so kurzer Zeit, da wäre sie am liebsten ausgerastet. Auf einmal konnte man sie also einfach als hübsches Mädchen behandeln. Verdammte Wichser! Der Kleiderkauf war immer eine Qual gewesen, sie musste sich geradezu bei den Verkäuferinnen entschuldigen, dass sie zu fragen wagte, ob es etwas in ihrer Größe gab, jetzt musste sie nur den Arm ausstrecken, etwas anziehen – und es stand ihr. Mit den Leuten war es genauso. Sie war daran gewöhnt, freundlicher zu sein als die anderen, um Schläge zu vermeiden und nicht auf dem Index zu landen, sie war liebenswürdiger als ein Parfümverkäufer. Jetzt war alles anders. Sie musste nur irgendwo hinkommen, und alle krochen ihr in den Hintern. Weil sie ein hübsches Kleid trug. Weil sie wieder wie alle war.

Sie wurde zu Partys eingeladen, man rutschte zusammen, um ihr im Café Platz zu machen, die Jungs fragten nach ihrer Handynummer, um ihr schüchterne SMS zu schicken. Und ihre Wut wurde zum Tumor, der sie zerfraß, war erst so groß wie eine Nuss, dann wuchs er zu einer geballten Faust, entzündete sich, erstickte sie und drohte alles in die Luft zu sprengen. Sie lernte Cyril kennen, einen zurückhaltenden Jungen, der selten lächelte, aber durch sie offener wurde. In der Rückschau sieht Daniel ihn als egoistischen, beschränkten Bauerntrampel, aber als sie ihn traf, war es, als würde sie ein Märchenland betreten. Er war schön, wurde bewundert und respektiert. Es gefiel ihm, wenn sie ganz einfache schwarze Kleider trug und dazu hohe Schuhe, die ein Vermögen kosteten. Er setzte sich rittlings auf sie und massierte ihr den Rücken, während er ihr von den Krimis erzählte, die ihn am meisten beeindruckt hatten. Er konnte schön reden, machte ihr Komplimente, die ihr den Kopf verdrehten. Die Wut verwandelte sich in Leidenschaft. Sonne, Spritztouren im Auto, Wochenenden auf dem Land, Nächte, in denen er auflegte und die Mädchen ihn umschwärmten, aber da machte er nicht mit, er war mit ihr zusammen. Diese Momente funkelten wie Goldsplitter, waren das Gegenteil von allem, was sie vor ihm erlebt hatte. Sie schob das Bild von sich, das ihr durch den Kopf schoss: der Vogel im Märchen, der sich zu fest an einen Rosendorn schmiegt, bis dieser sein Herz durchbohrt. Sie wusste, dass die sonnendurchflutete Schwerelosigkeit nicht real sein konnte. Er behandelte sie wie eine Prinzessin. Er gab zehnmal so viel aus, wie er verdiente. Hotels, Erste-Klasse-Züge, Restaurants, Meeresfrüchte, Taxifahrten, Champagner zum Frühstück. Ziemlich schnell begriff sie, dass er manchmal log und vielen Leuten viel Geld schuldete. Sie sah, dass etwas nicht stimmte. Er war nicht reich genug für seine Romantik. Sie verdrängte den Gedanken.

Als er von dem Dreh sprach, stimmte sie schnell zu. Um ihm aus der Klemme zu helfen. Die Scheiße stand dem Armen bis zum Hals. Als er sie anflehte, ihn zu retten, war er aufrichtig, er glaubte, was er sagte: »Nur ein Mal, Baby, es tut mir so leid, für danach habe ich schon einen Plan, ich komm wieder auf die Beine. Nur ein Mal.« Und weil ihr der begehrenswerte Körper, der jetzt ihrer war, nicht sehr nahestand, sprach für sie nichts dagegen, ihn in die Pflicht zu nehmen. Ein einziges Mal. Für ihn. Außerdem würden sie zusammen spielen, das war sicher nicht schwierig. Er hatte ihr geschworen, dass kein Fremder sie berühren würde. Er kannte einen Mann, der in Saint-Germain-en-Laye sein Haus für Dreharbeiten vermietete. Sie spielten zusammen Poker. So war er darauf gekommen. Aber um neun Uhr morgens, als sie die Szene spielen sollten, hatte Cyril keine Erektion. Das Urteil der Profis war vernichtend: »Er kriegt ihn nicht hoch.« Das schien bei diesen Leuten ein wohlbekannter Fall zu sein, und es gab kein Mittel dagegen. Deb wusste noch nicht, dass es beim Porno die Männer gibt, die ihn hochkriegen, und die, die ihn halten; wer ihn hochkriegt und hält, wird nicht arbeitslos. Die Szene musste mit jemand anderem gedreht werden. Der Regisseur war zufrieden mit dem Ergebnis. Er sagte, sie stehe gut im Licht. Cyril war nicht mehr verzweifelt, sein Mädchen beeindruckte, er war stolz.

Bei der zweiten Szene war sie schon entspannter, man machte ihr Komplimente, ihr wurde nicht gleich klar, dass sie soeben in die Haut einer wieder neuen Person geschlüpft war, die sie für Jahre verkörpern würde. Sich verändern heißt immer einen Teil von sich verlieren. Man spürt, wie er sich nach einer gewissen Zeit der Anpassung löst. Empfindet zugleich Trauer und Erleichterung. Ihre ganz persönliche Reise ging weiter.

Während der Rückfahrt war Cyril sehr zuvorkommend. Im Auto drehte er die Musik voll auf, betäubender Techno. Er ließ die Hand auf ihrem Schenkel. Er liebte sie. Er sagte nichts von dem, was er hätte sagen müssen. Sie sah vor dem Fenster die Landschaft vorbeiziehen. Acht Tage später kam er mit dem nächsten Plan für einen Dreh, er steckte zu tief in der Scheiße, irgendwelche Kerle wollten ihn kaltmachen, wenn er nicht zahlte, er bete sie an, würde sie ihm helfen? Sie hatte damit gerechnet. Und es stimmte ja auch, er betete sie an. Von dem Moment an war ihre Beziehung umgekippt – jetzt war sie der Star.

Beim Porno hatte sie ihr Glück an der Feindseligkeit der anderen Mädchen ermessen. Alle wollten mit ihr arbeiten. Für ihre erste Brustoperation hatte Cyril einen Supertarif ausgehandelt. Neue Verwandlung. Man konnte sie nirgends mehr ankommen sehen, ohne an Sex zu denken. Man sah nur noch ihren Busen. Aber sie schaffte es nicht, die zwei Kilo loszuwerden, die sie in ihrer Vorstellung von der absoluten Perfektion trennten.

Am Set gab es Leute, die nur unter Koks drehten, sie hatte nicht gleich damit angefangen. Die anderen rannten ständig zur Toilette und füllten ihre kleinen Päckchen aus gefaltetem weißem Papier. Als sie anfing, tauchte sie kopfüber ein. Sie wurde schlanker, als sie je zu hoffen gewagt hätte. Sie bewunderte sich in jedem Spiegel. Sie konnte ihr Glück kaum fassen, im Körper dieses Mädchens zu wohnen.

Nachdem sie die Nase einmal reingesteckt hatte, servierte sie Cyril in zwei Wochen ab. Schluss mit der masochistischen Romanze: Sie ertrug es nicht, dass er an ihre Notration ging, wenn sie schlief. Er nervte sie. Er behauptete, ihr Agent zu sein, und kümmerte sich um nichts. Er buchte keine Drehs, handelte keine Honorare aus, am Set trank er Bier und scherzte mit allen rum, tat irgendwem einen Gefallen, indem er etwas besorgte, aber dachte nicht daran, auf den Plan zu treten und sie zu verteidigen, wenn ein Regisseur im letzten Moment ankündigte, was er vorhatte – nein, ich bin nicht zu einem Gangbang gekommen, das weißt du auch, ihr habt gesagt, es geht um eine klassische Szene, bild dir bloß nicht ein, dass ich vier Kerle hintereinander in meinen Arsch lasse, nein, ich habe Nein gesagt, hältst du mich für eine Anfängerin oder was? Such dir eine von deinen vier Witzfiguren aus, du kriegst eine Fellatio, einmal von hinten und eine Ladung ins Gesicht, dann ist Schluss. Ich sage dir, das ist nicht dasselbe. Na klar, du wirst meine Karriere ruinieren – das Lied habe ich ja noch nie gehört. Cyril war unnütz geworden. Mit einem Gramm Koks in der Tasche brauchte sie niemanden mehr. Weg damit.

Bei einem Erotiksalon in der Provinz lernte sie Pam kennen. Das war kurz nach Satanas Selbstmord. Sie redeten die ganze Nacht über sie und knallten sich dabei die Birne voll. Als der Tag anbrach, verkündete Pam:

»Ich hör auf zu koksen.«

»Ich auch.«

»Im Ernst?«

»Die Wette gilt.«

Sie fuhren zusammen im Zug zurück, zwei Tage später rief Pam sie an: »Ich halt durch. Und du?« – »Ich auch.« Sie setzten sich gegenseitig unter Druck, am Anfang, ohne groß nachzudenken – beide waren überzeugt, dass es eigentlich nur eine Pause war. Und dann wurde es ein eigenartiger Wettbewerb: Hast du durchgehalten? Ich auch. Sie trafen sich, um darüber zu sprechen, am Anfang, um anzugeben, wie genial und einfach es war. Und bald, um sich zu sagen, dass es ihnen dreckig ging. Aber weder die eine noch die andere wollte als Erste aufgeben. Plötzlich ging es darum, zugleich ihre Kraft und ihre Solidarität zu zeigen. Dabei musste man gar nicht drum herumreden: Das Leben war mit Koks viel interessanter als ohne. Es war ein Geschenk, das sie sich intuitiv gemacht hatten – sie hatten aufgehört. Dabei hatten beide einen langen Weg hinter sich.

Pamela verkraftete es gut – sie fing an, Sport zu machen, kaufte sich Trainings-DVDs und schaltete vor dem Fernseher den Zähler für Liegestütze, Sit-ups und Kniebeugen an … Sie sah glänzend aus. Für Deb war es schwieriger. Sie kam mit dem gleichzeitigen Ausstieg aus der Karriere und dem Koks nicht klar. Sie nahm zu und dachte an nichts anderes. Sie misstraute den Männern, die sie traf. Sie konnte nicht allein in der Metro sitzen und hatte kein Geld mehr, um Taxi zu fahren. Ihr war oft zum Heulen zumute.

Dann das Konzert. Lydia Lunch. Der kleine Transsexuelle. So schnucklig. Deb hatte sofort erfasst, dass das ihr Notausgang war. Genauso schnell begriff sie, wie schlecht es in der Trans-Community angekommen wäre, dass sie die Testosteronbehandlung nur anfing, um ihren alten Körper loszuwerden. Sie log den Endokrinologen an, tischte ihm alles auf, was sie im Internet gelesen hatte, und wich aus, als sie erklären sollte, warum sie ihre Brust vergrößert hatte, wenn sie sich immer als Mann gefühlt habe. Das war kein Gespräch mehr, das war Inquisition. Glücklicherweise guckte der Arzt, der sie untersuchte, keine Pornos. Sie hatte ihn reingelegt. Gel, Spritzen. Sie hatte nicht damit gerechnet, dass sie sich auch innerlich so sehr verändern würde. Ihr Charakter blieb derselbe. Aber die Stärke ihrer Empfindungen wandelte sich. Die Neuordnung des inneren Gleichgewichts war radikal und viel diffuser als eine Droge. Was sie anfänglich für eine Flucht nach vorn, eine Verzweiflungstat, gehalten hatte, um sich aus einer Situation zu befreien, mit der sie nicht mehr klarkam, entpuppte sich als die genialste Entscheidung ihres Lebens. Sie belog die anderen Transsexuellen im Internet – passte sich per *copy and paste* ihren Aussagen an. Daniel war ein derartig cooles Gefährt, dass sie sich fragte: Warum habe ich so ein Glück? Debbi der Pornostar gewesen zu sein, hatte ihr schon großen Spaß gemacht, aber Daniel zu sein, der kleine, schnucklige, sympathische Kerl, den jeder anbetete – das war die Reise im Rolls. Das Vergnügen, ein Geschäft zu betreten und ernst genommen zu werden, mit anderen Männern zu sprechen und zu spüren, dass sie dich mögen. Wie gern die Männer sich untereinander haben, war ihr bisher nicht klar gewesen.

Und Daniel ist in Pam verliebt. Kann sein, dass Deb es schon vor ihm war. Seit der ersten Nacht, die sie zusammen verbracht haben. Aber Daniel traut sich, es sich zuzugeben. Die nächste Etappe wird sein, es ihr zu sagen. Im Moment sitzen sie vor *Game of Thrones,* und er hat Mühe, der Story zu folgen. Er sagt »Das ist ja so was von komplex«, Pam sieht nicht auf den Bildschirm, sie spielt weiter Tetris, antwortet aber sofort. »Nein, du bist nur total out. Das ist doch superklar.« Daniel öffnet die Nachricht, die gerade auf seinem Telefon angekommen ist.

»Sag mal, wie hieß die Frau, die bei Satanas Ex war?«

»Sie hieß nicht. Sie wollte über Alex Bleach sprechen.«

»Ich habe hier nämlich eine, die sagt, dass sie Hyäne heißt, und fragt, ob wir uns treffen können, um über Satana zu reden.«

»Echt? Zeig her. Das kann nicht wahr sein – du hast deinen Namen und dein Geschlecht geändert, hast siebenhundertfünfzigmal die Handynummer gewechselt, wie hat sie dich gefunden? Meinst du, das hat was mit Alex Bleach zu tun?«

»Sie werden doch nicht Satana beschuldigen – sie ist schon viel zu lange tot.«

»Das wäre auch ungerecht. Was willst du ihr antworten?«

»Einer Frau, die mir schreibt, dass sie Hyäne heißt? Nichts. Ich werde ihr gar nichts antworten.«

Eine Blondine in Daunenjacke, die fuchsiarote Einkaufstasche unter den Arm geklemmt, hält sich an der Stange fest und liest den neuen Stephen King. Eine Brünette mit Brille kaut Kaugummi, hat die obersten Knöpfe ihrer schwarzen Bluse mit weißen Pünktchen offen, trägt schimmernde Perlenohrringe. Macht einen auf kesse Konservative. Ein junger Schwarzer, rote Teddyjacke, rasierter Schädel, Sonnenbrille mit dickem schwarzem Gestell, tippt eine SMS, irgendwas scheint ihn zu nerven. Ein Vierzigjähriger mit Rucksack und neongelben Kopfhörern fläzt sich mit gespreizten Beinen hin, sieht nicht so aus, als kennt er die Stadt. Vernon fährt die ganze Linie 5 runter. Je weiter er ins Zentrum kommt, desto bunter wird die Bevölkerung. Ab Gare de l'Est ist der Zug gerammelt voll. Er beobachtet die Fahrgäste, hütet sich aber, sie anzustarren. Eine Frau drängelt sich durch den Gang, sie trägt eine lange braune Wolljacke, zieht einen Wagen hinter sich her, auf dem mit Spanngurt ein kleiner Verstärker befestigt ist, und singt mit schöner, rauer Stimme einen Flamenco.

Bei Lydia Bazooka ist es schlecht ausgegangen. Er

ist immer noch fix und fertig. Dabei dachte er, er könnte in Ruhe zwei Wochen bei ihr bleiben, ihr Tontechnikerfreund ist mit M auf Tournee, für die nächste Zeit war kein Besuch vorgesehen. Vernon hatte freie Bahn gehabt, und er hatte sich von Anfang an wohlgefühlt. Lydia Bazooka war sympathischer, als er erwartet hatte. Er war wie vereinbart zu ihr gekommen, um ihr von Alex Bleach zu erzählen, sie hörte in ihrer mit Stofftieren vollgestopften Einzimmerwohnung per Endlosschleife und voll aufgedreht Kid Loco, *Here Come The Munchies*. Manche Frauen haben komische Ideen: Wie kommt man nur darauf, Spielzeug zu sammeln? Als er reinkam, fiel ihm als Erstes auf, dass sich das Sofa nicht aufklappen ließ, außerdem war es mit einem Berg Klamotten zugedeckt. Wenn er dort schlafen wollte, würden sie ihr Bett teilen müssen. Sie hatte einen reizenden Mini-aturkörper, ihre Haut, ohne jedes Tattoo, war so weiß, dass es unecht aussah. Ihm zu Ehren hatte sie Bier kalt gestellt. Beim Chatten hatte Lydia ihn höllisch angemacht, aber als sie dann vor ihm saß, war sie auf nette Art schüchtern und wurde schnell rot, das machte sie anziehend. Vernon war fünf Minuten auf der Hut, dann entspannte er sich. Die Kleine barg kein Geheimnis für ihn, sondern kam ihm ganz vertraut vor. Sie stand auf Jane's Addiction, Pixies, Hüsker Dü, die Smiths und Oasis – eine wilde Mischung von altem Zeug, nichts, was ihn begeistert, aber auch nichts, was ihn abstößt. Sie war ein Rockfan, er kennt die Sorte – eine Verrückte, die sich hinter ihren Platten verkriecht. Über ihren Arbeitstisch hatte sie mehrere Fotos von Alex gepinnt. Ein echter Fan. Vernon hat nichts dagegen, dazu ist Rock schließlich da. Man sagt immer, die Fans seien nicht die Richtigen, um über die Künstler zu reden, aber Vernon weiß, dass sie die Einzigen sind, die zwei Nächte in Folge auf den Beinen bleiben können, um sicherzugehen, dass sie keinen Auftritt einer Provinztournee verpassen.

Er war hungrig und briet sich ein paar Eier, die Kochecke war voller Kakerlaken, Lydia gab ihnen Spitznamen. Sie war ein neugieriges Geschöpf, stellte viele Fragen und gab einem das Gefühl zuzuhören. Sie fand es ganz normal, dass er sich in einer Ecke der Wohnung niederließ.

Als sie von ihrem Buchprojekt erzählte, hörte er ihr zu. Sie hatte den typischen Elan derer, die es nicht schaffen, eine Sache wirklich anzufangen. So mancher hatte ihm am Tresen im Laden von den Büchern erzählt, die er schreiben würde – Vernon erkannte die inbrünstige Redseligkeit wieder, die das Handeln ersetzt. Sie hatte den Ehrgeiz, etwas Gutes zu schreiben. Das ist immer ein Problem. Nur weil man sich vornimmt »Ich werde ein Vollblut im Galopp zeichnen«, schafft man es noch lange nicht. Meistens kritzelt man am Ende irgendwas, das entfernt an eine zerquetschte Ratte erinnert. Die Kleine wollte ein Buch schreiben, das einer hoch aufragenden Kathedrale glich, wahrscheinlich würde sie nur einen Sperrholzschuppen zustande bringen.

Er sprach über Alex und überraschte sich dabei, dass er allen Zynismus ablegte und als Einleitung erzählte: »Als wir uns die letzten Male getroffen haben, sprang es ins Auge, dass er um Hilfe rief, aber ich habe getan, als würde ich nichts merken. Wie wahrscheinlich alle, die ihm nahestanden. Ich mochte ihn gern, aber ich wäre gar nicht auf die Idee gekommen, auch nur zu versuchen, ihm zu helfen. Er war zu durchgeknallt. Ich habe nie begriffen, warum es ihm so schlecht ging. Am Ende war sein Verstand total entgleist. Er war noch da, aber der Typ in ihm drin war weg – von einem *body snatcher* entführt. Er hatte mit sich selbst Schluss gemacht. Ich hörte ihn reden und tat so, als würde ich das alles total normal finden.« Lydia sagte: »Ihn in Ruhe zu lassen ist auch eine Art, sein Freund zu sein.« Sie wollte, dass er ihr zuerst von Alex erzählte, als der noch in unbekannten Gruppen spielte. Vernon versuchte sich zu konzentrieren. »Er sah immer gut aus. Er gefiel den Mädchen. Das war das Einzige, was ihn von den anderen unterschied. Er war sehr zurückhaltend und wurde nur munter, wenn er sang. Für uns war es mit Bleach wie, als Nirvana durchgestartet sind, während alle auf Tad oder Mudhoney setzten – ihn hatte niemand ganz oben gesehen. Nur dass sich bei Nirvana dann alle einig waren. Bei Bleach nicht. Wir dachten, er wäre nicht der Begabteste, wir fanden es ungerecht, dass er den Gewinn einsackt. Es tat seinem Image nicht gut, dass alle ihn liebten, das ging in Richtung Schlager. Man bekam eher Lust, etwas anderes zu hören. Aber Erfolg ist wie Schönheit, darüber kann man nicht streiten – es funktioniert. Und es trifft den, den es trifft. Ob es ihm bei denen, die ihn von früher kannten, geschadet hat, dass er schwarz war? Nein. Das hat ihm erst geschadet, als er selbst angefangen hat, bei Interviews ständig darüber zu reden. Manche haben sich gesagt, dass er übertreibt – so ein Erfolg und dann rumheulen, wie schwer es ist, schwarz zu sein … Aber am Anfang hat uns das nicht mehr interessiert als sein Haarschnitt. Weder ihn noch uns, glaube ich.«

Er erzählte ihr von den Aufnahmen, die Alex bei ihm gemacht hatte. Er hätte sich gewünscht, dass sie sagt, ihr Verleger würde zahlen, um sie zu bekommen. Er sagte sogar die Wahrheit, dass er aus seiner Wohnung geflogen war und tausend Euro brauchte, um sein Zeug auszulösen. Lydia verbarg nur schlecht, wie wenig es sie kümmerte, dass er auf der Straße saß, aber beim Gedanken an Bleachs unveröffentlichte Selbstinterviews wurde sie ganz hibbelig vor Aufregung. Sie konnte es nicht fassen, dass er sie nicht mal angehört hatte. Beim Geld ließ sie allerdings nicht mit sich reden: »Das ist nichts wert. Es sei denn, er offenbart, dass er der Liebhaber von Hortefeux war, dann, das gebe ich zu, sollte sich da was rausholen lassen. Den Verleger kannst du vergessen, der rückt keinen Cent raus. Aber wenn ich für das Buch Auszüge aus Interviews habe, die noch niemand veröffentlicht hat, könnte das ein Riesenplus sein.«

Er versuchte, Lydia zu beruhigen, erklärte ihr, er könne Emilie auf keinen Fall anrufen und die Kassetten verlangen, ohne ihr das MacBook zurückzugeben. Sie war enttäuscht, aber überzeugt, dass sie eine Lösung finden würden. Nachdem sie einen Kumpel angerufen hatte, der vorbeikam und ihr ein Gramm Koks verkaufte, redeten Vernon und sie die ganze Nacht lang über Alex und die Vergangenheit. Er dachte an Sex, sie wussten beide, dass sie beide daran dachten. Aber es törnte ihn ab, sich dazu verpflichtet zu fühlen, nur um bei ihr zu übernachten. Spät am Vormittag sanken sie angezogen nebeneinander auf das Bett. Nach ein paar Minuten schmiegte sie sich an ihn, aber er tat, als sei er schon eingeschlafen.

Mit der abflauenden Euphorie eines Morgens nach dem Koks hatten sie den ganzen nächsten Tag in der Wohnung rumgehangen. Lydia war wirklich eine komische Type. Sie war nicht eingeschnappt, dass er sie nicht gevögelt hatte. Sie erzählte ihm, wie sie durch eine Freundin ihrer großen Schwester die Platten von Alex Bleach entdeckt hatte und bald so besessen von ihm war, dass sie mit niemandem darüber sprach. Wenn man sie von ihrem ersten Interview mit dem

Sänger erzählen hörte, konnte man glauben, ihr sei die Heilige Jungfrau erschienen.

Plötzlich hatte Lydia innegehalten und Vernon besprungen. Im Wortsinn, sie machte einen kleinen Satz auf seinen Rücken und umschlang ihn, eine etwas zu ungeschickte Geste, um ihn zu rühren. Am Anfang gefiel ihm ihre Art zu küssen nicht besonders – sie wurde schnell ungeduldig und stieß mit den Zähnen gegen seine. Nach kaum zehn Minuten saß sie rittlings auf ihm und riss mit eher frustrierender als motivierender Hast die Schnalle seines Ledergürtels auf. Die Kleine gehörte zur Generation Porno, sie simulierte mit unangenehmer Inbrunst und ließ sich von allen Seiten nehmen. Irgendwann machte es Vernon doch heiß. Ihr kleiner Turnerinnenkörper beugte sich all seinen Launen. Sie war eine geniale Lutscherin, er hatte keine Ahnung, was genau sie mit Zunge und Lippen machte, was andere nicht konnten – wahrscheinlich ein angeborenes Rhythmusgefühl. Aber als er abspritzte, empfand er nicht viel.

Es ließ sich gut mit ihr auskommen. Sie stieß ständig ihr Kleinmädchenlachen aus. Er fühlte sich wohl bei ihr. Er ging auf seine Facebook-Seite, um sie mit Schwachsinn zu bestücken – er musste vorsorgen, irgendwann würde Lydias Freund nach Hause kommen.

Sylvie war durchgedreht. Das zermürbte ihn. In einer Wut, die dem Wahnsinn nahe kam, verseuchte sie seine Seite und die all seiner Freunde: Lügner, Dieb, Usurpator, Psychopath, Terrorist, Kinderschänder, Hühnerficker. Was sie so aufbrachte, war weniger, dass er bei ihr geklaut hatte, als sein jähes Verschwinden. Zum Glück konnte er sich auf den eingefleischten Frauenhass seiner Bekannten verlassen, die ihre Schmähungen einem normalen Anfall von Hysterie zuschreiben würden. Aber er war schockiert, was sie aufführ, und vor allem besorgt, weil sie sich nicht zu beruhigen schien. Er blockte ihre Nachrichten und den Zugang zu seinen Freunden und suchte eine entspannte Nachricht, um sich von ihrem Zorn abzulenken. Gaëlle hatte ihm geschrieben. »Das klingt ja so, als hättest du eine tolle Freundin gewonnen.« Er versuchte, es zu erklären: »Wir haben nur miteinander geschlafen, ich glaube, sie ist durchgedreht.« Gaëlle antwortete: »Keine Sorge, ich kann sie nicht riechen, sie macht überall Stress, bei allen. Wie geht's dir, alter Junge?« Als sie erfuhr, dass er eine Bleibe in Paris suchte, schickte sie ihm ihre Nummer – da, wo sie hauste, war ein Zimmer frei. Lydia, der er die Nachrichten vorlas, wunderte sich, dass er immer bei Frauen Unterschlupf suchte. Er umarmte sie, sie ließ sich küssen.

»Sei nicht eifersüchtig. Mit Gaëlle werde ich bestimmt nicht schlafen – sie behauptet immer, sie sei bi, aber ich habe sie noch nie mit einem Typen gesehen.«

»Eifersucht ist bestimmt nicht mein Problem. Man

kann ja nicht alle Kerle haben. Aber warum nehmen dich immer Frauen auf?«

»Männer, die beweibt sind, dürfen keinen Kumpel nach Hause bringen. Und die, die keine Familie, kein Gör, keinen Job haben … die erinnern mich zu sehr an mein eigenes Leben. Ich bin lieber bei einem Mädchen.«

Irgendwann postete Lydia ein Foto von Vernon auf ihrem Instagram-Account. Nichts Kompromittierendes. Er war über den Rechner gebeugt, suchte ein Stück von Iggy Pop, das von Yves Montand stammte, das Licht ließ seine Wangen eingefallen erscheinen. Es war ein schönes Porträt, er hatte sich selten so gut aussehend gefunden. Im Hintergrund erkannte man einen weiß gesprenkelten Spiegel und daneben einen abgeschnittenen McDo-Strohhalm, was dem Ganzen einen festlichen Anstrich gab.

Unbegreiflich, wie Sylvie darauf gestoßen war. Und wie sie Lydias Adresse rausbekommen hatte. Sie musste die ganze Nacht im Internet gesucht haben. Aber sie hatte es geschafft.

Am nächsten Morgen, Vernon und Lydia waren nebeneinander aufs Bett gesunken, zu erledigt, um zu vögeln, aber noch zu high, um zu schlafen, wurde die Wohnungstür von Schlägen erschüttert. Schon nüchtern hätte sie das erschreckt, aber in ihrem Zustand ließ sie das direkt in einen Scorsese eintauchen,

Hubschrauber, abgeseilte Bullen, Blutbad. Und als Lydia die Tür geöffnet hatte, wurde es nicht besser.

Unfassbar, was ein so kleines Geschöpf für Schaden anrichten kann, sowohl in puncto Lärm als auch in puncto materieller Zerstörung: Zum ersten Mal, seit er da war, fand Vernon an der widerlichen Sammlung von Stofftieren etwas Gutes: Man kann sie an die Wand werfen, sie zerbrechen nicht und machen kein Geräusch. Aber es sah aus, als würde das Sylvies Zerstörungswut noch steigern.

Sie hatte die beiden Rechner zertrümmert, das Bett auseinandergenommen, das Sofa zerfetzt, Geschirr zerbrochen und die Platten zertrampelt, man ahnte, dass sie sich die Fenster vornehmen und dann die Fundamente des Hauses zerstören würde, sie brüllte wie eine Besessene Beschimpfungen, die sie an Vernon richtete, obwohl sie den Rahmen ihrer Beziehung bei Weitem überschritten. Er bekam die volle Ladung von zwei Jahrzehnten Frust und Enttäuschung ab, verkörperte alle Männer, die sie je gedemütigt hatten.

Mit Mühe hatte Vernon seine Angst überwunden und sich ihr leise murmelnd genähert, wie man ein wütendes Raubtier zu beruhigen sucht; sobald er freundlich redend bei ihr war, hatte sich Sylvie beruhigt. Vernon hatte gesagt: »Komm, wir besprechen das alles bei einem Kaffee, sie ist nur eine Bekannte, die mich aufgenommen hat, warum soll sie unser Gespräch mit anhören? Komm schon.« Sylvie hatte noch protestiert, »Und was hast du ihr geklaut? Du hast sie auch ordentlich gefickt, stimmt's? Mademoiselle, wissen Sie, wen Sie da aufgenommen haben? Nein, Sie haben keine Ahnung, wer diese Person ist. Keine Ahnung, wer das ist, dieser Vernon Subutex!«. Aber sie war bereit, ihm zu folgen.

Vernon graute vor der Vorstellung, mit ihr in ein Café zu gehen. Sylvie wiederholte ständig, sie sei zur Polizei gegangen und habe Anzeige wegen Vertrauensmissbrauch, Diebstahl und Hehlerei erstattet. Er wusste nicht, ob sie bluffte. Das war alles so unverhältnismäßig, dass er nicht überrascht gewesen wäre, wenn sie eine Knarre rausgeholt und ihm eine Kugel in den Kopf gejagt hätte. Sie war besessen. Sehr bald stellte er fest, dass sie nichts anderes wollte, als dass er mit ihr mitging. Nach so einer Szene! Er spielte den Zögernden, dann schlug er ihr vor, nach Hause zu gehen und ihn dort zu erwarten. Er müsse noch mal zu Lydia, sich entschuldigen und seine Sachen holen. Sylvie glaubte ihm, aber sie wollte ihn begleiten, es tat ihr leid, was sie getan hatte, sie wollte Lydia entschädigen. Vernon sagte, er wolle lieber allein gehen. Da begriff Sylvie, dass er log, und bekam einen neuen Wutanfall. Sie warf sich auf ihn, prügelte auf ihn ein, und als er sich schützte, ohne sich zu wehren, biss sie ihn mit aller Kraft in die Schulter. Er stieß sie weg und rannte davon. Sylvie trug hohe Absätze, sie konnte ihm nicht folgen, sie brüllte »Haltet ihn!«, aber niemand achtete auf sie. Er rannte so lange, bis er in Höhe der Metrostation Hoche zusammenbrach.

Er hatte sich auf den Bordstein gesetzt und minutenlang darauf gewartet, dass sich sein Atem beruhigte und er aufstehen könnte. Seine Beine zitterten immer noch. Er hatte nichts mitgenommen, und er wusste Lydias Adresse nicht. Er hatte nur sein iPod, zwei Euro und die Nummer von Gaëlle auf einer Blättchenpackung in der Hosentasche. Er lief durch Pantin, unfähig, Lydias Wohnung zu finden. Obwohl ihn die Vorstellung mit Panik erfüllte, dass ihn Sylvie immer noch verfolgte, suchte er in allen Gassen. Er wusste, dass vor Lydias Haus ein Vélib'-Standort war. Jeden Morgen begutachtete sie die Katastrophe vom Fenster aus. Sie sagte: »Die Schwarzen haben was gegen Fahrräder, ich begreife nicht, wieso«, denn immer, wenn sie jemanden sah, der die Fahrräder auseinandernahm, war es ein Schwarzer. »Würdest du auf die Idee kommen, ein Fahrrad anzuzünden? Das muss doch irgendeinen Sinn haben!«

Er hatte die Straße nicht wiedergefunden. Schließlich hatte Vernon Gaëlle angerufen, nachdem er einer Halbwüchsigen seine zwei Euro gegeben hatte, damit sie ihm ihr Telefon borgte; sie hatte es ihm gegeben und ihn gegen die Wand gepresst, um sicherzugehen, dass er nicht damit wegrennt. Er war überrascht, dass Gaëlle sofort dran war und sagte, kein Problem, er

247

solle kommen, sie würde in einer Bar am Canal Saint-Martin auf ihn warten und mit ihm in die Wohnung gehen.

Vernon überquert die Place de la République. Ein Roma-Pärchen sitzt vor einer Bank, sie haben eine Matratze halb an die Wand gelegt, sehen verliebt und besorgt aus, sie kümmern sich nicht ums Betteln, stecken die Köpfe zusammen, besprechen etwas Wichtiges.

Gaëlle hat sich nicht verändert. Die Tattoos haben sich auf ihren Hals und ihre Handgelenke ausgebreitet, aber ihr Gesicht ist dasselbe geblieben. Sie steht auf Bikes, Hells Angels, alles, wo man sich die Finger mit Schmieröl einsaut. Sie war fast noch ein Kind, als sie im Laden auftauchte, damals hatte Vernon das Wort Butch noch nie gehört. Ende der Achtziger sagte man von solchen Mädchen, sie trügen einen Fernfahrerlook. Aber Gaëlle war zu blond und zu zierlich, als dass man an diese Bezeichnung gedacht hätte. Sie lächelte nicht oft. Sie hörte Crazy Cavan, The Easybats und David Bowie. Sie klaute die Platten stapelweise, schob sie unter ihren Pullover, das hatte sie bei *Wir Kinder vom Bahnhof Zoo* gesehen, aber abgesehen davon, dass es ihr nicht an Mumm fehlte, es zu versuchen, hatte sie nicht die geringste Begabung zur Diebin. Vernon las ihr jedes Mal die Leviten, aber er war außerstande, ihr Ladenverbot zu erteilen. Sie glich zu sehr einem ausgeflippten Kätzchen.

Gaëlle nennt ihn ›mein alter Kumpel‹ und legt ihm den Arm um die Schulter, um ihn mit stolzgeschwellter Brust dem Barkeeper vorzustellen. »Siehst du diesen Kerl? Wir waren zusammen in Vietnam.« Sie stellt keine unangenehmen Fragen. Alex kannte sie gut. Während sie von ihm spricht, zerfetzt sie sorgfältig einen Bierdeckel und schichtet die Schnipsel zu gleichmäßigen Häufchen auf:

»Man weiß, dass früher oder später dieser Anruf kommt – Alex ist tot. Aber wenn er dann kommt, tut es trotzdem genauso weh. Er war der Junge, der ich gern gewesen wäre. Frech, schön, talentiert, leidenschaftlich … wenn ich an seinen Körper denke! Bei den Konzerten, in den letzten Jahren hat er nicht mehr seine riskanten Sprünge gemacht, da war er nicht mehr fit, aber früher, weißt du noch? Er war einer der schönsten Männer, die ich auf der Bühne gesehen habe. Die letzten Konzerte … er ließ seine Musiker allein auf der Bühne, weil er backstage irgendwas einwerfen musste. Das war traurig. Hast du ihn auch danach noch getroffen? Nicht alle Toten verhalten sich gleich. Manche verschwinden sofort, als hätten sie nur darauf gewartet. Andere schleichen um dich rum, besuchen dich im Traum, wollen irgendwas. Alex weckt mich mitten in der Nacht – er macht mir Vorwürfe. Er sagt, du hast nicht mal versucht, mir zu helfen. Ich rechtfertige mich – Scheiße, ich bin selbst viel zu nah am Abgrund, um irgendwen zu retten. Aber das knirscht. Das knirscht.«

»Hat er dir von seinen Alpha-Waves erzählt?«

»Dir auch?«

»Eine ganze Nacht lang musste ich mir das anhören. Ich habe einen Tinnitus davon bekommen.«

»Damit war er wirklich ätzend.«

Vernon behauptet, er habe ein Problem mit seinen Koffern, er habe eine Wohnungstür zugeknallt und die Schlüssel drinnen gelassen, sein Kumpel komme erst morgen zurück. Gaëlle ist übertrieben cool, sie sagt »Für heute Abend kriegen wir das schon hin, du wirst sehen, da findet sich immer ein T-Shirt zum Wechseln und ein Rasierapparat für dich«. Dann sagt er noch, dass er in Paris ist, um seinen Pass zu erneuern und Probleme mit der Sozialversicherung zu klären, Gaëlle bedauert ihn. Sozialversicherung? Das dauere Wochen, er solle sich bloß nicht einbilden, das ließe sich schnell klären. »Weißt du, was sie machen, wenn sie finden, sie hätten zu viel Arbeit? Sie werfen die Akten weg. Ich schwöre es dir. – Natürlich stimmt das, das hat mir ein Kumpel erzählt, der Arzt ist. Du hängst für eine Weile fest. Man merkt, dass du schon lange nicht mehr in Frankreich bist, hier hat sich einiges geändert. Nein, ich habe keine eigene Wohnung. Schon lange nicht mehr. Ich habe auch keine Versicherung, aber ich bin nie krank, ich scheiß drauf. Aber du wirst sehen, die Bude ist cool. Megagroß, im achten Arrondissement. Ich freu mich, wenn ich etwas für dich tun kann, weißt du? Bei all dem, was ich im *Revolver* geklaut habe, habe ich quasi einen Berg Schulden. Aber kein Theater: Wenn du da, wo ich dich hinbringe, auch nur den geringsten Ärger machst, schlage ich dir die Zähne aus. Sind wir uns da einig? Lass mich nicht bedauern, dass mich die Großmut gepackt hat. Ansonsten freue ich mich, dir einen Gefallen zu tun. Vielleicht können wir sogar endlich mal miteinander schlafen, wir beide, meine Freundin ist gerade nicht in der Nähe. Das war ein Witz, wir sind hier nicht bei Kechiche! Sie ist zwanzig Jahre jünger als ich und will ständig Party machen, das ist anstrengend, du kannst dir nicht vorstellen, was für eine Energie die Frauen in dem Alter haben! Als ich jung war, war es noch ziemlich hart, Lesbe zu sein. Aber die jungen Mädchen heutzutage, was für ein Leben. Jeden Abend haben sie ihre Soiréen, zweitausend wimmeln da rum und ziehen ihre Show ab … du kannst dir nicht vorstellen, wie die Weiber rummachen: Sie kommen an, holen sofort das Geschirr und den Dicken aus *Real Skin* raus und finden das alles normal. Sachen, für die ich Jahre gebraucht habe, und diese Kinder fangen damit an!« Sie versucht, ihn auf die harmlose Tour heißzumachen, als würde sie es nicht merken, indem sie ihm detailliert die zarte Beschaffenheit und Benutzerfreundlichkeit der neuen Umschnalldildos beschreibt.

Er hat nie richtig verstanden, womit Gaëlle ihr Geld verdient, sie hat keine feste Wohnung und keine Kinder, hat ihre Funktionsweise nicht geändert, seit sie zwanzig ist. Sie sieht fünfzehn Jahre jünger aus, als sie ist, und meint, das komme daher, dass sie nie Make-up benutzt. Sie ist ein Töchterchen aus gutem Haus. Er hat nicht den Eindruck, dass sie viel Geld hat – der Bierpreis erschreckt sie ebenso wie Vernon. Aber sie hat die Geisteshaltung einer Prinzessin. Verlieren kommt in ihrer Psyche nicht vor. Leute wie sie sind Bohemiens, Künstler – sie führen ein unfassbar intensives Leben. Und sie sind nie am Ende. Nicht mal mit Sozialhilfe, auch nicht im Knast, egal was ihnen passiert, solange man nicht auf die Idee kommt, ihnen den Bauch aufzuschlitzen, damit sie leiden wie ein Normalo – Gaëlle schwebt über der Belanglosigkeit des Materiellen. Nichts zu haben hilft ihr, oberflächlich zu bleiben.

Gaëlle bringt ihn in eine Wohnung über drei Etagen, die Wohnfläche reicht bestimmt an dreihundert Quadratmeter heran, man kommt sich vor wie im amerikanischen Supermarkt und ist schon müde, wenn man nur einen Rundgang gemacht hat. Eine lange Terrasse vor der obersten Etage. Die Dächer von Paris, so weit das Auge reicht, in allen denkbaren Grautönen, der Himmel öffnet sich nicht, das

Tageslicht sieht man nur ein paar Stunden. Als hätte jemand einen riesigen Deckel über die Stadt gestülpt. Die Terrasse liegt zu hoch, um die Menschen unten zu erkennen, also richtet man die Augen auf den stumpfen Himmel und entdeckt, dass sich darin unablässig Flugzeuge kreuzen. Vernon zittert vor Kälte. Gaëlle macht ein Bier auf, das Geräusch des reißenden Blechs und des zischenden Gases beruhigt ihn sofort. Gaëlle benimmt sich selbst bei den einfachsten Handgriffen wie ein Biker. Das macht sie irgendwie sinnlich.

»Wer kann sich nur so eine riesige Wohnung ausdenken?«

»Eine große Familie. In unserer Etage hat das Hauspersonal gewohnt. Die untere Etage – wenn du vier Kinder hast, sind alle Zimmer besetzt, und oben sind die Empfangsräume.«

»Wie viel Miete zahlt man für so was?«

»So was kauft man. Anscheinend aus einer Laune heraus. In diesem Viertel musst du mit drei Millionen rechnen. Er hatte sie cash, da konnte er bestimmt einen kleinen Rabatt aushandeln. Er kann es sich leisten. Ist selbst Trader, seine Alte macht Wissenschaft. Sie arbeiten beide, du wirst sehen, hier hat man seine Ruhe. Aber pass ja auf: Der Kühlschrank wird nicht leer geräumt. Das können sie nicht ab. Wenn du Durst oder Hunger hast, gehst du runter und kaufst dir, was du brauchst.«

»Wohnst du schon lange hier?«

»Ich habe das Zimmer seit einer ganzen Weile …
aber ich verbringe nicht so viel Zeit hier. Zu anstrengend. Am Anfang findest du das lustig, dann, du wirst
sehen, wenn du morgens runtergehst, um deinen
Kaffee zu trinken, und zehn Wirrköpfe in der Küche
triffst, die nicht mal mehr begreifen, was sie erzählen,
immer dasselbe über die wahre Botschaft Christi …
nach einer Weile macht dich das fertig. Aber für zehn
Tage wirst du dich hier fühlen wie ein König.«

»Du hilfst mir total aus der Klemme! Das kannst
du dir nicht vorstellen.«

»Du musst nur heute Abend auflegen. Der Haus-
herr macht Party. Wir erzählen ihm, dass du DJ bist.«

»Ich habe den iPod dabei. Kannst du mir vielleicht
einen Mac borgen? Wenn ich eine Playlist vorbereiten
muss, ist das einfacher … und ich muss ins Internet,
ich muss dem Kumpel schreiben, bei dem ich mein
Zeug gelassen habe.«

Als er daran denkt, Lydia zu schreiben, um ihr zu
erklären, dass er ihre Wohnung nicht mehr gefunden
hat, kommt ihm die Erinnerung an die Szene vom
Nachmittag wieder hoch, und er spürt, wie sein Blut
erstarrt.

Der Sound ist *great*, der Mann ist top. Auf Gaëlle ist
Verlass. Zuerst waren alle skeptisch, was ist das denn
für ein Penner?, aber dann hat er seinen iPod ange-
schlossen! Der Junge ist Gott, das ist Balsam in den
Ohren. Die Klipsch-Boxen spucken Rod Stewart aus,
der Typ ist total abgefahren, er wagt alles und gewinnt.
Er ist die Nadia Comăneci der Playlists. Ab heute
Abend ist das sein Haus-DJ. Red Bull und Koks, die
Mädchen kommen in Grüppchen. Betrunken, heiß
und vulgär, so mögen wir sie, wenn es Nacht wird. Ein
Idiot kotzt in den größten Blumentopf. Kiko packt
ihn an der Schulter und zischt ihm ins Ohr »Raus
aus meiner Wohnung, raus hier, aber schnell«, der
Kerl stammelt irgendwas, aber Kiko schiebt ihn zur
Tür, ohne zuzuhören. Er hasst solche Wichser, die keinen Alkohol abkönnen. Eine transparente Blondine,
Haut und Knochen, schwankt auf dünnen Absätzen
durch den Raum. Als würde sie auf einem Seil laufen.
Vorstehende Schlüsselbeinknochen, er hat Lust, sie
abzubrechen. Verschmorte Neuronen. Ihm schießt
der Gedanke durch den Kopf, über die Balustrade zu
klettern und zu springen. Nur um zu schocken. Beim

Aufstehen hatte sich Kiko gesagt, heute Abend lass ich's ruhig angehen. Chillen, beim Japsen essen, Film reinziehen und schlafen, um in Form zu kommen. Aber er hatte vergessen, dass er eine Party macht – hätte er auch absagen können, aber das ist mehr Stress, als alles laufen zu lassen. Claudia ist da. Sie ist wegen des *Vogue*-Covers in Paris. Er umgibt sich gern mit Leuten, die auf die Reihe kriegen, was sie sich vornehmen. Die haben eine gute Energie. Sie ist mit ihren Freundinnen vom Fotoshooting gekommen, Models sind die It-Girls des letzten Jahrzehnts. *Has been.* Zu viele. Einwegmodelle. Noch der letzte Loser packt sich eine vom Laufsteg ins Bett. Er findet die Formulierung lustig und twittert sie. Er hat einen *Battle* mit Jé, der in Shanghai ist – wie spät ist es da, unglaublich, dass er um diese Zeit twittert: »Ich begutachte das Grün meines Erbrochenen«, mit einem Foto zur Illustration. Widerlich! Keine Ahnung, was er da treibt. Außer krank werden. Shanghai. Seit dem letzten *James Bond* hat sich Kiko vorgenommen, hinzujetten. Nicht für den Job – hinfahren und Zeit haben, auch mal aus dem Hotel rauskommen. Die Stadt spüren. Aber er hat wenig frei. Das ist das ganze Problem. Du fährst tonnenweise *money* ein, aber zum Ausgeben brauchst du eine Fünfunddreißig-Stunden-Woche. Und die gibt es in seinem Job nicht. Sein Job ist *Speed*. Wer nicht drin ist, begreift es nicht. Die Leute denken, er bewertet Unternehmen. Kiko ist ein Sprinter. Er reagiert in Hundertstelsekunden, funktioniert im Takt der Megarechner. *Black holes.* Ein Börsencrash dauert anderthalb Sekunden. Den Gewinn zählst du in Milliarden. Oder den Verlust. Und du hältst den Kopf hin. Das ist die Mega-Instabilität. Keine Zeit für Bodenhaftung, du tanzt nach der Pfeife der Algorithmen. *Connected* mit einem unterirdischen Takt, den der normale Mensch nicht wahrnimmt. Kiko reagiert in Schallgeschwindigkeit. Zählt in Milliarden und in Sekunden. Immer auf Stand-by, ein Ausnahmekämpfer. Britney Spears, *Work Bitch.* Subutex ist sein Bruder, er liest in seinen Gedanken, weiß, was er bringen muss, damit getanzt wird. Turnhallenmusik.

Jérémy macht Marcia betrunken, damit sie ihm die Haare schneidet, jetzt sofort. Kiko kann den Kerl nicht mehr ab. Er war mal lustig und verführerisch. Sein *buddy.* Heute ist er grotesk. Sie kennen sich seit der Kindheit. Aber Jérémy checkt nicht, dass er nicht mehr willkommen ist, drängt sich auf. Er ist blank, sein Alter hat ihm den Unterhalt gestrichen, seit er sich die Nase vollstopft. Jérémy hat es geschafft, aus dem Verwaltungsrat zu fliegen, das musst du erst mal hinkriegen. Er hat mit dem Stuhl das Büro des Generaldirektors zertrümmert. Erst haben sie drüber gelacht. Aber im Nachhinein, wow! Das war zu billig. Man muss klare Grenzen ziehen. Party und *destroy,* das ist nachts. Tagsüber musst du die Nase sauber halten, darfst keine zu großen Wellen machen. Er geht ihm auf den Geist. Seit letztem Sommer, als sich Jérémy während Calvi on the rocks bei ihm eingenistet hat. Er hatte keinen Cent in der Tasche. Machte einen auf Hungerleider. Megapeinlich! Dabei hatte Kiko ihm gesagt, dass sie zu zehnt in der Bude seien, und der Pool hatte auch keine Olympiamaße. Er ist trotzdem gekommen. Kein Respekt. Bei so was packt Kiko der Brechreiz. Wenn du keine Drogen verträgst, steh deinen *cold turkey* durch. Lange Zeit waren sie unzertrennlich, in allem einig. Aber jetzt läuft es nicht mehr. Jérémy hat die Wellenhaftung verloren. Inzwischen gehört er zu den vielen, die Kiko unterwegs zurückgelassen hat – es raubt ihm nicht den Schlaf, ein Killer zu sein. Schon klar, das ist nicht jedem gegeben. Immer Action, immer fit. Die meisten, die er kennt, sind schon ausgemustert. Das Rennen ist lang, das Rennen ist hart. Die Pferde werden zuschanden geritten, aber Kiko wird der Letzte auf der Strecke sein. Für Jérémy ist es gelaufen. Sein Vater wird ihn nicht völlig fallen lassen, aber er ist durch. Sein Gehirn ähnelt vermutlich einem chinesischen Krapfen. Gebacken und kalt geworden. Der steigt nicht noch mal in den Ring. Kiko nervt es maximal, wie er sich an Marcia ranschmeißt – Marcia macht ihn immer noch geil! Nicht mehr ganz frisch, nicht ganz sein Typ. Sie weiß es. Aber wie sie sich bewegt! Sie fickt, sobald sie Luft holt. Sie stinkt nach Sex. Die echten Weiber sind Kerle. Er tippt die Formulierung und twittert sie. Er lehnt über einer Autobahnbrücke. Eine Karre nach der anderen saust vorbei. Boule2Kriss fantasiert den größten Schwachsinn über seine Barbiefrau, die Tussi, die sich hat renovieren lassen, um wie eine Puppe auszusehen. Voll Porno, sein Geschwafel. Depeche Mode – der Mann ist ein Genie. Unmöglich, zu ahnen, was als Nächstes kommt – aber es läuft supergeil. Er hat die BPM in der Kortex. Die Party legt noch einen Zahn zu, man spürt es, tick, tick, tick. Janet Jackson, *All Nite*. In allen Ecken beginnen sie zu ficken, das ist kosmisch und das ist dreckig, genau das, was er mag. Die Mädchen sind trocken, wenn sie zu viel intus haben, es tut ihnen weh, wenn man sie fickt; Jungs, seht zu, dass eure Vorhaut am Ende wieder vorhaut. Wird sofort getwittert. Pech für die Beschnittenen, die nichts mehr spüren. Er kann sein Ding heute Abend zwischen die Schenkel jedes beliebigen Mädchens schieben. Deswegen sind sie da, sie sehen die Größe der Wohnung, und das macht sie geil, sie wollen den Schwanz des Mannes lutschen, der sich so was leisten kann. Er sieht alles. Er ist hypersensibel, hyperwach. Das sind die Drogen, aber nicht nur – sein Gehirn ist eine Megakreuzung. Wie im Stadtzentrum von Tokio. Die Infos schießen durch, und er sortiert. Den ganzen Tag überwacht er acht Monitore, zeitgleich gibt er Order per Telefon. Er ist vervielfacht. Durch das Training funktioniert sein Gehirn hundertmal besser als das eines beliebigen Managers. Ein Bankdirektor ist ein Trottel, der den Berg auf einem Esel erklimmt, während er in einer Rakete rast – jeden Tag dreimal um die Welt, und nicht nur außen um die Erdkugel rum, von Markt zu Markt, sondern gleich mittendurch –, Informationen synthetisiert, die passenden erfasst und zusammenführt. Empfänger – Sender. Intergalaktisches Sortierzentrum. Im Rhythmus der Weltzeit. Ob im sizilianischen Dorf oder in der indischen Megacity, in der Tundra oder im Regenwald, überall herrscht die Marktzeit. Unser Wert ist das Tempo, Omnipräsenz unser Genie. Der Bolide rast zu schnell, als dass irgendwas seine Laufbahn ändern könnte, alles eine Frage des Feelings. Kiko spürt die Zeit, er ist der große Zeiger auf der Uhr. Die globale Zeit. Er ist schneller, er ist mächtiger. Das hat nichts mit den Drogen zu tun. Die hat er im Griff. Eine Messerspitze am Morgen, dann funktioniert er, ohne was zu nehmen, bis er um zwei Pause macht – erste *Line*. Er hat's im Griff, tagsüber nimmt er nur, was er braucht, um oben zu bleiben. Nie unter die Welle geraten. Er ist ein Ausnahmesurfer. Er verdient diese Wohnung, er verdient die Mädchen, die in seinem Wohnzimmer ihre Ärsche schwenken, er verdient die harten Drogen. Er verdient seine Berlutis. Er hat's drauf. Das strahlt in alle Richtungen, das wächst – jeder würde alles geben, um an seiner Stelle zu sein. Ich glaub's nicht!, ein Presley-Remix von Trentemøller, exakt in diesem Moment, genau das, was kommen musste. Das ist wild, und die Mädchen lieben es, sie können die Hüften schwenken. Der Mann ist ein Genie. Kiko betet ihn an. Er ist wie er, in seinem Business. Kiko ist ein Virtuose, ein Bolidenpilot – sein Körper ist der Bolide. Er hört das Blut in seinen Schläfen, das Rauschen seines Bluts, es hämmert, das ist gut. Mächtig. Und alle, die die Empörten mimen, schreien nur ihren Frust raus, weil sie nicht sind wie er. Weil sie nicht von der guten Suppe essen können, spucken sie rein; wenn sie den Löffel in der Hand hätten, würden sie sich anders benehmen. Keiner mag die Armen. Diesen alten trottligen Vernon hätte er beinahe rausgeschmissen – er kann's nicht haben, wenn jemand das macht, einfach irgendwen mitbringen, der seine Wohnung besser nicht betreten hätte. Er wäre fast ausgerastet, als er die Pennerfresse gesehen hat, und dann die Geschichte von dem Koffer, den er nicht dabeihat – sogar ein Hemd musste er ihm borgen. Kiko hat Gaëlle schief angesehen, und sie hat das Gesicht gezogen, das er mag, ihr Gesicht eines alten Cowboys, der weiß, was er tut. Und sie wusste, was sie tat. Der Mann bringt's. So null, wie er am helllichten Tag in seinem Salon aussah, so cool ist sein Auftritt jetzt, wenn er sich über seine Playlist beugt. Er bewegt sich kaum – echte Männer tanzen nicht –, aber er ist voll im Sound. Dieser Arsch macht eine Hundertachtzig-Grad-Wende nach der anderen, heiße Musik und Kitsch, aber es passt. Kiko wirft einen Blick auf iTunes, Candi Staton, *I'd Rather Be An Old Man's Sweetheart,* verdammter Mist, wieso traut sich dieser Scheißtyp, das zu spielen – jetzt? *Exactly* das, was nötig ist, damit die Kleinen sich trotz Koks wieder aufheizen. *Groovy night,* noch nie so einen Typen erlebt. Warum bist du arm, he, warum bist du so ein armer Sack geblieben? Sicher ist er mit Erdnüssen auf Papptellern groß geworden, hat sein Leben lang Tiefkühlcrêpes und mit Antibiotika vollgepumptes Fleisch gegessen. Die Kultur der Armen, Kiko könnte kotzen! Wenn er so leben müsste – versalzener Fraß, Metro, für unter fünftausend schuften und Klamotten im Kaufhaus kaufen. Am Airport auf harten Stühlen warten, nichts zu trinken, keine Zeitung kriegen, wie der letzte Dreck behandelt werden und *Economy* fliegen, ein *Economy*-Arsch sein, die Knie unter dem Kinn und die Ellbogen der Nachbarin in den Rippen. Altes, cellulitisches Fleisch ficken. Freitag um eins nach Hause rennen, da warten Haushalt und Einkauf. Auf die Preise achten und ausrechnen, was man sich leisten kann. Kiko würde das nicht mitmachen, er würde Banken überfallen, würde sich die Kugel geben, er würde eine Lösung finden. Das würde er nicht ertragen. Wenn sie so leben, verdienen sie es nicht besser. Männer wie er halten das nicht durch. Was haben die Reichen den Armen voraus? Sie geben sich nicht mit dem zufrieden, was man ihnen hinwirft.

Männer wie ihn macht keiner zu Sklaven. Er bleibt aufrecht, egal, was passiert – lieber krepieren als auf Knien leben. Wer sich beherrschen lässt, verdient, dass er beherrscht wird. Das ist der Krieg. Er ist ein Söldner. Er flennt nicht, wenn er an der Front landet. Du bist da, um zu kämpfen. Vor drei Tagen wurde Kerviel im Fernsehen gefragt »War Ihnen eigentlich klar, was Sie taten, als Sie mit Rohstoffen spekulierten?« oder irgend so ein Schwachsinn, von einem Idioten, der nicht begreifen will, dass das der Job ist – Kiko hat sich totgelacht. Glaubst du, wir haben Zeit, unser eigenes Arschloch zu inspizieren und uns zu fragen, ob es in Ordnung ist? Wer ist der Stärkste? Der Schnellste? Das ist die einzige Frage. Sobald du die Antwort spürst, gibst du Gas. Alle jammern über die Märkte, sie laden Kerviel ein, und er soll zugeben, dass er an allem schuld ist. Stellt gefälligst die richtigen Fragen: Wer verkauft die Programme? Das sind die Herren der Welt. Fragt euch, was Google treibt, anstatt rumzuheulen, dass ihr nichts mehr von der Industrie begreift. Zwölf Züge Verspätung, Mann. Wer entwickelt die Algorithmen? Das ist die einzige Frage, die zählt. Die Nachbarn unter ihm haben Angst vor dem Aufstieg der Rechten. Für die Märkte wird das nichts ändern. Die oder andere, das macht keinen Unterschied. Die Geschichte wiederholt sich nicht. Alle anderen stecken immer noch voll in den Dreißigerjahren des letzten Jahrhunderts. Kiko hat am *single flow* angedockt, Durchwahl zur Macht, das Geld wehrt sich, bläht sich, bäumt sich auf, aber Kiko bleibt im Sattel. Verlangt man vom Piloten eines Kampfbombers, dass er sein Gewissen befragt? Die Gutmenschen sind noch damit beschäftigt, Schulen und Sozialversicherung zu verteidigen. Hinterm Mond! Müssen die Arbeitslosen in ihrer Freizeit lesen? Kriegt er Geld, wenn er keins produziert? Die alte Welt ist erledigt. Warum soll man Leute ausbilden, die auf dem Arbeitsmarkt keiner mehr braucht? Der nächste Aufruf an die Völker Europas ist ein Aufruf zum Krieg. Für den Krieg muss niemand Literatur und Mathe lernen. Das würde die Wirtschaft wieder in Gang bringen! Ein Krieg. Aber gebildete Arbeitslose – ganz ehrlich, was für ein Schwachsinn. Bilden sich die Leute vielleicht ein, dass sich die Börse um ihre lächerlichen Proteste schert – glauben sie wirklich, dass es ihr ans Herz geht, vier Bälger zu sehen, für die kein Brot mehr da ist? Das war immer so. Das Leben ist hart. Das ist der Krieg. Wenn Kerviel stürzt, wird er von niemandem verteidigt. Wenn Kiko an der Reihe ist, wird er genauso allein sein. Er ist ein Krieger, er weiß, dass er auf niemanden zählen kann. Kriege muss man gewinnen. Überleben. Mit anständigen Waffen. Dem richtigen Algorithmus. Der Rest ist Poesie. Falsche Versprechen. Klar gibt es den Kick. Was glaubst du denn, du Schisser? Dass es mich nicht heißmacht, einen Bonus mit fünf Nullen zu kassieren? Wenn er Subutex sagen würde »Weißt du was, heute bin ich ein paar Hunderttausend Euro reicher geworden«, würde der nicht checken, dass ihn das aufgeilt? Und wie ihn das aufgeilt. Er ist ein Stier in der Arena, er kämpft. Er sieht die, die mit vierzig in Rente gegangen sind. Palast, dicke Karren und hübsche Nutten, sie lassen sich in Ländern nieder, wo niemand sie mit Menschenrechten nervt, wo man schon weiter ist, verpisst euch mit euren Steuern. Keiner hat Tränen in den Augen, weil Bamboula nichts zu fressen hat. Versuch mal, das zu machen, was ich mache, du wirst sehen. Ich akkumuliere, ich visioniere, ich spekuliere, ich antizipiere, ich simuliere. Immer auf der Hut. Schlechte Nachricht für die Franzosen: Die Party ist *over*. Gehen Sie weiter, hier gibt's nichts mehr zu kaufen. Wir haben unsere Kühlschränke und Computer abgestoßen, jetzt nehmen wir die Lagerbestände und verkaufen woanders. Und? Was macht ihr außer rumheulen? Euch gegenseitig killen? Gute Idee. Wir haben Waffen im Angebot. Die Franzosen sind undankbare, arrogante Idioten. Sie grölen auf der Straße rum und fühlen sich wichtig. Pech für euch. Da, wo wir sind, hören wir euch nicht. Kein Pieps dringt an unsere Ohren. Die Sache ist gelaufen. Alles geklärt. Schwenkt ruhig eure Stimmzettelchen. Wir hören nichts, rein gar nichts.

Er darf heute nicht so spät ins Bett. Noch eine *Line*, ein letztes Glas und ab in die Heia. Albert

King, *Breaking Up Somebody's Home.* Vernon ist unschlagbar. Kiko brüllt DJ REVOLVER IN DA PLACE. Er weiß, dass es *old fashioned* ist, drauf geschissen, er ist hier zu Hause, und er ist so high, wie er Lust hat. Unglaublich, der Mann hat einen sechsten Sinn. Er sitzt an den Schalthebeln, und sein Raumschiff hebt ab. Alles passt, die Leute, die Körper, das Licht, der Sound – es passt einfach zu gut. Er geht zu ihm, legt ihm die Hand auf die Schulter. *Fucking cool,* die Musik, unglaublicher Stoff, dein Sound ist superrein. *You're a bad, bad, bad ass motherfucker.* Von der schlimmsten Sorte. Hast du in deiner Bude alles, was du brauchst? Sonst sagst du Bescheid, klar? Soll ich dir eine Kleine schicken? Ich hab siebenhundertfünfzigtausend Typen hier gehabt, die Musik auflegten, bestenfalls hatten sie Stil, aber du … *you're a bad ass motherfucker.* Sieh dir an, was du mit diesen läufigen Hündinnen anstellst, bald läuft hier die Mega-Sexorgie. *Finally* passt ihm sogar seine Visage. Vernon ist nicht schüchtern, er ist geheimnisvoll. Auf den ersten Blick hatte er ihn für einen Schüchternen gehalten. Die kann er nicht ausstehen. *Motherfuckers* sind ausgeflippt, zumindest haben sie ein großes Maul. Keine Schisser. Schüchternheit ist das Markenzeichen der Hinterhältigen. Der Mittelklasse, der Bobos. Der Nichts-und-Niemands, die sich für jemanden halten. Schüchternheit zeugt von Komplexen, Komplexe zeugen von Heimtücke. Wenn du willst, dass die Stimmung *relaxed* bleibt, musst du aufpassen, wen du reinlässt. Musst filtern. Eine Wohnung wird regiert wie ein Staat. Du musst die Unerwünschten draußen lassen, kein Mitleid, bleib unter Leuten, die sich amüsieren können. Ich bezahle meine Party, aber ich wähle aus. Dieser Vernon war düster. Aber seitdem er sich um den Sound kümmert, ist er wie verwandelt. Ein Künstler. Er ist der Künstler. Davon brauchst du immer ein paar. Heute Abend fehlen zum Beispiel Schauspielerinnen. Sie bringen immer das gewisse Etwas. Die Leute vom Fernsehen nicht. Sie sind *down*. Ziehen dich mit runter. Verderben die Stimmung. Genauso wie Komiker. *So weit wie noch nie*, alter Technohit. Alle tanzen, Trance. Der Mann ist wirklich ein Genie. Du weißt nicht, woran es liegt, aber wenn da noch zusätzlich Seele drinsteckt, spüren es alle. Gerade als Kiko ins Bett gehen will, der passende Sound. Eine Brünette hüpft schon eine ganze Weile um ihn rum, sie glaubt, er merkt es nicht, also macht sie immer mehr Theater. Bald tanzt sie nackt vor ihm, damit er sie bemerkt. Ihre Nase ist so dünn, dass er sich fragt, wie sie da Pulver reinkriegt, ohne dass sie sofort schmilzt. Vielleicht ist es eine Prothese, vielleicht nimmt sie ihre Nase ab, bevor sie ihm einen bläst, und zeigt ihm ihr Zombiegesicht. Beweg deinen Körper, Baby, beweg dich. Ich werde mich deiner annehmen. Heute Abend fick ich dich nicht, ich bin zu müde, aber ich nehme dich mit ins Bett. Wir werden nebeneinander einschlafen. Biancha tanzt mit geschlossenen Augen, Marcia schmiegt sich an ihren Rücken. Eine kleine Lesbenshow, los, Mädels, setzt die Bude in Brand. Das ist die Hölle hier! Tribal House. Großartig! Er nimmt die Brünette bei der Hand. Sie sieht aus wie sechzehn. Ich werde mit zwei Fingern in deiner kleinen rasierten Möse einschlafen, aber ich fick dich nicht, ich habe nicht genug Energie dafür, vielleicht bläst du mir einen, aber ich glaube nicht mal, dass ich komme. Sein Porno läuft in der Koje. Er ist Gott. Sein Schlafzimmer ist weit genug vom Salon entfernt, dass sich die Leute weiter amüsieren können. Er ist der Fürst. Er verabschiedet sich nicht, er gibt der Kleinen ein Zeichen, ihm zu folgen, und sie gehorcht. Sie sind alle so, und wenn sie zu stolz sind, sich zu ihm zu legen, sobald er pfeift, sollen sie sich zum Teufel scheren, es wird immer eine geben, die schlau genug ist, ihn zu wärmen. Wer weiß, vielleicht erinnere ich mich morgen noch gut genug an dich, um dir ein Geschenk zu machen? Hängt ganz von dir ab, von dir und deiner Performance.

In dem Koks ist doch überhaupt nichts drin! Man spürt gar nichts, wenn man es ins Zahnfleisch reibt. Sie hat Kopfschmerzen, und die Last des Entzugs schießt ihr schon in den Rücken, dabei ist sie noch stoned, das kann ja was werden morgen früh. Um fünfzehn Uhr hat Marcia ein Shooting, da bleibt genug Zeit zum Ausruhen. Der Abend ist nicht toll, sie wäre besser ins Bett gegangen. Immer dieselben Gesichter. Die Gespräche drehen sich im Kreis. Als sie gekommen ist, hat sie eine Schachtel Kippen aufgemacht, jetzt ist sie leer. Das Nikotin powert sie mehr aus als Alkohol oder Drogen, morgens hat sie das Gefühl, keine Luft mehr zu kriegen. Sie muss endlich aufhören. Das Zeug verdirbt ihre Haut, sie raucht neuerdings Kippen ohne Zusatzstoffe, Gaëlle hat ihr erzählt, sie würde den Unterschied wirklich spüren, Marcia nicht. Diese Kopfschmerzen! Seit bestimmt einer Stunde sitzt sie an derselben Stelle neben Framboise, die ununterbrochen Joints aus reinem Gras dreht. Seit einer Stunde nimmt sie sich vor, ins Bett zu gehen. Weißes Rauschen im Zahnfleisch, das *turnt* so ab, sie kennt das bestens. Morgen muss sie sich ausruhen.

Bei den ersten Tönen öffnet sich ihr Bewusstsein wie eine Auster, *Construcción*. Die spanische Version von Viglietti, eine Serie bewegter Bilder mit Gerüchen und Geräuschen, allem, was ihr Körper in genau jenem Moment empfunden hatte. Zielloses Blättern in einem Buch, sie wählt nicht aus, was kommt. *Amó aquella vez como se fuese última*. Sie hieß Leo und hatte den Haarschnitt von Isabella Rossellini kopiert. Belo Horizonte. Die mächtigen Bäume der Stadt, intensives Grün, wie überall in den Ländern des Südens, wo es sogar aus dem Beton wuchert und in einer Bewegung bis zum Himmel klettert. Floresta-Viertel, ein niedriges Haus, der Plattenspieler im Haus von Silvios Eltern und dieses Lied, tagelang in Endlosschleife, sie waren besessen davon. Im Kino sahen sie *Betty Blue*. Mehrmals an einem Tag, am nächsten Tag gingen sie wieder hin. Sie tranken Bier auf der Straße, rochen die berauschenden Parfüms der Damas da noite. Leo trug seine geliebten Radley-Turnschuhe. Volkswagen überschwemmten die Straßen, sie hatten kein Auto. Immer dieselbe Bande, die fünf. In hellen Bluejeans. *Besó a su mujer como se fuese única*. Keiner von ihnen ist dort geblieben. Die Sonnenaufgänge waren so strahlend, dass sie in den Augen brannten, sie verschlangen *pão de queijo*, der Maniokgeschmack, ihre niemals müden Kinderkörper. Der blaue Sony-

Walkman ihr ganzer Stolz. Sie hörten Cazuza, *O tempo não pára,* Aids gab es für sie noch nicht. Als Lula bei den Wahlen verlor, war sie zu jung zum Wählen, noch keine sechzehn. Die ersten Direktwahlen in ihrem Land. Und damals schon Europa, Europa, unbedingt. Nicht USA, Europa! Sie war in einen Literaturprofessor verliebt, der am angesagtesten Gymnasium der Stadt unterrichtete. *Sus ojos embotados de cemento y lágrimas.* Sie war verrückt nach dem Lied. Es war versnobt, es auf Spanisch zu hören. Die Bande stand auf Broaday, ohne »w«, sie gingen zu Hip-Hop-Konzerten, Racionais MC's, da war kein Weißer, die Aufregung, dort zu sein, die Körper der Jungs, der bösen Jungs. Und die Free-Zigaretten, die elegante weiße Schachtel mit zwei stilisierten Wellen, rot und blau. All das, was sie zu denen machte, die sie waren, das Zubehör ihrer Spiele. In diesem Raum, achte Etage mit Terrasse im goldenen Dreieck von Paris, war niemand so fünfzehn wie sie. Sie hat sich rausgerissen. Sie wollte nach Europa. Wenn man es ihr damals gesagt hätte, wenn man ihr gesagt hätte, wie wunderbar alles sein würde – hätte das etwas an der Ungeduld geändert, die an ihr nagte? *Por esa arpía que un día nos va a anular y escupir y por las moscas y besos que nos vendrán a cubrir.* Dieses Lied faszinierte sie – die tragische Spirale darin. Ihr ganzes Land – ein Hang zum Drama, ein Schwanken.

Den ganzen Abend lang hat Kiko pausenlos geschwärmt: »Der Mann ist großartig, oder? Er ist großartig.« Er meinte den Typen, der die Musik macht. Kiko hat seine Launen, wenn er auf jemanden abfährt. Manchmal ist er ein treuer Freund. Marcia hat keinen guten Abend gehabt. Sie fand die Atmosphäre erstickend – Leute, denen es bis hier steht, sich ständig zu sehen, die sich die Nebenhöhlen ruinieren müssen, um fade Fröhlichkeit zu simulieren. Es ist noch nicht ganz hell, der eigenartige Moment, in dem sich die Nacht verzieht, ohne dass die Sonne schon aufgegangen wäre. In zwanzig Minuten beginnt der Tag, in dieser Stunde ist der Geruch der Stadt am angenehmsten. Das Lied ist zu Ende, ihr ganzes Skelett ist durchgeschüttelt von der Wirkung ihrer lebhaften Erinnerungen – sie dreht sich um sich selbst und streckt beide Arme in die Luft. »Okay, DJ Revolver, du hast mir den ersten Orgasmus der Nacht verschafft.« Sie wendet sich ihm zu, bisher hat sie ihn gar nicht angesehen. Diskretes Lächeln, er zwinkert ihr zu und spielt Prince – *Sexy Motherfucker*. Gut gebrüllt, DJ. Jetzt steigen andere Bilder auf. Das ist schon Paris – niemand nennt sie mehr Leo, sie trägt Mikroshorts, schwarz glänzende Elasthanstrumpfhosen, Schuhe mit roten Pfennigabsätzen, die sie bei Ernest in Château d'Eau kauft; sie hat mit dem Frisieren angefangen. Ihr Leben ist wie eine Vinylscheibe, mehrere Rillen sind schon geprägt. Es dreht sich weiter, sie kehrt zurück. Das ist schon Paris, die allerersten Jahre, es regnet jeden Tag, das entspricht dem Bild, das sich eine Südamerikanerin von dieser Stadt macht. Das Grau der Gebäude passt zum Grau des Himmels. Paris Anfang der Neunziger brennt für Brasilien, die Franzosen würden so gerne tanzen können, sie schütteln sich, so gut sie können, zu einer Musik, von der sie nichts begreifen. Sie bewegen die Füße, die Schultern, in den Hüften passiert nichts. Sie ist nach Paris gekommen, und das Erste, was sie im Fernsehen gesehen hat, war Johnny Hallyday, da hat sie eingesehen, dass es eine Menge geben würde, was ihr unverständlich bleibt. Man muss hier geboren sein, um alles zu begreifen. Aber Paris liebte Brasilien und Mädchen wie sie in der Mode, man wollte ihren Akzent, ihren Hüftschwung, die Exotik. Eine arme transsexuelle Brasilianerin, das hieß Place de la Nation, ohne Umwege, quasi zwangsläufig. Der Weg war nicht direkt vorgezeichnet, aber fast. Die Mädchen, die Marcia traf, sahen sie nur mitleidig an, wenn sie sagte »Nein, ich bin nicht hergekommen, um anschaffen zu gehen«. Die Straße war keine Option, sie war ihr Platz, das stand für alle fest. HIV-positive Brasilianerinnen verließen in Scharen ihre Heimat, sie wussten, dass sie in Frankreich eine bessere Behandlung bekämen. Aber Marcia war besessen von Scarlett O'Hara, sie sagte sich, dass Scarlett sich anders durchgeschlagen hätte, sie wäre nicht auf den Strich gegangen. Dass Scarlett nicht arm war, änderte die Ausgangslage, aber daran dachte sie nicht. Marcia hatte zwar kein Geld, aber einen guten Stern. Eines Abends hat sie sich im Gibus mit einem Mädchen aus Bogotá angefreundet, das wie sie Östrogene nahm. Das Mädchen war Dealerin und Friseuse, ständig kamen Leute zu ihr, ein Haarschnitt bitte und drei Gramm. So hat sie gelernt. Das Frisieren. Am Anfang mischte sie im Badezimmer die Farbe. Das war einfach. Sie mietete ein Zimmer bei Fabrizio, der einzigen Tunte, die sie kannte, die stolz von sich behauptete, zur Mafia zu gehören. Fabrizio war begeistert von ihr, er sagte, sie sei so schön wie Dalida – und er führte sie im Milieu ein. Sie lernte das Frisieren. Und hatte ihre ersten Modeshootings. Sie brachte alle zum Lachen, genau das erwartete man von ihr. Gute Laune. Die Mädchen, die sie nach ihrer Ankunft kennengelernt hatte, starben eine nach der anderen, einige nahmen sich das Leben, bevor Aids sie zu sehr entstellte. Die Seuche verschonte auch die Pariser Schwulen nicht. Wenigstens darin gab es mal Gleichheit. Die Seuche war für alle dieselbe. Daraus entwickelte sich ein komisches Gefühl von Zugehörigkeit zur selben Kaste. Bei allen. Und das Leben ging weiter – um sie herum schlug der Tod zu, ohne Atem zu holen. Aber die Leute kümmerten sich nicht darum. Act Up Paris organisierte *die-ins,* aber die Leute dachten erst ernsthaft über Aids nach, als sie begriffen, dass sie auch betroffen waren. Als es die Heteros erwischte, begann die Krankheit zu existieren. Marcia kam ungeschoren davon. Sie hatte Arbeit und immer noch kein Aids. Mit der Zeit empfand sie Schuldgefühle, die Schuldgefühle der Überlebenden, zugleich aber unendliche Dankbarkeit. Wie gut das Leben zu ihr war, und das hörte nicht auf. Dann kamen die Liebhaber, die sie verwöhnten. Die Reisen, die Nobelhotels, der Jetset. Die Neunziger waren in der Modebranche die reinste Magie. Evangelista, Campbell, Crawford, Schiffer, Casta, Alek Wek, Herzigova, Banks … Sie hat sich an den Luxus gewöhnt und auch daran, Teil einer Welt zu sein, in der sie nie wirklich dazugehören wird. Die kleine Sirene: Jeder Schritt schmerzt, aber sie geht voller Anmut, und immer lächeln. Sie hat nie daran gedacht, nach Brasilien zurückzukehren, auch nicht, als sie vom Wirtschaftswunder gehört hat. Sie liebt Europa. Den Reichtum des alten Kontinents, den Überfluss sogar bei den unteren Schichten, die Sorglosigkeit dieser Völker, die die Erniedrigung der Armut und die Diktaturen vergessen haben, die überzeugt sind, in Sicherheit zu sein, weil sie die Verdienstvollsten, die Fleißigsten, die Intelligentesten sind. Sie liebt es, dass überall geheizt wird, sogar die Postgebäude sind sauber, jeder möchte gern als Franzose geboren sein. Die Franzosen sind die Einzigen, die das nicht merken. Aber vielleicht wird sich das, was wie so vieles ewig schien, irgendwann auch ändern.

Es ist das erste Mal seit Jahren, dass sie an Belo

Horizonte zurückdenkt und Lust verspürt, in die Vergangenheit zurückzugehen. Den kleinen Mädchenjungen, der sie damals war, beiseitezunehmen und ihm ins Ohr zu flüstern »Mach dir keine Sorgen, du glaubst nicht, was du alles irgendwann erleben wirst, du wirst sehen, du wirst noch genug bekommen vom Luxus und dem leichten Leben, so vollgestopft vom Leben, dass du dich über Langeweile beklagen wirst. Wie eine echte Prinzessin«.

Subutex. Die ganze Nacht hat Kiko seinen Namen gebrüllt. Sie hat nicht auf ihn geachtet, aber jetzt, wo sie ihn ansieht, findet sie auch etwas an ihm. Er hat sehr schöne Hände. Vernon ist ruhig. Er ist reif. Seine Falten sehen aus, als hätte er viel gelacht. Er muss das Leben genossen haben. Sie geht zu ihm. »Was ist das für ein Lied?« Sie flüstert die Frage und streicht mit den Fingerspitzen über die Innenseite seines Ellbogens. Er schaut zu ihr auf, sieht sie ohne Lächeln an. Sein Blick ist hart. Er trifft Marcia bis in die Eingeweide. Er antwortet »Freddie King«, er hat eine schöne, tiefe Stimme, dann sagt er ihr den Titel ins Ohr, »*Please Send Me Someone To Love*«, für einen Franzosen ist seine Aussprache akzeptabel, er verhaspelt sich nicht. Er ist selbstbewusst. Er gefällt ihr. Ein kleines bisschen. Er ist in die Musik versunken. Er wechselt den Sound. *Tostaky*, Noir Désir. Die Dämmerung verbreitet etwas Licht im Raum. Sie hebt die Hände über den Kopf, folgt der Gitarre mit halb geschlossenen Augen. Immer hat sie alles, was sie wollte, von den Männern bekommen, indem sie für sie tanzte. *Tostaky,* dieser schwere französische Rhythmus – das kennt sie. Die Hüften folgen der Gitarre, der Rücken dem Schlagzeug. *Tostaky.* Vernon scheint ein verdammtes Schlitzohr zu sein. Sie spürt es im Bauch: Wenn sie Lust auf einen hat, hat er garantiert Dreck am Stecken. Sie hat das Drama im Blut, sie kann nur mit gefährlichen Jungs. Die, die dich kaltmachen wollen, sind immer die höflichsten Liebhaber, sonst würdest du es dir nicht bieten lassen. Niemand nimmt die erste Ohrfeige hin, wenn sie nicht von einem wunderbaren Strom von Entschuldigungen und Versprechen begleitet wird, von der Inbrunst, dich nicht verlieren zu wollen, sich nicht vorstellen zu können, dich zu verlieren. Die, die dich umbringen können, sind immer die, die am meisten an dir hängen. Wenn sie wirklich Lust auf einen hat, dann weil sie spürt, dass er sie töten könnte. Sie muss seine Augen nicht suchen, um zu wissen, dass er sie ansieht. Wenn sie tanzt, muss sie ihre Bewegungen zügeln, sie ist über das Alter hinaus, in dem man eine Show abzieht, sie hält die Energie zurück. Ihre Handgelenke knicken um, sie greift in die Luft, reckt die Finger nach jeder Note, dann hinter den Nacken, macht in Hüfthöhe eine Bewegung, als ließe sie etwas zu Boden fallen. *Tostaky.* Die atemberaubende Schönheit dieses französischen Sängers – am meisten

Latin von allen. Crescendo trommeln ihre Absätze auf dem Boden, ganz leise – in Paris hält man sich zurück, selbst wenn man tanzt, man sucht nicht nach Trance, man denkt daran, zu lächeln. Selbst wenn man im Salon einer superteuren Wohnung zu Noir Désir tanzt. Keine Ekstase, nicht mit dem Körper. In Paris legt der Körper seine Maske nicht ab. Vernon macht mit Rihanna weiter – andere Gestalten um sie herum. Sie vergisst. Sie tanzt für ihn, er ignoriert sie, reizt sie. Das macht sie an. Sie liebt Männer jeder Art. Männer jeden Alters, jeder Korpulenz, jeder Rasse, jeder Konfession, jeden Reichtums und jeden beliebigen Charakters. Sie liebt sie alle, aber das Beste ist, wenn sie ihrer Art, die Hüften zu schwenken, Widerstand leisten. Sie wird ihn kriegen.

Sie geht zum Rauchen auf die Terrasse. Die eisige Luft zieht ihr die Haut zusammen, eine angenehme Entladung. Sie atmet tief ein und aus – endlich wirkt die Droge. Jetzt spürt sie die Energie des frühen Morgens. Jérémy und Biancha reden über die Probleme der UMP, seitdem Sarkozy weg ist. Gedankenfetzen, sie wiederholen zehnmal das Gleiche, leeres Gelaber. Morgengespräche. Das nervt sie. Speed lässt sie abstürzen. Sie hätte besser MDMA nehmen sollen. In letzter Zeit nehmen das alle. Sie hat nicht genug getrunken, nein, wirklich, das erträgt sie nicht. Vernon hat sich nicht vom Fleck gerührt, er schwelgt in seinen Noten, genügt sich selbst. Er gefällt ihr. Sie streift ihn im Gehen, sagt »Bis morgen, DJ. Du weißt, dass hier niemand schlafen geht. Du kannst in deinem Zimmer verschwinden, wann du willst. Sie hören nichts mehr«. Er lächelt, ohne zu antworten. Er gefällt ihr immer mehr. Er ist ihre Geschichte für diese Nacht, die dafür sorgt, dass der Abend nicht völlig versaut ist.

Als sie später zum Shooting geht, läuft er ihr nicht über den Weg. Gaëlle hat noch nicht geschlafen, sie sitzt allein vor dem Fernseher, frischt immer noch ihr Make-up auf und trinkt schalenweise Genmaicha-Tee. Marcia fragt nicht, wann er ins Bett gegangen ist. Die unmotivierte Frage würde Gaëlle misstrauisch machen, und sie ist eine Tratschtante. Kiko würde es nicht gefallen, dass sie sich an einen Mann ranmacht, der bei ihm untergekrochen ist. Sie und er flirten seit Jahren nicht mehr, aber sie bringt nie einen Liebhaber zu ihm. Eine unausgesprochene Abmachung – sie hat eine Bleibe in Paris, aber gevögelt wird woanders.

Ein komisches Gefühl, zu sehen, wie Gaëlle den richtigen Abstand sucht, um eine SMS zu lesen. Altersgeste. Für Parasiten wie sie beide ist Altersweitsicht eine Qual. Den Charme zu wahren, wenn man seine Frische verliert, ist ein Kunststück, das nur selten gelingt. So gern sich die Leute nützlich und großzügig fühlen, so sehr fürchten sie alte Körper, gezeichnete Gesichter und die Erbärmlichkeit einstigen Glanzes. Sie werden zu Ruinen – etwas, was einmal erhaben war und nun nur noch ein Haufen Steine ist. Als würde sie ihre Gedanken lesen, zieht Gaëlle den Strich neu, reckt sich in einer geschmeidigen Bewegung und schenkt Marcia ein giftiges Lächeln, das ihr besonders gut steht. Sie nimmt sich viel Zeit, elegant und unbekümmert eine Zigarette anzuzünden, dann sieht sie ihr in die Augen:

»Du hast ordentlich getanzt gestern.«

»Ja, nichts Besonderes … Ich war total dicht, ich wäre besser ins Bett gegangen.«

»Halt mich ruhig für die Unschuld vom Lande, Baby … und erzähl mir bloß nichts über Subutex. Es war ja überhaupt nicht offensichtlich, dass du ihn angebaggert hast wie die letzte Schlampe.«

Marcia gibt sich Mühe, sich nichts anmerken zu lassen. Sie jubelt innerlich. Sie ist verliebt. Sie will seinen Namen hören, sie hat Lust, etwas über ihn zu erfahren, sie will, dass Gaëlle sagt, dass es offensichtlich war, dass sie ihm sehr gefallen hat … Nichts erscheint ihr aufregender als diese Tage – die Tage, bevor es passiert.

Gaëlle verdreht die Augen, spielt die Enttäuschte:

»So lange, wie wir uns kennen, da glaubst du, ich durchschaue dich nicht?«

»Ich weiß nicht, was du meinst.«

»Das ist keine schlechte Wahl. Ein anständiger Kerl. Wenn ich auf Männer stehen würde, würde ich auch mit ihm schlafen wollen. Der einzige Wermutstropfen: Du wirst ihm das Herz brechen, Baby.«

»Er hat sehr schöne Hände, aber da hört es auf.«

»Wo genau hören seine Hände auf?«

»Ich liebe die Liebe ... ist das ein Verbrechen?«

»Die Liebe, die Liebe ... Ich würde eher sagen, du liebst es, dich zerfetzen zu lassen wie die läufige Hündin, die in dir schlummert. Wobei, schlummern ... Aber ich sag's dir noch mal: Du wirst ihm das Herz brechen.«

Marcia will ihn. Eine Tür hat sich geöffnet, ein Verlangen, die andere Seite zu sehen. »*It may be wrong but it feels right to be lost in paradise.*« Am Anfang fand sie ihn nicht besonders verlockend, jetzt will sie, dass er sie will, dass er sie fickt und fertigmacht. Sie will ihn. Eine Laune oder ein Notfall.

Auf der Baustelle neben dem Mercat de la Boqueria lässt ein riesiger Kran einen Betonmischer über die Köpfe der Passanten schweben. Ein schmerzhafter Druck im unteren Rücken signalisiert der Hyäne, dass sie zu lange vor ihrem Computer gesessen hat. Sie läuft, um sich zu entspannen.

Zwei Mädchen in Shorts und Schuhen mit Keilabsatz, die Rucksäcke vor dem Bauch, schauen auf ihren Stadtplan und überqueren die Plaça de Sant Agustí. Ihre Schultern sind tätowiert, und sie sprechen eine so fremde Sprache, dass sich die Hyäne fragt, ob sie sie gerade erfinden. Ein Bärtiger schiebt einen Karren mit Fleisch. Touristen mit bunten Helmen fahren auf dem Fahrrad vorbei. Obdachlose sitzen um einen Springbrunnen herum. Mindestens fünfzig, aber mit Iro. Taxis hupen im Stau. Katalanische Fahnen schmücken die Fassaden, und Spruchbänder fordern »ein anständiges Viertel«. In einer ruhigen Ecke vor Passanten geschützt, rupft eine Möwe eine tote Taube.

Sie ist gestern in Barcelona angekommen. Im Fernsehen haben sie die Geschichte eines Sechzigjährigen erzählt, der aus dem Fenster seiner Wohnung gesprungen war, als er geräumt werden sollte.

Gaëlle ruft aus Paris an. Sie ist sauer.

»Was heißt das, du kannst nicht sofort kommen?«

»Ich bin nicht in Paris, Süße.«

»Warum hast du mir nicht Bescheid gesagt? Was soll ich jetzt mit ihm anfangen?«

»Du unterhältst ihn. Ich bin in drei Tagen zurück.«

»Komm heute Abend.«

»Unmöglich.«

»Willst du mich verscheißern? Ich habe mein Versprechen gehalten. Und wenn Vernon morgen abhaut, gibst du mir trotzdem, was du mir versprochen hast, das ist ja wohl klar?«

»Was habe ich dir versprochen?«

»Zweihundert Euro.«

»Wir haben gar nicht über Geld gesprochen, Süße.«

»Alzheimer nagt an dir. Du hast mir das Doppelte angeboten, aber ich habe dir einen Freundschaftspreis gemacht.«

Das ist fair. Die Hyäne protestiert der Form halber, dankt ihr, verspricht, bald zurückzukommen. Nach dem Gespräch behält sie das Telefon in der Hand. Sie ist im Begriff, Dopalet anzurufen. Sie müsste ihm mitteilen, dass sie den Mann aufgespürt hat, der ihn interessiert. Er würde »So schnell?« fragen, würde ihr gratulieren, wäre erleichtert. Und er würde sie auffordern, schnellstens zurückzukommen.

Dann steckt sie das Telefon wieder in die Hosentasche. Sie ist so lange nicht aus Paris rausgekommen. Hatte gar nicht mehr gewusst, wie sehr ihr eine andere Umgebung fehlt. Sie hat keine Lust, ein gutes Mädchen zu sein. Dopalet nimmt die Sache mächtig ernst, er fragt jeden Tag, ob es was Neues gibt. Die Hyäne hält ihn kurz.

Im Internet hat sie keinen Hinweis auf eine Zusammenarbeit zwischen ihnen gefunden. Dopalet ist von Natur aus verbissen, aber wenn man eine Weile sucht, findet man normalerweise immer eine Verbindung zwischen ihm und dem Objekt seiner Rachsucht. Diesmal allerdings nicht.

Als sie sich darauf eingelassen hat, jemanden aufzutreiben, der früher mit Alex Bleach zu tun hatte, ist ihr sofort Sélim eingefallen.

Sie waren vier Jahre Nachbarn im Lilas-Viertel, das ist lange her. Sélim hat nie erfahren, dass die Hyäne oft in seiner Wohnung war, dass ihr seine Frau gefiel, die auf Kokain stand, und dass die Hyäne damals immer etwas dabeihatte und der Kleinen gern die Apéro-*Line* spendierte, bevor ihr Mann nach Hause kam. Das war nicht sehr anständig, Faïza war noch keine zwanzig. Aber niemand wollte sie mit Gesundheitsvorträgen anöden, man wollte ihr eine Freude machen. Sie war so jung. Weniger eine Frage des Alters – Sélim und die Hyäne waren nur sieben Jahre älter als sie – als der Unerfahrenheit. Sie kam aus der Pampa und wusste nichts vom Leben. Sie war derb, aber so leicht wie ein in einer Küche gefangener Spatz. Ihr ganzer Charme lag in ihrer Energie. Man kann sich kaum einen cooleren Jungen vorstellen, als Sélim damals war, aber er war halt ein Junge: nicht sehr feinfühlig. Er hatte das Mädchen geheiratet, war bis über beide Ohren verliebt und konnte sich nicht vorstellen, dass sie sich in dem Leben langweilen könnte, das er für sie einrichtete. Er liebte Roland Barthes, russische Filme und die Platten von Barbara. Sie war zwanzig, hatte Lust, auszugehen und zu tanzen. Er hatte gedacht, wenn er ihr ein Kind macht, wäre alles gut. Sie war ausgeflippt. Und eines Tages zischte sie ab, sie hatte sich in den Bandenchef der benachbarten Häuserblocks verknallt. Sélim war der Einzige, der das unbegreiflich fand – man hatte Lust, ihn zu fragen »Sag mal hast du nicht gemerkt, wie sie in ihrer Küche verkümmert?«. Nach dem Verschwinden der Mutter hatte sich Sélim voller Inbrunst der kleinen Aïcha angenommen. Als er mit ihr allein lebte, waren sich er und die Hyäne auch nähergekommen – wenn er etwas erledigen musste, brachte er die Babytragetasche gern in die Nachbarwohnung. Er fühlte sich wohl in ihrem ausschließlichen Mädchenuniversum und war damals lustig und überschwänglich genug, um seinerseits akzeptiert zu werden.

Nur wenige Monate nach dem Auszug seiner Frau stieß Sélim im Videoverleih auf die Hülle eines Wichsfilms. Die Hyäne hat sich nie getraut, ihn zu fragen, was er in der Abteilung gesucht hatte. Aus der kleinen Faïza war Vodka Satana geworden. Bis zu ihrer Affäre mit Bleach hatte die Hyäne Faïza nicht wiedergesehen, dann gab es überall Fotos von ihr.

Nach dem Treffen mit Dopalet hatte sie Sélim sofort angerufen. Er war nicht gerade begeistert von der Aussicht, einen Kaffee mit ihr zu trinken. Ohne Freude lud er sie ein, bei ihm vorbeizukommen.

Er hat sich verändert. Die Begeisterung, die ihn früher gekennzeichnet hat, ist verschwunden, sein Überschwang hat sich in Bitterkeit verwandelt. Er versucht nicht, den Schein zu wahren, im Gegenteil. Er ist ebenso entschlossen zu zeigen, dass es ihm nicht gut geht, wie er als junger Mann mit seiner Fröhlichkeit jeden verführte, der seinen Weg kreuzte. Denn Sélim war ein brillanter Junge, den man nirgendwohin mitnehmen konnte, ohne dass er alle Aufmerksamkeit monopolisierte, die Gespräche organisierte und dem Abend den Stempel seiner Leidenschaftlichkeit aufdrückte. Damals war er schön, elegant und voller Schwung. Jetzt ist er kahl, hat einen Bauch und trägt Klamotten in abstoßenden Farben.

So ein Typ, dem man gern aus dem Weg geht; sein Zorn ist ranzig geworden.

Die Hyäne hatte sich in sein Wohnzimmer gesetzt, alles Ikea, es sah aus wie absichtlich ohne jeden Charme. Sie wartete vergebens auf ein Signal, das ihr zeigen würde, wir teilen eine Menge schöner Erinnerungen, ich freue mich trotzdem, dich zu sehen, dann zog sie sich zurück – sie schätzte die Zeit für einen höflichen Abgang auf dreißig Minuten. Eigentlich wusste sie nicht mehr genau, was sie bei ihm suchte, ob er ihr bei der Entscheidung helfen sollte, Dopalets Auftrag anzunehmen oder abzulehnen, aber als sie vor ihm saß, war sie sicher, dass es falsch gewesen war zu kommen.

Sélim ist Professor in Paris 8, sie hätte erwartet, dass ihn das irgendwie befriedigt – Uniprof, das verkündet man bei einem Essen, ohne rot zu werden. Zumindest dachte sie das. Sélim hat sie aufgeklärt. Heutzutage verachtet jeder die Uniprofessoren. Die Intellektuellen. Leute wie ihn.

Er, der früher so neugierig auf seine Mitmenschen gewesen war, stellte keine einzige Frage, was aus ihr geworden sei und was sie von ihm wolle. Sie machte einen Versuch:

»Ich habe an dich gedacht, als Alex Bleach gestorben ist … Wir haben damals nie darüber gesprochen, aber es muss schrecklich für dich gewesen sein, sie mit ihm zu sehen.«

»Von allen Entscheidungen, die sie getroffen hat, war das wahrlich nicht die, die ich am schlechtesten verkraftet habe.«

»Stört es dich, wenn ich darüber spreche?«

»Nein. Ich habe auch viel daran gedacht, als er gestorben ist. Sie war verliebt. Als ich davon gehört habe, war ich zwar gekränkt, klar, aber auch erleichtert … Ich dachte, er könnte ihr vielleicht helfen, wieder auf die Beine zu kommen. Ich glaube, er war auch verliebt.«

»Aber nicht gerade geeignet, irgendwem auf die Beine zu helfen! Was für ein Schlamassel mit diesem Typen!«

»Ich wusste nicht, dass du dich für französische Schlager interessierst.«

»Ich mochte ihn gern.«

»Wenn du hergekommen bist, um mit mir über ihn und Faïza zu reden, hättest du dir den Weg sparen können. Dann solltest du lieber ihre Freundinnen von damals besuchen, Pamela Kant oder die Eiserne Debbie – ich kann dir da nicht helfen.«

»Pamela Kant! Ich hatte den Namen ganz vergessen. Sie waren befreundet?«

Sélim beugte sich vor, starrte sie an und machte eine Kunstpause. Er kam ihr vor wie ein Schauspieler in einem alten Krimi.

»Ich habe dich gefragt, ob du zu mir gekommen bist, um darüber zu reden.«

»Keineswegs. Ich dachte nicht, dass es dich derart ärgern würde, wenn ich mich bei dir melde. Ich wusste nicht, dass wir verkracht sind. Aber ich habe tatsächlich eine Frage – weil du dich in der Filmszene so gut auskennst. Ich suche einen französischen Drehbuchautor, dessen Vorname Xavier ist.«

Er zog eine Braue hoch, ehrlich überrascht von dieser unangebrachten Frage, hatte aber keine Zeit zu antworten. Aïcha kam mit mürrischem Gesicht ins Wohnzimmer, sagte nicht Guten Tag und fragte: »Glaubst du, wir könnten heute Abend Pizza bestellen?« Die Genetik hatte sie nicht verwöhnt. Sie hatte den stämmigen Körper ihres Vaters und eine riesige Nase, die weder vom Vater noch von der Mutter stammte, sondern irgendwo in der Familie herumschwirren musste und ihrem Gesicht zwar etwas Charakter verlieh, ihm aber jede Chance auf Harmonie raubte. Aïcha trug ein Kopftuch, man konnte nicht sagen, dass es sie hübscher machte – man sah nur ihre Nase.

Sélim hatte Nein zur Pizza gesagt, kein Weißmehl am Abend – das schien bei ihnen ein fest verankertes Prinzip zu sein, denn das Mädchen protestierte nicht mal, sie blies die Wangen auf, um ihren Ärger zu zeigen, bestand aber nicht darauf. Sélim stellte ihr die Hyäne vor:

»Du erkennst die Dame nicht, aber sie wohnte neben uns, als du klein warst. Sie hat oft auf dich aufgepasst.«

Die Hyäne nickte und sah sie mit den Augen der Erwachsenen an, die »dir den Po gepudert hat, als du klein warst«. Sätze wie »Ich habe dich schon gekannt, da warst du so groß« oder »Wie schnell die Zeit vergeht, du bist vielleicht gewachsen« schluckte sie gerade noch herunter, aber ihr Gesicht drückte genau das aus. Denn für die Erwachsenen bleibt es ein Rätsel, dass sich kleine Dinger, die auf allen vieren krabbeln und an Brüsten saugen, innerhalb kürzester Zeit in Halbmonster mit Schuhgröße zweiundvierzig verwandeln können. Aïcha verbreitete ihre schlechte Laune noch ein paar Minuten im Wohnzimmer, dann zog sie sich wieder in ihr Zimmer zurück. »Ich muss arbeiten.«

»Studiert sie?«

»Steuerrecht.«

»Arbeitet sie ordentlich?«

»Da gibt es nichts zu meckern.«

»Du hast Glück. Viele Kids wissen nicht, was sie mit sich anfangen sollen.«

»Das Problem ist der Prophet.«

»Wer?«

»Sie nervt mich von früh bis spät mit ihrem Propheten. Das macht mich wahnsinnig.«

»Schließlich muss man mit der Zeit gehen.«

»Man merkt, dass es nicht deine Tochter ist.«

»Doch, ich stell mir vor ... ich stell mir vor, dass ich eine Tochter hab und sie eine Hetera wird. Das wäre ein entsetzlicher Albtraum, ich weiß nicht, wie ich das überleben würde.«

Er lächelte zum ersten Mal. Sie hörte sich noch eine Weile seine Klagen an, wie schwer es für ein Elternteil sei, die Tochter allein großzuziehen, und verabschiedete sich.

Sélim hatte sie gleich am nächsten Tag angerufen.

»Wir wurden gestern unterbrochen. Dein Drehbuchautor, meintest du vielleicht Xavier Fardin?«

»Kenn ich nicht.«

»Erinnerst du dich an den Film von Anfang der Neunziger, *Ma seule étoile est morte* – ziemlich veraltet, aber als er rauskam, waren alle ganz begeistert von dem Schund.«

Das Telefon zwischen Wange und Schulter geklemmt, hatte sie bei Google Xavier Fardin und Alex Bleach eingegeben – bingo!, sie kannten sich. Die Hyäne hatte einen bewundernden Pfiff ausgestoßen:

»Guter Tipp!«

»Frag Papa, wenn du was nicht weißt. Sag mal, du kennst doch die Psyche junger Mädchen.«

»Hey, das ist meine Spezialstrecke.«

»Hör auf mit dem Blödsinn. Ich rede von meiner Tochter. Können wir uns treffen?«

»Schon wieder? Gestern wolltest du nicht mal

einen Kaffee mit mir trinken und heute willst du mich heiraten oder was?«

Genau genommen wollte er, dass sie seine Tochter für acht Tage nach Barcelona begleitete. »Zwecks Evaluierung.« Die Hyäne konnte kaum glauben, dass er sie etwas so Absurdes fragte. Aber er meinte es ernst. Er zog an seiner elektronischen Zigarette wie ein gnatziges altes Baby und ließ nicht locker.

»Deine Tochter? Und in welcher Hinsicht soll ich sie evaluieren?«

»Terrorismus. Bewaffneter Kampf.«

»Sucht sie im Internet nach günstigen Flugtickets in den Iran?«

»Nein. Ich weiß nicht, was sie macht. Ich habe keine Lust, ihr nachzuspionieren. Und ich wüsste auch nicht, wie ich es anstellen sollte, wenn ich es wollte. Aber ich habe das Gefühl, dass irgendwas nicht stimmt. Ich habe Angst, dass sie ein Doppelleben führt.«

Man konnte es Sélim kaum übel nehmen, dass er von paranoiden Gedanken geplagt wurde. In diesen Zeiten. Erst recht, nachdem er eine niedliche, schüchterne und witzige Kanakin geheiratet hatte, die ihn von einem Tag auf den anderen verließ, um ein russisch-satanisches Pseudonym anzunehmen und die Welt mit glorreichen Doppelpenetrationen zu überschwemmen! So ein Mann hat das Recht, dem weiblichen Geschlecht alles zuzutrauen. Die Hyäne behält die Überlegungen für sich und versucht, ihn zu beruhigen:

»Ich habe sie fünf Minuten lang gesehen, aber ehrlich, sie sieht nicht nach Märtyrerin aus. Du hast Schiss, weil sie ein Kopftuch trägt, stimmt's?«

»Nein. Sie ist besessen von der Religion.«

»Besser, als wenn sie an Crack hängen würde.«

»Ich weiß nicht. Ich frage mich bloß, wie weit das geht. Wir reden nicht miteinander.«

»Okay. Aber du weißt doch, dass es vorbeigeht. Sie ist jung, das ist eine Phase. Wie bitte soll ich sie in Barcelona beobachten? Du erwartest doch wohl nicht, dass ich sie beschatte?«

»Nichts dergleichen. Ihr fahrt zusammen. Das war Aïchas Idee. Ich wollte nicht, dass sie allein fährt. Gestern Abend, als du weg warst, hat sie dich als Babysitter vorgeschlagen. Sie hat gesagt ›Dann bist du beruhigt‹. Und das stimmt. Du hast doch eine Menge komische Jobs gemacht. Und außerdem kennst du die Frauen … auf deine Art. Wenn du ein paar Tage mit ihr verbringst, kannst du mir sagen, was du von ihrem Verhalten hältst. Es geht nur darum, sie aufmerksam zu beobachten.«

»Wie ist sie denn auf die Idee gekommen?«

»Ihr fehlen weibliche Bezugspersonen.«

»Ich bin eine ziemlich spezielle weibliche Bezugsperson, ich bin Lesbe. Weiß sie das?«

»Ich habe ihr nicht deinen ganzen Lebenslauf erzählt.«

»Mit Verlaub, Sélim, was du mir da vorschlägst, ist Schwachsinn.«

»Ich habe dir doch einen Gefallen getan mit Fardin, oder? Tu mir auch einen, bitte!«

Die Hyäne könnte jetzt überhaupt nicht mehr sagen, wie genau es dazu gekommen war, aber nach kaum einer Stunde war es abgemacht: Sie würde Aïcha nach Barcelona begleiten. Oft entpuppen sich die absurdesten Entscheidungen bei Lichte besehen als absolut vernünftig.

Sie muss zugeben, dass er ihr mit dem Regisseur wirklich einen Gefallen getan hat. Xavier Fardin. Mit zwei Anrufen hatten sie seine Nummer rausbekommen – und er hatte sich für denselben Tag in einem Café vor seinem Haus mit ihr verabredet. Typ Heterospießer, zufrieden mit sich und seinen kleinen Überzeugungen, der uralte Klischees aneinanderreiht und dabei überzeugt ist, das Rad neu zu erfinden, eingebildet, ohne dass man weiß, worauf – sie hatte gespürt, wie seine lüsternen Rinderaugen sie schamlos auszogen. Er war ganz hibbelig, dass man sich um seinen Fall kümmerte. Sie sagte, sie arbeite für einen Produzenten, daraufhin breitete er seinen ganzen Lebenslauf vor ihr aus und betonte besonders, dass er gern an einem Film über Alex Bleach mitarbeiten würde. Allerdings konnte er ihr nicht sagen, wo sie diesen Vernon Subutex finden könne, der die Kassetten hatte – sie hatte auf Facebook gesucht, aber er schien sich gerade zu verstecken, hatte Probleme mit einer besonders leidenschaftlichen Ex. Ein netter Typ, der jahrelang einen Plattenladen in Paris geführt hatte.

Als die Hyäne nach Hause gekommen war, hatte sie Gaëlle angerufen – ja, sie kannte Subutex, den Mann von *Revolver*, netter Kerl, ja, sie konnte versuchen, mit ihm in Kontakt zu treten, kein Problem.

Die Sache lief nicht mehr nur, sie hob ab wie ein Heliumballon. Die Hyäne hatte Dopalet nichts gesagt, am Telefon ließ sie ihn zappeln – »Es ist ganz schön schwierig, aber ich habe schon mehrere Spuren, ich halte dich auf dem Laufenden«. Wenn man dem Kunden verrät, dass es von selbst läuft, kann man ihm danach nicht erklären, dass es sehr teuer wird. Außerdem tat es gut zu spüren, wie er schrumpfte – es macht Spaß, solche kleinen Despoten im Chefsessel ab und zu leiden zu lassen.

Die Hyäne überquert den Universitätsplatz und geht durch die Calle Aribau zur Wohnung. Barcelona ist immer noch die freundliche Hure, die lächelt, wenn es Trinkgeld gibt, man würde meinen, nichts könne ihr die Schönheit rauben, weder die Touristen noch die Schilder der Klamottenläden oder die Häuser in moderner Architektur. Auf den Bürgersteigen sind die Mülltonnen aufgereiht, Männer öffnen sie in regelmäßigen Abständen, werfen einen Blick hinein. Sie ähneln sich nicht. Ein Globalisierungsgegner findet passende Jeans, ein Osteuropäer, der einen Einkaufswagen vor sich herschiebt, holt sich eine Rolle Kabel, ein alter Mann sieht nichts, was ihm gefällt, ein Afrikaner zieht einen Bastkorb heraus, den er mit Büchern und Zeitungen füllt.

Sie hat sich im Café der Gare d'Austerlitz, das abends um neun ziemlich leer war, mit Aïcha getroffen, um den Nachtzug zu nehmen. Die Hyäne fliegt nicht. Aïcha hatte Angst, todmüde anzukommen.

»Jetzt muss ich einen Tag früher los und komme völlig erledigt an. Ich besuche dort ein Seminar, ich fahre nicht zur Erholung.«

»Weißt du, dass alle Islamisten diesen Zug nehmen? Er ist dafür bekannt.«

Bestürzt von der Wendung, die das Gespräch nahm, hatte das Mädchen den Blick abgewandt. Dabei stimmt es, der Zug ist immer voller Bärtiger, deren Stirn von wilden Gebeten platt gedrückt ist.

Aïchas Koffer waren so schwer, dass man sich mit Fug und Recht fragen konnte, ob sie Waffen enthielten. Aber es waren Papiere und Bücher. Sie hatte sich wohl gesagt, warum soll ich für acht Tage in Barcelona nicht meine ganze Bibliothek mitnehmen?

Sie sieht ihrem Vater nicht ähnlich. Nur seinen

Fleiß hat sie geerbt – als Student war er eifrig und begabt, die Kombination von beidem bringt oft glückliche Menschen hervor. Erst nach dem Studium war es für ihn schwieriger geworden. Die Regeln der Universität hatte er mühelos begriffen, das Chaos des Berufslebens machte ihn zuerst ratlos und raubte ihm dann die Motivation. Aïcha hat nichts von seinem launischen Wesen geerbt. Sie ist resolut, mit geradem Blick und schnell gerunzelter Stirn, eigentlich sieht sie immer mehr oder weniger wütend aus. Nicht hysterisch, ich hau dir in die Fresse, aber so konzentriert, dass es als Härte ankommt.

Sie ist hartnäckig höflich, reserviert bis unterkühlt, und die Hyäne hat sie vom ersten Moment an gemocht. Das Mädchen ist nicht im klassischen Sinne hübsch. Zu breit, zu mürrisch. Aber genau das macht ihren Charme aus. Der Eindruck von Intelligenz, gemischt mit Kraft, ohne weibliche Lieblichkeit. Trotz ihres Kopftuchs wirkt Aïcha nicht sehr modern, sie hat das Gesicht und den Ausdruck eines Mädchens von früher, den Kopf einer Frau aus den Siebzigern. Das liegt vielleicht an der Nase. An die man sich allerdings gewöhnt.

Sie hatten sich kaum unterhalten, bevor sie in den Zug stiegen. Der Bahnsteig war um diese Zeit menschenleer, die Reisenden glichen Gespenstern. Dutzende Male war die Hyäne mit diesem Zug gefahren, sie liebte die anachronistische Atmosphäre. Die Waggons kamen aus einem anderen Jahrhundert und hatten sich nicht verändert. Sie freute sich auf diese wahrscheinlich letzte Reise. Der Nachtzug würde bald verschwinden. Zu teuer.

»Wie findest du es, wenn dein Vater so besorgt ist, dass er jemanden nach Spanien mitfahren lässt, obwohl du volljährig bist?«

»Traurig, oder?«

»Nimmst du es ihm übel?«

»Nein. Er ist mein Vater. Ich liebe ihn, wie ich keinen anderen Mann je lieben werde.«

Das kam spontan, schien in ihrem Kopf ganz klar zu sein. Die Hyäne begriff nun besser, weshalb sich Aïchas Vater Sorgen machte, sie hatte selten jemanden erlebt, der so bestimmt war. Tiefe Traurigkeit klang in ihren Worten – als hätte Aïcha bereits beschlossen, dass die Liebe, von der sie sprach, etwas ist, womit man nicht scherzt.

»Und du hast keine Lust, dich dagegen aufzulehnen, dass er dich so überwachen lässt?«

Aïcha schien zum ersten Mal überrascht und sah lächelnd zur Seite.

»Nein, ich habe keine Lust, mich aufzulehnen.«

Mit ihrer Art, den Kopf abzuwenden, war alles gesagt: Auflehnung gegen die Autorität war vielleicht üblich, als du jung warst, aber das ist lange her. Man sieht, wohin euch das gebracht hat. Meine Generation macht das anders.

Sie setzten sich nebeneinander in das winzige Zweierabteil. Dann bat die Schaffnerin sie, im Gang zu warten, während sie die Sitze zu Liegen umklappte. Der Raum war beschränkt, sie mussten Koffer und Taschen ordentlich verstauen. Aïcha packte einen Ordner mit Unterrichtsnotizen aus, Übungen zur Unternehmenssteuerberechnung – das erklärte sie, als würde sie von einem Englischkurs erzählen, etwas ganz Banalem. Sie vertiefte sich darin. Die Hyäne checkte auf dem Smartphone die Schlagzeilen und setzte dann das Gespräch fort.

»Was studierst du genau?«

»Ich bin im zweiten Jahr Steuerrecht.«

»Wolltest du das machen?«

»Niemand hat mich dazu gezwungen.«

In der darauf folgenden Stille fragte sich die Hyäne, was sie hier eigentlich verloren hatte. Trotzdem freute sie sich darüber, im Zug zu sitzen – sie war schon so lange nicht mehr verreist.

»Sie haben meinen Vater also schon gekannt, als er mit meiner Mutter zusammen war?«

»Ich habe direkt neben euch gewohnt.«

»Kannten Sie meine Mutter?«

»Wir waren Nachbarinnen, klar. Ich war zum Kaffee bei ihr, sie borgte sich Öl …«

»Bevor Sie letzte Woche da waren, wusste ich nicht, dass meine Mutter eine Nutte war.«

»Wie bitte?«

»Niemand hat mir erzählt, dass sie Pornos gemacht hat. Ich habe gehört, dass Sie im Gespräch mit meinen Vater den Namen Pamela Kant erwähnt haben. Dann habe ich nachgesehen, wer das ist. Das war finster. Ich habe Pamela Kant geschrieben und sie gefragt, ob sie meine Mutter gekannt hat, sie hat nur Schwachsinn geantwortet. Dann habe ich mir Fotos von ihr angesehen. Es hat eine Weile gedauert, bis ich meine Mutter erkannt habe.«

»Und deinem Vater hast du nichts gesagt?«

»Es ist mir zu peinlich.«

»Wolltest du lieber mit mir darüber reden?«

»Ja. Ihretwegen weiß ich es, also habe ich mir gesagt, dass Sie mir wohl erzählen werden, was ich wissen will.«

Peng. Peng. Der beschissene Lärm der Wirklichkeit lässt ihre Tür beben. Peng. Aber nicht die alltägliche Wirklichkeit, nicht die von gestern. Peng. Nicht die vertraute. Auch kein brutaler Schlag, keine unmögliche Neuigkeit, kein Erdbeben, kein Ereignis, das eine Reaktion oder schnelle Entscheidungen verlangen würde. Peng. Peng. Es ist der Wahnsinn, leicht wie ein Schatten, aber unter bleierner Sonne. Es ist die längst vergangene Wirklichkeit, etwas, was man nicht mehr ändern kann, das sich tief in ihrem Inneren festsetzt – ab jetzt wird nichts mehr so sein wie vorher.

Aïcha ist ein Zimmer, in dem man den Inhalt aller Schränke auf den Boden geworfen hat – verwüstet. Nichts hält die Vergangenheit auf. Sie kommt zum Vorschein. Ihre Mutter war eine Nutte. Alle wussten es. Niemand hat ihr was gesagt. Hurentochter. Straßenmädchen. Wie ein Straßenpissoir, nur als Nutte. Und ihr Vater der Kerl einer Nutte. Ihr Vater, außer sich, wenn er hört, dass sie es erfahren hat. Scheiße, Papa. Scheiße, Scheiße, Scheiße. Warum hast du sie nicht umgebracht?!

Sie liebt ihren Vater. Es tut weh, so sehr zu lieben.

Rasierklingen in den Venen. Sie liebt ihn zum Ausbluten. Sie weiß, dass es ungerecht ist, was sie seit zwei Jahren trennt. Als sie dem Islam begegnet ist, war das ihre Art, ihrem Vater zu erklären, dass sie ihn über alles liebt. Zu Hause hat man sie keine Religion gelehrt. Ihre Großmutter war zu früh gestorben. In dem Gymnasium, das sie besuchte, gab es niemanden, mit dem sie sprechen konnte. Eines Tages hat sie mehr oder weniger zufällig den Imam gehört, und alles, was er sagte, klang vertraut. Endlich fanden die Dinge ihre Ordnung. Man muss das Leben anders wahrnehmen, nicht als Opfer auf dem Altar des Konsums. Was ihr Vater sie gelehrt hatte, fand sie in jeder Parzelle des Islam verherrlicht wieder. Von allem, was er verachtete und wogegen er kämpfte, sagte der Koran, es sei falsch. Von allem, was er respektierte, das Bewusstsein für den anderen, das Streben nach dem Guten, das man über alles stellen müsse, von Barmherzigkeit und Selbstachtung sagte die Lehre des Korans, es sei richtig.

Als sie an einem Juniabend zum ersten Mal mit den Worten »Ich gehe beten« vom Tisch aufstand, war ihr Vater blass geworden, hatte »Wie bitte?« gefragt. Aïcha hatte nicht damit gerechnet, dass er sich dagegen sperren würde. Sie dachte, sie würden darüber sprechen, er würde ihren Glauben begrüßen, stolz auf sie sein, weil er verstehen würde, dass es eine richtige und wichtige Entscheidung war. Er hatte sie nicht zu Wort kommen lassen, hatte die Zähne zusammengepresst und sich abgewandt, sich auf das Spülbecken gestützt und eine Kopfbewegung in Richtung ihres Zimmers gemacht. »Verschwinde, ich will dich nicht mehr sehen.«

Das war ungerecht. Aber sie ist ihm nicht böse. Sie bedauert, dass er darunter leidet. Sie hat Geduld. Eines Tages wird er verstehen, dass, gläubig zu sein, ihre Art ist, sich seiner würdig zu erweisen.

Nach dem Tod der Großmutter hatten sie deren Sachen in großen Kartons verstaut, und Aïcha entdeckte Fotos, die sie nicht kannte. Ihr Vater ganz jung, auf manchen lacht er strahlend. Er wirft den Kopf nach hinten, kneift die Augen zusammen, lacht mit dem ganzen Körper. So hat sie ihn nie lachen sehen. Dann stieß sie auf seine Diplomarbeit über den Film von Bergmann, sorgfältig ausgeschnittene Leitartikel von Claude Julien aus *Le Monde diplomatique* und den Entwurf einer Doktorarbeit über Victor Serge. Die Mädchen, mit denen er sich während des Studiums fotografieren ließ, waren alles Französinnen; sie hatten kurze Haare wie Jean Seberg, waren schlank und ließen viel von ihrem Körper sehen.

Wer war dieser junge Mann? Sein Gesichtsausdruck war anders, sein Blick vertrauensvoll, entschlossen. Es gab noch nicht diesen Einschnitt, die Traurigkeit, wie ein Abgrund, in dem jede Spur von Freude verschwindet.

Die Französische Republik hatte ihm vorgegaukelt, wenn er sich ihre universelle Kultur zu eigen machte, würde sie ihn wie all ihre Kinder mit offenen Armen aufnehmen. Schöne, heuchlerische Versprechen. Aber auch mit Hochschuldiplom sind die Araber die Kanaken der Republik geblieben, und man hat sie verschämt vor der Tür der großen Institutionen stehen lassen. Nichts ist schrecklicher für eine Tochter, als zu sehen, dass man ihren Vater betrogen hat – außer vielleicht zu entdecken, dass er darauf reingefallen ist. Man hatte ihren Vater reingelegt. Man hatte ihn glauben lassen, in der Republik zähle der Verdienst, werde Leistung belohnt, man hatte ihn glauben lassen, in einem laizistischen System seien alle Menschen gleich. Und ihm dann eine Tür nach der anderen vor der Nase zugeschlagen und ihm verboten, sich zu beklagen. Keine Parallelgesellschaft! Aber es kommt immer der Moment, wo man seinen Vornamen schreiben muss – diesen Anti-Sesam-öffne-dich, mit dem die Wohnung besetzt, die ausgeschriebene Stelle vergeben, das Terminbuch des Zahnarztes zu voll ist. Sie sagen, integriert euch, und zu denen, die es versuchen, sagen sie, ihr seht doch, dass ihr nicht zu uns gehört.

Sie betrachtete die Hände ihres Vaters auf den Fotos, tadellos gepflegte Intellektuellenhände, die mit einer Zigarettenspitze spielten; diese Hände auf den Fotos zeichneten Ideen in die Luft. Allein der Glaube vermag den Zorn einzudämmen, der die Tochter zerfrisst. Sie weigert sich, im Hass zu erstarren, ein verletztes und gefährliches Tier zu werden. Ebenso, wie sie sich weigert, ihren Körper zu Markte zu tragen. Sie weigert sich, ihre Menschlichkeit aufzugeben. Allein der Glaube besänftigt sie, gibt ihr Struktur und Würde.

Seither ist die Beziehung zu ihrem Vater konfliktbeladen, ohne dass Aïcha es verhindern kann. Er sagt »Du machst das, um mich fertigzumachen«, und meint ihren Glauben. Er verweigert jeden Dialog. Dabei hat er sie so geliebt!

Sie ist nicht wütend, dass er sie nicht allein nach Barcelona fahren lässt, nicht mal, wenn es für das Studium ist. Sie weiß, dass er sich Sorgen macht. Sie wünscht sich, dass jemand ihn beruhigt. Der Islam, dem sie anhängt, hat nichts mit dem zu tun, auf den die Journalisten ganz scharf sind, wenn es darum geht, ihren Quatsch zu verkaufen.

Als ihr Vater mit der alten Lesbierin über Pamela Kant und ihre Mutter geredet hatte, wusste sie nicht, wer das war, sie hatte sich den Namen gemerkt, weil er lustig war. Dann hat sie ihn gegoogelt. Es war ihr zuwider, als sie Pamela Kant auf Facebook eine Nachricht schickte, sie hat versucht, dabei an etwas anderes zu denken. Es hat in ihr gearbeitet, sie hat ihre

Abscheu überwunden und sich den Fall Kant etwas näher angesehen, diese Frau, mit der ihre Mutter gern tanzen ging. Vodka Satana. Sie hat nicht gleich die Verbindung hergestellt. Ohne das Tattoo hätte sie es gar nicht gemerkt. Das Isis-Auge auf dem Schulterblatt.

Sie hätte ihrer Neugier misstrauen sollen. Sie hätte gern auf die Wahrheit verzichtet, die Wahrheit über etwas, was nicht ihr Vergehen war. Für schändliche Taten, die nicht ihre sind, ist sie nicht verantwortlich. Allah weiß genau, was wir tun. Scheiße. Sie hätte sich lieber die Augen zugenäht, als zu sehen, was sie gesehen hat.

Sie weiß, dass es in Frankreich für die Frauen der vorigen Generation schwierig war. Man hat sie im Flug abgeschossen. Man hat ihnen gesagt, ihr seid sehr schön, und hat sie dazu getrieben, sich der Begierde hinzugeben. Wende dich ab von Allah, tritt dein Erbe mit Füßen. Die Frauen haben nicht gleich begriffen, wohin sie das führen würde. Waschmaschinen, gut bezahlte Jobs, schamlose Kleider und das Versprechen eines unbeschwerten Lebens. Aïchas Freundinnen haben Mütter, die sich die Haare blond färben, ihren Hintern zeigen und in Bars rumhängen. Solange es nicht um ihre eigene Mutter ging, war Aïcha pragmatisch. Jetzt hat sie den Hauptgewinn gezogen. Warum muss es gerade sie treffen?

Aïcha gibt Jungs nicht mal ein Begrüßungsküsschen. Sie verhält sich immer anständig. Sie meidet Gedränge, weil sie weiß, dass man leicht die Kontrolle verliert, wenn man sich der Gefahr aussetzt.

Sie ist dankbar, dass die Hyäne nicht versucht hat, auszuweichen. Aïcha hat ihr gesagt, dass sie es weiß. Die Hyäne hat kurz geschwiegen, dann hat sie das Nachtlicht wieder eingeschaltet:

»Du nervst, Mädel. Meinst du nicht, es wäre besser gewesen, mit deinem Vater darüber zu reden?«

»Ich hätte mich nie getraut, mit meinem Vater darüber zu reden.«

Sie wird sich bei niemandem trauen, darüber zu reden. Weder mit ihren Freundinnen noch mit dem Imam. Das berührt sie nicht, das beschmutzt sie nicht – sie hält sich fern, das ist alles.

Was widert sie am meisten an? Sie selbst. Ihre Mutter. Die Arschlöcher, mit denen sie verkehrt hat. Eine Kultur, die die Frauen dazu treibt, so was zu tun. Es ihnen nicht nur erlaubt, sondern sie dazu ermutigt. Dieselben Schlampen, die wegen ihres Kopftuchs das Gesicht verzogen. Was widert sie am meisten an? Warum hat ihre Mutter nicht bei ihrem Vater Zuflucht gesucht, als sie sich in Gefahr fühlte? Stieß ihre eigene Familie sie so sehr ab? Ihr Vater hätte sie gerettet. Warum konnte sie sich nicht schützen? Wer spricht da in Aïcha? Wer urteilt? Ihre Gedanken sind schnell, widersprüchlich und ohne Schlussfolgerung.

Die Hyäne ist völlig durchgeknallt. Das hilft Aïcha irgendwie, ungeschminkte Fragen zu stellen.

»Deine Mutter war eine tolle Frau.«

»Tolle Frauen machen andere Jobs, oder?«

»Du musst das alles im Kontext sehen.«

»Ich würde sie umbringen. Wenn sie noch am Leben wäre, würde ich sie umbringen. Um meinen Vater zu rächen, für mich und auch für sie.«

»Schwachsinn. Du würdest dich in ihre Arme werfen und sie lieben. Alle liebten deine Mutter.«

Aïcha verachtet sie für so viel Unbekümmertheit und Zynismus. Die Hyäne merkt gar nicht, was sie sagt, weil sie sich ganz und gar dem heidnischen Ruhm, dem monotheistischen Kult des Geldes unterworfen hat, sie lästert Gott, wie sie atmet. Aber irgendwie tut es Aïcha auch gut, dass jemand unbeirrt bei dieser Behauptung bleibt – deine Mutter war wunderbar. Niemand hat ihr das je gesagt. Es ist inakzeptabel und zugleich so wohltuend.

Sie haben fast die ganze Nacht geredet. Aïcha lag oben, und die Hyäne im unteren Bett trat heftig gegen die Matratze, wenn sie etwas sagte, das ihr missfiel. Die alte Lesbierin ist bekloppt, aber lustig. Sie sträubt sich gegen jede moralische Betrachtungsweise mit einer Fröhlichkeit, wie sie viele Ungläubige zeigen, die sich für Genießer halten und denken, man könne die Gesetze missachten und seinen Spaß haben, ohne dafür zu zahlen. Aïcha wollte während des ganzen Gesprächs nicht hören, dass man von ihrer Mutter als Frau spricht, die man respektieren kann, aber sie war doch sehr froh, dass jemand ihr Paroli bot.

Völlig zerschlagen waren sie morgens an der Estació de França angekommen, die Sonne eine blendende Wand. Seither haben sie das Thema nicht mehr angeschnitten.

In ganz Spanien wird heute gestreikt. Seit dem Morgen gibt es weder Radio noch Fernsehen, sie waren auf dem Balkon – weniger Autos als am Sonntag. Die meisten Geschäfte sind geschlossen, sogar die Cafés, Bars und Restaurants. Nur die Orxateria ist geöffnet, aber das Gitter ist nur halb hochgezogen. Aïcha geht nicht zum Seminar, die Uni bleibt auch zu. Die katalanischen Studenten haben ihr gestern geraten, ihre Einkäufe zu erledigen, heute würde sie nichts bekommen. Händler, die gern aufmachen würden, lassen es aus Angst vor Repressalien bleiben. Sie haben gehört, dass bei der Auflösung anderer Demonstrationen die Stadt gebrannt hat – Roller, Mülltonnen, Autos, alles, was sich anzünden lässt, stand in Flammen.

Auf der Straße herrscht eine drückende Atmosphäre, die vom bleigrauen Himmel noch verstärkt wird. Aïcha möchte gern rausgehen und ein bisschen herumlaufen. Die Hyäne dachte, sie könnten ins Kino gehen, aber auch das ist geschlossen. Gegen zehn Uhr vormittags besetzt Polizei die Kreuzungen, schwarze gepanzerte Kastenwagen fahren die Straße hoch. Die Hyäne fragt, ob sie die Zeit nicht nutzen will, um zu arbeiten. »Ich weiß nicht, ob es eine gute Idee ist, wenn du heute rausgehst, dein Vater verlässt sich darauf, dass ich auf dich aufpasse.« Sie sitzt mit ihrem Laptop auf dem Sofa und schreibt Kommentare auf Websites für Pariser Restaurants, nebenbei verfolgt sie die Ereignisse des Tages in den Nachrichten bei *La Vanguardia*.

Eine erste Explosion. Weit weg. Die Polizei schießt mit Gummigeschossen. Ein Bus kommt die Straße entlang und wird an der Haltestelle unter ihrem Fenster von Streikenden umringt. Nach dreißig Sekunden ist die Windschutzscheibe mit Aufklebern bedeckt. Die Fahrgäste steigen aus, Unzufriedene, Gleichgültige, Solidarische, Amüsierte und Unentschlossene. Die Polizei kommt und befiehlt der Busfahrerin weiterzufahren, leer und ohne jede Sicht.

Ein Helikopter hängt in der Luft, weiter im Westen, wohl über den Ramblas – aber in Sichtweite. Das Dröhnen seines Propellers füllt die Stadt ohne Verkehr. Die Passanten leben ihr Leben, ein alter, kahlköpfiger Mann in Pantoffeln und Jogginghose raucht seine Pfeife und redet mit sich selbst, ein Paar schiebt einen Kinderwagen. Polizeiautos mit amerikanisch jaulenden Sirenen sausen die Straße lang, ab und zu die gelben Autos der Notärzte. Ein Blinder zieht mit einer Hand einen Rollkoffer und führt mit der anderen seinen weißen Stock vor sich über den Boden. Ausländer suchen Taxis, auch sie mit Rollkoffern.

Aïcha sagt, dass sie eine offene Apotheke finden muss, sie braucht Artischockensaft. Die Hyäne hebt den Kopf von ihrem Laptop. »Artischockensaft? Hast du nicht schon Schwarzrettichkapseln gekauft, als wir angekommen sind?« Doch, aber Aïcha spürt, dass ihre Gallenblase das Essen mit dem ganzen Öl nicht verträgt, das sie seit einigen Tagen zu sich nimmt. Die Hyäne seufzt. »Ich habe noch nie jemanden in deinem Alter erlebt, der so von seiner Verdauung besessen war. Ich möchte nicht wissen, wie es um dich steht, wenn du vierzig bist.«

Sie reibt sich mit beiden Händen das Gesicht, als wollte sie es trocknen. »Du willst wirklich raus, ja? Aber du weißt, dass die Stadt völlig leer ist. Die Kundgebung ist um sechs, jetzt schlafen alle.« »Ich will nur eine Apotheke finden.« »Ich komme mit.«

Unterwegs reden sie nicht. Ohne Feindseligkeit. Es ist beiden recht so.

Als sie am Starbucks vorbeigehen, bringt ein plötzlicher Schulterstoß Aïcha aus dem Gleichgewicht. Noch ehe sie begreift, dass ein Mann ihr die Tasche weggerissen hat, sieht sie ihn gegen die Wand knallen und hört ein trockenes Knacken, die Hyäne hat ihm mit einem Tritt das Knie zertrümmert. Ein zweiter stürzt sich auf die Hyäne, Aïcha reißt ihn an der Schulter herum und verpasst ihm einen Kinnhaken. Er schwankt. Die Hyäne bückt sich, um den Dieb hochzuziehen, und sagt in ihrem flüssigen Spanisch mit starkem Akzent: »Entschuldige, aber du hast mir Angst gemacht. Kannst du laufen?« Sie klopft ihm auf die Schulter und sieht sich besorgt um. Er grunzt wütend, die Hyäne wendet sich an seinen immer noch torkelnden Gefährten. »Los, nimm ihn mit, schnell, überall sind Bullen, die Leute starren schon rüber. Worauf wartest du, willst du ins Krankenhaus?« Der zweite starrt Aïcha an und spuckt aus, ein Schaulustiger fragt sie auf Französisch »Gibt es ein Problem?«, und die Hyäne lächelt ihn an, aber ihre Zähne sind so fest zusammengepresst, dass ihr Gesicht Angst macht, »Nein, alles gut, wir sind aneinandergestoßen«. »Haben sie Ihnen nichts gestohlen?« »Nein, das war ein Versehen, alles in Ordnung!« Sie dreht sich zu dem Mann um, der noch am Boden liegt, sein Freund versucht ziemlich brutal, ihn auf die Beine zu bringen.

Die Hyäne und Aïcha gehen weg, ohne das Ende der Geschichte abzuwarten. Aïcha weiß, dass sie sich für das, was eben passiert ist, schämen müsste. Aber sie spürt ein angenehmes Kribbeln, das zu diesem Tag, dem Hubschrauber und den Explosionsgeräuschen passt. Sie pfeift bewundernd. »Du bist schnell für dein Alter, ich hatte noch gar nicht begriffen, dass er mir die Tasche klaut, da hast du ihm schon eine verpasst.« Die Hyäne bleibt stehen. »Für mein Alter? Willst du dir auch eine einfangen, Mike Tyson?« Sie zieht die Brauen hoch und gibt mit einem Fingerschnipsen das Signal zum Weitergehen. »Hopp, hopp! Hier wimmelt's von Bullen.« »Hast du Angst, dass sie dich nach deinen Papieren fragen?« »Nein. Warum fragst du?« »Warum haben wir es so eilig? Warum sind wir im Zug gekommen?« »Bei der Polizei weiß man nie … Was sage ich deinem Vater, wenn wir plötzlich auf der Wache landen? Kannst du mir sagen, wo du diesen rechten Haken gelernt hast?« »Beim Boxen.« »Du hast geboxt?« »Als ich klein war. Aber dann hatte Papa eine Freundin, die fand, das würde mir nicht guttun, von wegen der Weiblichkeit. Und er hat gesagt, ich soll aufhören.« »Von wegen der Weiblichkeit?« »Als ich klein war, war ich ein bisschen … biestig. Inzwischen habe ich mich entwickelt. Aber die Reflexe sind noch da. Ich habe die offene Deckung gesehen und mir keine Zeit zum Nachdenken gegönnt – peng! Es ist das erste Mal, dass ich die Hand gegen jemanden erhebe, seit … seit der Grundschule, glaube ich.« »Ist es keine Sünde für ein Mädchen, sich zu prügeln?« »Überhaupt nicht. Wenn man sie angreift, ist es auch für eine Frau in Ordnung, sich zu verteidigen. Man kennt ja die Angreifer nicht.« »Wenn man sie kennen würde, wäre es etwas anderes?« »Ja. Es hängt davon ab, ob man ihnen Respekt schuldet. Aber denen schulde ich keinen Respekt, das sind Diebe. Es ist nicht meine Schuld, wenn seine Mutter ihn so missraten und schwächlich auf die Welt geschissen hat, ganz ehrlich, er sollte etwas anderes machen als Gauner.« »Ein Glück, dass du dich entwickelt hast und weniger biestig bist. Ich möchte nicht wissen, wie das in der unzensierten Version geklungen hätte.«

Von dem Moment an ändert sich irgendetwas zwischen ihnen. Sie gehen in Richtung Gràcia, treffen Leute, die katalanische Fahnen schwenken, andere tragen gelbe Fahnen, Splitter von Demonstrationszügen vor der großen Kundgebung.

»Wollen wir weitergehen, oder drehen wir um und ich mache dir zu Hause was zu essen?«

»Weißt du, dass du superschlechtes Essen machst? Ich brauche ewig, um zu verdauen, was du kochst.«

»Mir hat noch nie jemand gesagt, dass ich schlecht koche. Aber meistens koche ich auch nicht.«

»Wahrscheinlich deshalb.«

Am Abend liest Aïcha ihre Mitschriften, die Hyäne hat beschlossen, Gemüse ganz ohne Fett zu kochen, dazu werden sie das Kochwasser trinken. Sie behauptet, das sei gut für die »Leberfunktion«. Die Hyäne kommt zum Tisch und fordert sie auf, Platz zu machen, »Wir essen, schieb dein Papier weg, du machst nachher weiter«. Als Aïcha nicht reagiert, tritt sie einen Schritt zurück und hebt das Bein, zeigt ihren Pantoffel, von dem sich die Sohle löst, und lässt ihn sprechen, »Guten Abend, ich bin der Pantoffel, beeil dich, ich habe Appetit auf Gemüsebrühe«. Aïcha wird von heftigem Lachen geschüttelt, das ist so bescheuert, dass es schon wieder lustig ist. Sie setzen sich, und beim ersten Löffel schüttelt beide der nächste Lachkrampf. Weil es so eklig schmeckt.

Danach fühlt sich Aïcha schuldig. Sie räumt ab und sieht auf die Uhr, sie will schnell mit ihren Gebeten beginnen, um ihre Mitte zu finden. Sie sagt kein Wort, aber die Hyäne kommentiert: »Hör auf mit dem Zirkus, nur weil wir mal zwei Minuten gelacht haben, sind wir nicht gleich Busenfreundinnen. Was denkst du dir eigentlich? Du musst dir keine Sorgen machen, Lesbe sein ist nicht ansteckend.« Aïcha schaut sie an – ist sie eine Hexe, die Gedanken lesen kann? Aber es ist schwierig, sich mit ihr anzulegen, denn die Hyäne ist total ruhig, man spürt, dass sie nicht vorhat, ihr das Gehirn zu waschen oder sie vom rechten Weg abzubringen.

Patrice ist seit zwei Tagen total zugerotzt. Der Rand der Nasenlöcher besteht nur noch aus rohem Fleisch, es tut weh, zu schnauben. Er behandelt sich mit Magnesiumchlorid, eins neunzig der Beutel. Das Wasser, in dem man es auflösen muss, schmeckt widerlich, der Dünnschiss kommt sofort, aber nach vierundzwanzig Stunden ist man wieder fit. Er spürt, wie seine Innereien zittern und zucken, es macht Spaß, sich zu entleeren, auch wenn es wehtut. Zumal der Lokus bei ihm der lustigste Raum ist – er klebt alle möglichen Flyer an die Wände, na ja, alle möglichen … vor allem nackte Mädchen, man sitzt sozusagen in einer Höhle aus Riesentitten, flachen Bäuchen, gebräunter Haut und Botoxlippen. Das ist erholsam. Dort packt er auch alle Zeitschriften hin. Er verbringt einen Großteil des Tages dort, vor allem, wenn er allein ist und die Tür auflassen kann, damit er die Musik aus dem Wohnzimmer hört.

Beim Aufwachen merkt er, dass er noch krank ist. Er hat vergessen, dass Vernon auf dem Klappsofa pennt, fast wäre er mit nacktem Arsch und hängenden Juwelen zum Lokus geschlurft. Vor der Kloschüssel zögert er kurz, was ist dringender – Kotzen oder Kacken? Beides geht nicht. Er hat sich das schon oft überlegt, auf dem Klos einer zivilisierteren Welt müsste man sich hinsetzen und nach vorn beugen können, um sich von allem zu erleichtern, ohne die Position zu ändern. Die Leute, die Toiletten entwerfen, trinken nicht genug, sie haben die wichtigen Bedürfnisse im Alltag nicht auf dem Schirm.

Gestern Abend ist Vernon mit einer Flasche Rum aufgekreuzt, sie haben getrunken, ohne an morgen zu denken, und jetzt revoltieren seine Innereien gegen diese Zumutung. Am Morgen nach einem Besäufnis und dann noch mit Grippe ist er außer Gefecht. So was hält sein Körper schon lange nicht mehr aus. Noch kein Jahr her, dass er mit einer Nierenentzündung in der Notaufnahme gelandet ist, glühend vor Fieber, in einem viehischen Delirium, er sah riesige Schildkröten und Alligatoren unter seinem Bauch, rieb sich an ihrer warmen, schleimigen Haut, riesige Schlangen knoteten sich um seine Beine. Fast wie ein Trip mit Mexikanischem Kahlkopf. Es hat mehr als eine Woche gedauert, bis das Fieber weg war. Er lag mit einem Opa im Zimmer, der sich nachts jammernd die Infusionsnadel rausriss, der Alte wollte ausbüxen, aber er hatte seinen Namen vergessen, bevor er am Ende des Flurs war, und die abgestumpften Schwestern brachten ihn zurück; irgendwann haben sie ihn festgebunden, aber er hat weitergeschimpft.

Die Ärzte konnten es nicht fassen, dass Patrice so lange gewartet hatte, bevor er sich Sorgen machte – haben Sie nicht früher gemerkt, dass Sie krank sind? Er hat Nein gesagt, morgens hab ich gedacht, ich hätte einen gepfefferten Kater, ich hab mir ein Bier geholt und gut war's. Ein junger Arzt mit sehr hellen Augen und einem Akzent, der nach Libanon oder so was klang, hatte ihm erklärt, dass er wegen des plötzlichen Alkoholentzugs ein Delirium tremens durchgemacht habe. Er empfahl ihm, mit dem Trinken aufzuhören. Und wozu? Damit er später ins Krankenhaus kommt? Besser schläft? Der Alkohol greift seine Leber an, der Tabak Zunge, Kehle und Lunge, das fette Essen seine Arterien – wenigstens das sollte er schaffen im Leben: kein alter Knochen zu werden.

Vernon liegt auf der Seite und schnarcht. Für ihn wird es auch nicht leicht mit der Rückkehr in die Wirklichkeit. Patrice füllt eine Flasche mit Wasser, es knallt in seinen Schläfen, als würden riesige Abrissmaschinen sein Kleinhirn demolieren. Scheiße, als sie jung waren, waren sie am Morgen nach einem Besäufnis putzmunter herumgehüpft.

Patrice schaltet das Radio und seinen Computer an. Wie jeden Morgen. Auch wenn es ihn verrückt macht. Als er in den Achtzigern angefangen hat, die Zeitung zu kaufen und Radio zu hören, war es anders. Es gab Aufreger, klar, aber auch Journalisten, die er gerne las oder hörte. Es gab Künstler, über deren Beiträge er sich freute. Sein Verhältnis zu den Medien bestand nicht ausschließlich aus Misstrauen und Feindseligkeit. Die beschissenen Kommentare über den Fall der Mauer, den Tienanmenplatz oder Scorsese, der Christus filmte, gab man am Tresen von sich – unter Leuten, die da sind, sich sehen, antworten und streiten. Man erzählte nicht nur Dummheiten, aus Wut über die eigene Anonymität, weil man dazu verdammt ist, größtmöglichen Schwachsinn von sich zu geben, und weil man auf das ohrenbetäubende Schweigen der eigenen Ohnmacht zurückgeworfen ist. Heute würde er gern Ordnung schaffen, aber er kriegt es nicht hin. Er schlägt Zeitungen auf, die er damals nie gekauft hätte. Irgendwas schleicht sich mit vergifteten Tentakeln in seinen Kopf, er kann es nicht analysieren, es weckt nur Wut. Die Lust zuzuschlagen, egal gegen wen, krankhaften Ekel. Er hat keine Lust, in den Chor der Hasskommentare einzustimmen, keine Lust, ein Blog aufzumachen, um sich auszukotzen, er hat keine Lust, dem Scheißestrom sein eigenes bescheuertes Würstchen hinzuzufügen. Aber er kann sich nicht von dem geöffneten Fenster losreißen. Jeden Morgen hat er das Gefühl, sich hinzusetzen und der Welt beim Vergammeln zuzusehen. Von der herrschenden Elite scheint niemand zu begreifen, dass man dringend den Rückwärtsgang einlegen müsste. Im Gegenteil, es sieht so aus, als wären sie geradezu scharf drauf, möglichst schnell in den Abgrund zu rasen.

Er liest die Geschichte von Adam, der in eine amerikanische Schule gestürmt ist und zwanzig Kinder und ein halbes Dutzend Erwachsene abgeknallt hat. Wie geil! Wenn er es draufhätte, so ein Ding durchzuziehen. Nicht in einer Schule – es passt nicht zu seiner Generation, auf die ganz Kleinen zu schießen, da fehlt ihm eine Prise Nihilismus. Oder Wahnsinn. Wie alle Eltern hatte er die Schule seiner Gören vor Augen, als er das gesehen hat. Seine Jungs gehen in dieselbe Schule. Wenn irgendwer ihnen auch nur ein Haar krümmen würde … gestern hat im amerikanischen Fernsehen ein Vater gesagt, er habe schon vergeben. Das war zugleich rührend und zum Kotzen.

Der Tag, an dem Patrice Vater geworden ist, war nicht grad der schönste in seinem Leben. Eher der größte Horror. Er hatte einen Nachtjob auf dem Rungis-Großmarkt, Zeitarbeit. Cécile hat ihm eine SMS geschickt, dass sie unterwegs in die Klinik ist. Sie hatte zu starke Schmerzen, um anzurufen. Da war das noch ganz neu mit den SMS, eine der ersten, die er bekam.

Der Gruppenchef war ein sentimentaler Portugiese, er lief über den großen Onkel und war ein echter Schinder, aber er war Vater, deshalb war er diesmal großzügig und ließ ihn ohne Theater gehen. Niemand sagt dir, was das bedeutet, eine Frau, die entbindet.

Niemand redet darüber, und wenn es so weit ist, wird dir klar, dass du keine Ahnung hast. Zum Glück! Als er kam, brüllte es in allen Zimmern. Es war Vollmond. Das erklärten die Hebammen mit entspannter Miene. In allen Zimmern wurde geschrien, und die armen Weiber heulten alle das Gleiche: Ich schaffe es nicht. Vergessen Sie's, nicht mit mir, raus aus meinem Zimmer, vergessen Sie alles, was ich gesagt habe, wir lassen es so, wie es ist, ich schaffe es nicht. Alle: Ich schaffe es nicht. Und: Erbarmen! Helfen Sie mir, ich krepiere. Cécile genauso wie die anderen. Er war zwei Stunden nach ihrer SMS angekommen, so lange hatte die Fahrt auf dem verstopften Périphérique gedauert. Keine Spur vom Schädel eines Kindes. Nichts außer seiner Frau, die ihn nicht mehr hörte, sie war schweißgebadet, ihre seit drei Tagen zu violetten Ballons angeschwollenen Füße lagen auf dem Bettgestell, sie hatte nicht mehr die Kraft zu pressen, hatte zu sehr gelitten. Sie hatte schon reichlich auf das Bett gekackt. Und das war erst der Anfang. Fünf Stunden hatte die Entbindung gedauert. Das Personal meinte, es sei wunderbar gelaufen. Ein Glück, dass man vorher nichts über die Entbindung weiß. Bei den Frauen ist es gut organisiert: Sie vergessen. Aber die Männer nicht. Bevor die Männer sich wieder ranwagen, stellen sie sich ernsthaft die Frage – ist das wirklich vernünftig? Ein Jahr nach dem Ersten sprach Cécile schon vom Nächsten. Sie hatte die fünf Stunden in der Hölle aus ihrem Gedächtnis gelöscht und von dem Gemetzel nur das Bild zurückbehalten, wie man ihr das Kind auf den Bauch gelegt hatte und sie, wie sie es ausdrückte, »zum ersten Mal verstanden hat, was der andere bedeutet«.

Er aber hatte nichts vergessen. Jemanden leiden zu sehen, den man über alles liebt, war die schrecklichste Erfahrung seines Lebens – er hatte gefragt, ob sie sicher sei, das Zweite nicht lieber adoptieren zu wollen. Sie wollte nichts davon hören. Wenn er ihr eine kleine Ohrfeige oder einen Nasenstüber verpasste, war sie noch sechs Monate danach beleidigt, aber sich noch mal den Bauch zerfetzen zu lassen, dazu war sie gern bereit. Ihm soll keiner erzählen, Männer und Frauen wären sich ähnlich. Das Becken knackt, wenn es sich öffnet, um das Kind durchzulassen. Knack. Niemand spricht von diesem Knacken. Beim zweiten Mal hat er nebenan gewartet. Cécile hat es verstanden. Es ist nicht wegen der Scheiße und dem Blut, auch nicht, dass das Balg einem brüllenden Monster gleicht, wenn es rauskommt. Sondern sie leiden zu sehen. Alles andere geht – dazuzukommen und die Nabelschnur durchzuschneiden gefiel ihm. Wenn das Ding das Schnäuzchen aufmacht, um zu schreien … Das Kind atmet, alles okay. Die Hebammen waren erfahren, sie sprachen mit ihm wie mit einem Schwachsinnigen, genau das brauchte er. Sie waren auch gut zu Cécile. Das wollte er ihnen auch geraten haben. Eine hatte sie während der Entbindung geschüttelt, sie fand, es dauere zu lange, und hatte sie angeschnauzt, »Jetzt aber mal los, strengen Sie sich an«, während Cécile in Tränen aufgelöst war. Er wäre fast dazwischengegangen, aber dann war ihm eingefallen, dass sie das den ganzen Tag machte, während er nicht die geringste Ahnung hatte, was da ablief. Seine Frau starb, sie hatten ein Satansbaby gezeugt, ein mit Nägeln gespicktes Kind, ein Embryo, dessen Schädel voller Dornen war, das würde erklären, weshalb sie so sehr dabei litt, es herauszubringen.

Sie waren fix und fertig. Als er auf die Uhr gesehen hat, war es neun Uhr morgens, sie hatten kein Auge zugemacht, und bis dahin hatte er gar nicht gemerkt, wie anstrengend das gewesen war. Cécile war eingeschlafen, ohne seine Hand loszulassen. Wie er sie liebte. Er darf nicht daran denken. Wie er diese Frau geliebt hat. Seine Frau. Ihre Augen. Etwas in ihrem Gesicht ließ ihn kapitulieren, er gab den Geist auf, und ein Licht der Ekstase umgab sie von den Zehen bis zu den Haarspitzen. Sie war eingeschlafen, und er hatte Tonio angesehen. Es gab ein paar Sekunden der Ungläubigkeit, dann hatte sich sein Leben verändert, für immer. Die Angst. Das kannte er noch nicht. Sie setzte sich in diesem Moment in seinen Eingeweiden fest und rührte sich dort nicht mehr weg. Die Angst, dem kleinen Wesen könnte etwas passieren. Und dieses Etwas brauchte nur eine Sekunde, um Gestalt anzunehmen: Krankheit, Verletzung, Überfall, Unfall, Ansteckung, Gewalt, Folter, Hunger, Missbrauch, unsittliche Berührung, Penetration, Kidnapping, Einsperren, Feuer, Attentat, Granate, Krieg, Epidemie, Tsunami, Taifun, Ersticken … »Mein Augapfel.« Der Ausdruck gibt nicht ganz wieder, was ein Elternteil mit dem Neugeborenen verbindet. Den Augapfel könnte man ihm rausreißen, ohne dass er zu Boden geht – mein Knochenmark kommt der Sache näher, um auszudrücken, dass es alles erfasst, was man ist, und dass dieses Band entsteht, noch bevor man imstande ist, sein Kind unter anderen zu erkennen. Es war kaum angekommen, und schon hatte Patrice die Panik ergriffen.

Nach Tonios Geburt fühlte sich Patrice geerdet. Aber Cécile weinte viel. Während der Schwangerschaft, nach der Entbindung, als der Kleine seine ersten Schritte machte … Er erinnert sich an Cécile immer nur niedergeschlagen, von Tränen verquollen, schluchzend. Beim Zweiten hatten ihn die Schwestern misstrauisch angesehen, als sie zur Entbindung kamen. An einem Sonntag. Diesmal war er da, um sie zu fahren. Sie sahen die Spuren an ihrem Körper, er bemerkte die schrägen Blicke in seine Richtung. Das hatte sich bald gegeben, sie hatten begriffen, dass es nicht das war, was sie glaubten, und wurden freundlicher. Patrice hat ein Händchen für Leute. Er sorgt für gute Stimmung. Die Geschichte zwischen Cécile und ihm war kompliziert. Es war nicht einfach »ein gewalttätiger Kerl schlägt seine schwangere Frau«, es war komplexer. Er liebte sie wie verrückt, behandelte sie wie eine Prinzessin. Doch ab und zu flippte er aus.

Es war ein Albtraum, als sie wegging. Als sie Briefe unterschrieb, die andere für sie aufgesetzt hatten, um zu sagen, dass es das war zwischen ihnen. Eheliche Gewalt, so ein Schwachsinn. Sie hat ihn verraten. Post vom Gericht, widerliches Zeug. Sie hat ihre Liebe heimtückisch verraten. Alte Weiber bedrängten sie. Ihre Mutter und ihre Schwester und ihre Freundin Mafalda, die bescheuerte Dicke, die sich dusslig freute, eine Leidenschaft zu zerstören, weil sie nie die kleinste Arschfickerei erleben würde. Hexen, die geduldig auf ihre Stunde gewartet hatten, um ihn rauszuschmeißen.

Cécile ist vor sieben Jahren gegangen. Tonio war drei, Fabien zwei. Es geht nicht weg. Manchmal denkt er, es klappt, und er leistet keinen Widerstand, ganz tief in sich drin hat er die Schnauze voll davon, so zu leiden. Aber dann geht es wieder los. Er denkt daran, es quält ihn immerzu; sogar, wenn er mit Leuten zusammen ist, sogar, während er arbeitet, denkt er weiter daran. Trinken hilft nichts. Nüchtern bleiben ist noch schlimmer, wegen der Schlaflosigkeit.

Er hat schnell kapiert, dass Vernon lügt, als er behauptet hat, aus Québec gekommen zu sein, um sich neue Papiere zu besorgen. Seit drei Monaten ist er jeden Tag auf Facebook und textet bei allen möglichen Pariser Bekannten die Kommentare zu, und dann landet er bei einem Typen, den er kaum kennt und der in Corbeil haust? Er ist auf der Straße. Auf jeden Fall sieht er genauso aus wie einer von der Straße. Als Cécile ihn verlassen hat, hat Patrice mehr als sechs Monate irgendwo gepennt. Er ist bei Leuten gelandet, denen er im Gegenzug den Haushalt und den Einkauf machen musste. Oder die ihm jeden Abend ihre Gören daließen. Bei Frauen, die nicht einsahen, warum er nicht in ihrem Bett schlief, wenn sie ihn schon aufnahmen. Bei manchen, die so dreckig waren, dass ihm übel wurde, wenn er von ihrem Geschirr essen musste, aber er durfte sich nichts anmerken lassen. Er dachte, Cécile würde es sich noch mal überlegen, und hatte es nicht eilig, sich eine Wohnung zu suchen. Das war schon einmal passiert, und sie hatten absurd viel Geld rausgeworfen. Für nichts. Er dachte, sie würde es sich überlegen, aber nach sechs Monaten hatte er die Schnauze voll von den Sofas in fremden Wohnzimmern. Ein früherer Schulkamerad arbeitete in der Wohnungsverwaltung von Corbeil. Er hatte ihn angerufen, verlegen, dass er um etwas bitten musste, eine Wohnung, so schnell wie möglich. Aber anstatt ihn zum Teufel zu jagen, wie er es an seiner Stelle getan hätte, hatte sich der Mann gefreut, ihm einen Gefallen zu tun. In zwei Monaten war die Sache geritzt. Seitdem wohnt er in Corbeil. Die Wohnung ist tadellos. Das Viertel ist so, dass man nur noch einen Spaten kaufen und ein Loch buddeln will, um sich zu begraben und den Anblick nicht mehr ertragen zu müssen. Das Problem ist nicht das Gesindel hier, sondern dass man das Gefühl hat, in einem lächerlich großen Gefängnis zu hausen. Aber in der Wohnung fühlt er sich wohl. Sie liegt ziemlich hoch, gegenüber gibt es Bäume, er sieht Himmel und Grün, große Fenster. Wenn er nicht so unglücklich wäre, könnte er sich daran gewöhnen, hier zu leben. Ja, das Viertel ist hässlich, aber es ist voll alter Leute, sogar Verbrechern vergeht die Lust, hier gewalttätig zu werden. Sie betätigen sich ein paar Straßen weiter, wo es nicht so nach Altenheim riecht.

Bei der sechsten PN, die sie auf Facebook ausgetauscht haben, hat er begriffen, dass Vernon ihn um Unterkunft bitten würde, und er war einverstanden. Er blieb auf der Hut, Sylvie hatte was wegen Diebstahls aus ihrer Wohnung gejammert. Geschieht ihr recht, dieser Spießerkuh. Sie hat nur bekommen, was sie verdient. Trotzdem hat er Vernon gewarnt, als er ihn reingelassen hat: Herzlich willkommen, aber ich hasse es, wenn jemand Stunk macht. Wenn du dir irgendwas nimmst, ohne dass ich es dir erlaube, finde ich dich wieder und reiß dir deine schönen blauen Augen aus.

Patrice hat den passenden Körper für solche Drohungen. Vom Look seiner Jugend sind noch alle Tattoos übrig. Die gucken sogar vor, wenn er sich in Schale wirft, mit Anzug und Rollkragenpullover. Er trägt nicht mehr die Farben seines Klubs, hat sein Motorrad abgeschafft und hört Coltrane oder Duke Ellington. Er hatte es satt, den marxistischen Hells Angel zu spielen. Zu viele Widersprüche. Marxist ist er geblieben, die Hells hat er aufgegeben. Aber den Look hat er behalten. Zwangsläufig. Auch wenn er seine Klamotten ändert, sieht er immer aus wie ein Knacki. Er ist bis zum Hals und bis zu den Handgelenken tätowiert, nicht die Tuntentattoos, die die Tussis heutzutage tragen. Er ist daran gewöhnt, dass allen die Muffe geht, wenn er irgendwo auftaucht. Er hat auch die langen Haare, die dicken Ringe und die Sammlung von Metallarmbändern am Handgelenk behalten. Und er hat noch alle Haare auf dem Kopf, die sind jetzt Altherren-weiß. Wie bei Gérard Darmon. Wenn dir das Leben so ein Geschenk macht, wer würde sich da die Zotteln abschneiden?

Vernon hat seine Haare auch behalten. Diese blauen Augen in seinem Alter machen sich bezahlt. Irgendwas in seinem Gesicht ist unbeschädigt geblieben. Vernon war immer ein Zurückhaltender, der niemandem Probleme machte und gern half. Keine Geistesgröße, wie oft bei Rockfans, eher ein Erbsengehirn, aber bestimmt nicht der Typ, der dir ein Messer in den Rücken jagt.

Im Gegensatz zu den anderen denkt Patrice ohne jede Wehmut an seine Musikerjahre zurück. Er war Bassist bei den Nazi Whores, weil sich der erste davongemacht hatte, offiziell hieß es, sein Mädel will nicht mehr, dass er tourt. In Wirklichkeit hatte er vor allem genug davon, dass der Schlagzeuger alle seine Frauen nagelte, auch die feste. Patrice hatte gelernt, die drei Noten zu spielen, die er brauchte, um ihn zu ersetzen. Das war Alex' Idee. Ein guter Musiker ist er nie geworden. Es war eine Neigung ohne Talent, er konnte üben, so viel er wollte, er lernte es nicht. Aber er liebte es, auf der Bühne seine Show abzuziehen. Seine affenartigen Bewegungen ersetzten das fehlende Gespür. Er spielte sich gerne auf. Das war das Alter. Sie hatten zwei lustige Jahre, viele Kilometer im G7, in dem sie sich mit schweinischen Geschichten anheizten. Sie machten achthundert Kilometer zwischen zwei Gigs, ihre Managerin hatte keinen Sinn fürs Praktische, sie hielt es für unangebracht, dafür zu sorgen, dass sie etwas anderes bekamen als Taboulé und eine Privatunterkunft, in der sie auf dem Fußboden schliefen. Das gehörte dazu, das musste man draufhaben, damit die Szene weiterbestand. Er fand es voll okay so, bis es ihn irgendwann anödete. Mindestens drei Proben pro Woche, Rock'n'Roll war eine ernste Sache mit Typen, die nichts anderes zu tun hatten, aber eine Stunde zu spät kamen, eine halbe Stunde Pause machten und zwischen zwei Titeln randalierten. Die fehlende Disziplin hat ihn fertiggemacht. Und jedes Wochenende Gigs in der Provinz oder in zerfallenen besetzten Häusern in Italien, deren Bewohner verwüstet waren von Dope, keiner klar genug, um ein Konzert zu hören … Im ersten Jahr hatte es ihn mitgerissen, im zweiten angestrengt und im dritten hatte er die Gruppe verlassen. Ein paar Monate vor ihrer Auflösung. Es gibt drei Wege, eine Gruppe zu sprengen. Natürliche Auslöschung durch Langeweile, offener Konflikt oder ein traumatisches Ereignis, wie der Tod eines Mitglieds.

Als er eines Abends zur Probe in den Keller runterkam, begriff er, dass er keine Lust mehr hatte. Er wollte lieber am Samstagabend vor der Glotze sitzen und sich einen regelmäßigen Job suchen, ohne darauf zu achten, dass er am Freitagabend früh genug Feierabend für den Auftritt in Bourg-en-Bresse hätte. Er hatte es den anderen angekündigt. Ich hör auf, ihr müsst euch nach Ersatz umsehen. Alex war am meisten gekränkt. Das bestätigte, was er schon wusste – für ihn war es nicht die gleiche Geschichte wie für die anderen. Alex hatte keine Wahl. Er hatte nichts anderes. Er hatte keine Familie, keine Jobs, kein anderes Ziel. Und er war der Einzige, der ein gutes Gehör hatte und eine Vorstellung davon, wie man ein Stück bastelt.

Danach hat ihm nichts gefehlt. Die Erleichterung

war viel größer als das Bedauern. Er hatte die Nase voll vom Rock, von der Hardcoreszene und dem ganzen Mist. Man sagt nicht umsonst Subkultur. Bekloppte mit leeren Visagen, die einen Abend lang über Verstärkermodelle, Fuzzypedale oder Hemdkragen labern können. Die Fortgeschritteneren sind Fachleute für Kabel, wie eine Kultur von Autoschraubern, die keine Lust auf den Facharbeiter haben. Sein Leben hat sich um erwachsenere Leidenschaften herum neu sortiert, und es hatte ihn immer verblüfft, Leute aus jener Zeit zu treffen und festzustellen, wie wenig sie sich weiterentwickelt hatten.

Vernon war keine Geistesgröße. Aber er hatte Charme. Easy going, netter Kumpel. Zu wenig aktive Neuronen, um sich über irgendwas den Kopf zu zerbrechen. Als Patrice ihm die Tür aufgemacht hat, hat er nicht damit gerechnet, so einen super Abend zu verbringen. Er hat ihn aufgenommen, weil er noch nicht verbittert genug ist, um einem früheren Kollegen die Gastfreundschaft zu verweigern, nur weil er lieber allein vor der Glotze sitzt.

Vernon ist mit einer Flasche Rum gekommen, er sah fertig aus und schien Lust zu haben, sich so schnell wie möglich zuzuknallen. Mit einer Tüte Chips auf dem Schoß hatten sie sich *Koh-Lanta* angesehen, und Vernon hatte sich als perfekte Fernsehgesellschaft entpuppt. Auf der Insel verlief die Wiedervereinigung wie jedes Jahr: schlecht für die Minderheiten. Patrice und Vernon waren über sämtliche Konkurrenten und das Prinzip der Sendung hergezogen. Die Männer suchten alle das Halsband der Immunität. Und die Mädchen saßen am Feuer und machten Essen.

»Ich möchte ja gern Feminist sein. Aber kannst du mir erklären, was sie zum Beispiel daran hindert, einen Versuch zu unternehmen, ihre Haut zu retten? Siehst du *Koh-Lanta* oft? Hast du schon einmal erlebt, dass eine Tusse ihr Halsband der Immunität aus der Tasche holt?«

»Natürlich nicht, ich kenne die Sendung. Hast du schon mal erlebt, dass sich Tussen gegen die Männer verbünden?«

»Nein.«

»Unter uns, wenn du eine Tusse wärst, würdest du dann Männern vertrauen und dich mit ihnen verbünden? Ich nicht.«

»Damit ist alles gesagt.«

Auch *Wer heiratet meinen Sohn*, gleich nach *Koh-Lanta*, hat ihre Überzeugungen hinsichtlich der Atavismen der Weiblichkeit nicht ins Wanken gebracht. Sie sind zu denselben Schlussfolgerungen gelangt: Auf dem Papier sind sie mit der Gleichberechtigung der Geschlechter einverstanden. Aber man muss leider feststellen, dass es die Tussen allem Anschein nach nicht eilig haben, etwas Würde zu erlangen.

Wenn Cécile da gewesen wäre und sie schimpfen gehört hätte, hätten ihre Nasenflügel gebebt, diese Hamstermimik, die ihn schmelzen ließ, und sie hätte sie als »Vorarbeiter« beschimpft. Unter Arbeiterkindern ist das eine Beschimpfung, die alles sagt.

Patrice hat seine Freundinnen immer geschlagen. Alle. Er kann ein Mädchen für einen Abend abschleppen, ohne ihr eine zu verpassen, aber sobald es eine längere Geschichte wird, knallt die erste Ohrfeige. Für ihn ist diese erste am schlimmsten. Die Kleine vor ihm weiß noch nicht, dass sie der Auslöser war. Auch wenn sie zehn Geschichten hatten und zehnmal verprügelt wurden, weigern sich die Mädchen einzusehen, dass sie wissen, wie es läuft. Sie müssen glauben, dass es ein Unfall war. Die Liebe ist stärker als die Gewalt und wird den gewalttätigen Kerl in einen zärtlichen Partner verwandeln. Man findet sich in solchen Geschichten, man sucht und findet sich. Er ist kein kleiner Junge mehr. Wenn er eine neue Braut aufreißt, hört er sich selbst zu, wie er sie mit Versprechen, Geschenken und Komplimenten überschüttet. Er macht sich was vor, und sie lässt sich was vormachen. Diesmal ist es die Richtige, er hat sich geändert. Er muss nur warten. Erste Ohrfeige. Vor Entsetzen aufgerissene Augen sagen ihm, dass es nicht funktioniert, aber er schafft es, sich vom Gegenteil zu überzeugen. Die Wut hat Einzug gehalten. Sie kennt den Weg, kommt, wann sie Lust hat. Er wird die Frau misshandeln. Sie wird ihm glauben, wenn er schwört, dass es nie wieder vorkommt. Er wird aufrichtig sein. Er wird sie in eine Ecke drängen und zuschlagen, er wird sie zerstören, bis sie geht. Und wenn sie nicht geht, wird er sie umbringen. Und jedes Mal, wenn er sagt, dass es ihm leidtut, wird es die Wahrheit sein. Er sucht verzweifelt nach dem Schalter, dem Heilmittel, durch das er die Kontrolle über sich behalten kann.

Die erste Ohrfeige bei Cécile, da waren sie zehn Monate zusammen, und er war sicher, endlich die Richtige gefunden zu haben, die zu ihm passt. Mit ihr war es anders. Die Liebe, die er ihr schenkte, mischte Vertrauen und Erregung, Frieden und Intensität – sie beruhigte ihn, ohne ihn zu langweilen. Er hatte es nicht kommen sehen. Dabei kannte er das Szenario. Es begann mit bissigen Monologen am Morgen – alles, was Cécile nicht richtig machte, in der Beziehung, im Leben. Absurdes Zeug, das in dem Moment richtig klang. Und das er sich endlos wiederholte, bis ihm klar wurde, dass er sich hatte reinlegen lassen. Eines Tages kommt alles raus, sie weint. Sie ist überrascht, dass der Mann, der ihr ständig sagt, wie sehr er sie liebt, so viel Groll angesammelt hat. Sie weint, und er entschuldigt sich. Denn sobald sie weint, verlieren dieselben Argumente, die ihn eben noch wütend gemacht haben, alle Kraft, er erinnert sich nicht mehr, sie für richtig gehalten zu haben. Aber irgendwas hat sich in Gang gesetzt, ein zerstörerisches Denksystem, aus dem er nicht mehr herausfindet.

Eines Abends war er nach Hause gekommen und hatte vorgeschlagen, Pizza zu bestellen. Cécile hatte angefangen, rumzumeckern, warum gehen wir nicht runter und essen ein Bún bò?, in Ordnung, hatte er geantwortet, oder wir lassen uns Sushi liefern, hatte sie gesagt, das ist teurer, aber wenn du Lust hast, können wir es uns ruhig leisten, in Ordnung, hatte er gesagt, oder wir gehen runter und essen beim Japaner, aber sie hatte weitergemacht, Pizza sei auch eine gute Idee, aber wenn sie sparen wollten, könnte sie auch Nudeln kochen, sie hatte alles für die Soße da, aber andererseits: ein leckeres Bún bò, kein Abwasch, nichts, das war ihr auch recht. Das machte sie oft, bei einer ganz klaren Sache ein unentwirrbares Chaos anzurichten. Das hatte Patrice schon oft genervt, aber nie wirklich aufgeregt. An jenem Abend hatte er sie zehn Minuten schwafeln lassen und sie dann angeschnauzt: »Schluss jetzt, du gehst mir auf den Geist. Bestell zwei Pizza und halt's Maul.« Cécile, nicht beeindruckt, weil sie ihn noch nicht kannte, war wütend geworden: »Rede gefälligst nicht in diesem Ton mit mir, hörst du? Niemand hat je in diesem Ton mit mir geredet. Merkst du überhaupt, wie aggressiv du auf mich reagierst?« Und da, peng, langt er ihr eine. Nicht mit der flachen Hand, nein, die Faust fest geballt, direkt auf die Schläfe. Und gleich noch eine, bevor sie Zeit hat, es zu begreifen, damit es klar ist und um zu vermeiden, dass sie eine Diskussion anfängt. Leute, die nie zuschlagen, wissen nicht, wie das läuft. Da lauert ein Tier im Bauch, es ist schneller als die Vernunft. Und wenn es erst mal angefangen hat, ist es wie eine Welle: Man kann sie nicht einfach mit ein bisschen gutem Willen daran hindern, zu brechen. Sie muss brechen. Der entscheidende Moment ist vorher, das hat er erkannt – man müsste es merken, wenn die Welle heranrollt, müsste sich in Sicherheit bringen können, bevor sie sich aufbäumt. Aber wenn er spürt, dass er sauer wird, ist es zu spät. Dann hat er keine Zeit mehr, Schuhe anzuziehen und eine Runde um den Block zu gehen, wie einem manchmal irgendwelche Schisser raten – genauso gut kann man einen Vulkan bitten, die Lava zurückzuhalten. Er muss weitermachen, muss es durchziehen. Der andere muss still sein. Sich unterwerfen.

Später, bei der Gruppentherapie – denn er war sogar in eine dieser dämlichen Pack-mir-die-Eier-in-Watte-Gesprächsgruppen gegangen, weil sein Wunsch, Cécile zu halten, ihn alles hätte tun lassen –, hatten sie versucht, ihm das Eingeständnis aus der Nase zu ziehen, dass er lediglich wiederholt, was seine Mutter ihm angetan hat. Das stimmt schon. Sie hat ihn vertrimmt. Seinen Bruder genauso. Eine Frau allein mit zwei Jungs, ziemlichen Dickköpfen. Sie bekamen ordentlich was ab. Das war die Zeit, wo sich niemand aufregte, wenn Eltern den Knüppel rausholten. Sie nahm den Gürtel. Patrice hatte nie daran gedacht, dass es eine Verbindung geben könnte. Wenn alle kleinen Jungs, die von ihren Eltern geschlagen wurden, gewalttätige Kerle würden, hätte sich das rumgesprochen. Seine Mutter war keine Alkoholikerin, sie schlug sie nie ohne Grund, sie hielt sich an klare Regeln im Haus. Ihre Mutter setzte sich durch, weiter nichts.

Das ist eine Schlange in der Brust, etwas, was man im Blut hat. Das hat nichts mit der Vergangenheit zu tun. Er ist so geboren. Wenn er seinen Vater kennen würde, würde er vielleicht einsehen, dass es eine biologische Erklärung gibt. Was man in dem Moment braucht, ist der Rausch der Macht. Den Respekt in den Augen des anderen lesen. Die Furcht. Solange die Frau nicht genug Angst hat, schlägt der Mann zu. Sie muss zeigen, dass sie sich völlig aufgibt, damit die Gewalt aufhört.

Unmittelbar nach der Wut fühlte er sich ganz leer. Er sah seine Frau an, die in einer Ecke kauerte, er wollte auslöschen, was geschehen war, mit ihr an die Luft gehen, einen Spaziergang machen, dass sie es sich gut gehen ließen, als wäre nichts passiert. Keine Worte zwischen zusammengepressten Zähnen, keine Faustschläge, die eine Tür einschlagen könnten, keine Hand, die sich erhebt, kein geschüttelter Körper, während er ihr gerade in die Augen sieht und verlangt, dass sie ihn ernst nimmt, denn solange sich in ihrem Gesicht noch die geringste Spur von Widerstand zeigt, muss er immer weiter gehen.

Am Anfang bleibt nichts. Zwei Faustschläge und Schluss, dann kommt die Versöhnung. Das nistet sich ganz allmählich ein. Jeder muss seinen Platz finden. Wenn die Frau sich wehrt, wenn sie nicht sofort Angst hat, wenn sie sich nicht sofort unterwirft, kann es sehr weit gehen. Er braucht das Entsetzen, braucht es, dass der andere sich unterwirft. Ganz und gar. Seinen eigenen Fehler erkennt. Eine Leere ist, ein Irrtum, den man mit Faustschlägen korrigiert.

Cécile war nicht dafür geschaffen. Sie hat nicht sofort die Tür zugeknallt, weil sie verliebt war. Sie waren so froh miteinander, wenn sich der Tollwütige in ihm ruhig verhielt.

Er hasste es, ihre Tränen, ihren zusammengesunkenen Körper zu sehen. Das Gegenteil von dem, was sie war. Eine fröhliche, muntere Frau, leidenschaftlich, anmutig. Wie er sie liebte. Er war erschüttert, als er sah, wie sie sich in seine Freundin verwandelte: Ringe um die Augen, leblos, von Bitterkeit herabgezogene Mundwinkel. Es war, als wären seine Ausraster der Preis des Vergnügens.

Cécile geht es besser, seit sie nicht mehr zusammen sind. Das sieht man. Sogar ihre Haare sind schöner. Sie hat keine Angst mehr. Sie ist immer noch in ihn verliebt. Aber sie wird nicht zurückkommen. Er kann sich nicht damit abfinden, aber es ist besser so.

Im ersten Jahr nach Tonios Geburt hat er sie nicht angerührt. Sie haben daran geglaubt. Als es wieder anfing, hat sie ihn gewarnt: nicht vor dem Kleinen. Aber es war wieder da. Der Dämon der Gewalt hatte sich so lange im Hintergrund gehalten, dass Patrice glaubte, er habe sich geändert. Aber dann hatte der Dämon seelenruhig wieder seinen Platz eingenommen. An manchen Abenden schlug Patrice sie. Vor dem Jungen. Der Kleine war noch keine zwei, als er gelernt hatte, sich unter seinem Bett zusammenzurollen. Der Junge weinte nicht, er verschloss sich mehrere Tage lang wie eine Auster. Nichts hat Patrice deutlicher vor Augen geführt, wie verstört sein Sohn war, flach auf dem Boden, die Hände auf den Ohren, um nichts zu hören. Bei Cécile konnte er sich noch irgendwie etwas einreden – dass es nicht so schlimm war, dass sie übertrieb, um ihm ein schlechtes Gewissen zu machen. Dass das ihre Frauenspielchen waren, von wegen Feminismus, den Kerl wollen, aber nicht die Härte, die dazugehört. Er sagte es nicht laut, aber sich selbst redete er es ein – wenn es so schlimm wäre, wie sie sagt, würde sie gehen. Aber sein Sohn, dieser kleine lachende und immer tapfere Recke, verwandelte sich in ein ängstliches Tier, floh unter seinem Bett, er brauchte nach diesen Krisen mehrere Tage, um ihn zu beruhigen. Was hätte er sich für Schwachsinn einreden können, um sich von diesem Bild freizusprechen – dass der Kleine noch nicht männlich genug war, dass es dazugehörte? Mit zwei Jahren? Nein, mit zwei Jahren war sein Sohn noch nicht männlich genug, um zu sehen, wie sein Vater mit den Fäusten auf seine Mutter einschlug. Wenn er es wäre, würde er sich ein Gewehr besorgen und dem Wahnsinnigen, der ihn diese Hölle hat durchleben lassen, eine Kugel in den Nacken jagen.

Aber er konnte nicht verhindern, dass es wieder anfing. Cécile, die mit dem großen, dicken Kellner scherzte. Was sollte er machen? Zulassen, dass sich dieses Arschloch einbildet, es könnte vor seinen Augen seine Frau ficken, und nichts sagen? Cécile glaubte, Frauen könnten mit Männern scherzen, ohne dass es Folgen hat. Die Weiber haben keine Eier, da sieht man's wieder, sonst würden sie spüren, was die Kerle denken, während sie Witzchen machen. Cécile war genial, aber es gibt Sachen, die Frauen nicht verstehen. Sie wollen etwas, was eine Utopie ist: Freundschaft und gute Beziehungen zu den Männern. Das gibt es nicht. Die Männer wollen sie ficken, zum Reden haben sie andere Männer. Patrice verdrosch den Kellner, und zu Hause machte er weiter, verdrosch seine Frau.

Sie haben das Zweite gemacht – haben hartnäckig daran geglaubt, sie würden so viel Liebe und Freude ins Haus zurückbringen, dass sich der Zorn schamhaft verdrückt. Aber die Wut ist eine Nutte, die vor nichts zurückschreckt, Patrice hat nicht aufgehört mit seinem Zirkus. Hat sich höchstens andere Körperteile ausgesucht, als sie einen dicken Bauch hatte.

Eines Tages hat ihn Cécile zur Arbeit gehen lassen, hat ihre Sachen und die Kinder genommen und ist abgehauen. Patrice ist durchgedreht, als er mitbekommen hat, dass sie in einem Frauenhaus für Gewaltopfer war. Das war doch wohl nicht ihre Geschichte, nicht dieses Klischee von häuslicher Gewalt. Obwohl, letztendlich doch. Es war die gleiche Geschichte wie jede andere. Er ist eine Karikatur.

Die Gesprächsgruppen hat er gehasst – er ist nicht so wie die Typen, die da hingehen. Sein Vater war nicht im Algerienkrieg, seine Mutter hat ihn nicht verlassen, er ist nicht unfähig, mit seiner Frau zu sprechen – aber das Schlimmste, wenn er ihnen zuhörte, war ihre falsche Einsicht. Das merkt doch jeder! Der Mann, der die Gruppe leitete, war ein Einfaltspinsel. Er schluckte jeden Schwachsinn. Aber nicht mit Patrice! Alle Männer, die dorthin kamen, waren Lügner. Sie sagten, was man von ihnen erwartete. Oft waren sie brillante Redner. Der Teufel ist ein guter Tänzer, sonst würde ihm niemand auf die Tanzfläche folgen. Die Jungs am Tisch waren Stammkunden, sie suchten Entschuldigungen und Erklärungen, taten so, als wären sie erleichtert, ihre Gefühle ausdrücken zu können. Aber der einzige Moment, wo dieser Abschaum ehrlich heult, ist, wenn er sich selbst bemitleidet. Patrice blickte in ihre Seelen.

Er hat auch das Ding mit dem Tagebuch probiert. Jedes Mal, wenn er an einem Tag die Stimme erhob, jedes Mal, wenn die Wut zu groß wurde, um sich noch kontrollieren zu lassen, schrieb er wie ein Idiot auf, was unmittelbar vorher passiert war, notierte die Uhrzeit, bewertete die Stärke der Krise auf einer Skala von eins bis zehn. Jeden Tag holte er dieses verdammte Heft raus. Es schockierte ihn doch ganz schön: Er hat gesehen, mit eigenen Augen gesehen, wie bescheuert er ist. Die Häufigkeit seiner Wutausbrüche neben den Gründen für die Ausraster zeichnete ein erbärmlicheres Porträt von ihm, als er geglaubt hätte.

Die Gesprächsgruppen waren Schwachsinn. Man kam nie zum Kern des Problems: Was wäre er ohne seine Wut? Ein Weichei, einer, der das Maul hält, wenn man ihm den Parkplatz wegschnappt, auf den er seit zehn Minuten wartet? Ein Waschlappen, der nichts sagt, wenn eine fünfzehnjährige Rotznase auf der Straße sein Mädchen anmacht? Ein Ölgötze, wenn sein Kollege ihm zehn Sack Scheiße zum Verteilen stehen lässt, obwohl es nicht sein Job ist? Von früh bis spät wurde er übers Ohr gehauen. Wie sollte er darauf reagieren? Fröhlich pfeifen und sich sagen, dass er zur sozialen Schicht der Punchingbälle, Fußabtreter und Pinkelbecken gehörte? Das sagte der Gesprächsleiter immer – man dürfe nicht alles vermischen und Politik, Gefühle und Alltagsfrust auf eine Ebene stellen. Viel Spaß beim Sortieren!

Einmal hat er in der Gruppe das Wort ergriffen: Wenn ich auf die Gewalt verzichte, was bleibt mir dann? Ich bin kein verfickter Zahnklempner – das sagte er, weil in der Gruppe ein Zahntechniker war, ein Drecksack, der einen auf sanft und schuldbewusst machte, aber es sprang jedem ins Auge, was das für ein Schakal war. Ich habe keinen sozialen Status. Ich habe keine berufliche Zukunft. Wenn ich auf die Gewalt verzichte, wann fühle ich mich dann als Herr? Ehrlich mal, wer respektiert einen unterwürfigen Proleten?

Er mag Kneipenschlägereien. Seit er klein war, prügelt er sich gern. Im letzten Jahr saß er in der Metro neben einem Jungen, einem schwächlichen, mageren Schwarzen, noch ein Kind. Als die Tür aufging, kamen zwei andere Kids, das gleiche Alter, aber mit breiten Schultern, in den Wagen und stürzten sich direkt auf ihn, um ihm seine Kohle abzunehmen und ihn zu vertrimmen. Zwei kräftige Kerle gegen einen Kleinen, Patrice hat nicht lange nachgedacht. Er

hat sie sich geschnappt und abwechselnd auf sie einge-
droschen. Ordentlich. An dem Tag war er der Held
der Metro – die Leute um ihn herum waren froh, dass
ein Psychopath in Reichweite war, niemand dachte
daran, ihn in eine Gesprächsgruppe zu schicken. Sie
gratulierten ihm. Der Wagen brach fast in Ovationen
aus. Wie sollte er sich lebendig und wohl in seiner
Haut fühlen, wenn er keine Wut mehr hätte?

Die Deppen in der Gesprächsgruppe waren alle
Arschlöcher, die ihre Frauen schlugen, aber viele von
ihnen trauten sich nicht, einen Mann anzugreifen.
Patrice kann man vorwerfen, was man will, aber nicht,
dass er wählerisch ist. Er schlägt alle. Es gefällt ihm –
er hat vor niemandem Angst. Wenn es losgeht, muss
die Welt nachgeben, das ist keine Frage, er würde
lieber krepieren als sich ducken.

Zum Glück fällt dieser gigantische Kater auf einen
Samstag. Heute könnte er sich nicht zusammenreißen
und malochen. Er hat schon vier Monate durchgehalten. Mehr als drei schafft er selten. Befristeter Vertrag
bei der Post, er trägt die Briefe aus. Ganz schön
schwierig, dieser Schwachsinn. Er bedauert alles Böse,
was er je über Briefträger gesagt hat. Erst mal ist es
schon hart, nichts zu klauen. Und wie viel er läuft!
Vor allem ist es wie eine Schnitzeljagd, ehe man
rauskriegt, wo die Leute ihre Briefkästen aufstellen.
Wenn man ihn nach seiner Meinung fragte, würde

er das alles schleunigst regeln – da die Idioten schon ein Recht auf Gratispostzustellung haben, können sie wenigstens einheitliche Briefkästen aufstellen, genormt und an der gleichen Stelle. Damit es schneller geht. Deswegen haben die Leute nämlich verlernt, den öffentlichen Dienst zu respektieren: Sie wurden zu sehr verwöhnt. Jeder müsste sich darum kümmern, dass der Briefkasten an der richtigen Stelle hängt und kein bissiger Hund den Zugang verwehrt, jedem müsste klar sein, dass es ein Glück ist, wenn jeden Morgen ein Briefträger vorbeikommt. Sonst herrscht nämlich Chaos, und alle meckern rum.

So eine Tour ist lang. Die Veteranen sind erschüttert, was aus der Post geworden ist. Wie überall. Sie erleben die systematische Zerstörung von allem, was mal funktioniert hat, und dann müssen sie sich auch noch den Blödsinn der Grünschnäbel anhören, die frisch von der Handelsakademie kommen und ihnen erklären, wie die Postverteilung funktionieren soll, obwohl sie während ihres ganzen teuren Studiums nie auch nur ein Sortierregal gesehen haben. Denen geht es nie schnell genug. Die Hilfskräfte sind immer zu teuer. Es ist einfacher, wenn man alles zerschlägt, was früher funktioniert hat. Und dann bilden sie sich was ein auf das Ergebnis: Diese Arschlöcher zerschlagen supergut.

Vernon klappt das Sofa hoch, räumt seine Sachen in eine Ecke, lässt im Bad nichts rumliegen, legt sein Handtuch zusammen und macht nach dem Duschen sauber. Man spürt, wie er es drauf anlegt, minimal zur Last zu fallen. Er trinkt zwei Tassen Kaffee, dann behauptet er, er müsse Freunde treffen, fragt, wann er wiederkommen darf. »Willst du hier essen? Komm zum Apéro, ist das okay?« Es regnet. Wenn er nichts zu tun hat, soll er ins Kino gehen oder im Einkaufscenter rumhängen. Er soll zusehen – dass er hier schläft, heißt keineswegs, dass Patrice die Mama spielt.

Patrice macht am Samstag gern den Haushalt. Er hat sich alle Staffeln von *Walking Dead* runtergeladen. Jetzt schiebt er die zweite in den Beamer. Egal wo er sich in der Wohnung aufhält, sieht er mindestens eine Ecke der Wand. Die Idee mit dem Beamer hatte Sandrine, mit der er eine Weile bei der Inventur von Muji gearbeitet hat. Ihre Schwester jobbte in einer Informatikbude, dort zog sie Beamer ab und vertickte sie für hundert Euro, ein Sechstel des offiziellen Preises. Er macht also gern am Samstag den Haushalt, meistens sieht er die Serien in der Originalfassung, damit er sein Englisch nicht vergisst. Als er jung war, hatte er mal ein Diplom in Englisch gemacht. Er mochte die Uni. Die Vorlesungen, die Cafeteria, die Studentenbünde, die Partys und die Prüfungen.

Bitte schön, noch ein Beispiel: Wie hätte er einen Platz im Studentenwohnheim bekommen, wenn er als Junge nicht gewalttätig gewesen wäre? Nur weil er allen Angst machte, hat er damals bekommen, was ihm zustand. Sonst hätte man auf ihm herumgetrampelt, wie man auf so vielen herumtrampelt, und er hätte aufgegeben. Die kleine Schwuchtel, die die Gesprächsgruppe leitete, ertrug es nicht, wenn er sagte, er wäre nicht gewalttätig, wenn er Kohle hätte. Bla, bla, das hat nichts mit dem sozialen Milieu zu tun, weil bla, bla, das hat nichts mit der Stellung zu tun, die man auf dem ökonomischen Schachbrett einnimmt. Und meine Faust in deiner Fresse, du dreckiger bekloppter Lügner, hat sie vielleicht nicht die Wucht eines gottverdammten armen Vollzeitarbeiters? Das würde nichts ändern? Wenn ich morgens den Arsch aus dem Bett bringen würde, ohne mich zu fragen, welches beschissene Einschreiben mich heute erwischt, ohne jeden Tag wie ein Wilder zu ackern, um zu sehen, wie ich dies regle, und mich zu fragen, wie ich das bezahle – du meinst, das würde nichts an meiner Laune ändern? Ich würde mich angreifbar fühlen, wenn ich eine Menge Kohle hätte? Bist du sicher? Ich hätte nicht weniger Angst? Machst du dich über mich lustig? Wenn ich nicht den ganzen Tag die Schnauze halten müsste und mein Körper nicht unter dem Stress leiden würde, den ich ihm aufzwinge, um dann nicht mal genug zu haben, meinen Söhnen die Skiferien zu bezahlen, dann wäre ich derselbe Mensch? Das glaube ich nicht, nein. Ich glaube eher, dass ich mir die Mühe machen würde, nicht aus dem Auto zu springen, um gegen die Scheibe des Fahrers zu trommeln, der mich schneiden wollte. Ich würde ihn ganz cool ein Arschloch sein lassen, ich würde an das kommende Wochenende denken, ich würde an meinen neuen Anzug denken, ich würde an meinen Sohn auf seinem Tennisplatz denken, ich würde an meine Ex-Frau in der Hundert-Quadratmeter-Wohnung denken, die ich ihr überlassen hätte, ich würde an die nächsten Verträge denken, die ich abschließen würde. Ich würde weniger daran denken, die Geldsäcke zu killen, die nur so gut leben, weil sie mir alles genommen haben. Mir und den Meinen. Alles abgezockt.

Während der Feiertage hat er einen Tierfilm über Afrika gesehen. Eine Oase, alle Tiere trinken, zusammen. Zebras, Giraffen, Strauße, Flusspferde, alle Tiere. Bis die Löwen kommen, im Rudel. Alle machen sich davon, so schnell sie können. Die Schurken sind da. Er wäre eher ein Wolf. Ein einsamer. Und er liebt das Gefühl, das sie auslösen – die braven Leute verduften, zu Hilfe! Wenn er Geld hätte, würde er sich nicht mit einem Tier vergleichen. Er wäre eine Kapazität auf seinem Gebiet, und an den Tagen, wo es ihm an Identität fehlte, würde er sich in die Bar eines großen Hotels fläzen, wo ihn das Personal daran erinnern würde, dass er jemand ist, dass es nichts Besseres gibt als den Platz, der ihm bestimmt ist: Zeit,

Komfort, Menschen, um ihn zu umsorgen. Vor langer Zeit war er mal Wagenmeister der Closerie des Lilas. Man musste die Gäste verhätscheln. Er hat sie sich angesehen, bevor er in ihre Kisten gestiegen ist, die nach Furz, Schweißfüßen und kalter Asche stanken. Er brachte sie zum Parkplatz, damit die Herrschaften nicht zweihundert Meter zu Fuß gehen mussten. Trinkgeld nach Belieben des Gastes. Vom knausrigsten bis zum übertriebenen – das Entscheidende ist, dass es einzig von ihrem guten Willen abhing. Was sie für angemessen hielten, je nach Stimmung. Wie es ihnen passte: *ihr* guter Wille. Ein großes Stück Hass hätte sich gelöst, keine Frage. Dass ein Geldsack, der Zehntausende Euro Steuern im Jahr zahlt, noch Lust hat zuzuschlagen, kommt ihm unwahrscheinlich vor. Die sollen sich doch auf Mauritius von den Nutten massieren lassen, dann haben alle ihre Ruhe.

Bevor er krepiert, würde er gern erleben, wie diese Schakale den Zaster zurückgeben, den sie dem Volk geklaut haben. Mélenchon an die Macht. Revolution. Er würde gern die Banlieue brennen sehen, aber nicht, damit man dort die grün-weiße Fahne hisst, er würde gern schwarze Fahnen sehen. Damit seine Wut zu etwas gut ist – gäbe es morgen Barrikaden, einen Bürgerkrieg gegen die Profiteure, würde man ihn als Helden feiern. Er wird alt, seine Kraft lässt nach, aber einiges ist noch da. Er würde so gern Blut fließen sehen. Das Blut der Banker, der Manager, der Privatiers, der Politiker ... Verdammte Scheiße! Kerle wie er in Kriegszeiten: Helden. Deswegen geht es ihm so auf den Sack, dass alle ihn wegen seiner Gewalttätigkeit nerven. Er ist sicher, wenn es einen ordentlichen Aufstand gäbe, würde er seiner Frau kein Haar krümmen. Cécile wäre eine wunderbare Kriegerfrau geworden. Sie ist hart im Nehmen, hat das Herz am rechten Fleck.

Er hat seinen Wochenendputz erledigt, zum Glück hat Vernon gecheckt, dass man ihn an seinem freien Tag am besten in Frieden lässt. Aber einen Abend lang seine Visage zu sehen, hat eine ganze Epoche in ihm aufsteigen lassen. Er bewundert diese Rocker, die es schaffen, direkt bei der Senilität zu landen, ohne über das Feld Erwachsensein zu gehen. Man merkt, dass sich Vernon, wie viele andere, im Leben nie die geringste Frage gestellt hat, wegen nichts. Dass er von Gesprächsgruppen, Sitzungen beim Psychologen, der Erschütterung der Vaterschaft verschont geblieben ist, der Glückspilz. Er ist derselbe geblieben wie mit zwanzig, als wäre er in Formalin gealtert.

Vernon sieht echt fertig aus, als er zurückkommt. Er besteht darauf, ein Kartoffelgratin zu machen, und rechnet seinen Einkauf auf Heller und Pfennig ab. Die Leidenschaft der Leute fürs Fressen wird Patrice nie begreifen. Steak mit Fritten ist das einzige Gericht, dessen Poesie er versteht.

»Erinnerst du dich an Xavier? Wir haben einen Kaffee getrunken, nach meiner Ankunft in Paris. Er kommt gut zurecht; weißt du, dass er immer noch Drehbuchautor ist? Er wohnt in einer Riesenwohnung mitten in Paris, ein echtes Elternding.«

»Xavier war immer ein Drecksack, oder?«

»Du meinst ein Rechter?«

»Das auch. Aber vor allem ein blöder Arsch. Er war schon immer ein blöder Arsch, oder?«

Im Fernsehen singen Patrick Bruel, Garou und Raphaël zusammen ein Lied von Brel. Am Ende des Stücks kommt Johnny, von hinten – Patrice und Vernon lachen im selben Moment. Die Stimme vom Chef, die Beine vom Chef, seine Gestalt eines prähistorischen Tiers, der Gang einer Tusse mit Eiern. Seine Stentorstimme erklingt, er ist entschlossen, seine Kollegen zur Sitzung der Anonymen Flüsterer zu schicken. Sie lachen, ein Gruß an denjenigen, den nichts umgebracht hat, weder die Drogen in rauen Mengen noch die Lächerlichkeit noch der Erfolg. Das Tier. Vernon ist fertig mit Kartoffelschälen, er hantiert wie ein Prolet, seine Art, das Messer zu halten, seine Handgriffe, seine Effizienz – ein Bauernsohn, der zum Arbeiten in die Stadt gekommen ist. Es liegt nicht nur an seinen Augen, er hat Charme, hat ihn immer gehabt. Man fühlt sich wohl in seiner Gesellschaft. Er macht alles interessanter, einfacher – er beklagt sich nie. Wie kommt es, dass einer wie er keine Frau gefunden hat, die sich um ihn kümmert? Wie stellt er es an, ihnen das Leben so zu vergällen, dass sie abhauen, obwohl sie doch fast alles ertragen, um nicht ihre Koffer packen zu müssen?

Vernon sammelt die Schalen auf, wirft sie in den Mülleimer und fährt mit dem Lappen über den Tisch. Er hat beschlossen, den guten Jungen zu spielen. Patrice weiß es zu schätzen, er ist unfähig, eine Kartoffel zu schälen, ohne die Küche für zehn Tage zu ruinieren. Vernon packt der Blues, sein Gesicht verändert sich in einem Augenblick. Er sagt:

»Die letzte Braut, die ich hatte, war Brasilianerin, sie hat über Johnny geredet, sie hat gesagt, wenn man nicht Franzose ist, kann man nicht begreifen, was wir an ihm finden.«

»Man muss damit groß geworden sein, um daran zu hängen. Das ist das Papaprinzip. Meine eigenen Söhne werden mich nie wie einen richtigen Vater lieben, sie sehen mich nicht oft genug … Wie kommt es, dass einer wie du nicht seit Jahren verheiratet ist? Du müsstest auch Kinder haben und das ganze Drumherum.«

»Ich verliebe mich ausschließlich in Frauen, die mich höchstens fünf Minuten lustig finden.«

»Und deine Brasilianerin, hat sie dich verlassen?«

»Sie war weniger frei, als ich dachte. Das ist mein Ding. Verheiratete Frauen. Ein stinkreicher Kerl. Sie musste nicht wirklich lange überlegen, wohin ihr Herz sich neigte.«

»Leidest du noch darunter?«

»Ja.«

»War es wenigstens keine Tunte?«

»Nein, eine Transsexuelle. Superschön. Superklasse.«

»Du machst Witze?«

»Nein. Du fragst, und ich antworte.«

»Ja, aber das war doch nicht ernst, du sagst Brasilianerin, ich frage, ob es eine Tunte ist, aber das war ein Witz, keine Frage, die eine ehrliche Antwort verlangt.«

»Dann habe ich dich falsch verstanden. Ihr Schwanz war größer als meiner. Ich hab mich zuerst auch gewundert, dass es mir nicht unangenehm ist. Du wirst es nicht glauben, aber die Schlussfolgerung, zu der ich gelangt bin, über die hab ich selbst gestaunt, aber dann hab ich es eingesehen: Ich scheiß auf die Möse. Ich scheiß drauf. Nicht die Möse macht die Frau.«

»Außer zum Kindermachen.«

»Ich rede von Liebe, nicht über den Kindergarten.«

Was Patrice aus dem Konzept bringt, ist nicht so sehr die Vorstellung, dass Vernon sich in eine Brasilianer-

Brasilianerin verlieben kann. Sondern dass er es erzählt. Er ist vierzig Kilometer weg von Paris, er hat keine Bleibe, und anstatt sich bedeckt zu halten und der Frage auszuweichen, trompetet er es stolz heraus: Ich habe mit einer Transsexuellen geschlafen. Patrice weiß nicht, wie er sich verhalten soll. Er verkrampft. Das ganze Ding, seit Vernon angekommen ist, dass er sich mit ihm wohlfühlt und seine Anwesenheit schätzt, nimmt eine Wendung, die ihm überhaupt nicht gefällt.

»Warum erzählst du mir das? Jetzt hast du mir die Stimmung versaut.«

»Ich schäme mich nicht. Das war die schönste Frau, mit der ich je zu tun hatte, die weiblichste, die eleganteste, die mit der meisten Klasse. Mit Marcia durch die Straßen zu laufen, ich kann dir sagen, da habe ich begriffen, was die Männer heißmacht, wenn sie ihren dicken Porsche parken. Man hält sie für Hohlköpfe, aber nur weil man selbst keinen Porsche fährt. Und wenn du ein Hungerleider wie ich bist, der nicht mal seinen Jack Daniels in der Bar bezahlen kann, dann sagst du dir, das Mädchen schmiegt sich an mich, als wäre ich das Kostbarste, was sie hat, und alles, was ich ihr dafür gebe, ist Liebe und Sex! Ich schwör's dir, du fühlst dich wie eine Milliarde Dollar in der Sonne. Aber es ist nicht wegen der Angeberei, ich meine ... es stört mich überhaupt nicht, oberflächlich zu sein. Sie ist einfach Sonderklasse. Sie macht mich verrückt.«

Das ändert die Atmosphäre zwischen ihnen. Patrice weiß nicht, was er denken soll. Er hätte es lieber nicht gewusst. Er ist schockiert. So sehr, dass es ihn selbst überrascht. Und ratlos macht. Wieso geht es ihn überhaupt etwas an, was Vernon in einem Bett treibt. Er will sich jedenfalls nichts zu genau vorstellen, egal was. Es gibt Bilder von Brasilianerinnen, die ihm einfallen und die ihn schon vor gewisse Probleme gestellt haben. Zugegeben, diese Weiber sind schön. Im Fernsehen singt Rihanna ein Lied über Diamanten. Sie hören andächtig zu. Vernon schneidet weiter Kartoffeln in dünne Scheiben. Schließlich bricht Patrice das Schweigen, eigentlich hat er überhaupt keinen Grund, sich so unwohl in seiner Haut zu fühlen:

»Rihanna gefällt mir, sie gefällt mir wirklich sehr. Sie könnte singen, was sie will, Songs von Carlos und Annie Cordy, ich würde es interessant finden.«

»Und die Frauen, die verprügelt werden, können sich bei ihr bedanken: Erklär mal einem Mädchen, dass man sich nicht prügeln lassen darf, wenn diese Gans überall rumrennt und erzählt, wie sie ihren Brownie liebt. Hast du die Fotos von ihrem Gesicht gesehen, nachdem er sie verdroschen hat? Sie ist schön, aber dafür muss man schon ziemlich bescheuert sein, oder?«

»Deswegen hat mich meine Frau verlassen. Mit den beiden Jungs. Ich habe sie auch geschlagen.«

Das ist die Retourkutsche. Ohne nachzudenken. Sie sind quitt. Du erzählst mir, dass du Kerle im Rock vögelst, ich erzähl dir, dass ich meine Frau schlage. Es gibt wieder eine Lücke in ihrem Gespräch. Patrice wird bewusst, dass er zwischen dem Bedürfnis nach Aggression und nach Anerkennung schwankt. Die Erinnerung an die Band-Atmosphäre kommt hoch, die allgemeine Oberflächlichkeit. Zweideutigkeiten, Witze, ernsthafte Gespräche höchstens über Plattencover. Nie Geständnisse, nie Vertraulichkeiten. Auch wenn es um Politik ging, versuchte niemand, ehrlich zu sein. Möchtegernmänner, die die harten Jungs spielen. Es haut ihn um, dass Vernon von seiner Brasilianerin erzählt hat. Irgendwie hat es ihm auch gefallen. Ganz schön gewagt, sich so nackt zu machen.

»Du hast deine Frau geschlagen? Hat sie dich betrogen?«

»Du schlägst die Mutter deiner Kinder nicht, weil sie etwas Schlechtes getan hat. Du schlägst sie, weil du gewalttätig bist.«

»Und fandest du das schlimm?«

»Manche trinken, manche verspielen die Miete, manche gehen fremd; ich schlage zu. Ich habe sie mehrmals zur Notaufnahme geschickt. Nicht jeden Tag natürlich. Ist schließlich kein Hobby.«

»Hast du auch deine Jungs geschlagen?«

»Nein. Cécile meinte, früher oder später würde das auch passieren. Ich bin nicht sicher. Ich hab sie schon mal geschüttelt, klar, es gibt Tage, an denen bist du gestresster als sonst ... Aber ich habe nie die Kontrolle verloren. Das ändert nichts. Die Jungs haben gehört, was mit ihr passiert ist. Zwangsläufig. Mein Sohn Tonio hat noch mit fünf ins Bett gepinkelt. Ich musste ihn nicht zum Spezialisten bringen, um zu begreifen, was falschläuft. Mein Problem ist, dass ich überhaupt kein Selbstmordtyp bin. Sonst wüsste ich, was ich zu tun hätte.«

Vernon hört aufmerksam zu, während er die Kartoffeln in eine große Schale stapelt, von der Patrice nie gedacht hätte, dass man sie in den Ofen stellen kann, aber eigentlich ist es ganz klar, genau genommen handelt es sich sogar um eine Gratinform.

»Du bist zu sensibel. Ihr gewalttätigen Jungs seid immer die Sensibelsten.«

»Das ist ein Weibersatz.«

»Wir wussten nicht, dass wir so verpeilen würden, was?«

»Und wenn wir's gewusst hätten, was hätte das geändert?«

Vernon stellt den Backofen ein, holt noch zwei Bier aus dem Kühlschrank und setzt sich endlich vor den Fernseher. Patrice denkt, dass er sich in seiner Anwesenheit weniger langweilt als erwartet. Allmählich kann er ihn richtig gut leiden. Nach der Reihe großer Stars präsentiert TF1 junge Sänger, die vertraglich an den Sender gebunden sind, die Schlagersendung verliert an Glanz. Ein Mädchen steht ganz komisch da, während es singt, Vernon meint, sie sei behindert. Patrice antwortet, sie hat einen Buckel, das zählt nicht als Behinderung.

Nolwenn Leroy und Patricia Kaas singen Piaf – diesmal sind sie sich einig, beide ziemlich klasse zu finden, mit einem Altersbonus für Patricia, für die Zeit, als sie *Mon mec à moi* sang und es ihnen irgendwie doch gut gefiel, auch wenn sie es damals nicht von allen Dächern pfiffen. Sie hatte die Schönheit der Frauen, die sie haben konnten, nur ein paar Nummern edler.

»Jetzt lassen sie schon die Stars paarweise auftreten, weil man sofort weiterzappt, wenn man nur einen sieht.«

»Du hast recht, sie könnten sie ruhig einzeln singen lassen, man muss ja nicht übertreiben.«

Das Gratin knistert im Ofen. Der Moderator verrät die Antwort auf eine so bescheuerte Zuschauerfrage, dass es sich wie eine Beleidigung anfühlt, als er sie stellt. Der Name des Gewinners erscheint am unteren Bildschirmrand. Ohne Übergang wechselt der Moderator den Gesichtsausdruck, seine Stimme beginnt zu beben, als er von einem teuren, kürzlich zu früh Verstorbenen spricht. Auf dem Vorhang der großen Bühne erscheint das Schwarz-Weiß-Foto von Alex Bleach. Vernon krümmt sich, als hätte er einen unsichtbaren Schlag erhalten:

»O Gott, nein!«

»O doch. In der Nuttengrube, wie alle VIPs ... Hast du ihn noch gesehen?«

»Ja. Und du?«

»Am Anfang oft. Als es anfing zu laufen, hat er mich ständig angerufen, ich kam mir vor wie sein Bruder.«

»Ebenso. Aber er hat's nicht hingekriegt, zu den Verabredungen zu kommen, das war ätzend.«

»Ich war noch mit Cécile zusammen. Ich habe es so gedreht, dass wir uns getroffen haben, wenn sie nicht da war. Er hätte deine eigene Frau in deinem Bett gefickt, während du schläfst. Er war eine Höllengefahr für den Ehefrieden, dieser Dämlack. Aber er hat ihnen auch gefallen. Bei seiner Beisetzung habe ich welche gehört, die behaupteten, dass die Weiber sich nicht um ihn geschert hätten, wenn er keine Kohle gehabt hätte. Aber ich habe meine Alte schon versteckt, wenn er auftauchte, da hatte er noch keine einzige Platte aufgenommen. Ab nach Hause, versuch nicht zu diskutieren, heute ist Küchentag. Der Junge war wirklich ein Sonderfall.«

»Warst du bei der Beisetzung?«

»Die ganze Band. Wenn es um Beisetzungen geht, gehöre ich wieder zur Band. Wir hätten beinahe wieder angefangen, hat er dir davon erzählt?«

»Nein. Wenn ich ihn getroffen habe, war er so zugedröhnt, dass er nur Schwachsinn erzählte, nichts von der Arbeit. Er hat ein ganzes Jahr lang meine Miete bezahlt. Sogar zwei, genau genommen. Aber wir haben uns nicht oft gesehen …«

»Deine Miete in Québec?«

»Per Überweisung, ja.«

»Das war ein Witz. Ich bin froh, dass du dich nicht die ganze Zeit verpflichtet fühlst, mir die Wahrheit zu sagen, sonst würde ich mir Sorgen machen.«

»Ich hatte es nicht drauf, zur Beisetzung zu gehen. Zu viele Leute. Und nicht meine, diese Leute.«

»Es war finster. Lauter VIPs und die ganzen Geldsäcke waren da, sie taten so, als wären sie traurig, dabei waren sie nur scharf darauf, neben Vanessa Paradis zu sitzen.«

»Ich glaube, das Gratin ist fertig. Soll ich Salat machen? Hast du Hunger? Warum ist es nichts geworden mit der Band?«

»Ich fand das lächerlich, außerdem höre ich die Musik überhaupt nicht mehr. Aber als sie mir erzählt haben, was er kassiert, war ich auf der Stelle bereit, meinen Bass rauszuholen. Ich hätte auch im String Pirouetten getanzt, um so viel Kohle einzusacken! Das sage ich nicht, um dich heißzumachen. Alex hat *Ja* gesagt, wir hatten eine Probe, aber danach hatte er nie mehr Zeit. Ich verstehe ihn. Ich war enttäuscht, wegen des Zasters, aber menschlich war es widerlich. Dan war ein Arschkriecher, echt peinlich. Und Vince hat ihn ständig angemotzt. Megasauer, weil er nicht an seiner Stelle war. Außerdem konnte keiner von uns mehr spielen, aber wir mussten uns trotzdem an Alex abarbeiten, wollten ihn nicht Leader sein lassen, bla, bla, bla … Er ist nie wiedergekommen.«

»Magst du die Soße mit ordentlich Essig?«

Jeden Sonntag graut es Sophie vor dem Mittagessen im Restaurant mit ihrer Schwiegertochter, ihrem Sohn und der Kleinen. Sobald sie die Familie sieht, ist sie todunglücklich. Wie immer wird der Buggy der Kleinen neben den Tisch gestellt. Sie ist fünf Jahre alt! Was hat sie noch im Wagen zu suchen? Obendrein mit einem Fläschchen voll Schokomilch. Die Eltern erklären ihr, das sei heutzutage normal, aber sie sieht doch, dass die anderen Kinder ringsum besser erzogen sind. Als die Kleine am Tisch quengelt, hält Marie-Ange ihr den Mund zu, um weiterreden zu können. Sie fragt sie nicht, was los ist, sie erklärt ihr nicht, dass man die Erwachsenen nicht unterbrechen darf, sie streckt die Hand aus und knebelt sie. Xavier weiß, dass man so nicht mit einem Kind umgeht, das schon sprechen und laufen kann. Aber er weicht dem Blick seiner Mutter aus und starrt auf seinen Teller. Sein Vater war auch so ein Feigling.

Ihre Schwiegertochter ist ein bisschen verrückt, aber nicht auf die charmante Art. Ihr Blick verbrennt alles, was er berührt. Marie-Ange war in Xavier verliebt. Aber das ist lange vorbei. Sie gibt sich keine

Mühe, ihre Langeweile zu verbergen, wenn sie mit ihm zusammen ist, auch nicht ihre Verachtung, wenn er etwas sagt. Sie ist aus ihrem Märchen von der Reichentochter, die einen armen Schlucker heiratet, in die Wirklichkeit zurückgekehrt. Ganz sicher denkt sie oft an die Worte ihres Vaters, als sie ihm ihre Heiratspläne verkündet hat, »Für eine Frau gibt es nichts Schlimmeres, als sich unter ihrem Niveau zu paaren«. Der alte Schwachkopf hat sich nicht mal geschämt, den Satz vor der Mutter des Bräutigams zu wiederholen. Marie-Ange weigert sich, die Kleine allein mit ihrer Großmutter zu lassen. Auch da hat sich Xavier nicht getraut, ihr das klar zu sagen, aber Sophie hat es verstanden. Sie muss irgendetwas Böses getan haben. Ab und zu lässt ihr Xavier das Mädchen heimlich für einen Nachmittag. Er muss abends seine Frau anlügen, behaupten, er sei bei ihnen im Park geblieben. Er weicht aus, laviert. Sie ist nicht die einzige Frau in seiner Umgebung, die enttäuscht darüber ist, was aus ihm geworden ist.

Man erholt sich nicht. Es gibt Leute, die immer wieder auf die Beine kommen, jeder, wie er kann. Es gibt ein Leben vor dem 13. Dezember 1986 und ein Leben danach. Vorher eine langsame Agonie – zwei Jahre schwarze Hölle, aber das Leben wahrte noch den Schein. Man musste Lösungen finden, fand Gründe, wollte daran glauben. Dass sie da rauskommen würden. Ihr älterer Sohn war drogensüchtig. Sie haben alles probiert, manchmal dachten sie, sie wären mit den Kräften am Ende, aber sie haben niemals aufgegeben. Solange Nicolas da war. Gebete, Pflanzen, Psychologie, Pharmakologie, Sport, kalter Entzug. Sie haben die Unterstellungen der Therapeuten ertragen – wenn es einen Drogensüchtigen in der Familie gibt, sind alle mitschuldig. Nicolas wollte nicht sterben. Er rief um Hilfe, wollte da raus.

Dann der 13. Dezember, die Polizei vor ihrer Tür. Sie haben nicht angerufen. Sie sind gekommen. Sophie hat die Tür aufgemacht und hat es gewusst. Die Sonne strahlte, es war ein Samstag, sie arbeitete nicht, ihr Mann war auf Dienstreise in Toulouse. Sie war früh aufgestanden und putzte die Fenster mit Spiritus, sie hatte die Familie zu Weihnachten eingeladen und bereitete das Haus vor. Reisen vermieden sie, das wurde zu kompliziert. Xavier hatte die Nacht bei einem Freund verbracht. Sie erlaubten ihm mehr als seinem großen Bruder im selben Alter. Ein Therapeut hatte sie gewarnt, für den Jüngeren ist es schwieriger, man muss ihm Luft zum Atmen lassen. So weit waren sie gekommen. Dass sie dem Jüngeren weit weg von ihnen Luft zum Atmen ließen. Xavier war ihr Liebling. Der Kleine. Er war zärtlicher, ruhiger. Er wusste, wie er seine Mutter glücklich machte. Später hat sie sich große Vorwürfe gemacht. Vielleicht war das die Erklärung. Sie hat sich mit dem Kleinen so viel wohler gefühlt.

Sie wusste, was sie ihr sagen wollten. Und die Worte hatten sich eins nach dem anderen in sie gebohrt, sie konnte nichts mehr tun, um zu verhindern, dass sie für immer den Lauf der Dinge änderten. Man hatte Nicolas' Körper in einem verlassenen Auto gefunden. Die Polizei sagte Überdosis, aber die Autopsie ergab später, dass er sich Drogen gemischt mit Batteriesäure gespritzt hatte. Batteriesäure. In den Venen ihres Jungen.

Mitten in ihrem Leben ist der Vorhang gefallen. Das Überraschende war die Leichtigkeit, mit der alles zusammenbrach. Eine Schwarzblende, so kurz, dass sie jahrelang die absurde und hartnäckige Gewissheit bewahrte, es müsse möglich sein, zu diesem Moment zurückzukehren, eine andere Regung hätte ausgereicht, damit alles an seinem Platz bliebe. Ein magischer Gedanke, den sie nicht loswurde – es musste möglich sein, zu diesem Tag zurückzukehren und ihn zu ändern.

Nicolas hätte nur bei jemand anderem kaufen müssen, sie hätten nur an diesem Tag beschließen müssen, ihn überall in der Stadt zu suchen und mit Gewalt nach Hause zu bringen, wie sie es hundertmal getan hatten. Aber sie haben ihn nicht vor sich selbst schützen können. Sophie hat nie begriffen, wie es losgegangen war, durch welche Ritze sich das Unglück bei ihnen eingenistet hatte. Sie hatten so ein nettes Familienleben, keine Geldprobleme, alle gesund. Solange die Kinder klein waren, war es ein fröhliches Haus. Es gab Liebe und Fürsorge zwischen ihnen, sie hatte nicht die geringste Ahnung, welches Problem ihn in Verzweiflung gestürzt hatte. Sie hat die Geschichte von allen Seiten untersucht, die Biografien von allen Onkeln und Großeltern durchforstet – weder Depression noch Abhängigkeit gehörten zu ihrer Vergangenheit. Nicolas war ein wilder Junge gewesen, nicht sehr glücklich in der Schule, aber sportlich und begabt bei allem, was er anpackte. Er war neugierig und offen.

Schließlich war sie zu der Schlussfolgerung gelangt, dass es chemisch war – seine Chemie konnte dem Heroin nicht widerstehen. Es hatte ihn beim ersten Mal erwischt. Tausende probieren einmal, übergeben sich und wenden sich ab. Andere werden abhängig, dann beschließen sie, aufzuhören, manchmal ist es schwierig, aber sie hat viele junge Leute getroffen, die es geschafft haben, damals, als sie versuchten, ihm zu helfen, sie sah doch, dass es möglich war. Politik, Mädchen, Studium, Sport, Musik … die Kinder der anderen entdeckten ihre Leidenschaften. Nicolas hat nur eine erlebt: den Tod in Pulverform. Das graue Gespenst des Heroins hatte ihren Sohn auserwählt. Und es gab kein anderes Leben als das, mit der Nadel und den Pupillen, deren Größe man ständig überwacht. Mit der grauen Haut, den Augenringen, den Lügen, dem flüchtigen Blick voller Wut, den an den Schläfen klebenden Haaren, dem gequälten Lächeln, den Brandlöchern in den Laken. Das Leben mit dem Stoff. Es hat erst mit dem Tod ihres Jungen geendet.

Xavier nannte seinen Bruder Houdini, und die Eltern mussten trotz allem lächeln. Mein Bruder ist Houdini, als Nicolas sein Zimmer im sechsten Stock verlassen hatte, ohne durch die abgeschlossene Tür zu gehen, in der Tasche zwei Goldarmbänder aus dem verschlossenen Safe, die er ungerührt verkaufte, um einen Schuss zu bezahlen. Mein Bruder ist Houdini.

Man hatte Nicolas begraben, und in der Erinnerung seiner Mutter verblasste der leidende junge Mann. Sie fand den kleinen Jungen wieder. So kampflustig, dass sie mit den Direktoren und Direktorinnen aller Schulen, in denen er angemeldet war, bestens bekannt war. Er liebte Crêpes zu Lichtmess, die alten Western, die sein Vater mit ihm sah, kletterte gern auf den Schrank in seinem Zimmer und behauptete, er sei Grendizer, er sammelte die Rahan-Comics und baute gern Raumschiffe aus großen Pappkartons. Er liebte es auch, seinen Bruder bei den Haaren zu packen und auf dem Rücken durch den Garten zu schleifen.

Sophie lebt mit diesem kleinen Jungen. Sie spricht mit ihm, kehrt jeden Tag in die Vergangenheit zurück, um ihm zu sagen, dass sie ihn nicht vergisst.

Nach seinem Tod hatten sich die Dinge von innen

zersetzt. Zunächst hielten sich die Protagonisten auf den Beinen. Mit Asche gefüllte Hüllen. Aber ganz allmählich ist alles zerfallen. Ihre Ehe. Xaviers gute Laune. Ihre Arbeit. Sophie hasste das Unglück, das sie in den Gesichtern ihrer Liebsten las. Sie gehört nicht zu der Elite, die an der Erfahrung des Schmerzes wächst. Sie wünscht sich kein Glück für ihren Nächsten. Und sie war fassungslos, wie wenig Aufsehen ihre Apokalypse in der Welt erregte, fassungslos, dass das Leben für die anderen weiterging, als wäre nichts gewesen. Sie presste die Zähne zusammen, wenn sie glückliche Mütter ihre Kinder mit Blicken liebkosen sah, sie ballte die Faust, wenn sie im Supermarkt glückliche Menschen traf. Sie wollte, dass alle Menschen durchmachten, was ihre Familie durchgemacht hatte, sie wollte, dass alle wüssten, was eine zweigeteilte Welt bedeutet. Vor dem Verlust und danach. Sie hätte gern an Gott geglaubt, um fragen zu können: Warum wir?

Selbst die Gegenstände in ihrem Haus teilten sich in zwei Kategorien: die aus der Zeit von Nicolas und die, die später gekommen waren. Jede Glühlampe, die man wechselte, war eine weitere Handvoll Erde auf dem Sarg ihres Sohnes. Als die Kaffeemaschine ihren Geist aufgab, brach sie in Tränen aus. Die Maschine, die er berührt hatte. Eine Tasse, die beim Abspülen zerbrach, zerriss ihr das Herz. Diese Tasse, die er so oft ausgespült hatte, nachdem er morgens seinen Kaffee getrunken hatte.

Ihr Mann ging weg. Zuerst schweißte das Drama sie zusammen wie durch ein Feuer verschmolzene siamesische Zwillinge. Dann ertrug er es nicht mehr. Er hatte den Mut, es zuzugeben. Er konnte nicht mehr. Die Atmosphäre im Haus. Das rasende Schuldgefühl, gemischt mit Verleugnung. Er war in eine andere Geschichte umgestiegen, mit einer nicht zerstörten Frau. Er hatte sie zurückgelassen. War buchstäblich vor ihr geflohen. Sie hat nichts mehr von ihm gehört.

Sie ist sicher, dass Xavier seinen Vater noch trifft. Aber er will nicht mit ihr darüber reden. Auch von dieser Trennung hat sie sich nie erholt. Sie gehört nicht zu den Starken. Natürlich sieht sie in den Gesichtern der Leute, die sie kennt, die Ungeduld – nach all der Zeit immer noch leiden, ist das normal? Sie wünscht es ihnen allen zu erleben, was sie erlebt hat.

Es kommt nicht infrage, dass sie sich davon erholt. Das interessiert sie nicht. Vielleicht will Marie-Ange deshalb nicht, dass die Kleine allein zur Großmutter geht. Die Alte ist verrückt. Sie trägt immer noch Trauer.

Sie hätte sich besser um Xavier kümmern sollen. Sie spürt seine Feindseligkeit, sie weiß, dass er die Schuld tragen muss, der Liebling gewesen zu sein, dann das schlechte Gewissen, überlebt zu haben, und sie hat ihm nicht geholfen. Sie konnte ihn nicht vor der Kälte schützen, die sich danach über das Haus gelegt hat. Heute ist er ein Mann. Sie ist schockiert von jeder neuen Falte, die sich in sein Gesicht gräbt. Sie haben sich nicht mehr viel zu sagen. Dieses Sonntagsessen ist eine Qual für alle. Sophie verträgt das chinesische Essen schlecht. Sie schiebt einen Zahnarzttermin vor, um früher gehen zu können. Marie-Ange, die sich einbildet, dass die paar Stunden *en famille* für die Alte die einzige Freude ihres Lebens darstellen, wundert sich – Zahnarzt, am Sonntag – und zieht eine Augenbraue hoch. Xavier hat es begriffen. Wie üblich drückt er sich. Sophie bestätigt – ja, es ist ein Freund, er empfängt mich am Sonntag.

Sie hat nicht die geringste Lust, mit zu ihnen nach Hause zu gehen und der Kleinen beim Spielen zuzusehen, ohne an sie heranzukommen. Marie-Ange misstraut ihrer Schwiegermutter, hält sie für morbide und verrückt. Vielleicht hat sie recht. Wenn man ihr erlauben würde, eine freiere Beziehung zu der Kleinen aufzubauen, würde nicht das Kind sie aufwärmen, sondern die alte Frau das Mädchen vergiften. Ist sie giftig geworden? War sie es immer schon? Ist sie verantwortlich für alles, was geschehen ist? Vergiftet sie ihre Nächsten? Vielleicht.

Es ist ein strahlender Sonnentag, wie es ihn im Februar manchmal gibt. Eisig kalt, aber schönes Licht. Sie wird im Rosa Bonheur ein Bier trinken.

Tagsüber dürfen sich sogar Damen ihres Alters auf die Terrasse setzen, ohne dass man sie anstarrt. Dafür ist Paris hervorragend. Sie trinkt zu viel, sie trinkt wie die Alkoholiker – schon am Morgen, in kleinen Mengen, heimlich. Langsam. Der Alkohol verändert ihr Gesicht. Ein neuer Ausdruck des Scheiterns. Ihr Sohn tut, als merkte er nichts. Er hat Angst vor ihr. Er hat Angst, ihr zuhören zu müssen, wenn sie von etwas anderem spricht als den Röntgenbildern ihrer Lunge oder den Bauarbeiten bei der Metro. Sie geht ihm schlichtweg auf den Geist.

Normalerweise meidet sie die Parks, wegen der Kinder. Das hat nie nachgelassen. Er ist da. Er ist immer da. Er klettert von unten eine Rutsche hoch, hält sich wie ein Teufelchen an den Rändern fest, und als er oben ist, tritt er den Jungen, der gerade von der richtigen Seite rutschen wollte, in den Bauch. Der Kleine war besessen, man konnte ihn nicht mit anderen allein lassen, ohne dass binnen Kurzem jemand heulte. Seine Augen blitzten vor Durchtriebenheit. Sie rief seinen Namen, und er drehte den Kopf in die andere Richtung. Was ist sie gerannt! Wenn sie es gewusst hätte, hätte sie jede seiner Dummheiten genossen. Nicolas ist noch da – die Vergangenheit ist erstarrt, ihre beiden Söhne sind auf der Rutsche, sie sorgt sich, dass sie sich nicht verletzen, den anderen Kindern nicht wehtun. Der Lärm ihrer Prügeleien und ihres Gelächters ist für immer da – es gab einen Moment der Freude in ihrem Leben, er ist unbeschädigt. Nichts ist vergangen. Sie ist verrückt. Man gewöhnt sich besser daran, als man vermuten würde.

Aber heute Nachmittag hat sie Lust, die Bäume in Paris zu sehen und auf der Terrasse, fernab des Autolärms, ein Bier zu trinken. Sie zwingt sich, den Park zu betreten. Auf der ersten Bank geht sie an einem Obdachlosen vorbei. Sie achtet nicht auf ihn. Sie denkt an das Gedicht von Prévert, die Verzweiflung sitzt auf einer Bank. Sie ist immun, wie viele Menschen, gewöhnt an das Elend der anderen, aber immer etwas schuldbewusst, den Kopf abzuwenden. Sie macht ein paar Schritte, kriegt das Bild nicht aus dem Kopf. Ein armer Kerl, er ist jung, man sieht an seiner Haltung, dass er noch nicht lange auf der Straße ist, aber man identifiziert ihn sofort als jemanden ohne Dach über dem Kopf. Dann wird sie langsamer. Sie kennt das Gesicht. Hat Mühe, es einzuordnen. Sie kennt das Gesicht. Sie zögert. Das ist absurd. Unmöglich. Sie macht kehrt.

»Vernon? Sind Sie das? Erinnern Sie sich nicht an mich? Ich bin die Mutter von Xavier. Erinnern Sie sich? Ich habe Ihre Hemden mit Jabot gebügelt, wenn Sie bei uns übernachtet haben.«

Sie hätte nicht stehen bleiben dürfen. Die Traurigkeit, die ihre Brust zu sprengen droht, ist noch unerträglicher als der Zorn, den sie angesammelt hat. Mein Kleiner, mein Baby. Mein Süßer, mein Schatz. Armes Kind. Er ist auch ein Mann geworden. Sie würde sich nicht trauen, ihn zu umarmen. Als reichten die Kränkungen der Zeit nicht aus. Dein Gesichtchen. Seine Augen sind noch genauso wunderbar. Seine Wangen sind eingefallen. Mein Baby. Sie denkt oft daran, Nicolas wäre heute ein reifer Mann, sein Gesicht voller Falten, sein Körper schon müde. Sophie setzt sich neben Vernon, der antwortet:

»Natürlich erinnere ich mich an Sie. Sie haben sich gar nicht verändert.«

Sie lächelt. Galant war er schon immer. Als er noch keine zwanzig war, hatte er schon etwas Ritterliches in seinem Verhalten. Ein richtiger kleiner Mann. Sie freute sich, dass Xavier einen Freund hatte, den er mit nach Hause brachte. Vernons Familie wohnte in der Provinz, für Sophie war er wie ein neuer Sohn. Er brachte ihr Blumen, wenn er zum Essen kam. Es dauerte eine Weile, ehe sie begriff, dass nicht seine Eltern ihn beauftragten, sie ihr zu bringen, sondern dass er selbst sie von seinem Taschengeld kaufte. Er half ihr beim Abräumen und nötigte Xavier abzuwaschen. Er machte das Haus fröhlicher. Sie kontrollierte seine Pupillen, wie sie die Pupillen aller jungen Leute kontrollierte, die sie traf. Er trank gern Bier, nahm aber keine harten Drogen. Ihr gefiel sein Einfluss auf Xavier, ihre lebhaften Stimmen, Krach, Streit und Lachen zwischen jungen Burschen, die sich in ihrem Zimmer amüsierten und dabei ununterbrochen Platten hörten. Die Geräusche eines normalen Hauses, das nicht vom Blitz getroffen war.

»Ich komme gerade von Xavier. Habt ihr noch Kontakt?«

»Natürlich. Ich habe doch erst vor Kurzem Colette gehütet ... hat er es Ihnen nicht erzählt?«

»Nein, das hat er wohl vergessen. Die kleine Hündin ist gestorben, wussten Sie das? Das hat ihn aufgewühlt! Es hat mich ganz traurig gemacht, ihn so erschüttert zu sehen.«

»Es tut mir leid, das zu hören. Sie war eine tolle Hündin. Wie traurig!«

»Ein schnell wachsender Krebs. Es ist ihm wirklich sehr nahegegangen. Und Sie, Vernon, wie geht es Ihnen?«

Er hat überhaupt keine Lust, mit ihr zu reden. Sie glaubt zu wissen, was er empfindet. Wenn du auf der Seite der Pestkranken stehst, sind deine Welt und die der verschont Gebliebenen durch eine klare Linie getrennt. Dann willst du weder Barmherzigkeit noch Anteilnahme. Hättest du im Grunde am liebsten gar keinen Kontakt mehr. Dieselben Wörter haben auf der einen und der anderen Seite der Grenze nicht mehr denselben Sinn.

Seine Hände sind rot, rau von der Kälte. Er ist in sich zusammengesunken. Seine Sachen sind ordentlich. Er ist sauber. Sie kann ihn da nicht sitzen lassen.

»Was ist los mit Ihnen?«

»Eine schlechte Phase. Machen Sie sich keine Sorgen, wirklich nicht … man könnte glauben, hier, so … aber das ist vorübergehend, nur eine Frage von Tagen …«

»Wollen Sie nicht mit zu mir kommen? Ich habe ein freies Zimmer, Sie stören überhaupt nicht. Erst recht, wenn Sie sagen, es ist nur für ein paar Tage. Und ich bin daran gewöhnt, allein zu leben, machen Sie sich keine Sorgen: Ich werde nicht den ganzen Abend mit Ihnen schwatzen.«

»Das ist sehr freundlich von Ihnen. Aber ich bin nicht auf der Straße … ich hatte einen langen Abend gestern, ich wohne weit draußen und konnte nicht zurück, und heute dann … das ist eine lange Geschichte. Ich will Sie nicht damit erschlagen. Alles gut, machen Sie sich keine Sorgen um mich, das wird schon irgendwie.«

Manche Männer ändern sich ab fünfzehn nicht mehr. Sie kennt diesen Tick, sie lügen schamlos, wie Idioten, wahrscheinlich gehen sie davon aus, dass die Frauen zu blöd sind, um den Unterschied zwischen einer plausiblen Information und einer absurden Geschichte zu erkennen. Vernon lügt, wie er als Fünfzehnjähriger gelogen hat, wenn es morgens im Zimmer nach kaltem Tabak roch, aber er und Xavier behaupteten, der Gestank komme von draußen, und nicht davon abwichen. In Sachen Wahrheitsverdrehung hatte Nicolas das verfügbare Talent der Familie für sich beschlagnahmt. Xavier hat immer ungeschickt gelogen.

Vernon lügt sie an, sie erkennt es an seinen Schuhen, an dem Geruch, wenn man näher kommt, an der Tasche unter der Bank, an der verstörten Miene, die er nicht ganz ablegen kann, auch wenn er sich Mühe gibt, sie zu beruhigen. Er hat Hunger.

»Ich sehe heute mies aus, aber Sie brauchen sich wirklich keine Sorgen um mich zu machen, ganz sicher … Grüßen Sie Xavier von mir, sagen Sie ihm, es tut mir wirklich leid um die kleine Colette. Machen Sie sich keine Sorgen.«

Was kann nur passiert sein, dass ein Junge wie er in eine so dramatische Lage geraten ist? Jeder sagt sich, wenn er einen Obdachlosen sieht, das könnte ich sein, das könnte mein Sohn sein, aber jetzt wird Sophie bewusst, dass man nie wirklich daran glaubt. Man sagt sich, irgendwas muss da sein, ein geistiges Problem, ein Grund. Dabei sollte sie doch verdammt noch mal wissen, dass das Leben eine Lotterie ist. Sie ist immer noch Expertin im Prüfen der Pupillen, ein Drogenproblem hat er nicht.

Sie wühlt in ihrem Portemonnaie, streckt Vernon den einzigen Zwanzigeuroschein hin, den sie darin findet – sie nötigt ihn, das Geld zu nehmen, und als er sich weigert, steckt sie es ihm entschlossen in die

Jackentasche. Sie findet die Haltung wieder, mit der sie ihm begegnet ist, als er ein junger Mann war und etwas gesunde Luft in das Leben ihres Sohnes brachte.

»Es wird mir nicht fehlen. Bitte, nimm es. Das ist nichts, ich habe nur nicht mehr bei mir. Hör auf, mich anzulügen. Willst du mit mir essen gehen? Ich hatte gerade Lust, irgendwas zu essen … ich lade dich ein.«

»Nein, Madame, das ist reizend. Ich habe keine Zeit.«

»Vernon, hör zu: Wenn du ein paar Tage zu mir kommen willst und Xavier nichts davon erfahren soll, schweige ich wie ein Grab. Ich werde dir keinerlei Fragen stellen.«

Da sich Vernon nicht überzeugen lässt, nimmt sie ihm das Versprechen ab, auf sie zu warten. Sie rennt zur Société Générale am Ausgang des Parks und hebt hundert Euro ab. Das ist alles, was ihr bis zum nächsten Monatsbeginn bleibt. Sie wird schon klarkommen. Auf jeden Fall will sie sich heute Abend nicht fragen müssen, ob er bei der Kälte draußen schläft. Sie würde gern die richtigen Worte finden, um ihn zum Mitkommen zu bewegen, damit sie sich um ihn kümmern kann. Sie erinnert sich gut, wie sich das anfühlt – jemandem helfen wollen, der sich abwendet.

Aber sie malt sich schon aus, wie sie das kleine Zimmer umräumt, in dem sie bügelt, damit er sich dort einrichtet, sie könnte sich mit ihm um die administrativen Dinge kümmern. Sie hat keine Angst davor, in der Verwaltung anzustehen, auch nicht vor Formularen. Sie wird es ihm sagen, sie erledigen das zusammen. Sie kann etwas für ihn tun. Das braucht sie ebenso wie er. Zu etwas nützlich sein.

Als sie zurückkommt, ist die Bank leer. Sie ist verzweifelt. Sie eilt durch den ganzen Park, schaut sich überall um. Die Spaziergänger, die ihr entgegenkommen, starren sie verwundert an. Sie weiß, dass sie wie eine Verrückte aussieht. Daran ist sie gewöhnt.

Vernon sitzt in Höhe der Taschen und Schuhe, um die Gesichter zu sehen, muss er den Kopf heben. Er ist besoffen vom Vorbeimarsch der Ärsche. Ohne Pause watschelt es durch sein Stück Gehweg. Früher hat er drauf geachtet, den Obdachlosen im Vorbeigehen in die Augen zu sehen, um zu sagen, ich sehe dich, du bist da, ich nehme dich wahr. Da wusste er noch nicht, dass es dir, wenn du erst mal am Boden bist, piepegal ist, ob die Leute dich ansehen. Stecken sie die Hand in die Tasche oder nicht, das ist die einzig interessante Frage. Aufmerksamkeit macht nicht satt und wärmt nicht, die können sie behalten.

Es hat drei Tage gedauert, bis er sich durchgerungen hat, sich hinzusetzen und die Hand auszustrecken. Den ersten Tag hat er unter der Erde verbracht, in der Metro. Von einem Endbahnhof zum anderen. Er ist alle Linien abgefahren. Hat gedöst, die Zeitungen gelesen, die die Leute beim Aussteigen liegen gelassen haben, er hat die Bahnsteige vorbeiziehen sehen, Anschlusszüge genommen, Musikern zugehört. Er suchte sich eine beliebige Station aus, setzte sich auf den Bahnsteig, ließ ein paar Züge vorbeifahren, dann stieg er ein, fuhr bis zum Endbahnhof. Er wahrte den Anschein. Dabei kümmerte sich keiner darum, was er tat.

Als die Metro ihre Gitter geschlossen hat, ist er an die Oberfläche zurückgekehrt. Er war in Passy. Dort hat er seine erste Nacht draußen verbracht, im Schutz eines Geldautomaten. Ungewohnter als alles andere fühlte es sich an, mitten in der Nacht eine Pappe zu suchen, um sich vor der Bodenkälte zu schützen. Er hatte das komische Gefühl, eine Rolle zu spielen. Er glaubte nicht richtig an das, was da geschah. Als ein Säufer aus dem Sechzehnten zum Bankomaten gewankt ist, hat er die Gelegenheit genutzt und sich hinter ihm reingeschoben, hat getan, als warte er darauf, dranzukommen, entspannt und würdevoll, mit seinen drei Pappen unter dem Arm. Dann hat er sich auf dem Boden ausgestreckt, seine Tasche unter dem Kopf geschoben und gewartet, dass der Tag beginnt. Eine Decke wäre nicht schlecht gewesen. Er ist noch nicht richtig ausgerüstet. Am zweiten Tag hat er auf den Betriebsbeginn der Metro um fünf Uhr gewartet und erst mal in der Linie 8 ein Nickerchen gemacht. République ist er ausgestiegen, hat hartnäckig den Mann gespielt, der irgendwohin will. Dort hat er ein paar Stunden – oder ein paar Minuten, die Zeit hatte ihre Kontur verloren – auf unbequemen Bänken gesessen, den Blick auf die gegenüberliegende Wand gerichtet, wie jemand, der sich um seine alltäglichen Geschäfte sorgt. Das Umsteigen von einem Zug in den anderen bedeckte ihn mit einem schwarzen Schmutzfilm. Dann brauchte er Luft und ist an die Oberfläche zurückgekehrt. Er ist lange gelaufen, hat sich Schaufenster angesehen wie ein normaler Passant. Am Place de l'Opéra ist er in den Apple-Store gegangen, um sich aufzuwärmen. Die Verkäufer in ihren blauen Westen haben ihn nicht bemerkt, zu viele Leute drängten sich um sie. Er hat auf Facebook nachgesehen, ob Marcia ihm eine Nachricht hinterlassen hat. Hatte sie nicht, also hat er seine Seite verlassen. Er hat versucht, Nachrichten zu lesen, aber vergeblich einen Artikel gesucht, der ihn interessiert, hat sich Clips mit Mädchen angeschaut. Dann hat er sich wieder auf den Weg gemacht. Ist bis Pigalle gelaufen und dort wieder in die Metro abgetaucht, bis zum Abend.

Diesmal hatte er Glück und konnte hinter einem Ehepaar in ein Wohnhaus schlüpfen. Bis sie auf der Treppe verschwunden sind, hat er so getan, als suchte er einen Namen an den Briefkästen. Immer vorgeben, man habe einen Platz in der Stadt. Er ist zu Fuß zur obersten Etage gestiegen. Unten waren die Treppen breit und mit abgetretenem rotem Teppich bedeckt, je höher man kam, desto enger wurden sie, und das Holz war nackt. Er hat sich auf den Boden gelegt, nach zwei Tagen Asphalt fand er das gebohnerte Parkett sehr einladend. Das Klappern von Schlüsseln weckte ihn, jemand verließ seine Wohnung, stieg über ihn hinweg, ohne ein Wort. Er hat damit gerechnet, dass man ihn wegjagt. Nichts ist passiert, er ist wieder eingeschlafen. Die Kälte zu ertragen ist zum Vollzeitjob geworden.

Er fühlt sich weder traurig noch verzweifelt. Es ist eine andere Stimmung, die er nicht kennt. Ein weißes Rauschen. Das Nachtbild des Fernsehers, als er jünger war. Ein Nebel von Punkten, ein Knistern. Die Kälte ist das Einzige, was ihm noch real vorkommt. Am dritten Tag ist er zu Fuß bis zum Friedhof Père-Lachaise gelaufen und hat sich am Metroeingang hinter einer alten Dame durch die Sperre geschoben, die Alte hat ihn mit Blicken durchbohrt, weil er sich so an sie gedrückt hat. Ein paar Schritte ist er der Menge gefolgt, die umsteigen wollte, dann ist er langsamer geworden und hat verblüfft gemerkt, dass ihn die Beine nicht mehr tragen. Er hat den Hunger gespürt. Hat sich mitten auf den Bahnsteig gesetzt. Vielleicht ist er ohnmächtig geworden, vielleicht auch nur eingenickt. Und plötzlich saß jemand neben ihm. Noch nicht alt, spitzes Kinn, zerfurchte Haut und schwarze Fingernägel, seit Jahren eingefressener Dreck, fast eine Tätowierung. Er hatte ein Bier in der Hand und trug eine lange Lammfelljacke, die sauber und in gutem Zustand war. Die Schuhe hingegen hatten ihre beste Zeit hinter sich und hätten schon lange ersetzt werden müssen.

»Aus den Latschen gekippt?«

Vernon wollte ihm antworten, aber er brachte kein Wort heraus. Der Mann hat ihm sein Bier hingestreckt:

»Nimm einen Schluck, das ist nahrhaft. Kollaps? Brauchst du ein Stück Zucker? Du bist noch nicht lange auf der Straße. Sieht man sofort.«

»Es ist nur vorübergehend.«

»Das ist es immer. Bei mir ist es seit neunzehn Jahren vorübergehend. Ich heiße Laurent, und du?«

»Vernon.«

»Was ist das denn für ein Name? Woher kommt er?«

Das Bier hatte ihn belebt, Vernon fühlte sich etwas besser, aber nicht gut genug, um zu plaudern. Laurent hatte überhaupt kein Problem damit, das Gespräch allein zu führen. Der Ton, in dem er von seinen neunzehn Jahren Platte sprach, ließ keinen Raum für Zweifel: Es war ein Grund, stolz zu sein. Er hatte Dutzende Anekdoten auf Lager. Prügel, Verhaftung, Reisen, Zumauern besetzter Häuser; haarklein erzählte er von seinen diversen Heldentaten. Vernon hatte das Gefühl, ihn schon ewig zu kennen – bei Rockkonzerten wimmelt es von solchen Leuten, die ihre Odyssee als Mehrteiler präsentieren. Laurent war ein Großmaul, er schrie den Leuten auf dem Bahnsteig ins Gesicht, dass er beschlossen habe, frei, ohne den Stress und die Unterwürfigkeit eines angeschissenen Lohnarbeiters zu leben.

Er hatte zwei neue Biere aus seinem Sack gezogen und zu einer wüsten Schimpftirade angesetzt – sie umfasste Verwaltung, Fahrpläne, Erstattungen, Rechnungen, Banken, Haustürcodes, Arbeitgeber, Eigentümer, Zwänge, Demütigung, Akten, Überwachung, kurz gesagt alles, was die legale Sklaverei ausmachte. Seine Gesellschaft munterte Vernon auf. Laurent gab ihm einen Einführungskurs ins Betteln: »Wenn du wirklich Kohle brauchst, zum Beispiel zum Pennen, bleibst du stehen – setz dich bloß nicht hin – und bettelst lächelnd, wenn dir ein kleiner Witz einfällt, umso besser, die Leute, von denen du was willst, haben ein Scheißleben, vergiss das nicht; wenn du sie zum Lächeln bringst, sitzt ihnen das Geld lockerer, heulen tun sie selbst schon genug, also musst du sie unterhalten – sie lieben die Vorstellung vom armen Schlucker, der die Moral hochhält.« Laurents Redseligkeit war erfrischend, und er servierte den ganzen Tag lang Bier, ohne dass Vernon begriff, wo er es herholte. Allerdings war er auch ziemlich schnell dicht. Laurent meinte, Vernon habe Potenzial. »Du hast unglaubliche Augen, du wirst sehen, der Arme mit der schönen Fresse, das läuft immer. Du suchst dir einen Platz und kommst jeden Tag wieder, das ist wichtig, du wählst einen Ort und gewöhnst sie an dich. Allein mit diesen Augen dürftest du schon genug absahnen, dass es fürs Nachtasyl reicht … Versuch, zwei, drei Bücher aufzutreiben, du legst sie neben dich und tust so, als wärst du ins Lesen vertieft. Das macht sie verrückt. Ein Obdachloser, der liest. Oder du machst Kreuzworträtsel, das mögen sie auch. Du entwickelst schnell deine Masche und machst Kasse, glaub mir, du musst den Kopf nicht hängen lassen.«

Am Abend haben sie die Metro verlassen, und Laurent hat ihn fürsorglich bis zur Suppenküche von Saint-Eustache gebracht und dort eine Decke für ihn aufgetrieben, dann hat er sich verabschiedet, ihn aber eingeladen, bei ihm im Buttes-Chaumont-Park vorbeizukommen. »Wenn du was brauchst, Kumpel, frag mich.«

Vernon ist im windgeschützten Eingang einer Bäckerei zusammengesunken und diesmal mitten in der Nacht von der Pein eines heftigen Katers aufgewacht, ohne die geringste Idee, wo er Wasser auftreiben soll. Er ist zur Station Pyrénées gewankt und in Höhe Goncourt erschöpft stehen geblieben. Seit einigen Tagen fällt ihm das Atmen schwer. Er hat sich vor die Kirche gesetzt und sich ausgemalt, dass er vielleicht als beschwipster Beamter durchgehen könnte, der in der Kälte auf eine Verabredung wartet. Dann hat er die Hand ausgestreckt. Es war nicht geplant. Er hat einfach diese Bewegung gemacht – wiederum, ohne das Gefühl, es sei real. Entgegen Laurents Vorhersagen klappt das Betteln im Sitzen besser, als er erwartet hat – wahrscheinlich, weil er noch relativ normal aussieht, die Leute sich leichter identifizieren. In den ersten drei Stunden hat er zwanzig Euro kassiert. Anfängerglück. Die Gestalten werden langsamer, wühlen in ihren Taschen und lassen etwas in seinen Handteller fallen. Da sind die Arschlöcher, die sich als gute Samariter aufführen und fünf Cent fallen lassen, und die Spendablen, die nicht weniger als zwei Euro geben. Es besteht überhaupt kein Zusammenhang zwischen dem vermuteten Reichtum der Passanten und dem Wert ihrer Gabe. Deshalb hat Vernon bald das Interesse daran verloren, wie sie aussehen. Seine Beine haben gekribbelt, als er aufgestanden ist, er hat sich einen Döner und ein Bier geleistet und Mühe gehabt, eine Bank zu finden, um in Ruhe zu essen. Unterwegs sah er einen jungen Mann, der zwischen drei riesigen Hunden auf dem Gehweg schlief, und eine Dunkelhaarige mit krausem Haar, die zwischen einem Dutzend Plastiktüten in einer Telefonzelle saß und Selbstgespräche führte. Ein alter Mann saß auf dem Gehsteig vor den Häusern und hörte Kofferradio, um ihn herum so viele ungewöhnliche Dinge, dass man glauben konnte, er habe seine Wohnungseinrichtung auf die Straße gebracht. Er hat nie bemerkt, dass es so vielen geht wie ihm. Er ist bis Jourdain gelaufen, wo er sich wieder an den Metroeingang gesetzt hat, abseits von den anderen Obdachlosen, die ihre Stammplätze vor der Kirche und dem Monoprix hatten.

Wenn man die Grenze erst einmal überschritten

hat, passiert nichts Erschütterndes, alles verläuft unauffällig und in verwirrendem Tempo: Er hat die Seite gewechselt. Die Welt der Aktiven ist für ihn schon weit weg. Sie haben es eilig, rennen irgendwo hin und schämen sich ihrer eigenen Angst, so zu enden wie er, wenn sie nicht hart genug schuften. Laurent hat recht, sie haben ein Scheißleben. Manchmal schimpfen sie, wenn sie an ihm vorbeigehen. Vernon beachtet sie nicht. Er ist groggy. Allmählich erfüllt ihn sogar eine gewisse Befriedigung, so tief gefallen zu sein. Sein Instinkt sagt ihm, dass er diesem Gefühl misstrauen muss. Dem Wohlbehagen über das eigene Ende. Vorläufig macht ihm am meisten die Kälte Sorgen, und er ist ganz zufrieden, dass er sich nicht auf den Strom seiner Gedanken konzentrieren kann.

Am schwierigsten ist es, wenn er jemanden erkennt. Das hat er gerade erlebt. Bis zu Madame Fardin, der Mutter von Xavier, war ihm das alles nicht wirklich real vorgekommen. Als sie ihn ansprach, bildete er sich ein, er könnte so tun, als genieße er einfach auf einer Bank die Sonne. Aber es hat ihr das Herz gebrochen. Weil man ihm sofort ansieht, was mit ihm los ist. Vor dreißig Jahren war Madame Fardin wie die Mamie Nova auf dem Joghurtbecher – immer in der Küche, wo sie etwas für sie kochte, aber eine Mamie Nova in der Version düstere und untröstliche Witwe. Sobald man ihr Haus betrat, roch es nach Tod. Erwachsenentränen machten die Atmosphäre unerträglich. Madame Fardin war so unglücklich, als sie jung war, dass sie sich seither kaum verändert hat. Er hatte vergessen, wie oft er bei Xaviers Mutter zu Abend gegessen hatte, als er zwanzig war. Sie kümmerte sich sehr um Vernon, und er fragte sich manchmal, ob sie Lust hatte, etwas mit ihm anzufangen. Von *Cougars* war noch nicht die Rede, aber *Die Reifeprüfung* hatte die jungen Leute geprägt. Er war in dem Alter, wo man noch daran glaubt, dass Männer, wenn sie nur gut im Bett sind, den Frauen die Lust am Leben zurückgeben können. In der Eingangshalle ihres Hauses in Colombes blieb Vernon immer stehen, um sich im Spiegel neben dem Fahrstuhl zu betrachten. Seine Frisur und seine Zähne zu überprüfen, sich aufzurichten und den Jackenkragen zurechtzuziehen. Und er fand immer irgendeinen Vorwand, um Xaviers Zimmer zu verlassen, etwas aus der Küche zu holen, im Vorbeigehen einen Scherz mit seiner Mutter zu machen. Sie zum Lachen zu bringen. Sie mochte ihn gern. Sie war froh, einen Freund ihres Sohnes zu kennen. Er hatte gerade angefangen, bei *Revolver* zu arbeiten, Madame Fardin gratulierte ihm immer zu seiner Ernsthaftigkeit und seiner Lebenstüchtigkeit. Erwachsene machten ihm nur selten Komplimente, er liebte es, ihr welche zu entlocken, indem er sich in ihrer Nähe herumtrieb. Vorhin war die Versuchung groß, ihr zu folgen. Aber er erträgt die Vorstellung nicht, sie so zu enttäuschen. Sie hat schon genug gelitten.

Vernon beschließt, eine Bettelpause einzulegen. Er vertritt sich die Beine vor den Räumen der CGT in der Avenue Secrétan. Da, wo die Angestellten rauchen, entdeckt er einen Berg Kippen und bückt sich, um die längsten aufzusammeln. Sogleich kommt jemand auf ihn zu, doch anstatt ihn mit Fußtritten zu verjagen, gibt ihm der Mann drei Zigaretten aus seiner Schachtel. Vernon lächelt, bedankt sich, der Mann zwinkert ihm zu. Vernon ist ein Neuling. Er hätte geschworen, dass der Typ, der ihm ungefragt unter die Arme gegriffen hat, aussah wie ein Riesenarschloch.

Das kommt schon. Laurent hat ihm vorhergesagt, dass er das Leben nach einem Monat anders sehen wird. Man gewöhnt sich an alles. Er ist überrascht, dass es ihn heute am meisten stört, keine Zahnbürste zu haben. Seine hat er bei Patrice vergessen. Der eigene Mund ist ihm unangenehm. Seine Situation erinnert ihn an Berichte über das Gefängnis. Ohne Besuch, ohne Recht auf einen Anwalt. In dem dicken Nebel, der seine Gedanken seit einigen Tagen verlangsamt, fühlt er sich mehr und mehr wie in der Haut eines anderen. Nur Marcia geht ihm nicht aus dem Kopf. Sie ist zugleich ein strahlendes, singendes Glück, das durch sein Blut rauscht, und eine Klinge mitten in seiner Brust.

Am ersten Abend hatte er Marcia kaum bemerkt. Die Mädchen waren überwältigend, ein Meer von so unbeschäftigten und hilflosen Luxusmösen, dass man das Gefühl hatte, man könne sie alle haben, wenn man ihnen nur einen Blick gönnte. Marcia gehörte zu dieser Masse. Sie war ihm erst durch ihren Tanz im Morgengrauen aufgefallen, er bewunderte die Eleganz ihres Hüftschwungs, ihre Art, sich zu offenbaren und dennoch Maß zu halten. Es hatte ihn nicht berührt, als sie ihren Blick in seinen versenkte – in jener Nacht hatte er Augen in allen Farben gesehen. Er fühlte sich so wohl mit dem Kopf zwischen den Boxen, wie ein gottverdammter Teenie, der Abend war eine Blase warmen Glücks, das ihn von den vielen offenen Wunden ablenkte.

Erst am nächsten Tag, bei Sonnenlicht, hatte ihn Marcias Schönheit getroffen. Sie saß mit geschlossenen Augen vor der Fensterfront, das Gesicht dem Licht zugewandt, und hielt mit beiden Händen eine Teetasse. Die Reinheit ihrer Kinnlinie, der tadellose Strich ihrer Lippen, ihr Gesicht einer Königin im Exil. Sogleich verkörperte sie für ihn alle Frauen, die er nie gehabt hatte. In der Rockszene hatte er Pin-up-Girls, versaute Bürgerdamen, Pornosternchen oder masochistische Intellektuelle getroffen … die Enkelinnen von Patti Smith und Madonna. Aber die anderen, die Töchter von J.Lo und Beyoncé, die kleinen Rihannas und Shakiras – die brauchten keinen Rock. Sie spielten in einer anderen Liga. Vernon konnte sich nicht vorstellen, was ein Mädchen wie sie an einem Kerl wie ihm finden könnte. Aber in der Wohnung wusste Vernon immer, wo Marcia war, er ging durch die Zimmer, in denen sie zufällig saß und ihre Ungezwungenheit demonstrierte, und es kam ihm so vor, als müsste sie immer dann etwas warmes Wasser holen, wenn er in der Küche war, als suchte sie ihr Tuch im Salon, während er dort saß. Sie umkreisten einander, sagten nichts, zwischen ihnen hatte sich ein unsichtbares Band gespannt. Gaëlle, die ihr Theater bemerkte, sagte irgendwann ganz nebenbei »Marcia ist nicht als Mädchen geboren, ich dachte, das hättest du gemerkt«, und Vernon zuckte nicht. Er war so verwirrt, dass er nicht mal ausdrücken konnte, was das bei ihm auslöste. Er sah nie Pornos mit Transsexuellen. Nicht mal, weil es ihn störte – es betraf ihn einfach nicht.

Marcia zog mit der Goldcard auf dem Cover eines Fotobuchs eine Reihe perfekter Linien, gleich groß, in gleichem Abstand. Vernon hatte sie gefragt, wie sie es schaffte, dass ihre *Lines* geometrisch blieben, sie erzählte, dass sie im Süden oft Petanque gespielt hatte, als sie nach Frankreich gekommen war, und dabei ein gutes Augenmaß erworben hatte. Vernon beobachtete sie und fragte sich, ob sie jede Geste der Weiblichkeit einstudiert hatte, um sie so perfekt zu beherrschen. Der nach hinten geworfene Kopf, nachdem sie ihre *Line* gezogen hatte, die Hand in den Haaren, um sie zu ordnen, die Beine, die sie mitten im Satz übereinanderschlug, alles bei ihr war anziehend. Sie sprach über Kokain, während sie es schnupfte.

»Bei jeder *Line*, die man sich in die Nase zieht, muss man daran denken, dass man den Drogenhandel schnupft, den schlimmsten Horrorkapitalismus, den man sich vorstellen kann, man schnupft die Körper der Bauern, die man im Elend halten muss, damit sie nicht die Preise erhöhen, man schnupft die Kartelle und die Polizei, die Privatmilizen, die Ausschreitungen der Kaibiles und die Prostitution, die dazugehört ... die Jungs schneiden die Köpfe mit der Motorsäge ab. Das Kokaingeld hat die Banken gerettet, das ganze System ist nur dazu da, dieses Geld zu waschen. Weißt du, wo diese Droge erfunden wurde? In Österreich. – Erzähl mir nicht, du würdest nicht begreifen, worauf ich hinauswill. Es ist die einzige Droge, die nicht die Spur von Spiritualität hat. Zusammen mit ihrer kleinen Cousine, dem Crack. Sogar MDMA bringt dich Gott näher. Koks ist das Einzige, was dich so vergiftet und sich damit begnügt, dich noch viel bescheuerter zu machen, als du vorher warst.«

In keinem Moment sah man bei Marcia eine Gebärde oder einen Ausdruck, wo man sich hätte sagen können – da, das ist etwas, was eine echte Frau nicht machen würde. Im Gegenteil, sie verkörperte die Weiblichkeit in ihrer betörendsten Form. Sie war schlafen gegangen und bis zum nächsten Tag nicht mehr aufgetaucht. Vernon sah sie kurz an der Tür, sie ging aus und war von atemberaubender Eleganz. Er war selbst erschrocken über das, was er empfand – echte Eifersucht, wie ein Faustschlag, für wen hatte sie sich so schön gemacht? Diese heftige Empfindung hatte ihm das Offensichtliche vor Augen geführt: Er wollte sie. Er pfiff darauf zu bleiben, wer er immer gewesen war – ein Mann, der nur mit echten Frauen schlief. Selbst der Ausdruck »echte Frau« wurde auf einmal lächerlich: Wer hätte ihn mehr verdient als dieses unglaubliche Geschöpf?

Am Abend hatte er sich lange mit Kiko unterhalten. Sie sprachen über Musik, Vernon nahm sein neues Amt als Salon-DJ sehr ernst, die Mädchen zum Tanzen zu bringen war ein Job, der ihn interessierte und für den er wohl eine gewisse Veranlagung hatte. Schließlich war es die Hauptbeschäftigung seines Lebens gewesen, im richtigen Moment das richtige Lied aufzulegen.

Als Marcia am nächsten Tag zum Essen herunterkam, trug sie ein erstaunliches Hauskleid aus weißer Seide, vielleicht war es auch ein Kimono – bei Vernons Anblick sagte sie »Was ist denn das für eine Frisur?« und strich mit der Hand durch seine Haare. Alles, was in ihm zerbrochen, schmerzhaft oder überempfindlich war, verschwand.

Sie suchten einander. Sie sahen zu, dass sie sich im selben Moment über den Computer beugten und ihre Schultern sich berührten, dass sie sich im Flur trafen und im Vorbeigehen streifen mussten oder ein Lied mit einem einzigen Kopfhörer hörten und ihre Knie in Kontakt waren. Und je öfter sie sich berührten, desto weniger Fragen stellte sich Vernon. Sie hatten zu zweit eine Flasche Jack niedergemacht, als sie sich küssten. Marcia war so zurückhaltend wie geil. Ihre Hüften waren schmal, ihre feinen Schenkel respektabel muskulös, sie hielt in jeder denkbaren Position das Gleichgewicht. Ohne Alkohol hätte Vernon wohl daran gedacht, sich zu fragen, ob er jetzt schwul wurde, weil er mit einem Mädchen mit Schwanz schlief. Aber er war zu fasziniert von Marcias Hintern – nie zuvor hatte er etwas so vollendet Erotisches aus der Nähe gesehen. Und er fühlte sich so wohl zwischen Marcias Brüsten, auf Marcias Bauch, an Marcias Rücken, zwischen Marcias Lippen – dass das Besondere ihres Körpers sofort zum Liebenswertesten geworden war, was dieser Körper besaß. Vernon erinnerte sich nicht, vor ihr andere Frauen begehrt zu haben. Ein Vorhang hatte sich geöffnet, alles, was es vor Marcia gegeben hatte, war nichts als Kinderei, Wiederholung. Belanglos.

Und sie hatte ihn gleich gewarnt. »Kiko darf nichts wissen. Er ist eifersüchtig.« Sie feierten ihre Sexorgien in einer winzigen Dachkammer im Hotel gegenüber, das Marcia gut zu kennen schien. Als er in die Wohnung zurückkam, sah Gaëlle ihn mit einem neuen Ausdruck an. Halb spöttisch, halb misstrauisch. Vernon war verliebt. Er hatte sich in ein Tütchen Marshmallows verwandelt. Er hatte vergessen, wie ein Leben ohne Marcia möglich gewesen war. Und ihm wurde mit fast fünfzig bewusst, dass er nie zuvor verliebt gewesen war. Marcia zu lieben war eine Offenbarung, der er sich ohne jede Zurückhaltung hingab. Während sich sein Leben in ein Katastrophengebiet verwandelt hatte, fühlte er sich privilegierter denn je.

Eines Morgens war unerwartet Kiko in Marcias Zimmer gekommen. Vernon hatte hereingeschaut, um ihr einen Kaffee zu bringen, und war unter ihre Decke geschlüpft. In diesem Moment sagte Kiko nur: »Subutex, das hätte ich nicht von dir gedacht«; in einem überraschten Ton, der ausdrückte, du bist ein Stoffel, und der sagte, Marcia, was treibst du mit diesem Kerl, siehst du nicht, dass du dich herabsetzt? Dann war er ohne ein weiteres Wort rausgegangen. Er war völlig neben der Spur – seit einer Woche schlief er sehr wenig und trank eine Menge. Als er weg war, geriet Marcia in Panik. Seit fünf Tagen hatten sie nichts anderes im Kopf als das Gegurre von »Du und ich, das ist magnetisch, wie wir aufeinander wirken, ein Leben reicht nicht aus, um dieses Verlangen zu befriedigen, die ganze Zeit und jeden Augenblick bei dir zu sein, mit dir zu reden, mit dir zu schlafen«. Er spürte in dem Moment, wie sie diesen Zustand verließ. Wie man eine Tür schließt. Sie küsste ihn und sagte »Bis heute Abend«, und Vernon wollte nicht begreifen, was geschah.

Gaëlle wusste schon Bescheid, als Vernon sie in der Küche traf. Sie schien sich Sorgen um ihn zu machen, es war offenbar ernst. Er fragte: »Warum macht Kiko so einen Stress? Sie ist schließlich nicht sein Mädchen. Er hat mir nie gesagt, ich soll sie nicht anrühren.« Und sie antwortete: »Er kann manchmal ziemlich bescheuert sein, weißt du?« Ihr Tonfall sagte: Aber bilde dir ja nicht ein, dass ich ihm das bei seiner ganzen Kohle übel nehme. Hauptsache ich kriege nichts von seiner Wut ab. Es war schon ehrlich, sie machte sich Sorgen um ihn, aber weil sie ihn angeschleppt hatte, fühlte sie sich verantwortlich – es war ihr lieber, wenn er gleich seine Sachen packte. Sie wollte gern mit ihm in Kontakt bleiben, gab ihm die vierzig Euro, die sie in ihrer Jacke und der Hosentasche fand. Sie wollte wissen, ob er jemanden im Kopf habe oder wolle, dass sie eine andere Lösung für ihn suchte. Vernon sagte: »Das muss ich mit Marcia besprechen.« Dann scherzte er: »Ich hätte nicht gedacht, dass ich so schnell nominiert werde«, und Gaëlle war ihm dankbar, dass er es mit Würde nahm.

Aber es warf ihn um zu begreifen, dass er gefeuert

war. Er fühlte sich so wohl in der Wohnung. Er war noch weit entfernt von dem Stadium, in dem man genug davon hat, jeden Abend Drogen zu sehen. Das alles gehörte jetzt schon zu den schönsten Tagen seines Lebens. Zumal er bereits ganz und gar in die Rolle des *DJ in residence* geschlüpft war. Er sagte: »Ich muss das mit Marcia besprechen«, und bei Gaëlles Gesichtsausdruck tat sich ein Abgrund unter seinen Füßen auf.

Er hatte ein Bier aufgemacht, einen Joint gedreht und sich vor den Computer gesetzt. Er betrachtete die Liste seiner Freunde mit neuen Augen – nun musste er jemanden finden, der bereit war, Marcia und ihn aufzunehmen. Die Sache wurde kompliziert. In diesem Moment hatte er bereits beschlossen, nicht daran zu glauben, dass ihn Marcia fallen lassen würde. Gaëlle täuschte sich. Sie hatte nicht begriffen, was los war. Sie war nicht dabei gewesen während dieser fünf Tage.

Am frühen Nachmittag kam Kiko rasend vor Wut in die Küche gestürmt. Er presste Vernon an die Wand. »Mach, dass du wegkommst, ich will dich nie mehr sehen.« Dann hatte er ihn weggestoßen und ihm einen Fußtritt in den Hintern gegeben, damit er sich beeilte. Das Haus wirkte leer, aber Gaëlle war da, mit einer Freundin. Während Vernon seine wenigen Sachen zusammensammelte, drehte Kiko hinter ihm völlig durch, schlug mit dem Kopf gegen die Türen, warf mit dem Schienbein einen Tisch um und versuchte mit Fußtritten einen Schrank zu zerstören. »Beweg deinen Arsch, Scheißclochard! Ich hätte dich nie reinlassen dürfen, es widert mich an, mir vorzustellen, dass du es gewagt hast, sie anzurühren! Zisch ab, sonst kotze ich!«

Gaëlle war im Hausflur wieder aufgetaucht, sie war traurig, auch etwas besorgt um ihre eigene Zukunft – schließlich hatte sie Vernon hergebracht. Sie hatte ihm eine Tasche in die Hand gedrückt, in die sie bunt durcheinander eine Flasche Bier, eine Flasche Rum, einen USB-Stick, auf dem er mehrere Playlists gespeichert hatte, Rasierzeug und ein neues Hermès-Parfüm gestopft hatte, das ihm nicht gehörte. Vernon hatte sie gebeten: »Sag Marcia, dass ich ihre Nachricht über Facebook erwarte, ich finde schon einen Rechner«, und Gaëlle hatte wieder den Kopf geschüttelt. »Sie wird dir nicht schreiben. Sie kann es sich nicht mit Kiko verderben. Aber ich sage es ihr. Ich schreibe dir, Vernon, wir bleiben in Kontakt, ja?«

Er hatte die Passanten gebeten, ihm die nächstgelegene Bibliothek zu zeigen, niemand wusste Bescheid, bis ein Junge Mitleid hatte und auf seinem iPhone nachsah, um ihm den Weg zu weisen. Vernon hatte sich eingeloggt, er war erleichtert, als Patrice Ja sagte. Vernon war eine Woche bei ihm geblieben. Marcia hatte auf keine seiner Nachrichten geantwortet. Jeder Atemzug schmerzte. Trinken, ohne zu weinen, fiel

ihm ebenso schwer wie, nicht auf Patrices Sofa zu-
sammenzubrechen und zu jaulen, sich zusammenzu-
kauern, zu schluchzen und zu jammern. Einschlafen
war schwierig, aber nicht so sehr wie durchschlafen.
Mitten in der Nacht wachte er auf und genoss eine
Sekunde Schonung, in der er sich an nichts erinnerte.
Dann kam alles wieder hoch. Seine Situation ließ
sich in einem Satz zusammenfassen. Marcia hatte ihn
verarscht. Er konnte es immer noch nicht glauben.
Wie kann man einen Höhenflug wie ihren abbrechen?
Das Schlimmste war, dass sie recht hatte. Was soll ein
Mädchen mit einem alten Knacker ohne Wohnung,
ohne Geld, ohne Freunde, ohne Job anfangen? Patrice
war ein exzellenter Gastgeber. Nicht zu geschwätzig,
nicht zu aufdringlich, am liebsten vor dem Fernseher.
Sie verstanden sich gut. Am achten Tag hatte Vernon
begriffen, dass er sich vom Acker machen musste. Ein
alter Kumpel, Bouquinist am Seine-Ufer, hatte ihm
geschrieben, komm vorbei, wann du Lust hast, ich
geb dir die Schlüssel zu meiner Wohnung, ich bin nur
selten da. Aber als Vernon kam, war er nicht am Quai,
seine Kisten waren geschlossen, mit großen Riegeln
beschwert. Und so war der erste Abend ohne Dach
über dem Kopf gekommen. Auch am nächsten Tag
war der Kumpel nicht da.

Und Vernon hatte sich auf der Straße wiedergefunden. War dahin gelangt, wohin ihn sein Weg seit

Wochen führte. Er bedauerte nur, dass der Absturz nicht tödlich war.

Vernon sucht sich eine Ecke auf dem Bürgersteig. Laurent hat ihm Bäckereien empfohlen, weil die Leute dort bar zahlen und mit Kleingeld rauskommen. Aber die guten Plätze sind schon besetzt. Vernon lässt sich neben einem Tor nieder, lehnt sich an die Wand, bis ihn eine Beamtin freundlich bittet, ein paar Meter weiterzugehen, »Das ist eine Schule, wissen Sie, bald ist Unterrichtsschluss, Sie würden stören – wären Sie so nett, da drüben hinzugehen?«. Er setzt sich etwas weiter, zwischen eine Buchhandlung und einen Blumenstand, ein paar Meter von einem Bioladen entfernt. Er streckt die Hand aus, den Arm aufs Knie gestützt, den Rücken gegen die Wand gelehnt. Dann lässt er seinen Gedanken freien Lauf. Die Wangen jucken, er ist es nicht gewöhnt, einen Bart zu tragen. Sein eigener Geruch überfällt ihn. Das ist nicht unangenehm. Die Taschen, die an seiner Nase vorbeiziehen, sind alle verschieden – Rucksäcke, Bastkörbe, Aktentaschen, kleine Lederbeutel, ebenso wie die Schuhe, abgewetzte Turnschuhe, Keilabsätze, Creepers, Lederstiefel … Er sieht vier Paar Männerschuhe näher kommen und stehen bleiben, ihn umstellen. Die Angst lähmt ihn, er traut sich nicht mal, den Kopf zu heben. Plötzlich ist ihm zum Weinen.

»Guten Tag, Monsieur, wie heißen Sie?«

»Vernon.«

Er spricht zu schnell, er hätte seinen offiziellen Namen nennen müssen, seinen französischen Namen. Aber sie schlagen ihn nicht gleich. Drei rasierte Schädel, Fressen von Burschenschaftlern, echte Folterknechte, und ein junger Blonder, zierlicher als die anderen, mit zarten und regelmäßigen Zügen, ebenso schön wie seine Kollegen grauenvoll. Vom Boden aus gleichen sie Riesen. Der Blonde, der ihn angesprochen hat, kniet sich hin, um auf Augenhöhe zu sein, und betrachtet ihn aufmerksam:

»Ich bin Julien. Weißt du, Vernon, wenn du Rumäne wärst, hättest du sicher ein Dach über dem Kopf.«

Julien legt Vernon eine Hand auf die Schulter. Die drei Komplizen nicken, alle total traurig, dass er kein Rumäne ist, sonst wäre er nicht dazu verdammt, sich den Arsch auf dem Asphalt abzufrieren. Vernon ist schweißnass. Er war noch nie so froh, Franzose zu sein – alles, was er sich wünscht, ist, dass die vier Hirnamputierten mit seinen Antworten zufrieden sind. Dass sie abzischen. Julien holt eine Packung Kekse und ein Tetrapack Milch aus seinem Rucksack, gibt es ihm und fragt:

»Hast du die Nummer vom Sozialdienst? Hast du heute versucht, dort anzurufen?«

»Sie haben mir gesagt, es ist voll. Aber ich komme schon klar.«

»Zu viele Makaken in der Notunterkunft, was? Die Afrikaner machen Terror, weißt du? Hat dich jemand angegriffen?«

Vernon sagt sich, dass ihm keine Gefahr droht, die Jungs sind militante Rassisten und haben nicht vor, ihn mit den Spitzen ihrer schönen, gewienerten Schuhe fertigzumachen. Doch er zittert am ganzen Körper. Er ist am Boden. Er hat Angst, dass das bei ihnen die Lust auslöst, auf ihn einzutreten. Er wünscht sich nur eins, sie sollen weitergehen und ihn wieder zu Atem kommen lassen. Aber plötzlich taucht in einer Sintflut von unverständlichem Gebrüll eine rothaarige Riesin auf, die im Näherkommen wild die Arme kreisen lässt und sie Speichel sprühend zur Seite drängt:

»Fickt euch ins Knie, ihr Affenärsche mit euren Babypimmeln voller Scheiße, lasst ihn in Ruhe, seht ihr nicht, dass ihr ihm Angst macht, ihr dreckigen Scheißhausglatzen?«

Mit Faustschlägen bahnt sie sich einen Weg. Völlig entfesselt. Und zum zweiten Mal fragt sich Vernon, warum ich, mein Gott, warum ich? Denn sie wird nicht allein draufgehen, sie wird ihn mit in den Abgrund ziehen.

»Ihr verpestet allen den Kopf mit eurem Schwachsinn – zieht Leine! Sagt euren Hurenmüttern, dass sie besser daran getan hätten, sich die Fotze zuzunähen, als solche Scheiße auszukotzen. Radioaktiver Müll, degenerierte Schleimscheißer.«

Vernon denkt an die Frau auf den alten Hundertfrancscheinen, die Halbnackte mit einer Fahne in der Hand, die aussieht, als wäre sie vier Köpfe größer als die Kerle, die neben ihr auf den Barrikaden herumspringen. Die Rothaarige trägt einen langen kakifarbenen Parka, der ihr zu klein ist, und riesige nagelneue Turnschuhe, grün und neongelb. Aber Vernon hat keine Lust, ihren Look zu kritisieren. Ebenso wenig, mit den vier Schlägern zu plaudern, zwischen denen sie herumschreit. Die Alte ist vielleicht nicht groß genug, um vier Kerle mit bloßen Händen zu erledigen, aber erst mal beeindruckt sie. Sie hat aber auch echt Power.

Die vier Jungs sind verblüfft: Was will die Verrückte von ihnen? Einer von ihnen zuckt mit den Schultern, grinst und wendet sich ab, macht Anstalten abzuziehen. Die Riesin verpasst ihm einen Tritt in den Hintern, sie hat ihre ganze Kraft reingelegt, er torkelt nach vorn und landet auf allen vieren. Der kleine Blonde springt die Wahnsinnige an, aber er ist so ein Hänfling, dass er, als er an ihr dranhängt, aussieht wie ein Pinseläffchen, das eine Kokospalme hochklettern will. Das Weib schüttelt den Angreifer mit einem einzigen Ellbogenstoß ab. Vernon hätte ihr nicht zugetraut, dass sie die Lage so lange beherrscht. Die vier Männer machen Anstalten, sie gemeinsam zu erledigen, aber sie überrascht sie ein weiteres Mal, indem sie mit beiden Fäusten auf ihre Brust trommelt und wieder anfängt, aus voller Kehle zu brüllen. Schwer zu sagen, ob sie sich mehr von Scarface oder von Tarzan inspirieren lässt, aber der Auftritt verschlägt ihren Gegnern die Sprache. Man kann nicht sagen, was sie zurückhält – Angst, Verblüffung, Abscheu, Respekt vor einer so unglaublichen Energie … Sie bringt das ganze Viertel in Aufruhr, die Passanten werden langsamer, um zu sehen, was es gibt.

Die Männer verständigen sich mit einem kurzen Blick, der Blonde spuckt aus »Los, die Alte ist verrückt, lasst sie, die kann uns mal, die Irre ist reif für die Anstalt«. Und sie gehen erhobenen Hauptes davon; bevor sie um die Ecke biegen, drehen sie sich lachend um und zeigen ihr aus sicherer Entfernung den Mittelfinger, einer bohrt sich den Finger in die Schläfe, um seine Diagnose zu bekunden. Vernon sieht sie verschwinden und findet es irgendwie doch gemein, dass sie ihm nicht angeboten haben mitzukommen, alles in allem würde er sich zwischen den Faschos noch sicherer fühlen als mit der »Irren«.

Außer Atem lässt sich die Riesin neben ihm fallen. Ihr Haar ist sehr fein, das Rot geht ins Orange, sicher die Überreste einer Färbung, ihr Gesicht ist rund und flach, die Augen stehen weit auseinander, etwas in ihrem Blick erinnert an Downkinder. Unmöglich, ihr Alter zu schätzen.

»Man muss sie kaltmachen, diese Wichser. Einen nach dem anderen muss man sie zerlegen. Das geht ja gar nicht! Scheiße, wir sind hier in Belleville, was sind das für Warzen? Sie bilden sich ein, dass sie überall das Sagen haben. Letzte Woche haben sie zwei Jungs verdroschen, die Brieftaschen geklaut haben. Sie hängen beim Roten Kreuz rum und belästigen die Afrikaner, die dort was holen wollen. Was geht sie das an? Ist das ihre Sache? Pennen diese Arschlöcher vielleicht draußen? Wofür halten sie uns? Für Scheiße, das ist die Antwort. Weil wir aus dem System gefallen sind, bilden sie sich ein, sie könnten einfach aufkreuzen und rumkommandieren. Aber wir sind harte Kerle, stimmt's? Wenn wir sie nicht selbst in den Arsch treten, wer macht es dann? Wer?«

Sie wiederholt die letzte Frage mit erhobenem Zeigefinger, als wollte sie ihm eine Moralpredigt halten. Vernon sagt sich, super, ich wollte Gesellschaft, jetzt habe ich Gesellschaft. Immer dasselbe Theater mit den erhörten Wünschen. Die Rothaarige steht auf und verkündet:

»Das ist kein guter Platz hier. Komm, wir gehen zu Francprix. Da ist mein Stammplatz.«

Das ist mehr ein Befehl als ein Vorschlag, und Vernon folgt ihr, weil er sich im Leben nicht vorstellen kann, mit ihr zu diskutieren.

»Ich habe dich noch nie in der Gegend gesehen. Du bist neu, stimmt's?«

»Ich bin schon vor einer ganzen Weile aus meiner Wohnung geflogen, aber dann hier und da untergekommen. Bis letzte Woche.«

»Letzte Woche? Da bist du ja noch ganz grün hinter den Ohren! Ich hab mir schon gesagt, der riecht noch nach Seife.«

Sie setzt sich vor den Supermarkt und spricht den ersten Passanten an, der hineingeht:

»Monsieur, Monsieur, bitte, kaufen Sie mir eine Cola?«

Sie streicht sich über den Bauch und ergänzt: »Für mein Baby«, dann fragt sie Vernon »Was nimmst du?« und ruft dem Mann hinterher, der sich noch mal umdreht, bevor er hineingeht, und amüsiert die Bestellung aufnimmt, »Und ein Bier bitte, das ist für meinen Freund«.

»Bist du schwanger?«

»Um Gottes willen, nein. Aber mein Publikum liebt diese Vorstellung. Ich habe Hunger, hab noch nicht gefrühstückt.«

Schon wendet sie sich an eine elegante, eilige Passantin: »Guten Tag, Madame, bringst du mir Chips mit, bitte? Das ist für mein Baby.« Wenn sie sich an Unbekannte wendet, wird sie sanft und kindlich. Vernon fällt auf, dass ihre Stimme, wenn sie ruhig ist, angenehm heiser klingt. Sie lächelt die Passanten unschuldig an und reibt ihren dicken Bauch, ihr Clownsgesicht ist rund wie der Mond.

»Bringt dir manchmal jemand mit, worum du ihn bittest?«

»Oft. Es kostet sie nicht viel, mir zu essen zu geben, ich bitte um Erdnüsse, Chips oder Cola … manchmal um Schokolade. Viele von ihnen kenne ich allmählich: Ich komme jeden Tag her – sie sind daran gewöhnt, mir etwas mitzubringen. Sie freuen sich, mir zu helfen. Sind ja schließlich auch nur Menschen, verstehst du?«

Sie macht eine Pause. Ein junger Mann mit einem Baby vor dem Bauch kommt vorbei, sie neigt den Kopf zur Seite, »Ich mag Papas, es ist so süß, einen Papa mit seinem Kleinen zu sehen«, dann spricht sie ihn an: »Oh, Monsieur, bitte, bringst du mir Schokolade mit? Sie ist für mein Baby.«

Der erste Mann kommt raus, gibt ihr die Cola und ein Bier, sie lächelt ihn dankbar an und reicht die Dose an Vernon weiter.

»Sag mir, wenn du was Bestimmtes willst, ich frage für dich.«

Gesalzene Erdnüsse und schwarze Kochschokolade –
das ist Olgas Lieblingsmischung. Vom Alkohol lässt
sie die Finger. »Wenn die Berber nicht ständig saufen
würden, wären sie viel umgänglicher. Dann könnte
man vielleicht sogar anständige Revolutionäre aus ihnen machen. Aber diese Wichser geben sich die Kante,
bis sie nicht mehr stehen können. Man unterhält sich
mit einem, und plötzlich stinkt es nach Pisse, der
Idiot hat gepinkelt. Oder sie drehen sich mit glasigen
Augen zu dir um, du denkst, sie wollen was sagen, und
dann kotzen sie dich voll. Man hat ja keinen Hygiene-
fimmel, aber ehrlich, das nervt! Nachts ist es völlig
unmöglich, mit ihnen unter einem Dach zu schlafen.
Wenn sie nicht schnarchen, wollen sie sich prügeln
oder Schlimmeres. Auf was für Ideen sie kommen,
angeblich wegen dem Schnaps – da musst du ganz
schön aufpassen! Erst ficken sie dich wie eine Ziege in
den Arsch, dann behaupten sie, dass sie sich an nichts
erinnern. Wenn du sie verdrischst, jammern sie rum,
verbünden sich und beschimpfen dich als Lügnerin.
Die Kerle halten zusammen.« Deswegen mag Olga
die Neuen, die noch einen Rest Haltung haben. Der

hier sieht so was von gut aus, sehr groß, sehr dünn, solche Männer hat sie immer schon gemocht. Seine Hände sind noch weiß, noch nicht gezeichnet. Bald werden sie kaputt sein. Alles geht kaputt hier draußen.

Sie hat ihn gestern schon gesehen, als er mit Georges sprach, einem der dicken Säufer von der Kirche. Sie und Georges verstehen sich nicht besonders, deshalb hat sie Abstand gehalten. Bei Georges denkt man am Anfang, er ist ein schlaues Kerlchen, aber bald entdeckt man seinen wahren Charakter: ein Tyrann und Manipulator. Wenn man nicht genau macht, was er verlangt, dreht er durch, er hat sie schon mächtig vermöbelt, und trotz seines Alters hat er die Kraft und die Gemeinheit eines Schakals.

Als sie heute früh gesehen hat, dass der Neue von den Glatzen belästigt wurde, hat sie beschlossen, ihn sich zu holen. Sie möchte ihn als Freund. Jetzt teilt sie ihr Essen. Er hat Appetit, das macht Freude. Sie kann ihm eine Menge erklären, ihm zeigen, wo Duschen sind und was die guten Tage sind, um zum Sozialdienst zu gehen und Klamotten abzugreifen, sie kann ihn auch bei den Notunterkünften beraten. Er hat keinen Hund, das ist einfacher. Sie kümmert sich gern um die anderen. Wenn die es zulassen. Sie versucht, ihn zum Lachen zu bringen. So macht man sich Freunde. Man bringt sie zum Lachen und hört ihnen zu. Als sie jünger war, war sie bei einem Arzt, der ihr geraten hatte, weniger zu trinken, er hatte gesagt, sie würde sich selbst nicht respektieren und wäre eine Mülltonne für Geständnisse. Man muss schon Arzt sein, wenn man bescheuert genug ist, die Anteilnahme zu verachten. Sie bittet einen vorbeigehenden Jungen, ihnen eine Tüte Curlychips mitzubringen, er schickt sie zum Teufel, »Geh doch arbeiten, fette Sau«. Sie verflucht ihn: »Zehn Jahre sollst du büßen für das, was du gesagt hast«, und setzt eine bedrohliche Miene auf, sie weiß, dass die Leute das nicht mögen, sie wissen nicht genau, ob dieses Riesenweib Zigeunerin ist, womöglich gar eine mächtige Hexe. Vernon lacht. Sie mag seinen Vornamen. Sie wünscht sich, dass sie immer zusammen rumhängen. Sie wären ein gutes Team. Schon lange hat niemand mehr Lust, mit ihr rumzuhängen. Sie verkündet:

»So läuft das halt … Sie stehen alle im Dienst des Großkapitals und wundern sich, dass man froh ist, nicht bei ihren Schweinereien mitzuspielen. Guck dich um, sobald hier im Viertel ein Laden schließt, macht eine Bank auf. Oder ein Brillengeschäft; ich hab nie kapiert, warum es so viele davon gibt. Mein Vater war Kommunist. Deswegen verstehe ich, dass alle Zeitungen dieselbe Botschaft verkünden: Ruhm und Ehre dem Großkapital! Unglück über alle, die sich nicht mit Haut und Haar unterwerfen. Keine Beschwörung hat je besser gewirkt. Schulden sind aber auch die supergeniale Erfindung! Die Leute schuften ihr ganzes Leben lang wie Nutten ohne

Papiere, um zurückzuzahlen, was sie seit der Geburt irgendwem schulden. Sie ackern und ackern. Weißt du, warum sie uns noch in der Stadt dulden? Sie haben zwar die Bänke abgeschafft und die Ladenfenster so umgebaut, dass man sich nirgends mehr hinsetzen kann, aber einsammeln und in Lager stecken tun sie uns noch nicht, und bestimmt nicht, weil es zu teuer wäre, nein – wir sind die Abschreckung. Die Leute sollen uns sehen, damit sie fein daran denken zu gehorchen. Ich hab auch geschuftet, zehn Jahre lang hab ich geschuftet. Ich hab in einem Labor Fotos entwickelt. Mich den ganzen Tag über die Becken gebeugt, mit Gummihandschuhen, am Ende hatte ich überall ein Ekzem. Sie haben behauptet, das hat nichts mit den Chemikalien zu tun, und haben mich rausgeschmissen. Es tut mir nicht leid. Ich hatte ein Scheißleben. Mein ganzes Gehalt ging für Miete und Auto drauf, ich musste immer nach dem Preis gucken, bevor ich was in meinen Einkaufswagen gepackt habe. Das sind alles Witzfiguren! Die Marxisten heutzutage bringen mich genauso zum Lachen wie die anderen – der Arbeiter und seine Fabrik, Arbeitsplätze schaffen, der ganze Schwachsinn! Ich will nur eins: nicht mehr arbeiten.«

»Obwohl dein Vater Kommunist war?«

»Ja. Ich bin wie die Tochter von Zeus. Wenn du meinen Vater gekannt hättest ... o, là, là, das war noch ein echter Kerl. Wenn er wütend wurde, bebte die

Erde. Er war kein armseliger Haustyrann, der seine bescheuerte Alte anbrüllt, um ihr Angst zu machen. Ich meine den Zorn des Gerechten. Als ich klein war, konnte ich nicht mit meinem Vater in die Stadt gehen, ohne dass er die Gerechtigkeit herrschen ließ. Er ging nicht oft einkaufen, aber wenn – ich habe ihn Supermärkte leer räumen sehen, ohne dass jemand bezahlte, weil für einen Sonnabend nicht genug Kassen offen waren, das dauerte keine fünf Minuten, die Wachleute waren auf seiner Seite, die Kassiererinnen auch und die Kunden sowieso, mit hochgereckter Faust. Ich habe ihn Parkplatzschranken ausreißen sehen, weil die Schlange zu lang war. Longwy! Von Longwy kann ich dir Geschichten erzählen – mit seiner großen Schnauze sorgte mein Vater dafür, dass eine ganze Fabrik gestreikt hat. Er stritt sich mit den Bullen, weil er wollte, dass sie die Seite wechseln. Er wusste, dass andere Hungerleider nie die eigentlichen Feinde sein können. Überall, wo er vorbeikam, verbreitete er Angst und Schrecken. Der Zorn meines Vaters, ich schwöre dir, das hättest du sehen müssen! Und die Weiber um ihn rum. O nein, er war kein Schleimer, nicht so ein Salonlöwe, der sich windet wie eine Forelle an der Angel, um die Widerspenstige rumzukriegen, aber die Weiber drängten sich um ihn und kippten fast aus den Latschen, so gut gefiel er ihnen. Er konnte nichts dafür, der Arme. So war er halt. Und wenn so einer dein Vater ist, ich kann dir sagen, da lachst du dich heimlich halb tot, wenn dir die anderen über ihre Väter sagen ›Das sind Männer‹! Hast du das Etwas gesehen, das du Papa nennst, das sein Leben lang nichts anderes macht als gehorchen? Angsthasen, Feiglinge, Nullen, Nieten ohne Rückgrat, Nichtstuer … so sind die meisten Männer. Aber mein Vater, o ja, da weißt du, was ein echter Kerl ist. Sieh dir ihre Weiber an – sie jammern immer nur rum, weil sie nicht kriegen, was sie brauchen, das springt einem ins Auge. Die Armen heiraten mit zwanzig einen Idioten, der ihnen anständig vorkommt, und zwei Bälger später begreifen sie endlich, dass sie für einen Faulpelz das Dienstmädchen spielen. Dass sie keine Männer geheiratet haben, sondern vollgeschissene Waschlappen. Das sind keine Männer, das ist Canada Dry, wie in der Werbung aus ihrer Kinderzeit, sie brüllen wie ein Mann, sie stinken wie ein Mann, aber sie können nur gehorchen und Befehle annehmen. Die Frauen sind wütend. Deshalb produzieren sie kleine Faschos, wie die vorhin. Das sind alles Vaterlose. Als Kinder haben sie ihre schlecht gefickten Mütter gesehen, die sich den ganzen Tag lang beklagten, das hat ihr Herz zerstört. Kein Wunder. Also wollen sie so aussehen, wie ein Mann aussehen muss, der es seiner Frau ordentlich besorgt. Aber da können sie lange suchen, das Rezept gibt's nicht im Internet. Das hat man in den Genen. Wenn du meine Mutter gesehen hättest:

strahlend, blitzsauber, entspannt, immer zufrieden. Ganz ehrlich, wenn die Weiber gut gevögelt werden, ist das ein anderes Leben. All die Vaterlosen, die kleinen Wichser, sind aus Fotzen gekrochen, die von weichen, nach Pisse stinkenden Schwänzen schlecht gefickt wurden. So was sucht sich einen Ersatzvater, willst du einen, kriegst du einen, so was kann keinen Bart sehen, ohne Papa zu heulen, so was lässt sich von jedem Loser adoptieren! Die armen Schweine haben keine Ahnung, was Männlichkeit ist. Sie reproduzieren dieselbe Scheiße – schwängern bescheuerte Weiber, die unbefriedigt bleiben und dann selbst kleine Wichser ausbrüten, die nicht wissen, wie man aufrecht steht. Weicher Schwanz in vergammelter Fotze, ich sag's dir: Das ist das Problem heutzutage! Eine Nation frustrierter Lakaien, was soll man damit anfangen?«

»Könnte dir dein Vater nicht helfen?«

»Nein. Er hat wieder geheiratet. Seine Alte hatte schon Kinder. Ich bin zu viel. Ich bin zu nichts gut in seinem neuen Leben, mache ihm nur Schwierigkeiten.«

»Fehlt er dir nicht?«

»Weniger als mein Hund. Attilinou. Sie haben ihn mir vor drei Monaten eingeschläfert. Wenn du ihn gesehen hättest, eine Pracht, eine Liebe, ein Kuscheltier! Ein American Staff, breit wie ein Laster, eine Schönheit … Die Mistkerle haben ihn eingeschläfert.

Er hatte nichts getan, stell dir das vor. Du siehst ja, wie sie die Leute behandeln, da warten sie bei Hunden erst recht nicht lange, um sie einzuschläfern, ganz sicher nicht, jedenfalls nicht bei den Kötern von uns Berbern. Manchmal versuchen sie, sie unterzubringen. Aber bei Attilinou sind sie ausgerastet. Wir schlafen im Park, weißt du? In den Buttes-Chaumont.«

»Kennst du Laurent?«

»Jeder kennt Laurent. Wir mögen uns nicht besonders. Wenn er getrunken hat, nervt er mich mit seiner Würde, seiner Aufrichtigkeit und dem ganzen Theater – wie ein Kriegsveteran. Was soll das? Wir pennen alle draußen, wir werden uns nicht noch einen Wettbewerb liefern, wer am meisten Pluspunkte kriegt. Aber wir schlafen in derselben Ecke, ja, wir gehören zur selben Sorte – wir sind keine Zwangsrekruten. Wir sind froh, dass wir nicht arbeiten. Die reichen Säcke rasten aus, weil wir viel zu intelligent sind. Das wissen sie genau. Deswegen wollen sie uns kaltmachen. Wenn wir ausgehungert und von Tumoren zerfressen sind, wenn wir irgendwann töten müssen, um zu essen, können sie auf uns zeigen und sagen – da seht ihr's, wir Reichen sind am Ende doch kultivierter.«

»Hast du nie die Nase voll davon, draußen zu leben?«

»Nein. Mein Hund fehlt mir. Das ja. Attilinou. Er schlief neben mir, er war meine Stütze, er roch gut,

Hunde sind nicht wie wir, sie waschen sich nicht und duften am Abend trotzdem wie eine Kuchenfabrik. Jedenfalls hat er eines Morgens seine Runde gemacht, und ich bin nicht aufgewacht – deshalb mag ich den Fusel nicht. Hätte ich am Abend davor nicht gesoffen, hätte ich gemerkt, als er aufgestanden ist. Und dann geht er spazieren, und die gottverdammten Bullen mit ihrem Kastenwagen jagen ihn. Die Parkwächter kennen mich, sie hatten mir gesagt, ich soll ihn anbinden, das war alles. Der Hund kriegt Panik, logisch, er zeigt die Zähne – bitte schön, bösartiger Hund, sofort umlegen. Er hatte seinen Chip und alles, aber ich hatte kein Papier, um ihn zurückzuholen, und bis ich das rangeschafft hatte, hatten sie mir meinen Attilinou getötet. Der Köter war alles, was ich hatte. Bösartig, am Arsch! Wenn sich Unbekannte auf dich stürzen, um dich deinem Frauchen zu entreißen, verteidigst du dich, logisch. Das nennen sie bösartig. Nein. Für Hunde und für Menschen gilt das gleiche Gesetz: Sie sortieren sie, und alles, was sich verteidigt, wenn man es hetzt, muss ausgerottet werden. Man darf sich nie verteidigen, muss sich bescheißen lassen. Neun Jahre! Neun Jahre war ich mit Attilinou zusammen. Kannst du dir vorstellen, was das für eine Leere ist? Mein Hund fehlt mir. Und die Musik.«

»Auf was für Musik stehst du?«

»Ich liebe Adele. Ich könnte Tag und Nacht ihr James-Bond-Lied hören.«

»Ich war früher Plattenverkäufer. Lange her.«

»Ach ja? Vinyl und Analogfotografie – wir sind also beide Überlebende einer untergegangenen Industrie.«

Sie würde gern die Hand unter seinen Arm schieben, ihn einfach nur berühren, als wäre er ihr bester Kumpel.

Xavier hat sich zum dritten Mal hintereinander bei Zynga Poker fertigmachen lassen. Ein Flegel, der trotz seines Vierlings gezögert hat, mitzugehen, hat ihn reingelegt, er hatte sich auf seine zwei Paare verlassen. Es gibt so Tage. Er sollte nicht so viel Zeit mit Spielen vergeuden. Das geht auf Kosten seiner Arbeit. Die Avatare der anderen Spieler sind so hässlich, dass es schon wieder faszinierend ist – Sportautos, Handfeuerwaffen, Arschloch in Shorts auf einem Segelboot, Wachhund, hübsche Mädchen, die sich anmachen lassen, als wären das wirklich ihre eigenen Fotos und Kinderbilder.

Wenn er nicht bei idiotischen Spielen hängen bleibt, arbeitet er an einem Biopic über Drieu la Rochelle. Er sieht Magimel in der Rolle. Oder den kleinen Blonden, wenn es was Jüngeres sein soll, Vincent Rottiers. Er mag seine Augen. Das wäre ein korrekter Drieu. Es ist eine gute Idee und der richtige Moment, kein Zweifel. Als er jünger war, konnte er über die Geschichte mit der weißen Seite und der Blockade noch lachen. Und jetzt hat es ihn erwischt. Er ist blockiert wie ein kleines arschwackelndes Bürgersöhnchen. Er muss sich ranhalten, bevor ein Regisseur mit Parteiausweis darauf kommt und ihm die Idee klaut. Jetzt, wo es erlaubt ist, rechtsextrem zu sein, würde es ihn wundern, wenn sich die linksextremen Regisseure lange dagegen sträuben, Galionsfiguren zu klauen, die ihnen nicht gehören. Nur eine Frage der Subventionen – wenn es Geld zu holen gibt, drängen sie sich um den Futtertrog. Er muss sich ranhalten. Aber ihn ängstigt schon die bloße Tatsache, eine gute Idee zu haben.

Die Panik seiner Mutter hat ihn aus dem Konzept gebracht. Meistens belassen sie es bei oberflächlichen Gesprächen, Unaufrichtigkeit war immer das Markenzeichen des Hauses. Man hat Angst vor Aufsehen, man weiß, wie schädlich die Wahrheit ist. Man benutzt die Wörter lieber, um alle Themen zu verdrängen, die verletzen könnten. Gespräch heißt bei ihnen Austausch von Zeitplänen, Orten für Verabredungen, Daten, Geldsummen, Altersangaben. Alles andere vermeidet man. Als seine Mutter angerufen hat, um ihm zu erzählen, sie habe Vernon gesehen, war sie außer sich. Xavier hat ihr versprochen, eine Runde im Park zu drehen. Sie sagt, dass sie nicht mehr schlafen kann. Vor Kurzem erst hat sie ihm erzählt, dass die Eigentümergemeinschaft beschlossen habe, die beiden Bänke vor der Haustür zu entfernen, weil sich dort Penner niedergelassen hätten. Die Eigentümer meinten, das drücke die Wohnungspreise. Sie hat schon recht, wenn sie sich aufregt: So schnucklig, wie ihr Viertel ist, können zwei arme Penner da nichts mehr entwerten. Man sollte ihnen eher danken, dass sie bereit sind, sich in so eine vergammelte Ecke zu setzen. Sie hat sich wegen der beiden Bänke mit allen anderen Eigentümern verkracht, die ihr erklären wollten, dass die arme Hauswartfrau die ganze Arbeit damit habe. Sie, Sophie, müsse ja die Kerle nicht höflich bitten aufzustehen, um die Pisse unter der Bank wegzuwischen, und die Hauswartfrau müsse auch aufpassen, dass sie nicht den Inhalt der Mülltonnen auf dem Gehweg verteilen. Xavier hört die Geschichte zum vierten Mal, ohne seiner Mutter ehrlich zu sagen, wie gut er es findet, dass die Bänke weg sind. Noch schlimmer als Penner wären irgendwelche Zigeuner gewesen, die sich dort hätten einnisten können. Er hat keine Lust, sich vorzustellen, dass seine Mutter morgens und abends zwielichtige Typen trifft, wenn sie aus dem Haus geht. Jeder muss sehen, wo er bleibt, Mutter. Aber sie ist ganz besessen von dieser Geschichte; dass man die Hauswartfrau als Vorwand missbraucht, um die Ärmsten daran zu hindern, sich irgendwo hinzusetzen, macht sie verrückt. Politisch, wie auf vielen anderen Gebieten, ist seine Mutter in den Achtzigern hängen geblieben.

Es regt ihn auf, dass sie sich jetzt so einen Kopf um Subutex macht. Immer dieselbe Geschichte. Man muss sich nur ein bisschen gehen lassen, schon wird seine Mutter zur Samariterin. Xavier hat sich gehütet, ihr zu erzählen, dass Vernon die Wohnung einer Freundin leer geräumt hat, die ihn aufgenommen hatte. Xavier hat Sylvie nie gemocht, eine bescheuerte Erbin, eine Linksradikale, die nie gearbeitet hat, ein nie erwachsen gewordenes Groupie, immer bereit, große Vorträge über Themen zu halten, von denen sie nichts begreift. Aber trotzdem. Es geht ums Prinzip. Typen, die nicht Wort halten, hat er immer gehasst. Wenn Xavier eines Tages auf der Straße sitzt, wird er sich bestimmt nicht in Abschaum verwandeln. Man wird immer zu dem, was man in sich hat.

Trotzdem kommt es ihm gelegen, etwas von Subutex zu hören. Die Frau, die ihn neulich besucht hat, hat keinen Zweifel gelassen: Wer ihr hilft, den Mann aufzutreiben, wird belohnt. Nicht mehr ganz frisch, die Kleine, aber noch genug Klasse, dass man ihr nicht direkt sagt, zisch ab, ich habe keine Ahnung. Sie hat gesagt, sie heiße Hyäne. Das ist so ein Spitzname, den man sich einfängt, wenn man zwanzig ist, und der später schwer zu ertragen ist. Sie hat behauptet, sie arbeite für einen Produzenten, keine Einzelheiten, aber er hält sie für seriös. Zum einen war sie keine dumme Kuh. Nicht so ein Gänschen, das gleich hochgeht und was von der Würde der Frau schwafelt, aber den Arsch schwenkt und sich wundert, wenn man nur daran denkt, sie zu ficken. Das war eine Lady. Sie hatte von Alex' Interview gehört. Xavier hat nicht verstanden, wie sie das bis zu ihm zurückverfolgt hat. Respekt.

Die Hyäne hat ihm eine Nummer dagelassen, damit er sich meldet, wenn er etwas hört. Er hat ihr versichert, dass er sehr gern an einem posthumen Porträt von Alex arbeiten würde und dass er ihr Bescheid sagt, wenn er Vernon auftreibt. Tatsächlich würde es ihn mächtig ankotzen, das Porträt eines Schnulzensängers für alte Omas zu machen, aber man muss schließlich leben.

Alex Bleach, verdammt, als hätte man ihn nicht so schon genug gehört. Alex wurde bei jedem Scheiß um einen Kommentar gebeten: ob Klimaerwärmung oder Tina Turners Menopause, immer wollten sie seine Meinung wissen. Dabei hatte er reineweg nichts zu sagen. Oder dasselbe wie der Nachbar. Er lief nicht Gefahr, seinen Job zu verlieren, wenn er verkündete, er sei gegen Rassismus, gegen Atomkraft, gegen Vergewaltigung, gegen Verkehrstote, gegen Krebs, gegen Alzheimer. Er sorgte nie für Aufsehen, wenn man darüber mit ihm sprach, alles, was er zu sagen hatte, war »Mein Job besteht nicht darin, Interviews zu geben«. Als wäre es sein Job gewesen, Musiker zu sein. Blödsinn. Immerhin war er ein hübscher Junge und nicht der Schlechteste auf der Bühne. Wenn ihm Vernon dieses Interview anvertrauen sollte – und Xavier hat ein paar überzeugende Argumente auf Lager –, ließe sich daraus sicher ein kleines Porträt machen. Wer weiß, vielleicht könnte ihm das wieder auf die Beine helfen. Es wäre schwer zu schlucken, aber wenn man sich anguckt, was ein Regisseur von der SACD bekommt, sobald sein Film im Fernsehen läuft, wird er es schlucken, sogar erhobenen Hauptes.

Er tippt *sit out* und schließt die Pokerpartie. Marie-Ange hat früh Feierabend, sie holt heute die Kleine ab. Im Moment kümmert sie sich viel um sie. Marie-Ange geht es nicht gut. Die Situation erinnert ihn an den Film *Stilles Chaos*. Sie reden nicht miteinander, aber die Wahrheit ist, dass der Tod der Hündin sie beide erschüttert hat. Ihm ist es sehr bewusst, Marie-Ange ist nicht so nah an ihren Emotionen, sie weiß nicht, wie sie formulieren soll, was sie empfindet. Er wünscht sich, dass es sie zusammenschweißt, aber bis jetzt pflegt jeder seinen Schmerz für sich.

Er hätte nie gedacht, dass einen der Tod eines Hundes so aus der Bahn werfen kann. Marie-Ange verbietet ihm, mit der Kleinen darüber zu reden. Xavier findet, dass es wichtig ist, mit Kindern über den Tod zu sprechen. Während der wochenlangen Kortisonbehandlung pinkelte die Hündin im Haus überallhin. Er zog blaue Gummihandschuhe an, tauchte einen roten Schwamm in warmes Wasser und putzte ihr hinterher. Am Ende hielt sie sich nicht mehr lange genug auf den Beinen, um sich zu erleichtern. Sie fiel auf den Bauch, in ihren Urin, und er musste sie mit einem Waschhandschuh sauber machen. Er sagte zu ihr, du bist alt, siehst du, du wirst bald sterben, es ist vorbei. Da kann man nichts machen. Dann fing sie an, ununterbrochen zu hecheln. Er schlief neben ihr, sie schmiegte sich an ihn, sie hatte Angst. Er konnte nichts für sie tun. Eines Morgens hat er den Tierarzt angerufen, um sie einschläfern zu lassen, es war ein schöner Wintertag. Die Kleine ist zur Schule gegangen, er hat ihr gesagt, sie soll Colette ein Bussi geben, dann hat er angerufen. Er wollte nicht zum Arzt fahren. Marie-Ange fand es zu teuer so, aber er hat darauf bestanden. Er wollte nicht hinfahren. Seit einem Monat konnte die Hündin nicht mehr allein laufen. Solange sie sich auf den Beinen hielt, hat er sie auf die Straße getragen, damit sie ihr Geschäft erledigt und an die Luft kommt, dann hat er sie durch die Wohnung geschleppt. Er hat nichts gesagt, aber sie wog immerhin dreizehn Kilo, und manchmal fand er es schon anstrengend. Er hat morgens Liegestütze gemacht und die Lendenwirbel trainiert. Um sie so lange zu tragen, wie es nötig war, hat er sich wieder ein bisschen in Form gebracht. Er hat es genossen, sie an sich zu drücken, ihren kleinen, zärtlichen Körper, weil er wusste, dass es vorbei war. Es war schrecklich, zu sehen, dass sie verloren war, sie vertraute ihm, und er konnte nichts tun, um sie zu heilen.

Der Tierarzt hat ihren Körper in einem Müllsack mitgenommen. Xavier hat darum gebeten, die Asche zu bekommen. Er hat Marie-Ange wegen der Kosten angelogen. Es war ihm egal. Als er zum Tierarzt gefahren ist und den Namen seiner Hündin auf der Schachtel gesehen hat, Colette, hat er begriffen, dass es vorbei war. Er hat die Schachtel zwischen seine Bücher gestellt, zwischen die Biografien von Lemmy und Mesrine. Er kann sich einfach nicht an die Stille im Haus gewöhnen, wenn er nach Hause kommt. Er hat die Wohnung nie so leer erlebt.

Als er die Haustür öffnet, fröstelt er, eine geradezu mörderische Kälte. Vernon hat es nicht anders gewollt, okay, aber es wäre trotzdem komisch zu erfahren, dass jemand, mit dem er so viel rumgehangen hat, nachts ganz allein draußen erfroren ist. Wenn er ihn findet, wird er tun, was er seiner Mutter versprochen hat: Er wird ihn in ein Hotel bringen. Dann weiß sie, wo er ist, kann ihn pflegen, wärmen, füttern, das volle Programm.

An der Station République steigt er um. In seinem Wagen zählt Xavier drei Weiße, zehn Schwarze, fünf Chinesen und acht Kanaken. Paris, normal. Aber man darf nicht darüber sprechen, sonst schreien die Gutmenschen sofort los, man sei Rassist. Er würde gern wissen, wer die weiße Alte mit ihren Tati-Beuteln verteidigt, wenn jemand sie angreift. Ihm soll keiner erzählen, die Chinesen würden sich angesprochen fühlen; wenn sie erst mal hier leben, interessiert sie nichts mehr, was Französisch ist.

Noch so ein bettelnder Penner am Ende der Rolltreppe. Ein Junge mit seiner Katze auf dem Schoß, die Katze hat Drogen bekommen, das sieht man, sonst würde sie wegrennen. Es ist leichter, seiner Katze Drogen zu geben, als Gitarre spielen zu lernen, klar. Xavier denkt an das Gewicht und die Größe seiner Hündin, die Berührung, die er nie mehr erleben wird. Am schwersten zu ertragen ist die Gewissheit, dass er es vergessen wird. Irgendwann wird er einen Hund sehen, ohne an Colette zu denken.

Er ist noch keine zweihundert Meter von der Metro weg, als er Vernon von Weitem erkennt. Er sitzt vor dem Supermarkt neben einer widerlichen Bettlerin, Größe XXL. Der Anblick ist ein Schlag in die Magengrube. Subutex hat ihn noch nicht gesehen, er taucht erst mal im McDonald's gegenüber ab und stellt sich an. Am Tresen ordert ein drei Meter großer Junge die Burger im Dutzend, im Nebenraum hört man Kids herumschreien, die einen Geburtstag feiern. Xavier holt sich ein Bier und einen Eisbecher mit KitKat-Glasur, dann setzt er sich ans Fenster. Er hatte nicht damit gerechnet, dass es ihn so umhaut. Eigentlich hatte er gar nicht damit gerechnet, ihn zu sehen.

In seinem Kopf gehen Episoden mit Vernon aus ihrer Jugend wild durcheinander, immer sind es ganz banale Bilder, die bei solchen Gelegenheiten auftauchen, die Farbe des Teppichbodens, auf dem das Cover der Stooges liegt, Vernons Stiefel, als er hinter seinem Ladentresen hervorkommt, der Stress, wenn die letzte Metro weg ist und sie beide unter LSD zu Fuß den weiten Heimweg antreten, das Glück, nach Zürich zu kommen und H.R. mit den Bad Brains seinen verrückten Rückwärtssalto springen zu sehen. Dann kommen andere Erinnerungen hoch – sein Bruder auf der Straße, bewusstlos an einer Bushaltestelle, sabbernd und mit hängendem Kopf inmitten der Passanten. Sein Vater, der abends so tat, als läse er eine Zeitschrift, und nie umblätterte, weil er nur darauf wartete, dass Nicolas zurückkam. Seine Mutter, die ihre Uhr ans Ohr hielt, um sich zu vergewissern, dass sie noch ging, oder im Hörer lauschte, ob das Telefon auch nicht kaputt war. Sein verdammter Bruder, der nur an sich und sein Dope dachte. Sein Dope – alle Wärme war von diesem Laster aufgesaugt. Xavier schwieg. Er überraschte Nicolas mit der Hand in einem Schubfach, aus dem er die Eheringe der verstorbenen Großeltern stahl, um davon ein bisschen Stoff zu kaufen. Tausendmal hat er sich gewünscht, dass sein Bruder krepiert. Und als es passiert ist, hat sich das bisschen, was an Leben übrig war, im Familienelend aufgelöst. Seine Mutter hat seither keinen Fuß mehr in eine Kirche gesetzt. Solange sein Bruder lebte, betete sie von früh bis spät, waren Inbrunst und Hoffnung ihr Halt. Xavier ist gläubig geblieben. Er geht am Sonntag mit seiner Tochter zur Messe, der Glaube ist das Kostbarste, was ihm sein Vater vererbt hat. Alles andere ist in Rauch aufgegangen. Wie der Körper seiner Hündin. Ganz ehrlich, er muss nicht zum Analytiker rennen, um zu begreifen, warum ihm die Muffe geht, seinen alten Kumpel in diesem Zustand zu sehen. Er möchte ihn retten. Er möchte, dass er krepiert. Er möchte, dass das alles nicht existiert.

Das Weib, mit dem Vernon vor seinem Supermarkt hockt, ist ein unförmiges Geschöpf, sie macht die Passanten an und zieht Affengrimassen. Dreckig und heruntergekommen. Xavier hätte gern, dass sie verschwindet, aber sie hängen wie Kletten aneinander. Neben ihr ist Vernon spindeldürr, er hat den Rücken gebeugt, um sich vor der Kälte zu schützen, das Gesicht ist grau von einem Bart, der seine Wangen bedeckt. Er verdient das Schlimmste, was ihm widerfahren kann, wie alle Versager seiner Art, aber das ändert nichts an der Trostlosigkeit, mit der ihn dieser Anblick erfüllt. Xavier hat Mitleid, dieses widerliche Gefühl, immer gehasst, er würde lieber jemanden umbringen, als mit ihm Mitleid zu haben. Aber diese Beteuerungen machen nicht satt.

Xavier zögert lange. Hinter ihm gehen die unterschiedlichsten Leute mit ihren Tabletts vorbei und verbreiten den unverwechselbaren Gestank nach verbranntem Fett, den es nur bei McDonald's gibt, einen widerlichen Gestank, bei dem man kotzen möchte, aber stattdessen Hunger bekommt. Er könnte nach Hause fahren, sich die ganze Scheiße ersparen und seine Mutter in den RER steigen lassen, soll sie doch selbst das Viertel durchkämmen, sie liebt das Pathos, wenn sie ihn dort sitzen sieht, kriegt sie ihre Dosis, sie könnte auf die Knie fallen und wieder die Urszene ihrer Familie spielen, die Szene der Frau, die ihrem erwachsenen Kind auf die Beine hilft. Soll sie sich doch darin suhlen und ertrinken, aber ihren Sohn soll sie gefälligst rauslassen. Xavier will nichts mehr von dieser Erpressung wissen, er will sich nicht vor Schmerzen krümmen, weil ein anderer nicht versucht hat klarzukommen. Die Idee, an die Aufnahmen von Alex zu gelangen, erscheint ihm plötzlich absurd. Vernon, diese Flasche, hat sich seine Tasche bestimmt schon lange klauen lassen. Dann denkt Xavier an seine Mutter. Das kann er ihr nicht antun. Sie hält ihn da fest. Er hat es ihr versprochen. Also verlässt er den McDonald's. Überquert die Straße und stellt sich vor Vernon. Als die Bettlerin ihn kommen sieht, setzt sie ein widerliches Grinsen auf. »Oh, Monsieur, haben Sie vielleicht eine Zigarette?« Vernon legt ihr die Hand auf den Arm, um sie zum Schweigen zu bringen. Ohne ein Wort zu sagen, starren die Männer sich an. In Vernons Augen liegt Furcht, aber auch Hass. Mit so einem Empfang hat Xavier nicht gerechnet. Dann ergreift der auf dem Boden Sitzende das Wort, in einem Ton, als würden sie sich in einem Café treffen und nichts wäre seltsam:

»Ich habe vorgestern deine Mutter getroffen. Sie hat mir von deiner Hündin erzählt. Das tut mir leid.«

Xavier, etwas aus der Fassung, antwortet im gleichen Ton:

»Ein Hirntumor. Wir haben es zu spät gemerkt. Es ging sehr schnell.«

»Hast du auch deine Hündin verloren?«

Er weigert sich, mit dieser Ruine zu reden. Christliche Barmherzigkeit, bitte schön. Aber es kommt nicht infrage, dieses Konzept bis in die entferntesten Vororte des großen Irgendwas auszuweiten. Die Augen der Dicken füllen sich mit Tränen, er hat keine Zeit, »Schnauze« zu sagen, da legt sie schon los:

»Meinen haben sie eingeschläfert, vor drei Wochen. Das tut weh, was? Wenn man mit ihm lebt, weiß man, dass man ihn irgendwann verliert, man ahnt, dass es hart wird, aber das ist nichts im Vergleich dazu, wie es in echt ist. Was hattest du für eine?«

»Eine Französische Bulldogge.«

»Die sind so süß. Man sieht sie immer öfter, die Bobos stehen darauf. Meiner war ein Staff, zwar größer, aber das gleiche Prinzip, auch ein Wachhund. Kein Körper ist so vollkommen wie der deines Hundes. Mein Hund hatte kleine Wimpern, unglaublich, ich konnte sie den ganzen Tag lang ansehen. Bis ins Letzte war mein Hund ein entzückendes Wesen.«

Von Weitem hätte Xavier gewettet, dass dieses Monster sich nur mit Grunzen ausdrückt. Er ist überrascht, wie redselig sie ist und wie klar sie artikuliert. Sie ist gar nicht so dicht, wie er gedacht hat. Das Überraschendste ist ihre Stimme, die weder zu ihrer Korpulenz noch zu ihrer sonstigen Erscheinung passt. Sie hat eine Radiostimme, eine sehr schöne Stimme. Er weiß, wovon sie redet. Colette hatte auch hübsche Wimpern. Man muss ein glückliches Herrchen oder Frauchen sein, um so etwas zu bemerken. Er kann sie nicht zum Teufel schicken, nach dem, was sie gerade gesagt hat. Das ist das Prinzip, wenn man einen Hund hat: Man unterhält sich mit Leuten, mit denen man im normalen Leben kein Wort wechseln würde. Er antwortet:

»Das muss schrecklich gewesen sein für Sie.«

»So viele alltägliche Sachen, die du so gern gemacht hast und nie mehr machen wirst. Ich würde alles geben – ich sag nicht alles, was ich habe, ich habe ja nichts, aber ich würde eine Niere geben, um seine Schnauze zu küssen. Ich will die Hand auf seinen Bauch legen. Ich will, dass er mich ansieht, wenn ich aufwache. Es kann nicht sein, dass er nicht zurückkommt. Attilinou. Verstehst du, wovon ich rede? Ich warte darauf, dass er ankommt und mit seinem dicken Hintern wackelt. Er schlief so gern unter der Decke und kuschelte sich an meinen Bauch.«

»Dein Hund hieß Attilinou?«

Die dicke Kuh hat Humor. Oder sie ist verrückt. Wenn sie nicht so dreckig wäre, würde er denken, sie gehöre zu der Kategorie von Menschen, bei denen man nicht weiß, ob sie genial oder völlig durchgeknallt sind. Er hockt sich neben sie. Scheiß auf die Distanz.

»Meine hat am Ende jeden Tag in die Küche gepinkelt, ich habe es aufgewischt, dann mit Wasser und mit Seife geputzt, ich habe gerieben und gut aufgepasst, dass nichts in den Fugen zwischen den Kacheln bleibt. Und jetzt stehe ich morgens auf und sehe, dass der Boden trocken ist, und das erinnert mich jeden Tag daran, dass sie tot ist, aber ich kann nicht weinen. Ich habe eine Tochter, ich habe eine Frau, ich bin ein Mann. Ich kann nicht weinen, weil meine Hündin gestorben ist, aber ich kenne nichts Traurigeres als einen Morgen, an dem ich das Frühstück mache und sie nicht kommt, um zu gucken, ob es was zu futtern gibt.«

Tränen fließen über die Wangen der Frau, ohne einen Laut, und er weiß, dass es kein Theater ist, damit er einen Schein aus der Tasche zieht. Sie fühlt mit.

»Seit elf Jahren lebe ich draußen. Attilinou war zehn; als ich ihn bekommen habe, war er noch kein Jahr alt. Sein Herrchen war in den Knast gewandert, die Mutter hatte die Töle am Hals, sie hat den ganzen Tag gearbeitet und konnte sich nicht um das Tier kümmern, also hat sie es mir überlassen. Der Sohn musste fünf Jahre absitzen, dann hat er Scheiße gebaut und war nach zehn Tagen wieder drin. Das habe ich später erfahren. Als sie Attilinou eingeschläfert haben, hab ich gedacht, wenn ich ein normales Leben gehabt hätte, hätte man mir nie im Leben meinen Hund weggenommen. Aber wenn ich einen Job gehabt hätte, hätte ich auch nicht die ganze Zeit bei ihm sein können, wir wären weniger glücklich miteinander gewesen … weißt du, wenn ein Hund bei einem Obdachlosen wohnt, ist er der glücklichste Hund auf der Welt, du hast nur ihn, und weil dich das Nachtasyl mit deinem Hund nicht aufnimmt, verlässt du ihn nie, du isst mit ihm und schläfst mit ihm. Ich gehe zu keinem Sozialdienst, mit Hund darfst du nicht rein. Also geh ich nicht rein. Einen Staff kannst du nicht draußen warten lassen. Und ich überlasse Attilinou auch keinem Besoffenen, der ihn womöglich verliert. Oder verkauft, wer weiß? Bei dem Gesindel um mich rum … Aber trotzdem denke ich immer wieder, Scheiße, wenn ich ein normaleres Leben gehabt hätte, hätten sie meinen Hund nicht eingeschläfert. Deswegen mache ich mir Vorwürfe, solche Vorwürfe. Ich höre nicht auf, an ihn zu denken, in seiner Box, ich bin sicher, dass er verstanden hat, was sie ihm antun würden, ich denke an den Tisch des Veterinärs, das Metall, und ich war nicht da. Jemand hat ihn geholt, er hat wohl geglaubt, ich hätte ihn im Stich gelassen. Ich habe nicht auf ihn aufgepasst. Warst du da, als sie gestorben ist?«

»Ja. Sie war entspannt, auf ihrem Sofa. Aber wenn es dich beruhigt, ich mache mir auch Vorwürfe, trotz allem. Danach habe ich mir gesagt, ich hätte lieber den Tierarzt töten sollen, als er an der Tür geklingelt hat.«

Und zum ersten Mal, seit es passiert ist, spürt er, dass er den Tränen nahe ist. Die Leute können sie anstarren und denken, was sie wollen, sollen sie doch zum Teufel gehen. Olgas Tränen zeichnen Schmutzspuren auf ihre Wangen. Vernon hört ihnen zu und versucht nicht, sich einzumischen.

»Und wer ist jetzt ›die Schöne‹? Ist er das?«

»Guck dir mal diese Missgeburten an! Wer will denn da ran? Jetzt mal ehrlich! Da findet die Junkiefotze einen, der so hilfsbereit ist, es ihr ein letztes Mal zu besorgen, aber denkst du vielleicht, sie sagt Danke?«

»Also wenn man mich höflich fragt, fick ich sie freiwillig in den Arsch.«

»Also echt, dich schreckt aber auch gar nichts ab.«

»Verrat uns den Namen einer einzigen Fotze, die du nicht aufspießen würdest, das geht schneller.«

Loïc grinst, er macht gern Stress. Noël sitzt unbequem. Als er gekommen ist, war nur noch der beschissenste Sessel im Raum frei. Er ist sauer. Er hatte gedacht, Loïc würde nicht kommen, und weicht seinem Blick aus.

Die Situation macht ihn krank. Wenn er es gewusst hätte, wäre er direkt nach Hause gegangen. Er ist fix und foxi. Den ganzen Tag auf den Beinen, ohne Tageslicht, Kleiderbügel aufhängen, Pullover zusammenlegen und durch die Abteilungen rasen, um die Klamotten aufzuräumen, die die Kunden bergeweise in der Anprobe liegen lassen. Samstags ist die Hölle los. Alles, was Paris an Lackaffen, Schwuchteln, Aufreißern, Edelnegern, Rappern, Losern, Studenten, Kameltreibern, Versagern und Deppen zu bieten hat, trifft sich bei H&M, um die neuesten Fetzen anzuziehen, den ganzen Dreck, den das jüdische Kapital ihnen andrehen will und der am anderen Ende der Welt von Kindern zusammengepfuscht wird – und die Ärsche zahlen auch noch dafür, das zu tragen. Scheiße, bevor er da angefangen hat, wäre er nie auf die Idee gekommen, sich bei H&M Jeans oder einen Pullover zu kaufen. Schon gar nicht samstags. Zweimal am Tag den Saustall mit dem ganzen Abschaum drin abschließen und Gas rein. Das bringt's. Nur Irre hängen in diesem Loch ab. Guck dir doch die Fotzen an, wie sie sich den ganzen Tag in Nuttenposen vor dem Spiegel spreizen, wie kann man denn bei H&M rumkokettieren, wenn man so hässlich ist wie du? Mit Speckwürsten hat die Natur nicht gespart, und dann presst du das Ganze auch noch in Billigmarken – und ziehst eine Show ab wie bei Bachelor Girl. Die Jungs passen dazu. Die Bastarde sollten ihren Samstag besser nutzen und pumpen. Wabblig wie Maden. Mit zwanzig schon Extra-large-Wampe, drei Schwimmreifen unter dem trendy Hemd. Macht erst mal eure Sit-ups, bevor ihr an Klamotten denkt, kümmert euch um eure Körper, ihr Schmalzklumpen. Du hast deinen Sonnabend für dich, kannst mit den

Kumpels rumstehen, deine Kleine vögeln, dir einen Film reinziehen oder einfach nur mit einem schönen kühlen Bier vor der Glotze abhängen, aber nein. Du gehst zu H&M. Und der Idiot, der hinter dir aufräumt, das ist meine Wenigkeit. Das ist Noël. Zehnmal am Tag flüstert ihm der Teamleiter ins Ohr – »Lächeln! Bei der Negermusik aus den Boxen, von früh bis spät. Lächeln!« Klar, Boss. Ein Gedränge hier drin, sie rammeln Noël die Ellbogen in die Rippen, trampeln ihm auf die Füße, rennen ihn fast um, aber keiner entschuldigt sich – alles klar, Laufburschen sind dazu da, sich rumschubsen zu lassen.

Er hätte gleich nach Hause gehen sollen. Gemütlich essen, »The Voice« gucken, die in den Tweets wieder voll die Panik auslöst, zwei Stunden *No man's Land* und ab ins Bett. Ruhiger Abend, das hätte ihm gutgetan. Er muss sich ein Mädchen suchen. Wie lange ist er schon solo – mehr als sechs Monate? Heute Abend findet er bestimmt keine, bei JP gibt es keine Frauen. Wenn sie nicht über Ärsche reden, reden sie über Fußball, das lockt die Süßen nicht so. Aber er hat im Moment sowieso kein Glück, jedes Mal, wenn sich ein Mädchen an ihn ranmacht, ist sie nett, aber nicht zum Vorzeigen.

Loïc sucht ständig Noëls Bestätigung. Macht Witze, guckt in seine Richtung, nimmt sich ein Bier, bietet ihm eins an. Das ist Noël unangenehm. Gestern hat er mit Julien lange über Loïc geredet. Julien hat auf der ganzen Linie recht. Man muss wissen, wo man hingehört. Noël ist eher der LMAA-Typ. Loïc ist lustig, da kann man nichts sagen. Großmaul und Dreckschleuder, das ja, aber wenn er nicht da ist, um für Stimmung zu sorgen, sind die Abende gleich viel weniger lustig. Julien ist sauer auf ihn. Regt sich schon eine ganze Weile über ihn auf. Er wirft Loïc seinen Zynismus vor. Da hat er auch recht. Allmählich nervt es. Als Noël vorhin gekommen ist, war Loïc gerade dabei, sich über die Grünschnäbel auszulassen, die die Fahnen von *Génération identitaire* entworfen haben, sie würden aussehen wie die Partyfähnchen im Jugendzentrum Fontainebleau Anfang der Achtziger, und dann ist er über die Typen hergezogen, die Fotos der Langhaarigen vom Projekt Apache auf die Website gestellt haben, um zu beweisen, dass die linken Feministen lügen, wenn sie sie als Glatzen bezeichnen. Das Posting auf der Website war ganz lustig, ziemlich raffiniert, kein Grund, diejenigen runterzumachen, die es fabriziert haben. Aber Loïc würde für einen guten Witz seine Mutter verkaufen. Wenn sich alle den Bauch halten, kann ihn nichts mehr stoppen. Das ist lustig. Aber destruktiv. Man kann sich nicht für eine Sache engagieren und sich gleichzeitig über alles lustig machen. Loïcs Problem ist, dass er ständig beweisen muss, wie schlau er ist, indem er andere runtermacht, aber in Wirklichkeit beweist er nur seine Schwäche, weil er sich weigert, die Sache ernst zu nehmen. Wenn man Politik machen will, braucht man Disziplin. Bei Loïc weiß man nie, was er wirklich denkt. Bei wichtigen Themen weicht er immer aus. Er muss unbedingt zeigen, dass er der Cleverste ist, den niemand reinlegen kann. Julien hat es gemerkt: Loïc hat von nichts eine Ahnung. Er hat versucht, ihm Bücher zu empfehlen, wollte ihm helfen, sich zu bilden. Aber Loïc will nur Eindruck schinden. Es fehlt ihm an Überzeugung, an Substanz. Aktion und Humor schließen sich nicht aus, aber man kann nicht die ganze Zeit alles und jeden lächerlich machen so wie er. Solidarität ist ein Wert, den sie verteidigen müssen. Für die Feinde kein Erbarmen. Mit seiner Imitation des armen Soral, der sich selbst endlos labernd auf seinem Sofa gefilmt hat, natürlich in seiner Wohnung im Marais, die der anständige, für die Komplexität der Problematik Erbe und Privatbesitz sensibilisierte rot-braune Marxist geerbt hat, hat Loïc Julien zum Lachen gebracht, und sie sind Freunde geworden. Bei seiner Imitation haben sie sich bepisst vor Lachen. Alle wissen, dass Soral ein Kasper ist, keine Frage. Aber man zieht nicht im Internet über seine Kameraden her. Da geht es um Propaganda, und man muss strategische Bündnisse eingehen, sonst reibt sich der Gegner die Hände, wenn er zusehen kann, wie sie sich zerfetzen. »Verein zum Katholizismus konvertierter Ex-Schwuchteln«, das ist lustig.

Aber es bringt die Debatte nicht voran, kein Stück. Wenn er Frigide Barjot nachmacht, liegst du auf dem Boden – »Gerät die zum Papismus konvertierte drogensüchtige Gruppensexbombe auf Abwege?«. Aber auch da kennt Loïc kein Maß und zieht seine Show vor jedem x-Beliebigen ab. Politisches Engagement verlangt Ernsthaftigkeit, keine Egotrips.

Am Anfang lief es gut zwischen den dreien. Loïc als Hofnarr und großer Fußballspezi und Julien mit seinem Mundwerk, seiner Bildung und seiner Intelligenz – die beiden begeisterten die Truppe. Aber in letzter Zeit distanziert sich Julien von seinem Kumpel, er spürt zu deutlich seine Grenzen. Heute ist er nach Rennes gefahren, zur ersten karitativen Aktion der Gruppe *Génération identitaire*. Er engagiert sich vor Ort. Er verbreitet das Wissen, die Argumente, er bringt sich ein. Wenn sich Noël entscheiden muss, dann lieber für die, die es draufhaben, sich einzubringen.

Noël hat weniger Ego als die anderen beiden. Deswegen suchen sie immer seine Gesellschaft. Er hat genug Persönlichkeit, um ein guter Kumpel zu sein, aber er ist nicht megascharf darauf, immer das große Wort zu führen. Er ist ein Kamerad, man kann sich auf ihn verlassen; was er sagt, gilt. Aber er fühlt sich nicht zum Leader berufen. Sein Ding ist Bodybuilding. Seit er sein TRX hat, arbeitet er mit einer strengen Proteindiät am Körpergewicht. Er hat den ganzen unteren Teil des Körpers trainiert, mit dem es nicht voranging. Er hasst die Kerle, die nur am Oberkörper arbeiten – weil es einfacher ist und weil der Muskelkater weniger wehtut. Aber er hat sich fast umgebracht, um seine Ischios zu formen. Heute Abend hat er für alle eine kleine Ladung Xtreme Napalm mitgebracht, ein Protein, damit sie wieder ein bisschen Pep kriegen. Er freut sich schon darauf, wie die Gesichter der Kumpels knallrot werden, dann werden sich bald alle kratzen und schwitzen, und gleich danach fühlen sie sich supermunter. Napalm ist, als wenn man die geschmolzene Lava direkt aus dem Vulkan schlürft.

Seine Mutter ist Kassiererin. Ein Leben lang hat sie geschuftet und ist von allen in den Arsch getreten worden. Sie wählt die Sozialisten. Heute noch. Dabei macht sie sich keine Illusionen. Wenn der *Nouvel Obs* mit Schlagzeilen über die Nutte des Ex-Direktors vom IWF aufmacht, spucken sie seiner Mutter ins Gesicht: Wir sind unter uns, wir können uns alles erlauben, Hauptsache, die Kohle bleibt in unseren Händen. Aber wenn es Sozialwohnungen zu verteilen gibt, sind dieselben Typen ganz freigebig, natürlich kümmern sie sich um die Ausländer, bevor seine Mutter dran ist, um die Ausländer und die Typen mit Einfluss. Für Leute wie ihn heißt es immer »Komm morgen wieder«. Wenn die Bobos alles eingesackt haben, ohne den anderen was übrig zu lassen. Aber immer schön den Schein wahren, wir sind die Großzügigen und Oberschlauen, auf Kosten der Trottel, die richtig arbeiten und um die sich nie, wirklich nie, jemand kümmert. Die Sozialversicherung kostet sie das letzte Hemd. Der RER fährt nur jeden zweiten Tag und wird jedes Jahr teurer. Alles wird teurer. Gammelfleisch, erst dachten sie, es schmeckt so verfault, weil es halal ist, aber dann hat sich rausgestellt, dass es von alten, mit Hormonen vollgestopften Gäulen oder tollwütigen Hühnern stammt, aber blech und friss, verdammter Proll, und wenn du dir fünfundvierzig Stunden die Woche dein Leben in ätzenden Shoppingcentern versaut hast, vergiss nicht, der rumänischen Fleischindustrie was von deinem Geld abzugeben, bevor du nach Hause gehst. Und denk dran, für deinen Krebs zu sparen, bescheuerter Proll, die staatlichen Krankenhäuser sind von allen Illegalen der Welt besetzt, die wissen, dass man sich am besten in Frankreich niederlässt. Wenn man nicht die Nordafrikaner benutzt, um die Löhne der Arbeiter zu drücken, zieht gleich das ganze Unternehmen zu den Hungerleidern. Warum auch nicht? Wer bestraft sie dafür? Wer macht ihnen klar, dass fehlender Patriotismus eine Straftat ist? Inzwischen wird das Land an Russen, Katarer oder Schlitzaugen verkauft. An den Meistbietenden, die Mutter Heimat, wie die letzte Hündin, die sich dem Erstbesten hingibt, der die Kohle hat, sie in eins ihrer Löcher zu ficken. Und das soll man zulassen? Die Juden beherrschen die Finanzen, die interessiert nur, wie viel sie auf Kosten der anderen rausholen können, und die Freimaurer die Politik, sie sind nur scharf darauf, sich gegenseitig gute Jobs zuzuschanzen. Öffentliche Gelder auszugeben, das ist ihr Ding. Und inzwischen regt sich der Bobo auf, dass man die Roma beschimpft. Er wohnt ja nicht neben einem Zigeunerlager. Nein, der Bobo leistet sich Biofleisch mit französischem Herkunftsstempel, weil der Bobo seinen Körper vor Krankheiten schützen muss. Pech für die anderen, die Hungerleider. Aber wenn sein Kind in die Grundschule kommt, zieht der Bobo um, weil er keine Lust darauf hat, dass sein kleiner Blondschopf von den wilden Horden Kreidegesicht genannt wird. Wenn der jüdische Bankier ein Zimmermädchen vergewaltigt, zieht er sein Scheckheft, und sofort stehen alle Nutten der Republik Schlange, um sich von seiner phänomenalen Latte aufspießen zu lassen. Die Weiber lieben die Bekloppten, die Geldsäcke, die sich die Nase zuhalten, wenn die Prolls wählen gehen, und sich einbilden, wenn sie Zeitungen, Talkshows und Internet mit ihren Lügen füllen, kriegen sie sie immer noch rum. Sie vergessen die commune. Das Volk hängt mehr an der Nation als die Regierung. Der Unterschied ist die Ehre. *Viva la muerte.* Sie sind nicht bereit zu sterben, weil sie verzweifelt sind oder weil sie nichts zu verlieren haben, sondern weil sie eine Vision haben. Die Nation sind wir. Die Zukunft Frankreichs hängt von unserer Entschlossenheit ab. Ein Volk, eine Sprache, eine Zukunft. Anders, als man ihnen ständig vorbetet, sind sie nicht zur Ohnmacht verdammt. Noël zittert vor Ungeduld, die Straffreiheit abzuschaffen, die die Großen dieser Welt schützt. Er wird ihren Kindern die Kehle durchschneiden, ohne mit der Wimper zu zucken, wird ihre widerlichen Schädel auf eine Lanze pflanzen und durch die Stadt tragen. Er wird im Kugelhagel fallen, wenn es nötig ist, um sein Vaterland zu verteidigen. Er ist zu allem bereit. Er wird nicht zulassen, dass sein Land den Bach runtergeht, während er sich den Arsch aufreißt, um seine Steuern zu bezahlen. Die Geldsäcke wiederholen in jedem Interview, dass nur die Moslems motiviert sind, sich im Kampf zu opfern. Demoralisierung der Massen. Sie werden das Gegenteil beweisen. Sie sind da. Sie bereiten sich auf den Krieg vor. Ehre, Vaterland. Diese Wörter lassen seine Brust schwellen, gehen ihm durch und durch, lassen ihn abheben. Der Sturm, den sie auslösen, ist ein mächtiger Hengst, auf den er sich jubelnd schwingt. Gemeinsam sind sie eine Bombe. Sie werden alles zerstören.

Genau das ist Loïcs Problem. Er ist verbittert. Er ist sauer. Er trägt keinen Sturm in sich. Einmal, als er noch besoffener war als sonst, hat er zu Noël gesagt:

»Alles zerstören? Ich bin bald vierzig. Ich kenne die Menschen zu gut, um mir noch Illusionen zu machen. Das werden drei Tage Fiesta und dann drei Jahre Kater. Das Einzige, was sich ändern wird, ist, dass vier Knallköpfe, die gestern niemand kannte, sich gute Posten unter den Nagel reißen. Es geht nur darum, dass man die Führungsriege austauscht, aber das Spiel bleibt dasselbe. Sie werden genau dasselbe machen wie ihre Vorgänger. Lügen, schmuggeln, betrügen und zusehen, dass ihre Schwäger alle Vergünstigungen genießen.« Darauf beschränkt sich für Loïc die Politik. Das ist Nihilismus. Als Noël das von ihm gehört hat, war auch für ihn Schluss. Julien hat recht: Die Zeit des Zynismus ist vorbei. Man muss bereit sein für den Kampf. Und wenn man an die Front geht, spielt man nicht den Kasper.

Drittes Bier, Noël ist noch ganz klar, aber eine Welle schwappt in ihm. Das Napalm lässt in seinem Körper die schwarze Magie wirken. Begeisterung, wilde Freude. Energy Rush. Loïc kommt auf ihn zu. »Weichst du mir aus?« »Nein. Ich muss was essen, sonst bin ich bald dicht.« »Holen wir uns einen Burger?« Noël weiß nicht, wie er ihn abschütteln soll, aber jetzt, wo er getrunken hat, möchte er Spaß haben, und Scheiße noch mal, man kann sagen, was man will, aber mit Loïc hat man einfach Spaß. »Bist du sicher, dass du mir nicht ausweichst? Es sieht nämlich sehr danach aus. Hat Julien dir verboten, mit mir zu reden?« Die Frage kommt in scharfem Ton, von wegen du bist ein kleiner Junge, dem die Großen Vorschriften machen. Das nervt ihn, aber jetzt ist er eher auf Julien sauer. Es kotzt ihn an, zwischen den beiden festzustecken. Schluss jetzt, er ist schließlich kein Mädchen. Er zuckt mit den Schultern und nimmt seine Mütze. »Ja, gehen wir runter und holen uns einen Burger.« Die kleine Truppe versammelt sich, alle stehen auf und folgen ihm. Im Treppenhaus schubsen sie sich und brüllen rum, das ist die gute Laune am Beginn eines Abends. Alle drängeln und grölen, Alkohol und Napalm steigen in den Kopf – sie sind bereit, sich zu amüsieren.

Draußen fühlt er sich gut. Sie nehmen den ganzen Bürgersteig ein. Wenn sie zusammen sind, wäre keiner so bescheuert, nicht auszuweichen, um sie vorbeizulassen! Ohne bewusst darauf zu achten, betont Noël seinen männlichen Schritt, er fühlt sich dynamisch, ein geiles Gefühl. Sie genießen es, dass hier in Belleville, zwischen Bobos, Zitronennegern und Kanaken, die Passanten zur Seite springen. Sie sind hier zu Hause. Sie existieren. Trotz der Moscheen, die Kebabcity überschwemmen, weicht jeder aus und wird daran erinnert – ihr Heimspiel. Das fühlt sich natürlich ganz anders an als bei der Maloche, wo er sich immer ganz neutral anziehen muss; sie zwingen ihn, die Scheiße aus dem Laden zu tragen. Natürlich keine Klamotten, die er sich aussuchen und abends mit nach Hause nehmen kann, nein, so ein Schwuchtelzeug zwingt man ihn zu tragen, und bevor er Feierabend macht, muss er es abgeben. Er grinst den Schwarzen an, der sie kontrolliert, ehe er sie rauslässt. Als wenn ich Lust hätte, den H&M-Scheiß mit nach Hause zu nehmen! Darin ist er sich mit dem dicken Neger einig. Der frühere Wachmann hat mit einem Zwinkern und einem dämlichen Grinsen die Hand unter die Schulter gelegt, um einen Quenelle-Gruß anzudeuten – von wegen wir verstehen uns, wie sind uns einig. Hast recht, Schneeweißchen. Aber dein Negerkumpel würde sicher sagen: »Respektiere dich, das kann nur jeder für sich.« Noël war erleichtert, als der Neger gefeuert wurde, es war immer total peinlich. Er hat überhaupt nichts gegen die Schwarzen. Aber sie sollen sich um ihr eigenes Land kümmern, anstatt wegzurennen wie Ratten, die von den französischen Krümeln angelockt werden.

Tagsüber bei der Maloche ist es nicht er selbst, der schuftet. Sein Körper ist da, die Bewegungen sind automatisch, er verschließt sich, gibt das Gehirn ab. Abends, mit seinen Kumpels in der Stadt, sind sie die Herren der Straße. Schluss mit der Knechtschaft. Seite an Seite dröhnende Schritte auf dem Pflaster und das coole Gruppengefühl, ihre Art, rumzualbern, die Dinge mit dem gleichen Blick zu sehen. Das ist ein Ton, eine Energie. Der Stolz, da zu sein, das Vergnügen, zu spüren, dass man sie sieht, dass man ihnen ausweicht, dass man sie beachtet. Die Zukunft der Nation in Marschordnung.

In Höhe des McDonald's wird JP langsamer, irgendwas auf der anderen Straßenseite weckt seine Aufmerksamkeit.

»Ich glaub's nicht! Madame Fettsau!«

Sein typisches Pfeifen, das böse Grinsen. Loïc stellt sich neben ihn – was hat er gesehen? JP singt mit Grabesstimme Napalm Death und lacht dabei. Dann erzählt er, was ihnen am Morgen mit Julien passiert ist, von dem Fußtritt, der Verrückten, diesem großen Haufen Dreck, der von einer Frau nur die Fotze hat, aber sie verdient nichts anderes, als aufgeschlitzt zu werden. Solchen Unrat muss die Erde nicht ertragen. Und zu allem Übel noch streitlustig. Ach so, sie prügelt sich gern. Allgemeines Gelächter. Noël fällt ein, dass Julien sie gewarnt hat. Es ist wichtig, auf die Ärmsten zuzugehen, auszugleichen, was der französische Staat nicht tut: die Unsrigen zuerst. Erst die Unsrigen, dann gucken wir nach dem Elend der anderen, die ihr Land nicht genügend lieben, um dort zu bleiben und zu kämpfen, damit sie aus der Scheiße rauskommen. Aber das heißt auch, dass man mit den Ärmsten keinen Streit sucht, eine Frage des Images, vor allem, wenn sie unsere Sprache sprechen. Julien regt sich immer über die Kommentare im

Netz auf, die in einem Französisch mit chaotischer Rechtschreibung verfasst sind. Man redet nicht umsonst von Muttersprache, sie macht unser Land aus. Noël macht viele Fehler. Deswegen schreibt er auch keine Kommentare im Internet, außer wenn er kontrollieren kann, wie man etwas schreibt. Ihn nerven die bescheuerten Kommentare auch, die die Jungs hinterlassen. Sogar er sieht, dass sie voller Fehler sind. Das kann man doch nicht ernst nehmen!

Heute Abend haben erst mal Bier und Napalm das Sagen, die Geschmeidigkeit, mit der sie sich gemeinsam der Alten nähern, die ihre Kameraden angemacht hat – nur um ihr die Meinung zu sagen. Sie schlagen keine Frauen. Und die da riskiert keine Gruppenvergewaltigung, auch wenn sie besoffen sind. Das ist sowieso nicht ihr Stil, nicht mal, wenn es eine supersüße Blondine wäre. Julien muss sich keine Sorgen machen – es ist nur Spaß. Ein kleiner Umweg auf ihre Straßenseite, um ihr zu zeigen, dass sie in der Nähe sind. Kurze Frage, nur um es klarzustellen: Wer ist der Chef hier? Wem gehorcht man?

Die Dicke hat rote geschwollene Augen, der Alte, der sie begleitet, scheint hackedicht zu sein und Panik zu kriegen, als sie ankommen. Bei ihnen wäre es eine bloße Formalität. Das Problem ist der Fettwanst daneben, der mit ihnen redet. Ein Gutmensch aus dem Viertel leistet sich ein gutes Gewissen, er hockt sich zwischen die beiden Penner, um ihnen zu zeigen, dass er sie respektiert. Aber keine Sorge, heute Abend schläft er fein im Warmen, und sie können von ihm aus krepieren. Komm schon, Papa, geh nach Hause. Du siehst doch, dass du nicht das Format hast. Aber anstatt die Situation pragmatisch einzuschätzen, zu zeigen, dass er sie respektiert, und abzuzischen, ohne Theater zu machen, richtete sich dieser Vollpfosten auf, steckt die Hände in die Hosentaschen und bietet ihnen die Stirn. Dieser Wichser hat nicht die Weisheit der Straße, noch so einer, der seine Ration noch nicht weghat, und als er die Bullenhorde ankommen sieht, wackelt er mit seinem Bürgerarsch und stellt sie zur Rede:

»Habt ihr ein Problem?«

»Oho, Superman, hast wohl zu viele Actionfilme gesehen?«

»Sag mal, Witzfigur, bist du ein Scheißbulle? Nein? Dann zisch ab, wir müssen mit deiner Freundin reden.«

»Mach Platz, wir haben was mit deiner Alten zu klären.«

»Verschwindet, Jungs. Amüsiert euch woanders. Ich bin sicher, ihr findet passende Gegner. Geht weiter.«

»Hat deine dicke Freundin sich das alles überlegt, bevor sie heute Morgen ausgerastet ist? Weißt du was, Schlaumeier, in einer Stadt muss Ordnung herrschen.

Wir wollen ihr das nur kurz erklären: Es muss Ordnung herrschen.«

Wenn sich Loïc mit seinem Psychopathengesicht so superdicht vor jemanden hinstellt, hat man keine Lust, zu diskutieren. Man will nur dass es aufhört. Der dicke Bobo spielt den Helden, das endet schlecht für ihn. Anstatt den Blick zu senken und abzuhauen, setzt er noch eins drauf:

»Schlaf deinen Rausch woanders aus, ich werde schon blau von deiner Fahne.«

Noël sieht sich um, sucht den Blick seiner Kameraden, er strahlt. Sie wissen, dass das für den Schwachkopf nichts Gutes bedeutet. Noël hat seine Beine so lange trainiert, dass er nicht mal die Anstrengung merkt, wenn er fünf Etagen hochrennt – es fühlt sich an, als würde er getragen. Er möchte nicht an der Stelle des Typen sein, der das Ergebnis seines TRX-Trainings abbekommt.

»Sehe ich vielleicht besoffen aus, du Bobo-Arschloch?«

Eine Ohrfeige, ein Stoß. Wenn der Mann nur einen Funken Verstand hätte, würde er auf die Warnung hören. Er würde es hinnehmen, dass die dicke Alte eine kleine Dusche von Beschimpfungen und die wohlverdiente Prügel kassiert, dann wäre die Sache geritzt, alle Mann zu McDonald's, der Abend geht weiter. Wenn man sich prügelt, dann lieber mit dicken Negern – sonst kann man sich danach schwerlich was drauf einbilden; zu sechst gegen zwei Hirnis und eine Verrückte, das ist besser schnell geregelt.

Aber da spuckt der Kerl Loïc ins Gesicht und starrt ihn an.

Es ist die Gewohnheit des Stadions, eine gewisse Prügelerfahrung. Noël weiß, dass sein Fuß mörderisch ist. Loïc tritt dreimal zu, Kopf, Bauch, Kopf. In dieser Reihenfolge. Genial, kein Ausrutscher, dreimal ins Schwarze. »Das wird dich lehren, deine große Fresse zu halten, beschissener Geldsack. Und ihr Penner, richtet es ihm aus: Beim nächsten Mal senkt er den Blick und verpfeift sich. Das soll er sich hinter die Ohren schreiben!«

Ein feiner, eisiger Regen durchnässt seinen Rücken. Die Berührung der Stadt. Vernon läuft, ohne sich Fragen zu stellen. Geht vorbei an dem Kino, dessen Lichter erloschen sind, um diese Zeit sind nur wenig Autos unterwegs, überquert die Place Gambetta, ohne am Straßenrand stehen zu bleiben, hätte nichts dagegen, den heftigen Stoß zu spüren, der ihm die Knochen brechen würde. Er kann sich nicht erinnern, je eine solche Leere verspürt zu haben. Ein Signal wird wahrgenommen und löst nichts aus. Er sieht das heruntergezogene Gitter des Blumenladens, sieht drei betrunkene Teenies schwanken, sieht eine Gestalt auf der Bank in der Bushaltestelle liegen. Die Ereignisse der letzten Nacht kreisen in seinem Schädel, ohne die geringste Reaktion auszulösen. Er ist erloschen. Er ist Zuschauer, Schwarzfahrer im eigenen Körper, ein Illegaler. Genau das ist am Ende geschehen: Die Leere hat ihn verschlungen.

Das Schlimmste waren die Minuten, als Xavier auf der Seite lag, ohne sich zu rühren, die Augen nicht ganz geschlossen, und ein dünner Blutfaden aus seiner Nase rann, ein roter Strich, der in der

Mulde über der Lippe innehielt, zu zögern schien, dann dem Umriss des Mundes folgte und sich zum Kinn ergoss. Als Vernon den Kopf gehoben hat, um jemanden zu bitten, den Notarzt zu rufen, hat er keinen Blick eines Passanten gekreuzt. Sie sind im Supermarkt verschwunden oder herausgekommen, ohne die Szene zu sehen. Dabei hatten einige am Rand des Bürgersteigs die Szene beobachtet. Olga hat sich an seinen Rücken gepresst, hat Vernon am Ärmel gezogen, eine Kindergeste, ungeschickt und hartnäckig, »Wir dürfen nicht hierbleiben, Großer. Gleich kommt die Polizei, wir können nicht hierbleiben«, mit sanfter und eindringlicher Stimme, sie ließ seinen Arm nicht los. Vernon sprach die Passanten an, »Jemand muss den Notarzt rufen«, aber wie in einem Albtraum war er unsichtbar geworden. Das hat sicher nicht länger als eine Minute gedauert, aber er ist in dieser Zeitspanne verschwunden, als wäre er hineingerutscht und versunken, zumindest seine Seele ist darin untergegangen. Dann ist der Türsteher von Monoprix rausgekommen und hat sofort nach seinem Telefon gegriffen. Vernon hatte im Laufe des Tages bemerkt, dass er ihnen mörderische Blicke zuwarf, als entwürdigten sie den Eingang seines Arbeitsplatzes, und ihm war die Hässlichkeit des Mannes aufgefallen, die durch den Eindruck heftigster Dummheit noch unterstrichen wurde. Aber unter seinem Äußeren eines erstklassigen Deppen hatte der Mann zumindest funktionierende Ersthelferkenntnisse, er hat Xaviers Körper mit großer Sicherheit bewegt, ihn auf eine Schulter gedreht, ein Bein lang gezogen, den Kopf vorsichtig angehoben, und gleich darauf war der Rettungswagen da, begleitet von dem Sirenengeheul, das einem unwirklich vorkommt, wenn es einen direkt betrifft.

Olga war inzwischen verschwunden. Ein Polizeiauto hielt neben dem Rettungswagen. Man stellte Vernon ein paar Fragen, zunächst zerstreut, als wären die Antworten, die er geben könnte, der Polizei schon mehr oder weniger bekannt; dann, als sie begriffen, dass es sich nicht um eine Abrechnung zwischen Pennern handelte, veränderte sich ihr Verhalten schlagartig. Der Mann am Boden hatte eine Adresse und eine Kreditkarte. Die eher gutmütigen und gemütlichen Männer in Uniform verwandelten sich in geschäftige und angespannte Profis. Vernon sollte ihnen zur Wache folgen und eine Aussage machen. Er drängte darauf, in den Rettungswagen zu steigen und Xavier zu begleiten, aber das kam nicht infrage. »Kannten Sie ihn?«, in misstrauischem Ton, als verdächtigten sie Vernon, von den Mahlzeiten in der Notaufnahme profitieren zu wollen. Vernon antwortete, ja, ich kenne ihn schon lange, er nannte den Namen und die Adresse, nein, die Telefonnummer seiner Frau kenne ich nicht, ich weiß nicht, wie man sie benachrichtigen kann. »Wir nehmen nur Verwandte des

Verletzten mit.« Man lud den bewusstlosen Körper auf eine Trage, Vernon bat erneut darum, ihm folgen zu dürfen, man hörte ihn nicht. Das geschah ohne Feindseligkeit. Nun, wo er seine Tage vor dem Supermarkt verbrachte, war er weniger real als früher.

Aber dann kam diese unglaubliche Wendung: Pamela Kant stieg aus einem Taxi. Vernon erkannte sie sofort. Er sah, wie sie zögerte und in seine Richtung schaute. Als sie direkt auf ihn zukam, reagierte er nicht. Er begriff nicht, dass in dieser ganzen Szene nur er sie interessierte. Und er war nicht der Einzige, der sie bemerkt hatte. Er sah, dass sich die Sanitäter mit dem Ellbogen anstießen, ohne ihre Arbeit zu unterbrechen, dass sie einander etwas zuwisperten, zwei Polizisten waren mit einem ungläubigen Lächeln auf den Lippen förmlich erstarrt.

»Vernon Subutex? Ich suche Sie seit einer Woche … Was ist hier los? Haben Sie ein Problem?«

Das war nicht der passende Moment für Anbetung. Vernon, unter Schock, hatte keine Gelegenheit, die Situation zu genießen. Er schwieg. Wilde Gedanken prasselten auf ihn nieder wie brennende Meteoriten, und er hatte ehrlich nicht die geringste Ahnung, woher sie kamen und was er in diesem ganzen Chaos zu suchen hatte. Aber Pamela wartete auf eine Antwort, die er ihr schließlich gab:

»Ein Freund von mir wurde gerade niedergeschlagen. Er hat das Bewusstsein verloren.«

»Ist das Xavier Fardin?«

»Kennen Sie ihn?«

»Natürlich, ich habe *Ma seule étoile* hundertmal gesehen, als ich klein war.«

Schon Pamela Kant allein war nicht sehr real, aber Pamela Kant, die inmitten von fassungslosen Bullen und Sanitätern von Xaviers Film sprach, als handelte es sich um einen Klassiker – Vernon sagte sich, Scheiße, Xavier, komm zu dir, das darfst du nicht verpassen, das ist zu abgefahren.

Dann nahm sie mit erstaunlicher Natürlichkeit die Sache in die Hand, als käme ihr ganz selbstverständlich die Rolle des Anführers zu – sehr gut, sie werde Vernon unbedingt begleiten, sie müsse mit ihm sprechen, eine Aussage, natürlich, würden die Sanitäter ihre Nummer notieren und sie auf dem Laufenden halten, wo sie Xavier finden würden, wenn sie auf der Polizeiwache fertig wären? Bei niemandem gab es mehr das geringste Problem. Sie hätte auch verlangen können, das Blaulicht einzuschalten, um sie zum Schaufensterbummel in die Kaufhäuser zu bringen, und die Jungs hätten geantwortet, natürlich, sollen wir beim Fahren in die Luft schießen? Das Schmerzhafte an der Geschichte war für Vernon, die männliche Solidarität in ihrer Gänze zu erleben und selbst völlig davon ausgeschlossen zu sein. Das war ihm nie passiert – aber ein Obdachloser, selbst wenn er von Pamela Kant Besuch bekommt, bleibt in den Augen der Arbeitenden nur Beiwerk; er gehörte nicht mehr zu den richtigen Männern, war etwas anderes, und wenn sein Blick den eines Sanitäters kreuzte, fand er darin keine Spur von Vertraulichkeit, nur erstaunte Neugier. Wie? Ihr persönlicher Spleen ist also, sich von so einem Berber ficken zu lassen?

Niemand hatte ihn nach seiner Meinung gefragt, aber es war ihm gar nicht recht, bei der Polizei eine Aussage zu machen. Als sie im Polizeiauto saßen, drehte sich alles nur um Pamela Kant, die eifrig ihre Rolle als freche Göre spielte. Sie schnauzte die Männer freundlich an, die waren begeistert. Er ließ sie hochvergnügt im Vorraum der Wache zurück und folgte einem jungen Polizisten in eine trostlose Box.

»Weiß, jung? Haben sie den Namen einer Gruppe genannt?«

»Nein. Wir haben nicht lange miteinander geredet ... Ich hätte sie nicht mal wiedererkannt, ich glaube nicht, dass es genau dieselbe Gruppe war, mit der wir heute früh zu tun hatten. Um ehrlich zu sein, ich habe sie mir nicht genau angesehen.«

»Und sie hatten es auf eine Frau abgesehen?«

»Ich kenne die Frau nicht. Ich habe erst vor Kurzem meine Wohnung verloren, ich stehe noch unter Schock.«

»Ich verstehe. Tut mir leid.«

Die Wache war so heruntergewirtschaftet, dass es

ihm geradezu ironisch vorkam, dass Leute, die ihr Leben lang dort arbeiten müssen, andere bemitleiden, die draußen schlafen. Da weinte jemand mit einem Balken im Auge um den Splitter in dem des anderen.

Der Polizist war ganz jung, vielleicht fünfundzwanzig, was das beunruhigende Gefühl von Unwirklichkeit, in dem Vernon zunehmend versank, noch verstärkte. Er antwortete, ohne nachzudenken, ohne zu wissen, was er verschweigen und was verraten sollte. Der Mann gegenüber hatte das anfängliche Misstrauen rasch abgelegt. Vernon hatte nichts Zwielichtiges an sich. Nach einer Viertelstunde war die Aussage abgeschlossen – den Polizisten interessierte vor allem die Rasse der Angreifer, er hatte ihm eine kleine Sammlung mit Fotos bekannter Rechtsextremer gezeigt, nein, keins der Gesichter kam ihm bekannt vor. Bevor ihn der Polizist gehen ließ, schrieb er ihm mit ungeschickter, bemühter Handschrift auf einem gelben Post-it mehrere Telefonnummern von Notunterkünften auf, dazu Adressen, die er aufsuchen sollte, um Hilfe zu erbitten. Sein Bedauern war echt: »Harte Zeiten, was? Sie hatten einen Job, Sie waren Plattenverkäufer, aha, so ein Mist, nicht einfach, sich neu zu orientieren. Für uns bei der Polizei wird's wohl noch eine Weile gehen, aber mein Bruder ist in der Bildung, ich glaube nicht, dass der bis zur Rente durchhält. Haben Sie gesehen, dass in Griechenland gerade das staatliche Fernsehen geschlossen wurde?

So was lassen sie uns machen, die Polizei! Wissen Sie, warum hier nicht darüber geredet wird? Weil uns unvermeidlich das Gleiche passieren wird. Ich will nicht angeben, aber die Polizei ist das Einzige, was sie nicht so bald privatisieren werden.«

Dann musste er im Wartesaal auf Pamela warten, die Männer umdrängten sie wie ein Freudenfeuer, keiner wagte eine unangemessene Geste, aber sie waren glücklich wie Kinder im Krankenhaus, wenn eine Prinzessin zu Besuch kommt, es gab Autogramme und Selfies. Sie ließ die Funken sprühen, Vernon sah ihr zu und überlegte sich, dass man schon ein hübsches Mädchen sein muss, um in ausgeleierter Jogginghose, Kapuzenshirt und Eskimostiefeln, die von außen an Filzpantoffeln erinnerten, noch nach etwas auszusehen. Aber Pamela Kant schaffte das, es waren ihre Augen, ihr winziger Körper mit tadellosen Proportionen, aber vor allem ihr Strahlen. Weil der Kommissar unter vier Augen mit Pamela Kant plaudern wollte, musste Vernon zehn Minuten zwischen den Bullen warten, die sich nicht für ihn interessierten.

Im Taxi hat sie die Show beendet. War nicht mehr dieselbe. Der Fahrer, ein Chinese, der France Bleu hörte, erkannte sie nicht. Nachdem sie die Maske abgelegt hatte, bemerkte Vernon in ihrem Gesicht die Zeichen der Erschöpfung und einer gewissen Niedergeschlagenheit. Sie redete rasend schnell und mied seinen Blick, als hätte sie Angst, er würde bei einem bloßen Blickkontakt den Kopf verlieren. Vernon fragte sie, was der Kommissar wollte, sie zuckte mit den Schultern und sagte gleichgültig:

»Er wollte mir erzählen, wie es laufen würde, wenn er ein Mädchen wäre … Er wäre natürlich eine Sexbombe mit ordentlichen Titten, eine dreckige Schlampe, er würde alle Kerle verrückt machen, würde ihre Ruten schwingen, würde sie bei den Eiern packen, würde alles bekommen, was er will, er wäre reich, mächtig, hätte die absolute Macht … Die klassischen Fantasien eines Arschlochs! Was willst du darauf antworten? Wo hat er denn gesehen, dass Schlampen besser zurande kommen als andere? Auf welchem Planeten haben die Huren die Macht? Auf jeden Fall wäre er als Frau einfach nur hässlich. Was bildet er sich ein? Egal – ich habe fein das Maul gehalten.«

»Ich habe immer noch nicht verstanden, warum Sie da sind.«

»Sie haben von einem Interview mit Alex Bleach erzählt, das Sie zu Hause haben. Stimmt das?«

»Ich kann es nicht zu Hause haben, ich habe kein Zuhause. Aber das mit dem Interview stimmt. Stehen Sie auf französische Schlager?«

»Haben Sie die Aufnahmen noch?«

Er hatte die Nase voll davon, dass man ihm Fragen stellte, bei denen er nicht genau wusste, ob er sie ehrlich, ausweichend oder mit einer Lüge beantworten sollte.

»Warum interessiert Sie das?«

»Bin ich die Erste, die Sie danach fragt?«

»Ja.«

»*Yes!* Ich bin die Schnellste. Ich bin die Beste. Dabei bin ich nicht die Einzige, die diese Aufnahme sucht. Aber ich bin die *number one.*«

»Sie sind verrückt. Diese Aufnahme ist völlig uninteressant. Er war zugedröhnt und hat sich gefilmt, das ist alles. Er wusste kaum, was er sagt. Ich wollte angeben, als ich davon erzählt habe. Aber ich begreife nicht, dass …«

»Haben Sie die Aufnahme gehört?«

»Nein.«

»Warum nicht?«

»Ich habe geschlafen. Mich hat Koks immer entspannt. Das kann man von Alex nicht behaupten. Er hat so schon viel geredet, wenn wir uns getroffen haben. Er hat die ganze Zeit gelabert, der Idiot. Da wollte ich ihn nicht auch noch hören, wenn er nicht da ist.«

»Und kann ich sie haben?«

»Warum gehen Sie mir mit diesem Zeug auf den Sack?«

Und da durchzuckt es ihn. Die Einsicht: Vodka Satana. Natürlich. Sie müssen sich gekannt haben. Vielleicht waren sie nicht befreundet. Zwei Stars von diesem Kaliber, das erschwert wahrscheinlich freundschaftliche Beziehungen. Es gibt nur eine Nummer eins, ganz oben. Das ist es, er spricht den Namen aus, »Vodka Satana?«, und Pamela richtet sich auf, lächelt, wendet sich ihm zu, sieht ihn an. Macht sich die Mühe, ihn zu verführen. Auch wenn er es weiß, wenn er sich wehren und eine andere lieben will, es funktioniert hundert Prozent. Er würde gern behaupten, er sei nur ein bisschen aus dem Gleichgewicht, aber er fühlt sich wie ein Wurm, der sich am Angelhaken krümmt: Sie muss es nur wollen, und er ist fasziniert. Er hat schon eine Idee, was sie tun könnte, um ihm zu danken, aber er ist zu beeindruckt, um es klar auszusprechen. Er möchte mehr erfahren:

»Wer hat Ihnen von diesen Kassetten erzählt? Das ist total verrückt, dass …«

»Sie haben doch davon erzählt.«

»Hier und da. Am Anfang wollte ich sie verkaufen. Schickt Sie Lydia Bazooka?«

»Nein. Das ist kompliziert. Aber es gibt mehrere Leute, die hinter Ihnen her sind. Und ich bin die Erste, die Sie gefunden hat. Verdiene ich da nicht einen gewissen Vorzug?«

Wenn die Nutte es will, verwandelt sich ihre Stimme in Schokolade, die im Ohr schmilzt; als sie

»Vorzug« gesagt hat, hat er keine Erektion bekommen, er ist selbst zur Erektion geworden. Nicht gerade ideal, um in Ruhe nachzudenken.

Wird der Regen stärker, oder fängt er an, abzudriften, in seiner Dunkelheit zu versinken? Er weiß es nicht.

Pamela Kant hatte die Hand in seine gelegt und sich entschuldigt:

»Ich denke nur an meinen Kram. Ich merke, wie du leidest wegen deinem Kumpel in der Rettungsstation und deinen persönlichen Geschichten, und ich denke nur an mich. Ich bin nicht immer so.«

Er hätte beinah geantwortet, ja, ich weiß, ich habe dich oft in deinen Filmen gesehen, sonst bist du überhaupt nicht so, du bist viel besser angezogen und machst superspannende Sachen. Sie gehörte sicher zu den Mädchen, die ein bisschen Schweinerei zum Lächeln bringen würde. Aber seine Kehle war zugeschnürt. Xavier auf der Trage – nicht mal das Charisma von Pamela Kant konnte dieses Bild auslöschen. Und dann hatte ihn die Erinnerung an Alex überfallen und die Einsicht, dass er sich nie die Zeit genommen hatte anzuhören, was er ihm anvertraut hatte, weil er bis jetzt nie daran gedacht hatte, aber wenn er sich für diese Kassetten interessiert hätte, als er sie bekommen hat, hätte er vielleicht was für ihn tun können. Den Lauf der Dinge ändern. Vernon ließ sich untergehen, ohne auch nur über Gegenwehr nachzudenken. Er hörte zu, wie die Toten fortgingen, er war schon auf ihrer Seite. Er hatte unsägliche Gewissensbisse, dass er Alex einfach fallen gelassen hatte. Und dass er Xavier in die Geschichte reingezogen hatte. Die Empfindungen verknäuelten sich ineinander – was für ein Freund bist du geworden?! Und gleich darauf verschwand das heftige Bedauern, und es blieb nichts. Vernon sah Pamela Kant lange an, schweigend, unfähig, ein Wort zu sagen. Das alles ging ihn nicht genug an. Zwischen ihm und der Wirklichkeit öffnete sich ein Abgrund – er war so müde. Sie fuhren lange über das Krankenhausgelände, sahen Rettungswagen, Kranke mit ihrem Tropf, die eine Zigarette rauchten, Pfleger, die einen Hindutanz nachahmten. Bevor er aus dem Taxi stieg, sagte er:

»Ich habe die Tasche mit den Kassetten bei einem Mädchen gelassen, das Emilie heißt. Wenn du es geschafft hast, mich zu finden, findest du sie auch, denke ich. Viel Glück jedenfalls … du kannst mich hier absetzen.«

»Kommt nicht infrage. Ich komme mit.«

Er wollte »Lieber nicht« antworten, wollte, dass es souverän klingt, aber im letzten Moment fiel ihm ein, dass man ihn ohne sie sicher nicht ins Krankenhaus lassen würde. Man sah ihm zu deutlich an, was er war, sie würden ihn für einen Penner halten, der zu lange draußen war und sich aufwärmen will.

Das Krankenhaus war ein sehr altes Gebäude aus der Zeit, als man Krankenhäuser baute, die Klöstern glichen, alles wirkte ruhig, und sobald man die Schwelle übertreten hatte, war nichts mehr schön. Mobiliar aus den Siebzigern, Neonlicht, Personal in weißen Kitteln und mit Gesichtern, die noch erschöpfter waren als seins.

Pamela kümmerte sich um alles, sie lehnte am Empfangstresen und wartete, dass jemand kam. Für einen Moment gewann Vernon einen Hauch von Vernunft wieder.

»Woher wusstest du eigentlich, wo du mich findest?

»Es gibt einen Hashtag mit deinem Namen, weißt du das nicht? Angefangen hat es mit der Frau, die dich verdroschen hat, Simone du Boudoir im Internet, ich weiß nicht, wie sie wirklich heißt.«

»Sylvie?«

»Du warst bei ihr und hast sie gefickt wie eine Hündin, dann bist du abgetaucht. Ich weiß nicht, ob es in deiner Chronik viele von der Sorte gibt.«

»Sylvie.«

»Auf jeden Fall nutzen inzwischen die verschiedensten Leute den Hashtag. Du bist der Mann, den im Netz alle suchen. Allerdings habe ich, ohne zu übertreiben, mehr Follower als alle anderen zusammen. Und ein Fan hat dich in der öffentlichen Dusche im 19. gesehen. Ja, mein Junge, stell dir vor, ich habe einen Fan, der dort arbeitet. Er hat dich erkannt, von den Fotos, die ich getwittert habe … Wahrscheinlich weißt du das auch nicht, aber Simone du Boudoir hat eine Million Fotos von dir auf Facebook gepostet. Da hast du dir nicht die Richtige ausgesucht, mein Junge. Die hättest du nicht wie einen Haufen Scheiße sitzen lassen dürfen – wobei ich misch mich da zwar in Sachen ein, die mich nichts angehen, aber ehrlich, wenn man deinen Erfolg hat, muss man doch nicht draußen schlafen. Ich glaube, dir fehlt einfach ein bisschen Ehrgeiz. Im Web bist du ein Star: Alle suchen dich.«

Eine stolze Schwarze, wenig empfänglich für Pamelas Charme, ließ sich überreden, ihnen zu sagen, wo Xavier lag. Schon vom Flur aus erkannte Vernon Madame Fardin, ihre Handtasche auf dem Schoß, die abgenutzten Schuhe, die niedergeschlagene Haltung, den Kopf auf den verschränkten Händen. Er spürte, dass sein Gehirn und sein Herz wie betäubt waren, es fühlte sich genau so an wie vor dem Zahnziehen. Sein Körper war da, ging weiter, nahm die Informationen auf: Nach ihrem Gesicht zu urteilen, das sie beim Geräusch der Schritte hob, waren die Neuigkeiten nicht gut. Aber seine Gefühle waren wie abgekoppelt. Dann war Marie-Ange da, aufgelöst, sie presste die Zähne zusammen, als sie Vernon erkannte, »Was in aller Welt ist passiert?«, und Pamela antwortete, weil aus Vernons Mund kein Laut mehr kam. Er glaubte, dass Marie-Ange Pamela nicht erkannt hatte, was man von den Pflegern und Ärzten nicht behaupten konnte. Die Männer in Weiß umringten sie, um nähere Informationen zu geben. Koma. Und Vernon schaffte es, nach der Toilette zu fragen. Er lief in die Richtung, die man ihm wies. Er fand den Ausgang. Es gab keinen Moment, in dem er beschlossen hatte, in die verregnete Nacht zu fliehen, er ging einfach los, in die Dunkelheit, immer geradeaus, und unterwegs fielen ihm merkwürdige Einzelheiten auf. Das Gewicht seiner Arme zum Beispiel. Er hatte die Hände in den Taschen und hätte sie nicht herausziehen können – seine Arme waren wie mit Blei gefüllt.

Vernon ist außerstande, die Zügel seines eigenen Handelns zu ergreifen. Der Wunsch, Schluss zu machen, Riesenwut, Abscheu vor sich selbst, die Angst vor dem, was geschieht, Atemnot, Verzweiflung und Verwirrung prallen in ihm aufeinander. Er brennt, seine Lungen brennen, er ist klitschnass, und seine Wangen glühen. Er läuft wie ein Zombie, stundenlang. Ihm ist schwindlig. Aber er hält sich auf den Beinen. Er steigt Stufen hinauf, in die Dunkelheit, er geht schnell, er ist außer Atem, er wird noch schneller. Er erinnert sich an den Text eines Liedes, *»c'est l'histoire d'un garçon qui ne pouvait pas s'arrêter de danser«*, er steigt weiter hoch, wird kurzatmig, wird schneller. Er geht das Alphabet durch, er, der nie den Namen einer Gruppe vergessen hat, muss sich anstrengen, und er konzentriert sich zum ersten Mal an diesem Abend. Liaisons dangereuses. »*C'est l'histoire d'un garçon qui ne pouvait plus s'arrêter de danser et bien sûr il finit par crever c'est normal aujourd'hui.*«[1] Informationen, mit denen er überhaupt nichts anfangen kann, tauchen auf, immer noch diese Unordnung, diese Kakofonie, 1981, deutsche Gruppe, DAF, Einstürzende Neubauten, *Mystère dans le brouillard*. Er steigt weiter hoch, diese Treppe hört nicht auf, er hat das Gefühl, an einem Hochhaus emporzuklettern, die Stadt unter sich zu lassen. Er wird nicht langsamer, wird schneller, seine Schläfen wie im Schraubstock. Er hört die ersten Takte von *Los Niños del parque,* ein Synthie-loop, Drumcomputer und Frauenstimmen im Hintergrund.

Er sinkt auf einer Bank zusammen, kommt einfach nicht zu Atem. Er hört die Autos nicht mehr, der Regen wird noch stärker, und winzige Bleifäuste trommeln auf sein zum Himmel gewandtes Gesicht.

Der Tag ist angebrochen, ohne dass er sich erinnert, eingeschlafen zu sein. Aber er hat geträumt, dass sich Robert Johnson auf die Bank gegenüber gesetzt und Harmonika gespielt hat. Vernon erkennt die Straße nicht, in der er zusammengeklappt ist. Als er sich

---

1 Das ist die Geschichte eines Jungen, der nicht mehr aufhören konnte zu tanzen, und natürlich ist er am Ende krepiert, das ist normal heutzutage.

aufsetzen will, gehorcht ihm sein Körper nicht, er sinkt zurück auf den Rücken und dreht langsam den Kopf. Der Regen hat einer rasiermesserscharfen Kälte Platz gemacht, aber er hat wohl Fieber, unter den Bissen der Kälte verbrennt ihn seine Haut buchstäblich. Ein klarer Gedanke quält ihn: Wie lange hat er nichts mehr gegessen? Wenn er nur einfach so erlöschen könnte, jetzt, hier – er stellt sich die Flamme einer Kerze vor, die zittert, schwächer wird, und den schwarzen Docht, ein rotes Glimmen, dann nichts mehr. Aber man stirbt nicht aus Verzweiflung, jedenfalls nicht so leicht.

Eine Katze, die sich zwischen seinen Beinen einen Platz sucht, lässt ihn auffahren. Später kehrt der Regen zurück, und die Katze macht sich davon. Seine Gedanken ekeln ihn. Er hat ihren widerlichen Gestank im Mund. Verwesende Kadaver. Er würde sich gern auskotzen, aber er bringt nur Galle heraus, die ihm die Kehle zerreißt, ist zu schwach, den Kopf zu drehen und sie auf den Boden zu spucken, beschmutzt sein Kinn, das eisige Wasser säubert es, er sieht Lichter in den Fenstern tanzen. Er schließt die Augen. Er gleitet, glühende Formen unter den Lidern, und wieder wird das Atmen schmerzhaft. Ist er gerade erst auf der Bank angekommen? Er ist außerstande, sich aufzurichten. Er müsste sich anstrengen. Er wird vom Schlaf aufgesaugt, ohne widerstehen zu können.

Später in der Nacht, ein paar Stunden sind vergangen oder eine Minute, er weiß es nicht, schlottert er vor Fieber. Die ersten Takte von *Voodoo Chile* wecken ihn. Jimi Hendrix hustet, tatsächlich ist es der Anfang von *Rainy Day*. Das ist nicht die Version von *Electric Ladyland*, diesen Song hat Vernon nie gehört, aber er klingt so klar, als würde er ihn über Kopfhörer hören oder als säße er auf den besten Plätzen bei einem Open Air. Die Augen zu öffnen ist unendlich mühsam. Der Himmel ist voller Sterne. Morgen wird es schön. Die Musik hört nicht auf. Er weiß, dass er fantasiert, aber das stört ihn nicht. Er schließt die Augen wieder und kehrt zu den trügerischen Formen zurück, die hinter seinen Lidern umherschwimmen. Die Einleitung von *Voodoo Chile* ist länger, er hört Eddie Hazel in den Groove einstimmen, das überrascht ihn, dann erkennt er ganz sicher die langen Bassläufe von James Jamerson, und schließlich ertönt die Stimme von Janis Joplin in absoluter Reinheit. Ein Bogen von Tönen hat sich über seinem Körper gespannt. Die Orgel von Steve Winwood dehnt den Raum, von Vernon bleibt nur eine märchenhafte Anspannung in Richtung Wohlbehagen, eine Ausdehnung in der Dunkelheit, er ist die ganze Stadt, er überragt sie, Jimi und Janis geben ein unglaubliches Konzert, das nur er allein hört. Über ihm funkeln die Sterne mit seltsamer Stärke am Himmel von Paris.

Später – er ist inzwischen eingeschlafen – legt sich ein Lichtstrom über ein Gitarrenriff, Janis' Stimme durchbohrt den Schmerz, als öffnete man einen eitrigen Abszess, er entspannt sich. Unsichtbare geschickte Finger schieben sich unter seine Schlüsselbeinknochen und ziehen, der Atem ist wieder frei, die Wärme breitet sich aus, der Brustkorb weitet sich. Er genießt mit jeder Parzelle seiner Haut, das Lied geht ewig weiter.

Als es still wird, staunt er, dass er noch am Leben ist. Seine Sachen sind klitschnass, er ist schwach, aber er schafft es, sich aufzusetzen. Er hat keine Ahnung, wo er ist. Er braucht etwas Zeit, um zu begreifen, dass das Gefühl von Fremdheit mehr mit der Stille als mit der Bühne in seinem Inneren zu tun hat. Überhaupt kein Verkehr. Ihm dreht sich der Kopf. Er hat noch nie eine so angenehme Ruhe erlebt. Sein ganzes Sein wird davon überflutet. Heroin schafft das nicht. Weder Pilze noch LSD oder Stechapfel verschaffen eine so perfekte akustische Illusion wie die, die er soeben erlebt hat. Dabei ist er gar nicht tot, ein stechender Schmerz in der Kehle macht ihm begreiflich, dass er vielmehr sehr lebendig ist. Und krank. Aber zufrieden, Herrgott, zufrieden wie ein Idiot, zufrieden wie ein Schwachkopf. Vor sich entdeckt er eine unverstellte Sicht, er sieht ganz Paris von oben.

Ich bin ein einsamer Mann, ich bin fünfzig Jahre alt, meine Kehle ist seit dem Krebs durchlöchert, und ich rauche am Steuer meines Taxis bei offenem Fenster

Zigarre, ohne mich um die Visage der Kunden zu scheren.

Ich bin Diana, ich bin ein Mädchen, das immer lacht und sich für alles entschuldigt, meine Arme sind von Messerschnitten gezeichnet.

Ich bin Marc, ich bekomme Sozialhilfe, und meine Alte ackert, um mich auszuhalten, ich kümmere mich jeden Tag um unsere Kleine, heute habe ich ihr zum ersten Mal gezeigt, wie man Fahrrad fährt, und ich habe an meinen Vater gedacht, als ich klein war und er die Stützräder von meinem Rad abmontierte.

Ich bin Eleonore; das Mädchen, das mir gefällt, fotografiert mich im Luxembourg, ich weiß, dass bald etwas passiert und dass es kompliziert wird, weil wir beide jemanden haben, aber es lohnt sich, etwas zu wagen.

Ich bin in meinem Bett, als ich vom Tod von Daniel Darc erfahre, ich denke an seine Nummer in meinem Telefon, ich habe Lust, die Nummer zu wählen, und bei der Vorstellung, dass das fortan unmöglich sein wird, überkommt mich ein langer Schwindel im unteren Rücken.

Ich bin ein von der Vorstellung seiner Entjungferung besessener Teenager, und die Rothaarige, auf die ich seit Monaten scharf bin, hat mir gerade zu verstehen gegeben, dass wir zusammen ins Kino gehen könnten. Ich glaube, sie macht sich nicht über mich lustig, und wenn ich in den Spiegel gucke, stelle

473

ich fest, dass ich keine Spur von Akne mehr habe, das Roaccutan hat funktioniert, und ein neues Leben liegt vor mir.

Ich bin eine junge Geigenvirtuosin.

Ich bin die arrogante, überempfindliche Nutte, ich bin der mit seinem Rollstuhl solidarische Junge, ich bin die junge Frau, die mit ihrem Vater isst, den sie liebt und der so stolz auf sie ist, ich bin der Flüchtling, der den Stacheldraht von Melilla überwunden hat, ich gehe die Champs-Élysées hinauf und weiß, dass mir diese Stadt geben wird, weshalb ich hergekommen bin, ich bin die Kuh im Schlachthof, ich bin die Krankenschwester, die von ihrer Ohnmacht angesichts der Schreie der Kranken taub geworden ist, ich bin der Illegale, der jeden Abend für zehn Euro Crack nimmt und schwarz in einem Restaurant in Château Rouge sauber macht, ich bin der Langzeitarbeitslose, der gerade einen Job gefunden hat, ich bin der Drogenschmuggler, der sich zehn Meter vor dem Zoll vor Angst in die Hose macht, ich bin die fünfundsechzigjährige Hure, die sich freut, ihren ältesten Stammgast ankommen zu sehen. Ich bin der Baum mit den nackten, vom Regen misshandelten Ästen, das Kind, das in seinem Kinderwagen schreit, die Hündin, die an ihrer Leine zerrt, die Gefängniswärterin, die die Gefangenen um ihre Sorglosigkeit beneidet, ich bin eine schwarze Wolke, ein Springbrunnen, der verlassene Bräutigam, der die Fotos

seines früheren Lebens vorbeiziehen sieht, ich bin
ein Penner auf einer Bank hoch oben auf einem
Hügel, in Paris.

Die Übersetzerin dankt dem Deutschen Übersetzer-
fonds für die großzügige Unterstützung ihrer Arbeit.